MW00413071

No huyas del Alpha

Lighling Tucker

Copyright © 2018 LIGHLING TUCKER
1ªedición Diciembre 2018.
ISBN: 9781790741267

Fotos portada: Shutterstock.
Diseño de portada: Tania-Lighling Tucker.
Maquetación: Tania-Lighling Tucker.

Queda totalmente prohibido la reproducción parcial o total de esta obra por cualquier medio o procedimiento, y ya sea electrónico o mecánico, alquiler o cualquier otra forma de cesión de la obra sin la previa autorización y por escrito del propietario y titular del Copyright.
Todos los derechos reservados. Registrado en copyright y safecreative.

A VOSOTROS. SIEMPRE VAIS A SER MI CORAZÓN, DÍA A
DÍA, MINUTO A MINUTO.

NO HUYAS DEL ALPHA

ÍNDICE

AGRADECIMIENTOS

Afrontar esta sección es difícil. Cuesta poder transmitir todo el agradecimiento que quiero en unas pocas palabras.

Gracias a todas las personas que estáis haciendo todo esto posible. Gracias por darle una oportunidad a mi Lobo loco.

Una novela muy intensa, que he disfrutado mucho, pero que quedaría en nada de no ser por vuestros apoyos infinitos.

Me gustaría mencionaros a todos uno a uno, pero nos saldría una novela a parte. Ya sabéis quiénes sois y lo importantes que sois para mí. También sabéis que no sería nada sin vuestros apoyos diarios y las "amenazas" de seguir escribiendo.

No esperaba que esta gran aventura tuviera tanto revuelo y solo puedo daros gracias, además de pediros que continuéis libro a libro ahí.

Estos Devoradores y estos lobos no sabrían qué hacer sin todo ese apoyo y amor que les dais.

Gracias a mi familia por la paciencia que ha tenido cuando he necesitado estar días escribiendo porque Lachlan me lo pedía.

Gracias a mis amigas por aguantar mis ideas locas y las preguntas infinitas sobre la novela.

Gracias a los lectores por apoyarme y seguir leyéndome en esta tercera aventura de Devoradores.

Y tened presente una cosa: pecad, sentid y disfrutad de los Devoradores de pecados y su mundo.

Una nueva entrega, una nueva aventura y espero que os guste.

SINOPSIS

Olivia siente que ha cambiado un cautiverio por otro. Ya no está siendo golpeada, pero no puede salir de esas cuatro paredes que dicen ser su protección. El recuerdo de la muerte del amor de su vida la está desgastando.

Además, el cambio a loba está siendo difícil y más tratando directamente con su protector. Él tiene un carácter muy especial, se cree divertido cuando lo que ella siente es que es un bufón de la corte. Pero, ¿a quién puede engañar?

Sin proponérselo, él se acaba convirtiendo en alguien indispensable en su vida y eso cambia las reglas del juego. Olivia siempre ha dicho que, una vez finalizase el celo, se marcharía con su hermana y viviría una nueva vida.

¿Es eso posible con la presencia de Lachlan en su vida?

Lachlan no supo lo que hacía cuando acogió a Olivia en su casa. La ha protegido durante meses y ha establecido un vínculo tan fuerte que le duele pensar el día en el que la vea marcharse.

Ha descubierto en ella miles de facetas que no creía que existieran. Olivia tiene picardía, fuerza y siente que debe ayudarla; que no debe dejarla caer en el pozo oscuro de la pena.

No obstante, se ha marcado una meta: no tocarla mientras dure el celo.

¿Podrá resistirse? ¿Luchar contra sí mismo? ¿Entre honor y placer?

Amor, pasión y acción en un libro plagado de seres que te robarán el aliento. Sin olvidarnos de la presencia de los Devoradores.

¿Te atreves a entrar en su mundo?

NO HUYAS DEL ALPHA

ANTES DE LACHLAN

PREFACIO

El amor no se destruye, cambia.

Existen muchas formas de amor y todos marcan de formas distintas. El amor fraternal nos hace ser capaces de todo y el pasional nos puede hundir en la misma miseria. Todos son cambiantes y sufren altibajos.

Mi amor ha cambiado a lo largo de este duro viaje. No es el mismo que cuando vi a esa loba perdida en la jaula.

Sal de ese coche con los brazos en alto y pon las manos donde yo las pueda ver. Me has robado el corazón y te exijo que lo destruyas para dejar de sufrir el desamparo que me has causado. Me has arrasado con todo a tu paso y yo he caído lentamente tratando de ayudarte.

No soy el mismo hombre que fui años atrás, mi lobo interior aúlla esperando que lo calmes.

¿Te das cuenta de lo que provocas en mí? ¿En lo frágil que me has convertido?

Ya nada queda del Alfa que tenías en tus manos. Hemos cambiado con el paso del tiempo y creo que no nos hemos podido dar cuenta.

El amor ha evolucionado.

Y aquí y ahora sello mi amor eterno aun a expensas de tu opinión. Pienso ser egoísta y amarte más que nadie te ha amado en toda tu vida. Voy a ser brusco anunciando que nadie puede compararse conmigo, ni siquiera tu hermana.

Nadie puede comprenderte ahora, Olivia. Solo yo.

Al igual que tú has visto más en mí que nadie en toda mi vida. No hay una sola persona que haya conseguido traspasar mis muros de contención.

El amor me ha cambiado y temo que acabe conmigo.

Aun así no tengo reparos en escribirte esta carta. No soy un romántico, ni un príncipe encantador. No es amor fraternal, ni tampoco de amistad. Sé muy bien lo que siento y temo que acabes conmigo cuando todo esto acabe.

Lo supe al verte y lo temí al prometer a tu hermana no tocarte. Pero siempre he sido un temerario.

Nunca he temido a las alturas y pienso saltar al vacío. Solo espero que en el fondo seas tú quien me esté esperando y no mi propia estupidez.

Olivia, mi nombre no es Cody, es Lachlan y soy un jodido lobo Alfa.

CAPÍTULO 1

—*Estás ardiendo otra vez, Olivia. No han pasado ni seis horas* —*bufó Leah yendo a la cocina en busca de su móvil y la medicación.*

Olivia se limitó a gemir y encogerse en el sofá, los temblores le dolían. Sudar también era un sufrimiento y lo peor era que llevaba así cerca de un año.

Habían ido a todo tipo de doctores, tanto de pago como públicos y nadie había podido encontrar qué era lo que le estaba sucediendo. A partir de esa noche todo había ido a peor, las convulsiones se habían hecho más frecuentes y Leah había conseguido ayuda de alguien al que era mejor no mencionar.

Sam era un hombre de moral distraída al que la trata de blancas le gustaba, pero no solo prostituía a las chicas que caían en sus manos. Tenía un grupo reducido de hombres y mujeres que daban un mayor espectáculo.

Cuando Leah pidió ayuda mejoró notablemente, entonces su salud cayó en picado y Sam pidió trasladarla a un lugar donde los médicos se encargarían. Tras muchas reticencias ambas habían accedido para intentar salvar su vida.

Olivia había pensado en la posibilidad de terminar con su vida para acabar con el sufrimiento, pero se había obligado a ser fuerte por Leah. No podía dejar a su hermana sola en el mundo.

El infierno vino justo después.

Sam la reclutó en un local subterráneo donde la encerraron en una jaula. A su lado, en la jaula contigua había un gran lobo que se tornó humano y se desplomó en el suelo. Y entre sollozos de terror le dejaron caer la noticia: era una híbrida.

Había vivido toda su vida en el sistema, saltando de orfanato a casas de acogidas una y otra vez hasta adquirir la mayoría de edad. Desconocía la existencia de sus padres, pero aquello fue una gran sorpresa.

Lo peor fueron los primeros meses, cuando las transformaciones eran tan dolorosas que le hacían perder el conocimiento.

¿Por qué aguantó todo aquello?

Muy simple: Leah. Sam la convenció para ser sumisa, ya que podía asesinar a su hermana. Ella viviría una vida plácida y dulce siempre y cuando Olivia luchara en peleas clandestinas haciéndole ganar mucho dinero. Era un trato simple, hasta le dejaba hablar con su hermana una vez por semana.

Meses después supo que todo aquello era falso. Su hermana había sido engañada, debía una gran suma de dinero a Sam en cuestión de deudas médicas de Olivia. Los intereses habían subido tanto que no había podido cubrirlo. Así pues, él la engañó.

Para que Olivia tuviera una buena vida y una buena atención médica, Leah tenía que ir al "Diosas Salvajes" donde ejercer de prostituta.

Así tuvo a ambas hermanas engañadas hasta que los Devoradores las salvaron a ambas y sus vidas habían dado un giro de 180º.

Olivia estaba ahora con una manada de lobos que había decidido adoptarla el tiempo que durara el celo. ¿Qué era eso? Un proceso que los lobos sufrían al adquirir la mayoría de edad, en su caso era cuando había logrado desarrollar su parte lobuna.

Todo un año de sufrimiento, de cambios, de luchas con sus hormonas hasta controlar su lobo interior a la perfección. Una loba que ella deseaba arrancar de su cuerpo a toda costa, por su culpa tanto la vida de Leah como la suya se habían ido al traste.

Le habían dado una pequeña habitación en casa de Lachlan. Estaban en una urbanización que los lobos tenían para pasar desapercibidos. No había mirado más allá de su ventana, ya que el dolor apenas le permitía moverse.

Olivia se encogió, nuevamente, sobre su cama. Los sudores hacían que su ropa se mantuviera pegada a su piel. Todo le molestaba, hasta el más mínimo roce de una mosca sobre su piel. Gruñó y odió a la loba que le exigía convertirse.

Fue en ese momento en el que recordó la primera vez que hizo el cambio.

—¡NO! ¡SOLTADME! —gritó tratando de aferrarse a los barrotes de su jaula.

Olivia no quería pasar por ese trance, había visto a alguno de los lobos de aquel lugar cambiar y el crujido de sus huesos todavía la estremecía. No podía permitir que le hicieran eso, ella no era un ser paranormal capaz de transformarse como decían.

Pateó y se revolvió con todas sus fuerzas, pero llevaba sin comer tres días y estaba tan debilitada que consiguieron reducirla en el suelo tirándola contundentemente.

Entonces sus asquerosas manos la inmovilizaron de pies y manos. Olivia gritó como nunca antes hasta la fecha, lo hizo hasta quedar afónica, no obstante, eso no hizo que sus captores se compadecieran de ella. Se mofaron y rieron de los gritos que emitía.

Una aguja perforó su brazo derecho y ella trató de hacer fuerza para evitar que la aguja lo perforara. No fue suficientemente rápida, el contenido del frasco de la jeringa entró en ella. Un color violáceo que pensaba recordar toda su vida.

Después los agarres cedieron y la dejaron sola. Escuchó la puerta de metal cerrarse y los pasos de sus botas repicando en el suelo al marcharse. Sabía bien que iban a vigilarla desde las cámaras de seguridad instaladas por todo aquel sótano.

—Ey, Olivia.

La voz de Cody le hizo mirar hasta la jaula contigua. Aquel hombre llevaba tratando de hablar con ella desde que había llegado a ese terrorífico lugar. Efectivamente, Olivia se había negado porque eso hacía menos real su cautiverio.

No podía ser como ellos, sencillamente, no era real.

Su nombre volvió a sonar entre sus labios, lo que hizo que mirara hacia él nuevamente y arrancase a llorar. Estaba aterrorizada por lo que estaba a punto de ocurrir, no deseaba sucumbir a la oscuridad que significaba ser un lobo.

—Por favor, ayúdame —suplicó desde el suelo, con la mejilla fuertemente apretada contra el duro cemento.

El dolor se extendió a cada extremidad de una forma tan contundente que gritó terriblemente. Se retorció cuando notó sus venas quemar como si su sangre se acabase de convertir en ácido sulfúrico. Con auténtica desesperación se rascó los brazos tan fuerte que hizo que sus uñas le hicieran largas heridas a lo largo de sus antebrazos. La sangre salió a borbotones al encontrar la salida.

—Olivia.

La voz de Cody se llevó toda su atención. Lo miró con los ojos desorbitados y respirando tan agitadamente que sintió que su corazón estaba a punto de salírsele del pecho.

—No pelees contra ello. Tu loba interior va a salir y puedes elegir que sea de forma dolorosa o no. Céntrate en ella, hazte su amiga y cambia siendo una con ella.

Olivia rio. Aquel hombre estaba mucho más loco de lo que había pensado en un principio. El cautiverio seguramente le había frito parte de sus neuronas.

Las risas acabaron cuando escuchó un leve aullido en sus oídos. Miró a su alrededor y supo que nadie lo había emitido. Fue en ese momento en el que el mundo se vino abajo, todas sus palabras se hicieron ciertas y eso la convertía en un monstruo.

Era una bestia y ella amenazaba con hacerlo más real todavía.

La transformación pareció durar un siglo. Sus ropas se rasgaron con suma facilidad. Cada hueso de su cuerpo se rompió buscando la forma exacta de su cuerpo lobuna, cambiando a placer entre gritos de súplicas y llanto. Nada importó. Lo que le habían inyectado hizo que sus peores pesadillas se hicieran realidad.

Sus extremidades se tornaron garras fuertes y peludas, su tórax cambió por completo. Y lo último fue el rostro, el cual sustituyó los gritos por angustiosos aullidos. Su pelaje era oscuro como la noche, tan negro y letal como el dolor que acababa de sufrir.

Duró en forma lobuna dos minutos, en los cuales no pudo más que tratar de mantenerse en pie a cuatro patas. Respiraba con auténtico terror y la ansiedad le oprimía el corazón, ahora se había convertido en una bestia más en el mundo.

Acto seguido se desplomó, tornándose humana, una que quedó tendida en el suelo boca arriba y sin latido alguno.

Ellos corrieron a salvar a su reciente ejemplar. Entraron en la jaula y le buscaron el pulso.

—Epinefrina, ya —ordenaron.

Su corazón volvió a latir tras la RCP, pero ya no era el mismo. Ahora era más grande y fuerte, capaz de bombear mucha más sangre. Su cuerpo había cambiado y no se refería únicamente a la parte lobuna que acababa de conocer. Ahora era unos cinco centímetros más alta, sus rasgos se tornaron algo más finos y su olor cambió.

De pronto percibía olores que jamás antes había sido capaz. Se percató de las emociones de quienes la rodeaban, pero sobre todo, le resultó curioso que el miedo fuera un olor dulce. Nadie temía salvo ella y se embriagó con su propio olor.

Aterrador.

CAPÍTULO 2

Olivia despertó con un grito ahogado desde el centro de su pecho y tardó un par de segundos en ubicarse. Seguía estando en aquella habitación que le habían asignado. La misma en la que llevaba encerrada desde que había llegado a aquel dichoso lugar.

El tiempo se estaba convirtiendo en una lenta agonía peor que su cautiverio al lado de Cody. Ya apenas recordaba lo que era el aire fresco y el sonido de los pájaros. Deseaba sentir la lluvia sobre su piel, el frío o el calor, si es que conseguía saber en qué estación estaba.

Merodeó por aquellos pocos metros cuadrados y reprimió el impulso de romper todo lo que tenía a mano. Necesitaba salir, ya no era solo respirar el aire fresco, se trataba de más. El ser que tenía bajo la piel picaba y reclamaba atención. Olivia se negaba a escuchar, pero la bestia se volvía más fuerte con cada ciclo que pasaba. Era un tira y afloja entre ambas que sabía bien que no podía evitar.

Gruñó presa de su enfado y quiso pensar en lo que la calmaba. Lamentablemente no funcionó, Cody ya no estaba en su vida.

Había recordado su muerte cientos de veces, en busca de un resquicio de culpa. Él había muerto en una decisión desesperada a la par que estúpida. Su vida se había desvanecido entre las manos de Seth como si de un gorrión se tratase en las garras de un halcón.

¿Se iba a sentir mejor culpándose de su muerte? Tal vez no, pero lo necesitaba.

Sentía la imperiosa necesidad de fustigarse con su fallecimiento una y otra vez. Era algo que no podía arrancar de su mente.

Le extrañaba, aunque de forma distinta al principio. El tiempo había provocado que ya apenas recordara su voz. Lo que en antaño la había hecho vibrar, ahora era un leve susurro que no alcanzaba a escuchar.

Él la estaba abandonando, de un modo inconsciente, pero lo estaba haciendo. Sus facciones ya no eran claras; se estaban empezando a desdibujar como la pintura se diluye bajo el chorro del agua. Todo él se estaba perdiendo y Olivia no estaba preparada para dejarlo marchar.

Suspiró dejándose caer de espaldas sobre la cama y se tapó los ojos con un brazo. A veces, en silencio y si se concentraba, casi podía imaginarse allí, reviviendo una y otra vez todo lo que habían llegado a vivir. Había agradecido al cielo que él fuera el cautivo de la jaula de al lado.

—*Olivia, ¿estás bien?* —*La voz de Cody resonó lejana a pesar de que estaban a menos de dos metros de distancia.*

La joven respiraba sosegadamente. Hacía dos días que no le inyectaban aquella sustancia que provocaba el cambio y lo agradecía. Eso la había ayudado a recuperarse. Todavía no estaba en plena forma, pero ya había recuperado el apetito y casi podía tenerse en pie.

Después de estar muerta unos minutos habían conseguido reanimarla, una lástima porque eso significaba que su pesadilla no iba a acabar allí. Sam había dictaminado que no se le administrarían opiáceos hasta que el médico certificara que estuviera preparada para cambiar.

—*Sé que me escuchas.*

—*¿Qué quieres de mí?* —*preguntó Olivia finalmente.*

Giró la cabeza y se lo quedó mirando. Aquel hombre era atractivo muy a pesar de las heridas que lucía a lo largo del pecho. Su última pelea había sido hacía menos de cuatro horas y no había recibido atención médica.

En el poco tiempo que llevaba allí se había percatado que los reclusos no importaban demasiado. Se les alimentaba una vez al día y se les duchaba con una manguera que apenas tenía presión para salir caliente. Recibían las atenciones básicas para no morir y seguir peleando.

—*El primer cambio es difícil, aunque ya tienes mejor aspecto.*

Olivia le dedicó una sonrisa de medio lado. Aquel tipo era agradable, pero no comprendía que en aquellos momentos únicamente buscaba soledad.

—No puedo decir que me alegre.

—Yo tampoco. Pronto te volverán a probar.

Las lágrimas golpearon las comisuras de sus ojos y logró contenerse. No podía venirse abajo porque de todo aquello dependía la vida de Leah. Ella valía más que cualquier sufrimiento e iba a tratar de soportar todo lo que el mundo le tirara sobre los hombros.

—No quiero cambiar —gimoteó aterrorizada.

—Ojalá pudiera ayudarte. Me cambiaría por ti si pudiera.

Su voz hizo que cerrara los ojos y se centrara en sus palabras. Él era dulce y agradable, unas cualidades escasas en aquel lugar. No sabía el tiempo que iba a durar su cautiverio, pero algo le hizo desear que siguiera siendo a su lado. Sentirse "algo" protegida era halagador.

—No tienes por qué preocuparte por mí.

Cody asintió, se sentó en el suelo y removió las manos como llevaba haciendo un largo rato. Fue en ese momento en el que se percató que, entre sus manos, llevaba una especie de trapo envolviendo algo.

—Tendrías que acercarte un poco —susurró él.

Olivia negó la cabeza.

El bufó levemente, un sonido que se entremezcló con su lobo interior y provocó que tuviera un leve escalofrío solo de sentirlo.

—Es chocolate. Me lo dieron una vez cuando recibí una de mis peores palizas —explicó sonriente.

Fue en ese momento en el que se percató de sus ojos, eran de un color suave que no pudo vislumbrar bajo aquellas luces tenues. Su mirada era intensa y cálida a la vez provocando que sintiera el deseo de sentirse abrazada.

—Me comí un trozo y descubrí que nos ayuda un poco en el cambio. Tenía guardado lo que me quedó para una urgencia, pero te hace falta más a ti que a mí.

—¿Y eso por qué? —preguntó Olivia.

Cody sonrió, ambos sabían la respuesta, pero el cuerpo de ella se estaba relajando con su voz. Era casi como un cántico suave que la instaba a relajarse.

—Debes superar el cambio y pelear, de lo contrario te

desecharán como un coche viejo.

La crudeza de sus palabras la privaron de aire unos segundos. Trató de contener la respiración y el miedo provocó un nudo en su garganta. Fue justo en ese momento que las palabras de aliento de Cody la relajaron. Finalmente logró contener el aire en sus pulmones unos segundos antes de dejarlos ir de forma pausada.

—¿Cuánto llevas aquí? —Olivia no estuvo segura de querer saber la respuesta.

Cody se encogió de hombros.

—¿Quién sabe? He perdido la cuenta. Llevo setenta y ocho peleas, supongo que es mucho tiempo.

Y tanto que lo era.

—¿A quién proteges?

—A Alma, mi mujer.

El corazón se le encogió al instante. Quedó levemente paralizada antes de poder siquiera parpadear. Él protegía a su esposa y aquello dolía. Estaba entregando su vida por amor y eso hizo que quisiera gritarle al mundo lo injusto que era aquel momento.

—Lo siento.

Fue lo único capaz de decir con concordancia.

Cody ladeó una media sonrisa.

—No importa. Lo soportaré.

Olivia sintió rabia al verle con esa actitud, se había resignado a su cautiverio y al estilo de vida que eso conllevaba. No quiso seguir contemplándolo y cerró los ojos fuertemente. No podía estar el resto de sus días allí, no lo deseaba.

—¿Cómo os captaron? —preguntó Olivia aún con los ojos cerrados.

Rápidamente alzó una mano y negó con un dedo.

—Olvídalo, no quiero saberlo.

Seguramente su historia se parecía a la de ella y Leah o no, el resultado era el mismo: estaban allí encerrados para pelear a muerte con gente que pagaba para enfrentarse a un lobo.

—Yo encontré a Sam. Habíamos abalado a sus padres con la compra de una parcela y no habían pagado, al final el banco nos lo quitó todo. Estábamos desesperados. Y luego acabé aquí encerrado.

El silencio les abrazó unos segundos.

—Cuando hablo con ella la escucho feliz. Cree que estoy

trabajando en el extranjero y que, en cuanto pueda, reuniré el dinero suficiente como para ir a verla. Por el momento me cree.

El dolor de su corazón fue tan grande que no pudo más que llevarse las manos al pecho y apretar. Olivia no sintió alivio al hacerlo, pero mantuvo las manos apretadas unos minutos más. Aquel tal Sam era una bestia sin sentimientos que se aprovechaba de las desgracias ajenas.

—Estira un poco el brazo, creo que puedo llegar —le pidió Cody.

Olivia obedeció sin tener muy claro los porqués.

Al momento sintió como le cedía su preciado trozo de chocolate entre sus dedos. El contacto fue ínfimo, pero lo suficiente como para encender su corazón. Aquel hombre la estaba cuidando muy a pesar de que no la conocía.

—¿Has visto desechar a muchos? —preguntó Olivia.

Cody asintió.

—Al último que ocupó tu jaula lo sacaron con una grúa después de una semana en el ring descomponiéndose. Estaba tan hinchado que ya apenas se podía reconocer.

Olivia sintió la bilis subir por su garganta capaz de quemarla viva por dentro.

—Te lo compensaré —contestó levantando un poco la mano para referirse a la ofrenda que él le había dado.

—Sobrevive en el ring, esa será mi recompensa.

Olivia regresó a la realidad entre lágrimas y jadeos. Cada vez que lo recordaba resultaba más doloroso. Fue en ese momento en el que se alzó como un resorte y cogió el escritorio de su habitación. Dejó de pensar y actuó, lo lanzó contra la ventana y esta se quebró en mil pedazos.

El aire golpeó sus mejillas.

Todos decían que ahora era libre, pero no era más que una burda mentira. Era cautiva de su propio cuerpo y de un grupo de personas que decían llamarse manada. No había cambiado su confinamiento, solo sus captores.

CAPÍTULO 3

—Olivia ha... —Stich calló.

—¿Redecorado su habitación? —preguntó Lachlan.

Suspiró dejando el móvil sobre la encimera de la cocina y acabó de servirse un café. Necesitaba cafeína en vena para poder sobrellevar el duro día que tenían por delante.

—Envía a alguien para la reparación. Femenina —recordó, no deseaba que ningún macho entrara donde Olivia se encontraba.

Ahora, superando el celo, su olor era demasiado dulce para todos sus lobos y nadie podía tocarla bajo su orden expresa. Eso no significaba que poner la miel ante los labios no resultase apetitosa, por eso no podía arriesgarse.

—Por supuesto.

Stich se marchó a toda prisa.

—¿Tu invitada te da problemas?

La voz suave de su hermana hizo que sonriera.

—No, es que no estaba de acuerdo con el decorador de interiores que le arregló la habitación —contestó pegando un sorbo a su café.

—Deberías dejarla salir.

Lachlan negó fervientemente.

Depositó la taza sobre la encimera al mismo tiempo que negaba con un dedo. No podía dejarla salir y exponerla a un mundo que podía golpearla mucho más de lo que ya lo había hecho. Por ahora debía ser paciente.

—Va a enloquecer allí dentro.

—Todas pasáis por ese trance y no os habéis muerto —dijo restándole importancia.

—Todas no somos Olivia. Lo que ha vivido esa chica es mucho más que la vida acomodada que podemos llevar aquí. Déjala que salga, que se relacione. Nadie la tocará, pero debe empezar a conocernos o se acabará haciendo daño allí dentro.

Su hermana era un grano en el culo. Y lo había sido desde el momento que asomó su cabeza rubia al mundo. Sus llantos habían provocado que él, a la tierna edad de tres años, suplicara a sus padres mudarse con los abuelos. Evidentemente, se habían negado y Lachlan había tenido que sobrellevar a esa pequeña pelusa que lo había acompañado toda su vida.

—No conoce nuestras costumbres —golpeó su hermana.

—La enseñaremos—contrarrestó Lachlan.

Era simple.

—Por ahora no saldrá de allí. Con unos cuantos cambios más será estable —explicó tratando de ser convincente.

No deseaba tener un enfrentamiento con su hermana, pero buscaban un bien distinto para su invitada. Olivia era una loba de paso en aquella manada. Había jurado a gritos que regresaría junto a su hermana Leah en cuanto el celo la abandonara y él no pensaba retenerla.

—Tienes miedo que salga y llame la atención, que otros machos se fijen en ella y te quiten ese precioso trofeo que luciste cuando llegaste aquí con ella bajo el brazo.

Lachlan enarcó una ceja sorprendido. La miró unos segundos y sonrió ampliamente.

—Por supuesto, no quiero que jodan con ella. No dejamos que los machos se acerquen a vosotras en el primer celo, no sois capaces de pensar. —Se encogió de hombros—. Os preparan toda la vida para eso y muchas dais demasiados dolores de cabeza, Olivia sería mucho peor.

—¿Y qué idea tienes?

Ya estaba cansado de tanta palabrería.

—Por ahora que se descargue intentando despellejarme.

—Así que esas son las heridas que tienes por pecho y brazos. —Ellin se sonrojó justo en el momento en el que pronunció las palabras.

—¿Qué pensabas? ¿Qué jodía demasiado duro? Reconozco que soy algo brusco, pero la sangre en el dormitorio no es lo mío, después hay que lavarlo.

Ellin gruñó molesta, pero tampoco tenía que sorprenderse, tenía treinta años y dos hijos. Su hermana sabía bien lo que se hacía en un dormitorio, aunque tal vez sus gustos sexuales fueran distintos a los suyos. Era algo que no le quitaba el sueño.

—No quiero saber cómo jodes.

—Si no quieres saber cómo follo no me preguntes. Empiezo a pensar que eres una hermana bastante pervertida.

Ella le tiró una taza que Lachlan pudo alcanzar casi al momento.

—No puedes tenerla allí eternamente.

—Lo sé, pero necesita un poco más de tiempo —contestó Lachlan regresando la vista a su negro café, el cual seguía casi intacto sobre la encimera.

Así era su futuro, de ese mismo color oscuro.

—Estoy bien jodido y no de la forma en que me gustaría.

Su hermana lo miró de soslayo y dio una ligera vuelta a su alrededor. No deseaba saber qué era lo que pensaba, pero temía que era algo que no iba a poder evitar. Se llevó una de las manos a los ojos, se los frotó y esperó. Era lo único que podía hacer en aquel momento.

—¿Y la chica con la que pasabas las tardes de los sábados?

Hablar de Liliana no era su conversación favorita. Hacía meses que no sabía de ella, exactamente desde que habían conocido a los Devoradores. Ellos le habían cambiado la perspectiva, habían girado su mundo de una forma que jamás hubiera imaginado.

—Lili y yo ya no disfrutamos de nuestra compañía.

—Si reservaras un poco los esfuerzos que gastas con Olivia y buscaras otras formas con las que pasar tu tiempo verías las cosas con diferencia.

El lobo se recreó dedicándole una cruda mirada a Ellin. Su Alfa interior chisporroteó en sus ojos provocando que su hermana bajara la mirada y quedara en una posición más sumisa. No lo había hecho a propósito, era algo instintivo que llevaba bajo su piel.

—Dejad a los niños con la canguro y disfruta de una noche con Howard. Te hace falta.

Acabó su café de un sorbo y esperó una respuesta que no llegó, era algo insólito.

—Déjame tratar con ella. Necesita a un psicólogo cerca.

Aquella afirmación era cierta, no es que fuera algo nuevo. Al poco de llegar a la base habían tratado de llevarle a uno de los mejores psicólogos que tenían y todo había sido un desastre. Para empezar, Olivia se había transformado en lobo y había tratado de arrancarles la yugular. Y para postre, el olor del celo había provocado que el profesional quisiera intimar con ella. Algo que pudo detener al momento.

Ellin, al ser mujer, podía ser un cambio refrescante a la situación.

—De acuerdo, pero no entrarás sola. Quiero a alguien tras la puerta por si la situación se descontrola.

Supo que quiso rechistar, sin embargo, se contuvo por el bien de ayudar. Eso era una buena muestra de generosidad hacia una desconocida.

Lachlan miró el reloj y supo que llegaba tarde. Enjuagó la taza de café y la colocó en el lavaplatos. Necesitaba darse prisa, no le gustaba la impuntualidad. Iba a ser la primera vez que no llegaba a tiempo a su cita de las dos de la tarde.

—Tengo que irme.

—¿A dónde vas? Pensaba comer contigo —se quejó Ellin.

Fue entonces cuando sonrió al mismo tiempo que cogía las llaves de lo que antes había sido un frutero, las hizo tintinear como si eso explicara todo sin palabras.

Iba a ver a Olivia; a llevarle la comida más bien.

CAPÍTULO 4

—Dile que la quiero —suplicó Leah.

Ryan asintió tratando de cargar los cientos de bolsas que le había dado para llevarle a Olivia.

—Y que iré a verla en cuanto Camile deje de tener esas fiebres tan altas —insistió nuevamente.

—Que sí. Le diré cuánto la quieres, que la echas de menos y que vendrás a verla y abrazarla en cuanto puedas.

Esperaba que eso calmara a la frenética Leah. Desde que Olivia estaba en la manada había tratado de visitarla, aunque solo lo había conseguido en un par de ocasiones. Resultaba difícil hacerlo cuando la base era un lugar tan movido.

—Lo entenderá. Sabes que no se enfada, que desea que la pequeña esté bien.

¿Y por qué Camile no iba a ver a su tía? Porque la híbrida de lobo era inestable y con ello evitaban un desastre aún mayor. Por ahora era mejor reservarse para cuando estuviera mejor y pudieran reunirse como una gran familia feliz.

—Pero yo quería abrazarla.

—Y lo harás, la próxima vez que Lachlan diga que es posible verla —dijo para reconfortarla.

Eso era lo que peor llevaba. No podía ir allí libremente y visitarla como deseaba. Todo se trataba de horarios, unos que establecían los días más apacibles para verla. Unos en los que la probabilidad de cambio era mínima.

—Me siento la peor hermana del mundo —susurró Leah al borde de las lágrimas.

Hannah entró en acción en cuanto escuchó esas palabras. Entró al comedor con la pequeña Camile en los brazos y se plantó ante Leah de una forma feroz. Antes de poder decir algo, hizo que Ryan tomara en brazos a la pequeña y, después, se lanzó sobre la humana para estrecharla entre sus brazos.

—De eso nada, querida. Eres la mejor y Olivia lo comprenderá. —Besó la coronilla de Leah—. Cuando todo esto pase estaréis más unidas que nunca. Créeme.

Los poderes de Hannah fluctuaron y Ryan se alejó unos pasos para salir del campo de ataque. No estaba nervioso y no necesitaba que "mamá oso" lo calmara. Sonrió al ver como Leah canalizaba sus nervios y suspiraba.

—Gracias. Lo necesitaba —comentó Leah.

Hannah le restó importancia agitando las manos. Desde que la humana había llegado a la base, la Devoradora había adoptado el papel de protectora sobre ella. Leah se había ganado el corazón de todos en la base, pero ella era su chica especial.

—Siempre que te haga falta aquí estaré.

Ryan tosió levemente esperando romper aquel momento para darles prisa. Debía salir hacia de la base cuanto antes si quería llegar a casa temprano para cenar con uno de los Devoradores de su generación. Ambos acababan de ser graduados y eso era genial, pero ya apenas tenían tiempo para verse.

—Cierto, disculpa, Ryan. —Leah le entregó una bolsa más—. Espero que esté bien, manda saludos a Lachlan.

Asintió.

—Lo haré.

Se despidió de ellas todo lo rápido que pudo, no sin antes besar en la frente a la preciosa Camile, ella era su niña favorita.

Al salir de casa de Leah arrancó a correr antes de que la voz de Dane lo detuviera en seco.

—¡Novato!

Ryan alzó un dedo y lo señaló.

—Ya no soy un novato.

El doctor rio levemente. Ahora su compañero era feliz, más de lo que había sido en toda su vida y eso le alegraba. En su vida había entrado una híbrida entre humana y Devorador que lo había revolucionado todo. Pixie era especial y, tras unos momentos muy tensos, la paz había regresado a la base.

Eso sumando que Keylan también era otro Devorador recién emparejado con otra humana. Ya tenían en común un bebé precioso llamado Jack.

También habían perdido a Sean, un gran Devorador que se había merecido una vida feliz, pero el destino había deseado destinarle otros planes. Había sido enterrado en la misma tumba que su amada humana. Era mejor así, de lo contrario, se había convertido en un espectro al servicio de Seth.

—Saluda a Pixie de mi parte al salir —le comentó Dane.

—Lo haré —contestó.

Y la carrera continuó, deseaba ir rápido.

Su trabajo en la consulta como ayudante lo mantenía demasiado ocupado y una noche a la semana era para él. Y justo su día de fiesta le habían pedido el favor de ir a la manada. Lo cierto era que no le importaba si la petición venía de parte de Leah.

En los casi doce meses que Olivia llevaba en la manada él había sido su conexión con los Devoradores. Leah no había podido ir las veces que había deseado y a él no le había importado hacerle el favor.

—¡Sin correr en mi turno!

El grito feroz de Pixie provocó que se detuviera en seco.

Ryan estaba ante el muro de la base y tuvo que mirar hacia arriba para verla. El muro había sido reforzado por los recientes ataques y, ahora más bien, parecía una muralla. Los sistemas de seguridad eran tan elevados que era casi imposible que una hormiga entrara sin hacer saltar las alarmas.

Y ahí estaba la híbrida, asomada con el típico uniforme negro, luciendo una sonrisa de oreja a oreja. Sus cabellos rubios habían sido recogidos con dos trenzas a modo de guerrera desde las sienes hasta la nuca.

Para ser sinceros, el puesto de vigilante era una ironía teniendo en cuenta que ella había llegado a la base derribando la puerta con un coche. Había resultado que era una guerrera feroz y ese era uno de los mejores puestos para asignarle.

Al menos se la veía feliz.

—Lo siento, llego tarde —se justificó Ryan.

Pixie asintió y dio la orden de abrir la puerta para dejarle pasar.

—Sé bueno con los lobos —canturreó cuando cruzó las puertas.

—A la única a la que deben temer es a ti. Eres una bomba de relojería.

La híbrida rio a carcajada llena y siguió con su ronda sin decirle nada más. Ese trabajo le iba como anillo al dedo y, por lo que decía Doc, entrenando había mejorado tanto que había levantado curiosidad sobre otros Devoradores que habían acudido a pelear con ella.

Justo al cerrarse las puertas de la base vio donde habían aparcado su coche. Le quedaba hora y media de viaje hasta llegar a la manada, suerte de la música a todo volumen.

***

Llamaron a la puerta y Olivia gruñó fuertemente queriendo espantar a quien fuera que estuviera tras ella.

—Servicio de habitaciones, paso —canturreó Lachlan llevando una bandeja de comida entre sus manos.

Un segundo gruñido fue ignorado para pasar a la exasperación. Aquel Alfa no la había tenido en cuenta todo el tiempo.

—No tengo hambre —declaró Olivia.

—Pero tienes que comer. Dado los últimos cambios sospecho que el próximo será en hora y media, suficiente como para que te dé tiempo a comer.

Solo pensar en cambiar hizo que sus intestinos se revolviesen dolorosamente, no quería dejar salir a su bestia interior.

—¿Por qué no envías a otro a que me traiga la comida?

—¡Por favor! ¿Y perderme a lo más alegre de mi manada? ¡Por supuesto que no! Si alguien va a disfrutar de tu compañía ese seré yo.

Odiaba a Lachlan y su increíble buen humor.

—No puedes tocarme o Leah te convertirá en una alfombra.

Lachlan se encogió de hombros.

—Leah puede besar mi culo al natural cuando se canse de ese marido suyo tan serio... Mortimer.

—Dominick.

—Lo mismo es.

Olivia giró sobre sus talones para quedar mirando por la ventana. La habían reparado tan rápido que casi había sentido el impulso de romperla nuevamente para ver si mejoraban el tiempo de respuesta.

—No quiero insistir, pero me veo en la obligación. Come, Olivia.

Su voz autoritaria provocó que conociera la orden propia de un Alfa, instintivamente su cuerpo la instó a obedecer, no obstante, se negó en redondo. Luchó contra ese deseo de hacerle caso, después de tanto tiempo se negaba a ceder y mucho menos ante él.

—No —contestó.

Levantó un dedo como si acabara de recordar algo y giró sobre sus talones directa a encararlo.

—Me queda una semana y seré libre. Podré salir de este lugar, lejos de todos. Ya no habrá habitación para contenerme, ni casa donde mantenerme entretenida.

Lachlan no perdió la sonrisa.

—Esta casa tiene doscientos metros, patio vigilado con piscina, sala de cine... entre otras cosas. No considero que haya sido un cautiverio tan duro.

Olivia discrepó con esa afirmación. Podía ser todo lo grande que quisiera sin embargo, seguía siendo una prisión. Una de la que necesitaba salir.

Por alguna extraña razón no había intentado huir, pero estaba a punto de hacerlo de no ser porque le quedaban muy pocos días para abandonar todo aquello.

—¿Dijiste que te queda una semana? —preguntó él con el ceño fruncido.

—En siete días podré abandonar esta casa, tu manada y todo lo referente con vosotros. —Alzó ambas manos a modo de paz—. No quiero parecer maleducada, pero solo quiero estar con Leah y mi sobrina. Necesito volver a la realidad.

Lachlan escuchó atentamente; su rostro no mostró emoción alguna.

—Siento joder tus planes, pero entraste en celo tres meses después de llegar aquí.

Olivia se paralizó al instante, la ira se arremolinó en su estómago provocando que alzara la voz.

—¡¿Y eso qué significa?!

—Significa que vamos a disfrutar de nuestra compañía unas poquitas semanas más.

La mente de Olivia colapsó. El mensaje era perturbador y no podía imaginarse allí encerrada más tiempo del esperado. Gruñó apenas sin darse cuenta y avanzó un par de pasos. Sus pies sonaron golpeando el suelo fuertemente y comenzó a sentir como toda ella se desbordaba.

—Olivia. —La voz de Lachlan fue muy suave—. Ambos sabemos que esta parte de nuestra relación no me agrada demasiado.

Era tarde.

La loba tomó el control por completo y surgió de una forma tan feroz que Lachlan apenas tuvo tiempo a arrancarse la camiseta para transformarse. Su piel se abrió exponiendo al lobo que llevaba dentro dispuesto a detener al miembro de su manada sin control.

Olivia, en forma lobuna, lo aplacó con tal contundencia que no pudo más que caer al suelo mientras acababa su transformación. Cuando el Alfa surgió a la superficie se reincorporó y gruñó fuertemente en señal de advertencia.

Normalmente eso era suficiente para que, cualquier miembro de su manada, se detuviera en seco y cejara en su empeño. No obstante, Olivia no era un miembro y tampoco había nacido entre lobos para adquirir sus comportamientos.

Ella era una híbrida y no tenía experiencia en nada. Su vida había cambiado en muy poco tiempo y todavía estaban en proceso de adaptación. Una que no parecía superar a corto plazo.

Olivia se lanzó sobre él, sus dentadas en su lomo le hicieron aullar levemente antes de revolverse. Aquel movimiento hizo que la loba golpeara el suelo estrepitosamente. Eso era una buena noticia, ya que Lachlan aprovechó para colocarse encima.

Debía imponerse o aquella situación iba a ir a peor. Por desgracia ella era inestable y mucho más en aquel momento.

Olivia sintió el pesado y caliente cuerpo del alfa sobre ella, él la oprimía duramente casi robándole la respiración. Eso no hizo que cejara en su empeño, deseaba salir de allí. Necesitaba volver a sentir el aire en su rostro, ver a Leah y sentir que era dueña de su propia vida.

Nadie podía arrebatarle eso y mucho menos un hombre al que no quería tratar.

Jadeó y lanzó un par de dentadas al aire con la esperanza de alcanzarlo. No lo consiguió y, pasados unos minutos, sintió el cansancio. Comenzó a respirar agitadamente, pero dejó de retorcerse por ser libre.

Lachlan volvió a su forma humana. Su cambio fue rápido y sin los sonidos estremecedores que emitía su cuerpo al hacerlo. Su piel perdió el pelo hasta tornarse claro como él era. Entonces un hilo de envidia se tejió en su corazón, ella deseaba cambiar sin dolor. Deseaba ser loba sin pasar por el atroz tormento que eso significaba.

—Menudo carácter gastas, lobita. Tenemos que hacer terapia.

Olivia negó con la cabeza. Odiaba ese humor que le caracterizaba.

—Tienes que calmarte. Cuidaremos bien de ti. —El alfa suspiró—. Reconozco que no he llevado bien tu encierro, pero puedo cambiar eso. Lo haré más soportable.

Sus palabras fueron algo desesperanzador. ¿Cuántas veces habían peleado? ¿Cuántas había intentado huir de aquel encierro? ¿Y ahora cambiaba de opinión?

Supo entonces que no era por sus actos sino por las palabras de alguien. Y eso provocó que se sintiera más desesperada, no la escuchaba y tampoco se había preocupado por cómo se sentía. Únicamente la había apartado del mundo como si fuera una especie de cuadro valioso al que exhiben como en un museo.

No deseaba ese dichoso celo, no pensaba dejarse tocar por nadie. No era peligroso salir a la calle e iba a demostrárselo.

Abusando de su mayor forma empujó a Lachlan lejos de ella. Sabía que iba a tener poco tiempo, no obstante, se alzó y corrió todo lo que sus cuatro patas le permitieron. Apenas tocó las escaleras que ya estaba abajo, era mucho más veloz de lo que imaginaba. Al llegar a la puerta comprobó que su forma lobuna era inútil para abrir la puerta.

Gruñó desesperada, no sabía volver a la forma humana para abrirla y huir. Justo en ese momento una pequeña brisa le dio una vía de escape: una ventana abierta.

Un crujido procedente de lo alto de la escalera le indicó que Lachlan ya se había tornado lobo y mucho se temía que no iba a dejarlo estar.

"No se te ocurra". —La voz del alfa en su mente la enfadó.

"Que te jodan" —contestó corriendo hacia su vía de escape.

Atravesó el comedor en cuestión de segundos y se lanzó sin valorar la caída. Era un primer piso, pero no esperaba el contundente golpe que dio contra el suelo.

"Voy a tener que enseñarte a volar" —rio Lachlan en su mente.

Olivia se incorporó, sus patas dolían como si se las hubieran roto pasándole un coche por encima, sin embargo, eso no la detuvo. Volvió a la carga con su huida ignorando las miles de caras sorprendidas que la rodeaban.

"Esto no me gusta nada, Olivia".

Ignoró cada palabra pronunciada por el alfa con la esperanza de poder hacerlo fuera. Y siguió rauda y veloz lejos de aquel lugar tan odioso. No conocía las calles, pero poco importaba. Cada zancada que daba la llevaba un poco más hacia su libertad.

Necesitaba llegar cuanto antes a la ciudad más cercana para localizar a Leah e ir a la base de los Devoradores de pecados. Ellos también eran seres paranormales, aunque casi los prefería a los lobos.

Únicamente deseaba ser libre por primera vez en mucho tiempo.

"Voy a cazarte, cachorrilla".

Esa voz y ese tono le provocó un escalofrío. Era un auténtico Alfa dando una orden explícita y todos los sentidos le exigían obedecer. Seguir adelante costó, luchar contra ese absurdo deseo de ceder ante él fue desesperante.

Y, de pronto, alguien que conocía le barrió el paso: Ryan.

No era un lobo sino uno de los Devoradores que cuidaba de su hermana Leah. Uno muy especial, lo recordaba con el apodo de "el novato" y, muy a pesar de que era joven, ya no era un niño. Era un gran hombre.

Ryan sonrió al verla y Olivia supo que no iba a dejarla marchar. En parte, aquellos seres también la habían encerrado allí, a pesar de ser engañados por las palabras de Lachlan.

Ella mantenía la esperanza de poder hablar con su hermana para liberarse, ella comprendería la situación y todo iría a mejor.

—Hola, Olivia. Me alegro de verte —dijo Ryan tan dulcemente que la hizo enfurecer.

Olivia gruñó furiosa y mostró sus fauces para provocar que la temiera y huyera despavorido. Obviamente, no funcionó; su plan hacía aguas por todas partes y casi comenzaba a ver todo aquello peor que el hundimiento del Titanic.

Lachlan apareció a su espalda y supo que estaba acorralada. Ya casi podía sentir el aire empobrecido de aquella apestosa habitación rodeándola. Tres meses más en aquella agonía.

Ryan le mostró ambas palmas de las manos y, lentamente, se agachó para no mostrar signo de amenaza.

—¿Y si hablamos de esto?

Ella se limitó a negar con la cabeza, pero eso no borró la dulce sonrisa que dibujaba el Devorador en su rostro.

—Te veo muy agitada. Casi puedo sentir el caos que hay en tu interior —comentó frunciendo el ceño.

Olivia lanzó otro gruñido a modo de advertencia cuando nuevos rostros se acercaron a ella. Tras otro de Lachlan todos se mantuvieron inmóviles y quedaron allí como simples espectadores de una película. Pero la loba sabía que su vida, no era un largometraje, sino una película de bajo presupuesto que no llegaría a entrar en taquilla.

Se fijó en que algunos lobos la rodearon y dejaron de caminar justo en el momento en el que el alfa les gruñó en señal de advertencia. No dejó que nadie pudiera alcanzarla, además, ellos obedecieron sin rechistar a pesar de que vio a alguno bufar.

—Siento no haber sido capaz de verlo antes. Veo colores nunca vistos a tu alrededor —comentó Ryan llevándose toda la atención.

De haber estado en forma humana hubiera fruncido el ceño, aquel chico decía cosas muy extrañas.

—Parece que nuestro querido novato es capaz de ver el aura que posee cada uno, además de las energías que fluctúa a nuestro alrededor. Algo muy útil para poder alertar el próximo movimiento —dijo Lachlan en forma humana.

Ryan alzó un dedo para remarcar:

—Ya no soy novato, soy ayudante de enfermería en prácticas. Voy poco a poco.

Eso significaba que ayudaba a su hermana Leah, ella también era enfermera. Le alegró saber que aquel hombre era su compañero.

—Olivia, deberíamos volver a casa —comentó Lachlan de forma pausada.

Y la ira llenó sus venas, toda ella se erizó y mostró sus fauces. Era una respuesta clara: no pensaba regresar.

—No pasa nada, no es necesario volver allí.

La voz de Ryan la hipnotizó como el cántico de una sirena, sondeó su cabeza como las olas del mar y casi meció su cuerpo obligándola a mirarlo.

—Vamos a hacer que esto vaya a mejor, pero antes necesito que te tumbes y te eches una siesta.

Olivia bufó y el Devorador volvió a alzar las manos.

—Será corta, lo prometo. Para ayudarte a descansar. Te sentirás mejor, lo prometo.

Sin saber bien la explicación ella se tumbó en el suelo y se acurrucó entre sus patas delanteras. El sueño era algo que la estaba esperando, como si hubiera estado allí observando la conversación, esperando para entrar como un actor de teatro a su escena. Cerró los ojos y suspiró profundamente antes de permitir que el sueño la abrazara.

CAPÍTULO 5

—Eso es muy útil, chiquitín.

El Devorador se acercó a Olivia y le cubrió con su chaqueta cuando se tornó humana, su desnudez lo hizo sonrojar. Era tan dulce que casi parecía un niño atrapado en el cuerpo de un gran hombre.

—Tengo veinticuatro años y empiezo a estar algo cansado con ese tema.

—Claro, ya has aprendido a usar el orinal. Así me gusta, poquito a poco. Pronto serás todo un niño mayor.

El Devorador ni se molestó en rebatir aquello, puso sus ojos en blanco y se pellizcó el puente de la nariz.

—Tienes poderes muy útiles. Siempre me ha fascinado el control mental.

Ryan se rascó la nuca con cierta desgana, no estaba cómodo con la conversación, así pues, se limitó a tomar a Olivia entre sus brazos y enfrentarlo como si esperase algo. Por supuesto, una explicación era lo más factible y, tal vez, lo más arriesgado.

Él era la mano derecha de la hermana de Olivia y saber su condición podía provocar que los Devoradores se la llevasen. Y él no quería eso, ella debía saber controlar su nueva forma antes de poder irse de su manada.

—¿Un té? —preguntó Lachlan sonriente.

—¿Vamos a hablar o vamos a beber? —preguntó Ryan agitando levemente a Olivia entre sus brazos.

Lachlan se encogió de hombros y ambos comenzaron a caminar hacia su residencia. Era mejor dejar a Olivia en una cama y seguir con aquello que dejar que la paseara en brazos por toda la ciudad.

—Para este tema casi prefiero una copa —confesó el alfa.

—Es normal que el cautiverio haga aflorar lo peor de nosotros. Me imagino algo semejante y ya hubiera enloquecido.

Él sonrió, aquel Devorador era mucho más perspicaz de lo que parecía. Ahora comprendía alguno de los motivos que habían hecho que fuera Dominick su instructor. Muy pocos aprendían de la mano del mismísimo jefe de los Devoradores. Un gran privilegio del que Ryan había disfrutado durante unos años.

—Contó mal las fechas, aún le quedan tres meses para irse y no se tomó bien la noticia. En el fondo es una mujer con un poco de temperamento.

—Si no sois capaces de satisfacer las necesidades de Olivia debería informar a Leah.

Llegaron a la habitación de Olivia y observó atentamente cómo la depositaba sobre la cama, él fue tan delicado que hasta logró hacerlo sonreír. A pesar de todo el músculo que lucía su cuerpo, era alguien atento.

—Por supuesto, porque después de los varios ataques de Seth lo que necesitáis es a una loba inestable correteando por allí —contestó irónicamente Lachlan.

La dejaron allí con la esperanza de que unas horas de sueño le hicieran regresar la cordura que había dejado abandonar. Salieron de la habitación para ir al piso inferior, allí Ryan mostró las llaves de su coche y comprendió que traía los miles de paquetes que siempre enviaba Leah.

—¿Sabe que está abastecida de todo? —preguntó el lobo.

Ryan, enarcando una ceja, contestó:

—Todo no, de lo contrario no hubiera intentado huir.

—Eso fue un problema de logística. Lo resolveré con la mayor brevedad posible.

La risa llenó el comedor, el Devorador no fue capaz de contenerse y rio de tal forma, tan sonora y disparatada, que acabó llorando.

—Si puedes hablar como una secretaria y todo —dijo entre carcajadas.

—También puedo ser un grano en el culo si me dejas.

Ryan caminó hasta la puerta principal y fue allí cuando se detuvo, giró sobre sus talones y le dedicó una dura mirada. Justo en ese momento Lachlan dejó de vislumbrar al niño que todos veían y pudo contemplar al guerrero que solo Dominick había sido capaz de ver.

—Llamaré en tres días y querré hablar con Olivia. Si dice de querer marcharse me la llevaré, aunque tenga que acabar con todos los lobos que pongas ante ella.

Lachlan asintió.

—Por supuesto. Si ella dice de marcharse te pondré la alfombra roja y espero que podáis contener a los Devoradores cuando el celo haga que muchos de ellos llamen a su puerta.

Aquello sorprendió a Ryan, el cual frunció el ceño y negó con la cabeza antes de contestar:

—Eso solo os afecta a los licántropos, ¿no?

—Cuando uno de los nuestros entra en celo nadie puede resistirse. Cuando el calor ataca hace que la gente se amontone en su puerta en busca de apagar su deseo.

Su rostro se desencajó.

—¿Y eso del calor sucede muy a menudo?

Lachlan se encogió de hombros mostrando indiferencia.

—Una vez al día.

El guerrero dejó paso nuevamente al joven Devorador, su rostro mostró auténtica preocupación por una situación que desconocía por completo.

—¿Y cómo lo soportas?

—Cuestión de práctica. Le pido que se cierre con llave cuando nota el inicio y trato de que algún lobo descarriado no se acerque.

Ryan cabeceó un poco en sus palabras como si tratase de imaginar aquella situación tan extraña.

—Gracias por cuidarla.

—Créeme, está siendo un placer. Y le guste o no, es de los nuestros.

Era una gran verdad que todos sabían menos Olivia. Comprenderlo le llevaría tiempo, sangre y lágrimas. No era un camino fácil, pero parecía que había encontrado a un gran tutor para salir de la oscuridad que la rodeaba.

CAPÍTULO 6

—¿Una cerveza para el mensajero?

Ryan sonrió al escuchar la voz de Luke. El lobo salía de su casa con las llaves en la mano mientras las hacía tintinear.

Antes de mirarlo a él, el novato se fijó en la casa. Era una más en una calle en la que todas eran iguales, grandes, de dos pisos, cuadradas y de un blanco impoluto salvo por el detalle que marcaba la diferencia. Luke había pintado las contraventanas de un azul marino que la hacía destacar por encima del resto.

Y el jardín era muy exótico, plagado de figuras en forma de setas, conejos y muchas tazas y jarras de té. Frunció el ceño.

—¿Qué pasa, Devorador? ¿No te gusta Alicia en el país de las maravillas? —se mofó Luke.

—Me pregunto dónde guardarás al gato Cheshire...

Luke hizo un levantamiento de ceja suave, disfrutando el momento y sonrió socarronamente.

—Soy un lobo, me lo comí.

Asintió, en el fondo tenía sentido.

Justo en ese instante se fijó en las ropas que apretaban el cuerpo del corpulento licántropo. Sus pantalones de cuero no dejaban nada a la imaginación, lo que le hacía comprender el triunfo que había visto que tenía con las mujeres. No era para menos, ya que Ryan era musculoso, pero Luke le ganaba.

La camiseta era un retal blanco que se ajustaba a su cuerpo y cruzaban por su pecho dos líneas negras. Supo bien que, de haber estado allí Leah, se la hubiera arrancado para meterla en la lavadora. No era sucio, formaba parte de la camiseta, no obstante, resultaba extraño.

Sus cabellos pelirrojos rizados estaban peinados por el viento, alborotados como si acabara de despertarse. Eso provocó que recordara a Leah cada mañana peinándolo porque sus rizos resultan indomables, salvo por el detalle que los de Ryan eran morenos y no color sangre como los del lobo.

—Esta vez le tocaba a Leah —recordó.

—Camile está con fiebre y me tocó a mí.

Y esperaba que la próxima vez fuera ella quien viniera a ver a su hermana. La pobre humana estaba deseando ver a Olivia y tenerla entre sus brazos.

—¿Una cerveza o tienes prisa?

—Mejor un té, si no es molestia —contestó Ryan.

La risa de Luke fue como un terremoto, su voz era gruesa y profunda, casi podía doblar películas para voces muy intensas.

—Devorador, debes probar algo más fuerte.

—Tengo que conducir.

Y la risa continuó provocando que el novato se sintiera algo incómodo. Se removió en su posición y miró hacia los lados en busca de más gente. Todos habían regresado a sus casas después de que hubieran llevado a Olivia a descansar.

—Eres tan dulce y buen niño que casi resultas interesante. Ya eres un hombre, quédate esta noche. Te enseñaré las fiestas de por aquí y, tal vez, puedas disfrutar de la compañía femenina que tantas ganas tienen de probarte.

Para ser sincero hacía mucho que no salía de fiesta y le resultó atractiva la idea. Podía resultar interesante.

—Pediré permiso a Lachlan.

Luke se golpeó la frente con la palma de la mano.

—Devorador, tienes mucho que aprender. —Rio—. No es necesario pedir permiso, eres un grato invitado.

Después de reírse por querer pedir permiso no quiso decirle que tenía que llamar a Leah para avisar que iba a retrasarse antes de que enviara a toda la base en su busca. No le gustaba preocuparla y poco le importaba lo que el lobo tuviera que opinar a ello.

Sacó el móvil y envió un par de Whatsapp. Leah contestó casi de inmediato instándolo a disfrutar. Eso alivió la sensación que tenía en el pecho de que hacía algo que no debía. Tras los recientes ataques no veía con buen gusto el disfrutar.

—¿Mami ya te dio permiso para salir a jugar?

—¿No tienes a nadie más a quien atormentar? —se quejó Ryan.

Luke negó con la cabeza.

—Ahora mismo disfrutas de toda mi atención.

Para ser sinceros no se sentía afortunado. Aquel lobo siempre disfrutaba metiéndose con él, sabía que no era para menospreciarlo, pero le hacía sentir incómodo. No obstante, aquel hombre siempre le dedicaba unas palabras amables y se alegraba de sus muchas visitas a la manada.

—¿Y bien? ¿Te quedas? —preguntó Luke.

—Sí. Siempre que no sea una molestia.

El lobo gruñó muy suavemente, provocando que su pecho se alzara unos milímetros; un gesto que no pasó inadvertido a los ojos de Ryan.

—Las mujeres se te van a merendar. Suerte que me tienes de guardaespaldas.

—¿Y si quiero que me merienden?

La sonrisa sórdida del lobo hizo que por poco se arrepintiera de preguntar.

—Disfruta y sé libre, Devorador. Las lobas de la manada pueden llegar a ser muy cautivadoras.

Negó con la cabeza.

—No busco enamorarme. Mi lugar es la base.

—Nadie dice que lo hagas, solo que disfrutes mientras sigas siendo el mensajero.

***

—Ve derechita a casa ya —ordenó Doc.

Leah asintió acabando de recoger un par de cosas que quedaban. No le gustaba irse con todo por en medio a pesar de que Dane estuviera a punto de llegar. No deseaba dejarle faena extra al siguiente turno.

—¿Dónde está el novato? Ya debería haber vuelto.

—Me ha dicho que le han invitado a una fiesta. Deja que disfrute.

Vio a Doc cabecear un poco antes de ponerse en el ordenador a teclear alguno de los cientos de historiales que tenían por revisar.

—¿Ocurre algo? —preguntó Leah con el ceño fruncido.

Doc tardó unos segundos en contestar, fue como si meditase bien sus siguientes palabras. Con unos movimientos casi hipnóticos, apoyó ambos codos en la mesa para dejar su cabeza rapada entre sus manos.

—Las nuevas medidas de seguridad han hecho que la base no vuelva a ser atacada. Han sido muchos ataques en poco tiempo... —Y quedó en silencio, como si la voz de sus pensamientos fuera demasiado fuerte como para seguir la conversación.

Leah hizo un leve puchero. Soltó las cajas de gasas que había acumulado entre sus manos y tuvo que aceptar que Dane tendría trabajo. Ella no podía seguir recogiendo y dejar a Doc perdido en su propia mente. Casi podía sentir los engranajes moverse de un pensamiento a otro, buscando algún tipo de concordancia.

Rodeó la mesa haciendo que Doc se apartara un poco de la mesa. Leah se sentó en su regazo y lo miró a los ojos.

—A ver, pequeño. ¿En qué piensas?

Leah sabía bien que a Doc no le gustaba el contacto, no soportaba que otro ser tocara su piel. No obstante, con ella tenía una relación especial y habían establecido una relación fraternal que les ayudaba a ambos. Eran buenos compañeros. Lo mejor era que ya soportaba su toque sin ponerse tenso.

—Cuando todo esto acabe tendré que abandonar la base.

El corazón de la humana dio un vuelco y casi se detuvo en seco.

—¿Y eso por qué?

—Sé realista. Cuando todos sepan quién soy no van a perdonar esa traición.

Leah cerró los ojos. Para ser justos, el secreto de Doc iba a trastocar a la base. Además, muchos iban a sentirse dolidos al principio, pero tenía la esperanza de que comprendieran sus motivos.

—Lo acabarán comprendiendo.

Él negó con la cabeza provocando que Leah suspirara molesta.

—¿Crees que Dominick perdonará que te haya arrastrado con mi secreto? Tú vas a salir más perjudicada que yo mismo. Estoy acostumbrado a alejarme de la gente.

Leah había pensado en ello más de una vez. No veía a Dominick tomando la noticia con una sonrisa, tal vez estaría molesto unos días, pero lo veía capaz de perdonar el secreto. Su marido era una persona comprensiva.

—No digas eso, lo van a entender, ya lo verás.

—Tienes que comprender una cosa, Leah, soy Anubis, dios de la Muerte. No soy el hombre que crees. Te niegas a comprender que no soy solo lo que ves. Ha existido otro yo en el mundo y ahora soy un leve reflejo de lo que fui.

Leah, acongojada, apoyó la cabeza sobre el hombro de Doc y se quedó en silencio unos segundos, dejó que el tiempo los abrazara. Ninguno de los dos habló por miedo a romper el silencio que estaban compartiendo. Una conexión única que compartían ambos sin siquiera saberlo.

—Yo escucho un corazón aquí dentro.

—Nunca he dicho que no tenga.

Las lágrimas se agolparon en sus ojos y luchó por retenerlas, firmes en su posición.

—No quiero que te vayas.

—Te quiero, Leah. Y toda la base lo sabe, pero les he traicionado conscientemente. La lucha con Seth no acabará por arte de magia, los Devoradores debemos ser uno; toda la raza consciente de la amenaza que presenta. —Doc tomó una leve respiración—. Mi padre sabrá de mí tarde o temprano. Será en ese momento en el que todos odien quien soy y ya no podrás verme con los mismos ojos.

Leah negó con la cabeza secando sobre su camiseta sus lágrimas.

—Ojalá pudiera detener el tiempo y así conseguir evitarte el sufrimiento. Desearía permanecer aquí y quedarme el resto de tu vida cerca. También me gustaría cuidar de Dane, no es mal tipo y ahora con Pixie a su lado necesita mucha más ayuda. No obstante, tenemos que ser realistas, todo eso no sucederá. Esos planes de futuro mi padre los destrozará.

Doc tragó saliva, incapaz de seguir hablando con un tono de voz normal. Su voz se profundizó hasta el punto de ser lo más parecido a un gruñido.

—Quiero que sepas que si es necesario daré mi vida por vosotros. Y no es gran sacrificio si eso os da una vida de paz y tranquilidad donde Camile tenga una vida feliz. Nunca supe porqué el destino quiso que sobreviviera, ahora es cuando veo sus motivos. Debía seguir caminando en este mundo para encontraros y ese me parece un buen final.

Leah suspiró entre sus brazos y se negó a hablar. Solo deseaba que Seth no acabara con toda su familia. Únicamente deseaban paz y tranquilidad. ¿Eso era mucho pedir? No era capaz de comprender el odio que les tenía.

—Te quiero, Doc.

—Y yo a ti, humana de las narices.

Ambos sonrieron, en el fondo se querían.

Alguien carraspeó provocando que Leah diera un respingo y mirara hacia la puerta. Dominick había llegado y su cara mostraba sorpresa al verlos así. Sabía la relación que los unía a ambos, pero aquella tesitura era más cariñosa que de costumbre.

—¿Todo bien? —preguntó Dominick frunciendo el ceño.

—Sí —contestó Leah sonriente.

Se levantó del regazo de Doc y se estiró la bata para evitar las arrugas que se habían formado.

—¿Sabes que puedo saber cuándo mientes?

Ella se sonrojó, a veces le costaba tratar con seres que no aceptaban ni una sola mentira piadosa. Respiró cuando el pecado abandonó su pecho y alimentó a su marido, el cual ronroneó levemente. Su voz era tan provocativa que Leah no pudo evitar gemir suavemente.

—A follar al monte —dijo Doc rompiendo el momento.

Ambos lo fulminaron con la mirada, pero este se mantuvo inamovible, de hecho, aquel doctor era así.

—Cualquier día me doy la baja y te dejo a solas con todos los novatos nuevos —amenazó sonriente.

Doc no se inmutó ya que sabía bien que era apenas imposible que eso sucediera.

Leah caminó hasta Dominick y se abrazó a su marido. Fue en ese momento en el que el olor a tormenta inundó sus fosas nasales, ese olor era el suyo, el que tan bien conocía y el que provocaba que todo su interior ardiese.

—Hannah está con la niña, podemos ir a buscarla un poco más tarde... —susurró Dominick en su oído.

Su voz ronca por el deseo provocó que todo el vello se le erizara de golpe. Sí, ella quería eso.

—Chicos, por favor. Tratad de ser más discretos.

—Celoso —escupió Dominick divertido.

—Uy sí, me muero de ganas.

La ironía de Doc les arrancó una leve carcajada.

Dominick rodeó su cintura con un brazo y la apretó contra su cuerpo. Allí era donde se sentía segura y protegida, era su hogar.

—Hasta mañana, Doc.

El susodicho asintió y siguió con los informes. Trabajaba demasiado y Leah deseó que el destino le tuviera preparado algo mejor que ser el hijo de un Dios cruel y vengativo. Que el mundo le tuviera preparada alguna sorpresa por el camino.

Caminaron hacia la salida, de la mano, siendo uno. El amor no había disminuido pasados los meses, al contrario, se amaban hasta el punto que dolía.

—¿Doc está bien? —preguntó Dominick.

—Creo que sí —contestó Leah con sinceridad.

Él asintió con la cabeza de forma lenta y pausada.

—Está inquieto desde hace días.

—Su mente solo piensa en Seth.

El rostro de Dominick se endureció pensando en él y los últimos ataques que habían recibido. Ahora el miedo era mayor desde que Camile había iluminado sus vidas. Además, en la base también estaban el pequeño Jack y su hermano en camino. Los pequeños no podían vivir el horror que Seth les tenía preparado.

—Todo irá bien, cariño —animó Leah.

—Lo conseguiremos, juntos.

De aquí a la posteridad eran uno solamente.

CAPÍTULO 7

—No sé si saludar o despedirme.

—Lárgate, Lachlan —gruñó Olivia altivamente.

El lobo, no obstante, ignoró las advertencias y entró en la habitación. En los primeros segundos esperó que ella reaccionara de forma agresiva, pero no se movió ni un ápice de la postura en la que estaba; ni tan solo le dedicó una mirada.

—Olivia, debemos hablar —anunció el lobo tratando de buscar un tono neutro.

Sabía bien que no era momento de bromear.

Pero ella no estaba colaboradora, ya que siguió en silencio y supo que estaba viva por un par de parpadeos que le vio hacer.

Ella había perdido las ganas de seguir luchando, hasta el punto de no querer seguir reaccionando a ningún estímulo. Estaba colocada en posición fetal sobre su cama de la cual no se había molestado en abrirla, estaba sobre las sábanas con la almohada entre las piernas y con una respiración aletargada.

—¿Lo de la almohada a qué acontece? ¿Comodidad, diversión? —preguntó Lachlan.

Olivia volvió a negarse a contestar.

—Me imagino las tórridas formas de usar esa almohada —comentó el lobo sonriendo.

Y, de pronto, el olor dulce del celo llenó sus fosas nasales. Entonces comprendió el motivo por el que dicho objeto estaba apretado entre sus piernas, el celo golpeaba fuerte en su momento más álgido y eso no era una buena señal.

Su lobo interior aulló y golpeó todo su interior en busca de una salida, un resquicio por donde poder huir y hacer lo que la madre naturaleza le exigía. Cuando Lachlan contuvo a su lobo poco pudo hacer para detenerse a sí mismo.

—Joder —dijo casi masticando ese olor tan dulce—. Te dije que te encerraras con pestillo cuando notaras la subida del deseo.

El silencio recibido a modo de respuesta lo desesperó.

—Esta forma de jugar conmigo no es divertida y mira que suelo disfrutar como el que más de los juegos.

Olivia se retorció sobre sí misma, apretando las piernas alrededor de la almohada dejando que el calor se acumulara en su intimidad. El gemido que siguió a continuación hizo que él diera un par de pasos en dirección a la híbrida.

Se detuvo en seco poco antes de llegar a ella, justo cuando Olivia abrió los ojos y clavó su mirada en él.

—No sabes lo que provocas haciendo esto.

—¿No hay chistes ahora? ¿Se te ha acabado la verborrea?

Lachlan gruñó amenazante, retrocediendo sobre sus pasos y tomando una distancia prudencial sobre el jugoso pecado que yacía en la cama.

—Serías un duro juego, pero ahora mismo necesito una buena copa.

Luchó consigo mismo mucho más de lo que estaba dispuesto a admitir mientras se obligó a salir de la habitación. Antes de poder salir, le dedicó una última mirada y gruñó de deseo. Era algo natural, su lobo le pedía cumplir lo que su raza les exigía.

—Estar en celo no te evitará la conversación que tenemos pendiente. No vuelvas a tratar de huir jamás.

—Que te jodan, lobo.

El susodicho respiró profundamente provocando que las aletas de la nariz se movieran al compás. Sí, su olor no era dulce como un postre, era picante y fuerte como a él le gustaba. Gruñó enfadado consigo mismo y salió de allí cerrando la puerta al salir.

Justo en el pasillo se encontró con Ellin, la cual lo miraba totalmente sorprendida.

—¿Qué hacías allí dentro? —preguntó acusándolo de algo que no había hecho.

—¡No quiero a ningún jodido lobo cerca de la casa en las próximas tres horas! ¡Da el aviso!

Su orden fue clara y directa.

Caminó tratando de alejarse de Olivia, casi podía sentir sus gemidos a pesar de tener la puerta cerrada, pero su hermana lo detuvo cogiéndolo del codo. Lachlan quedó paralizado mirándola a los ojos.

—¿Has tocado a Olivia?

—Jódete, Ellin —escupió enfurecido.

Quiso seguir caminando, pero su hermana se negó a dejarlo marchar hasta que no obtuviera una respuesta clara.

—Contéstame ya.

—¿Dejé que alguien te tocara a ti o a las demás durante su primer celo?

Ellin negó suavemente mostrando alivio al instante. Soltó su brazo al mismo tiempo que negaba con la cabeza. No, ninguna loba era tocada en su primer celo y en los siguientes ya poseían suficiente autocontrol como para elegir ser tocadas o no. Eso sin contar que ya podían elegir el hombre adecuado.

—Yo la vigilo, ve a despejarte —se ofreció Ellin.

—Gracias.

Sí, pocas veces se había visto tan apurado ante un celo, pero haberla olido tan cerca había trastocado todo. Ella poseía un olor diferente a todas, uno atrayente y fuerte que casi había provocado una gran equivocación.

Asintió y salió de allí a toda prisa. Necesitaba dejar salir a su lobo y correr, ser libre y alejarse del foco del celo.

***

—¿Cómo está? —preguntó Chase.

—Igual —contestó Dane—. No hay mejoras significativas, pero tampoco sé con seguridad si va bien o va mal. No es humana y no tengo con quién comparar. Parece que sigue estable.

Chase acarició con un dedo la mano fría de Aimee y vio como el vello de su brazo se erizaba.

—¿No puedes conectar con su mente como hiciste con Leah en su momento?

Dane negó ligeramente apenado.

—Lo he probado, pero me ha sido imposible.

Esa no fue una respuesta que le gustara oír. Ya hacía demasiadas semanas que la diosa permanecía inamovible en aquella cama de hospital. No había habido mejora alguna desde que había caído en aquel profundo coma.

Le estaba eternamente agradecido por revivir a Dane y a Pixie y se moría de ganas por decírselo. Lamentablemente, no parecía que fuese a un destino próximo.

—Nick también la visita mucho —dijo Dane revisando las constantes de Aimee.

—Supongo que a los pocos que nos ha tratado nos ha dejado algo impresionados.

Dane sonrió. Esa no era la palabra correcta.

Al parecer, los dioses puros se alimentaban de sangre y del placer del sexo y Nick conocía ese detalle. Eso había hecho que sus compañeros hoy siguieran vivos.

—Quiero darle las gracias.

—Y se las darás, Dane.

Él y muchos más.

Una parte de él le decía que la diosa iba a despertar, pero la espera lo estaba desesperando. La paciencia suele ser una virtud, no obstante, él ya estaba comenzando a perderla. Desde que la había visto en aquel mísero sótano había deseado hablar con ella y no había podido aún.

—A veces creo que es capaz de sentirnos —comentó Dane colocándose a su lado y mirando a Aimee.

—¿Por qué dices eso?

Dane señaló el monitor que había a la derecha de la diosa, el que marcaba sus constantes vitales, en el cual había un visible incremento. Sus pulsaciones habían subido ligeramente y la oxigenación era mayor.

—Casi las iguala a las que deberían ser estando despierta.

Chase asintió y se acercó a ella hasta sentarse a su lado.

—Os dejo un momento a solas —anunció Dane.

—¿Me interpongo en tu trabajo?

Dane negó con la cabeza.

—No te preocupes. Así me tomo un café con Pixie que es su rato de descanso.

Y la mencionada pareció escucharles, ya que comenzó a sentirse por el pasillo su voz, poco melodiosa, cantando una canción infantil como si fuera una ópera. Ambos tuvieron que echarse a reír, aquella híbrida había llenado de luz y color la base y era inconfundible.

—Disfruta con tu mujer.

—Con ella es imposible aburrirse.

Y estuvo totalmente de acuerdo con aquella afirmación.

Cuando se quedó a solas, el ruido de las máquinas desvió su concentración. Después de encontrarla herida en el sótano de Seth había esperado pacientemente a que se recuperara un poco para poder hablar. Eso no había ocurrido, ya que había entrado en coma.

—No sé si me escuchas. Mi nombre es Chase y soy el Devorador que te encontró.

De pronto se sintió tan estúpido hablando solo que tuvo que mirar atrás para cerciorarse de que nadie más lo veía.

—Gracias por hacerlos volver.

No recibió respuesta alguna, pero no era algo extraño.

—Imagino que te preguntas qué hago aquí cada día. O no, porque estás en coma y no te preguntas nada y estoy haciendo el capullo.

Frenético se llevó las manos al rostro y se frotó la cara enérgicamente.

—Quiero hablar contigo, saber qué te hizo el desgraciado de Seth, de dónde eres, quién eres y por qué estás en la Tierra. Quiero muchas cosas, pero debes recuperarte y volver.

Chase rio como si acabara de enloquecer, hablar con alguien que parecía dormido era desesperante.

—Aimee, siento que necesito conocerte. Y si el destino te tiene preparada la muerte, cosa que no espero, quiero que sepas que no lo harás sola.

CAPÍTULO 8

Luke bajó la cabeza en señal de sumisión cuando Lachlan pasó por su lado en forma lobuna. Se marchó corriendo a toda prisa hacia el bosque. Todos los que se cruzaron con él hicieron exactamente lo mismo, señal de su rango superior al resto.

Ryan se sorprendió al ver el respeto absoluto que le profesaban al Alfa, él era los brazos de aquella manada y no había visto a nadie que no profesara ese profundo respeto que mostraban en público.

—¿Ocurre algo? —preguntó Ryan al ver el ceño fruncido de Luke.

—Lachlan estaba inquieto, rozando la ira.

El novato miró hacia atrás, justo a la casa de la que había salido.

—¿Crees que Olivia está bien?

Luke hizo un pequeño carcajeo, como si acabara de decir alguna estupidez.

—Por supuesto que sí, nadie la tocará en su estado. Seguramente esté en uno de los puntos fuertes del día. —Señaló por donde se había ido el Alfa—. De ahí la prisa.

Era comprensible y no podía llegar a imaginar lo que significaba estar cerca de alguien en celo. En ese punto en el que el cuerpo demandaba el calor de otro cuerpo llenando todas sus necesidades más primitivas.

—Hasta a ti te costaría soportarlo.

El comentario de Luke le hizo cabecear un poco. Los Devoradores no estaban preparados para soportar y manejar algo semejante. Los lobos llevaban siglos lidiando con el celo de sus hembras y se temía que habían tardado años en pillarle el punto.

—No me gustaría comprobarlo —contestó sinceramente.

—Mejor, yo te recomiendo disfrutar de la compañía de alguna de las chicas que deseen estar a tu lado.

Ryan se sintió incómodo.

—¿Qué obsesión tienes con que tenga sexo?

La sonrisa de Luke fue tan lobuna que casi pudo ver el lobo pelirrojo que se escondía en su interior.

—Tienes pinta de hacerlo poco y trabajar demasiado. Con tanto trabajo dudo mucho que te diviertas alguna vez.

Un aullido espeluznante cortó el cielo provocando que Ryan se estremeciera con el sonido, era desgarrador e, incluso, pudo notar como calaba en su cuerpo hasta lo más profundo de su pecho. Era una sensación difícil de describir en voz alta, los lobos eran muy distintos a los Devoradores.

—A alguien lo han rechazado —rio Luke.

¿Eso era un no? Ryan frunció el ceño sin comprender demasiado lo que era.

—¿Todo eso por un no?

—No es un no cualquiera. Ese lobo que aúlla es el marido de Amberly, una de las hermanas de Lachlan —dijo con diversión antes de ponerse mortalmente serio—. No hay peor castigo para uno de nosotros que ser rechazaros en pleno celo por nuestra pareja. Como compañero de la loba nuestra necesidad es casi tan fuerte que el de la loba.

Y eso significaba que la loba tenía un serio problema con su marido para causarle semejante castigo.

—No me imagino a Leah castigando a Dominick, acabaría con toda la base después —comentó Ryan imaginando la situación en su hogar.

—Tienen una relación peculiar y no es el primer celo en el que discuten —explicó Luke.

Era extraño aquel lugar y eso que la base tenía unas normas fuera de lo común. Estaba claro que eran dos mundos distintos que habían chocado gracias a Leah y Olivia. Sin ellas no se hubieran conocido.

Luke dio una palmada al aire atrayendo totalmente su

atención.

—Vamos —ordenó suavemente.

—¿A dónde?

—A cenar. Unas calles más abajo hay un restaurante brutal.

Ryan sonrió, el caso era que sí tenía hambre. Llevaba horas allí y ya comenzaba a tener ganas de cenar.

—Te has propuesto que lo pase bien, ¿eh?

—Mis amigos siempre deben pasarlo bien.

Comenzaron a caminar, el novato siguiendo al lobo hacia donde quisiera guiarlo.

—¿Somos amigos?

Asintió con solemnidad.

—Desde que vi tus pies tímidos bajando del enorme Jeep que conduces. Y lo mejor fue con la vergüenza con la que viniste a preguntar dónde estaba Lachlan. Estuve tentado a transformarme para ver si salías corriendo o me plantabas cara.

Ryan cabeceó un poco sobre esa hipotética situación. Seguramente habría combatido, era un soldado entrenado por el mismísimo Dominick. No era un niño al que amedrentar con una forma lobuna.

—No hubiera acabado bien nuestro primer encuentro.

—Por eso mismo no lo hice. Por miedo a que todo saltara por los aires. Nuestro alfa ya nos había advertido de la visita de los Devoradores y de las nuevas alianzas que habían comenzado a formarse.

Llegaron al local y no pudo evitar quedar sorprendido, era muy diferente a lo que hubiera imaginado. Tartamudeó un poco en busca de alguna palabra para definir aquello y no la supo encontrar.

Era un local grande que ocupaba casi toda la calle, con una fachada de un blanco impoluto. No obstante, lo interesante era la terraza. De mesa a mesa las separaciones eran los biombos que conocía de verlos en la consulta del hospital.

Ryan parpadeó sorprendido y se fijó que algunas sillas eran camas de hospital reconstruidas en forma de sofá y otras, sillas de ruedas.

—¿Te gusta? —preguntó Luke.

—Sí.

—Eso quería, que te sintieras como en casa.

Y no podía ser más acertado. Estaba en una especie de fiesta temática de doctores y él era un aprendiz. Sonrió, aquel lobo poseía muchos más ases bajo la manga de lo que hubiera podido prever.

***

Llamaron a la puerta y decidió ignorar aquel sonido. Olivia giró sobre sí misma y rodó por la cama hasta encontrar una postura más cómoda de la que tenía. Los espasmos en su intimidad estaban comenzando a cesar y eso era agradable.

El picor en el cuerpo la abandonó, ya no sentía esa necesidad imperiosa de ser tocada. Durante los momentos más álgidos del celo había deseado suplicar a cualquiera que lo detuviera, que llenara sus necesidades y pudiera descansar de todo aquello.

Necesitaba volver a verlo y olerlo. Los meses estaban provocando que apenas se acordara de su voz y se odiaba por eso. No podía olvidarlo, no podía arrancar a Cody de su mente y mucho menos de su alma.

—Olivia, ¿puedo entrar?

Una voz femenina que no conocía sonó, ella frunció el ceño confundida, pero decidió ignorarla.

—Mi nombre es Ellin, soy hermana de Lachlan.

Bufó sonoramente, peor todavía; era alguien de la familia de ese Alfa que quería dejar atrás. Seguramente ella no era mucho mejor.

—¡Largo! —gritó.

La puerta de su habitación se abrió. Fantástico, toda la familia sufría el mismo defecto: sordera selectiva.

Gruñó en señal de advertencia, pero aquella mujer no se dio por aludida. Ella sonrió y caminó hasta su escritorio, se sentó en la silla y miró a su alrededor.

—Los obreros han sido muy rápidos reparando el destrozo que hiciste.

Olivia bufó.

¿Por qué nadie entendía que quería estar sola?

—Mi nombre es Ellin.

Decidió que no valía la pena luchar contra algo así, ella la ignoraba de la peor forma y no se veía con fuerzas de transformarse y asustarla. Suspiró aceptando la nueva situación y se la quedó mirando.

—Siento que el encierro haya sido así. Esperábamos que fuera más liviano.

Parpadeó sorprendida.

—Los lobos suelen ponerse bastante tontos cuando hay una hembra en celo y mi hermano cree que tenerte bajo llave es lo mejor. Obviamente, se ha equivocado. Espero que puedas disculparle.

Ahora sí que esa tal Ellin tenía toda su atención.

Olivia se sentó en la cama y miró a la recién llegada. Si eran hermanos no compartían parecido físico. Aquella mujer era exuberante y muy elegante, sus ropas lo indicaban. Llevaba un traje con chaqueta impolutamente perfecto. En lo que más se fijó fue en sus carnosos labios, los llevaba pintados de color fucsia y eran perfectos.

—Eres preciosa, Olivia.

La híbrida frunció el ceño, justamente eso pensaba ella de Ellin.

—¿Toda esta charla significa que soy libre?

El rostro de Ellin mostró sorpresa unos leves segundos antes de regresar a la sonrisa cordial inicial.

—¿Quieres libertad? Haremos un trato.

—Soy toda oídos —dijo Olivia.

La loba cruzó sus piernas acomodándose en el asiento, unos segundos en silencio que provocaron que el nerviosismo de Olivia aumentara.

—Esta noche hay una gran fiesta, irán casi todos, hasta el Devorador jovencito que suele enviar tu hermana.

—¿Ryan?

Asintió contestando su pregunta.

—Ve a la fiesta. Avisaré a todo el mundo que se comporte y aumentaré la seguridad femenina para que eso se cumpla.

—¿Lachlan qué opina de todo esto?

Ellin hizo una mueca con los labios antes de poder contestar.

—Él lo sabrá a su debido momento. Este es un experimento que necesitáis ambos.

Le gustaba la forma de pensar de aquella loba. Para ser sinceros, necesitaba salir de aquellas cuatro paredes y respirar aire puro, pero, por otro lado, deseaba tanto marcharse con Leah que todo quedaba en segundo plano.

—Yo solo quiero ir con Leah.

—Si después de la fiesta ves que no puedes soportar tu

estancia aquí, yo misma te llevaré a la base.

La frase la dejó pasmada, aquella mujer era dura y directa, no se andaba con rodeos y eso era un cambio refrescante en la rutina de sus últimos meses.

—No obstante —comenzó a decir—, debo remarcar que los Devoradores no están preparados para un celo. Ellos pueden sucumbir por mucho que deseen respetarte. Aquí, en cambio, estamos entrenados para ese tipo de situaciones.

Olivia casi sintió que estaba punto de pactar con el diablo, como si aquello tuviera trampa. Lo cierto era que había normalizado tanto su encierro que le daba miedo poner un pie fuera de aquella fortaleza. Era un giro en su vida que necesitaba.

—¿Te meterás en un lío con esto? —preguntó Olivia.

—¿Acaso importa?

Eso era un sí solemne.

—Necesitas salir de aquí. Nosotras lo hacemos durante el primer celo, no demasiado, debo reconocer, pero sí que podemos pasear bien acompañadas.

—¿Os da miedo que os violen?

Ellin endureció el rostro y negó con la cabeza.

—Eso jamás sucedería en esta manada. El gran problema del celo es que en el momento más álgido serías capaz de entregarte a cualquiera por calmar ese calor. Y —la señaló— excepto tu caso, el celo suele presentarse a los catorce o quince años; es impensable la idea de dejarlas hacer lo que quieran a esa edad, ya que hay una probabilidad de embarazo.

Ella hablaba de una forma perfecta, casi parecía que estaba dando un discurso muy preparado previamente.

—¿Por qué soy diferente?

—Eres híbrida. Eso significa que tu sangre humana enmascaró a la loba. Tardó más en dejarse ver y por eso el celo ha tardado tanto tiempo. Ha salido justo cuando la loba de tu interior se ha hecho más fuerte y los cambios han sido más constantes. Justo lo que ocurre a esa edad. Es el mismo proceso de nuestras adolescentes, pero con la diferencia de edad.

Olivia bufó.

—De no haberme rescatado lo hubiera tenido en aquel lugar.

—Imagino que lo estarían esperando para engendrar más luchadores.

Su contestación fue brusca y dura, pero agradeció que no

ocultara la verdad.

—Hubiera tenido hijos de... —Cayó al instante como si su nombre estuviera prohibido.

—Sé que estabas muy unida a Cody y siento lo ocurrido.

Olivia se dobló instintivamente al sentir las letras que formaban su nombre. Se abrazó a sus piernas y jadeó dejando que los miles de recuerdos que poseía se agolparan en su cabeza. Él ya no estaba para cuidarla como tanto necesitaba y eso provocaba un profundo dolor.

—Quiero que sepas que conmigo puedes hablar de él. Puedes recordarlo, no es malo, pero debes avanzar. Tú no moriste aquel día, aunque te empeñes en hacerlo.

—No puedo dejarlo ir —susurró con la boca tan cerca de su piel que sintió sus labios en sus rodillas.

Ellin se alzó suavemente como si esperara una reacción desorbitada de ella. Al ver que no sucedía, se acercó a ella y se sentó a su lado. El colchón se hundió un poco ante el peso, pero Olivia no se inmutó.

—Olivia, has vivido algo muy traumático y todos comprendemos lo duro que ha debido ser su pérdida, pero también vemos como te has ido perdiendo en ti misma.

—¿Cómo? Si he estado sola todo este tiempo.

Ella negó con la cabeza.

—Has estado rodeada sin vernos. Esta casa está llena de gente que ha reparado tu habitación, tus heridas, ha cocinado, ha limpiado, mi hermano ha estado aquí solo por ti ignorando muchas veces sus obligaciones. Te he sentido desde el pasillo llorar miles de veces, hundiéndote, agonizando en un agujero tan profundo y desesperanzador que me encoge el corazón.

La loba se mantuvo en silencio unos segundos. Con su mano derecha, de forma titubeante, se acercó a ella y la posó sobre su espalda. El contacto hizo que Olivia se estremeciera y gruñera fuertemente, no deseaba que nadie lo hiciera como si eso pudiera borrar todos los toques de Cody.

—Todos queremos que te recuperes y que sigas adelante. Eso no significa que lo olvides.

—¿Por qué os preocupáis por mí?

Ellin frunció el ceño.

—¿Crees que no lo mereces?

Olivia asintió. Colocó su mejilla en la rodilla y quedó mirando a la loba, la cual pasaba por muchos estados antes de llegar a la calma.

—Llevas tanto tiempo sola, salvo por la compañía de Leah, que crees que nadie puede preocuparse por ti. —Tomó algo de aire—. Déjame decirte que eres una de los nuestros y nosotros no nos abandonamos por mucho que no nos conozcamos. Cuando Lachlan te trajo todo el mundo te olió y te aceptó. Formas parte de esto, aunque no te guste y te cuidaremos y protegeremos hasta la muerte. Ese es nuestro código.

Olivia reservó las lágrimas para la soledad y asintió.

—Ni siquiera me conocéis.

—No importa, nuestro Alfa te traía, señal que eras alguien increíble.

—Lachlan puede equivocarse.

—Contigo no y el tiempo lo dirá.

CAPÍTULO 9

Seth miró los restos de excremento que quedaban en la suela de su bota y bufó hastiado. Aquel lugar no empezaba con buen pie. No quería darle la orden a nadie para que tratara con su nuevo juguete, estaba comenzando a comprender que si quería algo bien iba a tener que hacerlo él mismo.

También había girado la perspectiva. Atacar la base le había comportado nulos resultados, en especial su último asalto. Pixie había resultado ser mucho más fuerte de lo que habría podido prever para ser una híbrida.

Aún se sentía débil, su cuerpo no estaba al cien por cien, no obstante, necesitaba comenzar a moverse. Las bases habían sufrido cambios, todas en su totalidad habían instaurado nuevos sistemas de seguridad contra sus espectros.

Su raza comenzaba a blindarse y había ideado un plan distinto: hacerlos salir.

Y para hacerlo tenía a la persona perfecta.

De pronto, un hombre se detuvo ante él. Seth no necesitaba presentación, todo él era una carta de presentación andante.

—¿Drake Rider?

El lobo asintió y Seth no pudo sentirse más sorprendido.

Había sentido que el Alfa de la manada del sur era alguien fuerte e imponente, no obstante, tenía la sensación de estar ante un muchacho de poco más de veinte años. Casi daba la sensación de que todavía tenía que superar la pubertad. Tal vez, ir a verle no había sido el mejor plan de todos los que había tenido hasta la fecha.

—Tengo la sensación de que no soy lo que esperabas.

Su voz mostró diversión, el lobo parecía divertido con la primera impresión que había causado. Parecía que no era la primera vez que le ocurría y había tomado el modo divertido de aquellos momentos.

—Tengo treinta y cinco años, creo que soy lo suficientemente mayor para poder atenderle yo mismo.

—Esperaba un Alfa más curtido.

Su sonrisa torcida fue la antesala de un gruñido demoledor, al parecer el lobo tenía carácter.

—¿A qué debo esta visita? Lo digo por preparar un té ya que vienen a mi casa y me insultan... creo que esto puede ponerse interesante. ,

—Vengo a proponerte una alianza entre tus lobos y mis espectros.

Los cabellos morenos del licántropo se movieron al compás de una ferviente negación. Sin embargo, aún no podía contestar, debía conocer el objetivo de dicha alianza.

—He oído hablar de ti —dijo cruzando los dedos—. Según tengo entendido, tuviste que comer con pajita durante un tiempo gracias a la híbrida. ¿Pixie, verdad?

El aire se arremolinó alrededor de los dos hombres al mismo tiempo que el suelo hizo una pequeña vibración, algo que no alteró en absoluto el semblante del lobo, pero sí el de Seth.

No le gustaba aquel graciosillo, pero al mismo tiempo lo necesitaba para llevar a cabo sus planes. Sus poderes se replegaron de forma paulatina a la par que su mal genio. Debía aprender a lidiar con gente que no estaba acostumbrada a obedecer a pies juntillas.

—Reconozco que recibí un duro golpe.

—¿Y vienes a pedirme ayuda y que me ponga a toda tu raza en contra? Te han pateado el culo unas cuantas veces ya y me gusta el mío en mi sitio.

Seth hizo un leve chasquido con la lengua molesto. Los mortales eran demasiado molestos.

—Te convendría bien elegir bando pronto. Cuando haya tomado el control, de nuevo, de los Devoradores no habrá ganadores o vencidos. Todos pasarán a ser mis esclavos sin contemplaciones.

—Con ese futuro tan prometedor no sé cómo no estoy

firmando ya mismo. —Sonrió lobunamente.

—Tus lobos y tú podríais pasar a ser parte de mi guardia personal, estaríais bien mirados y no permitiría que mis Devoradores supervivientes se alimentaran de vosotros.

El lobo caminó en círculos sopesando sus posibilidades y, para cuando Seth creyó que ya tenía una respuesta, se abrió ampliamente de brazos.

—Debo decir que me siento absolutamente sorprendido de que hayas acudido a mí y que eres bastante creído con ese rollo de dios todopoderoso. Siento declinar tu oferta, no es lo suficientemente sustanciosa.

Para cuando Seth fue a hablar el lobo dio unas leves palmaditas y su cuerpo cambió por completo.

El rostro de un petulante Lachlan luciendo una enorme sonrisa fue lo que se encontró tras la transformación. La sorpresa lo golpeó duramente tratando de comprender lo que acababa de ocurrir en aquel mismísimo instante.

—Drake no es tan agradable como yo. Fue un bonito engaño, ¿verdad? —preguntó socarronamente Lachlan.

Y en ese momento Nick se hizo visible a la derecha del lobo. El Devorador había sido el causante de todo su engaño, el cual, con un chasquido de dedos hizo que todo su alrededor cambiase al instante.

No estaba en la manada del sur y había sido engañado como un niño.

—Eso os costará muy caro —amenazó.

Nick alzó una ceja al mismo tiempo que un escudo los blindaba, estaba claro que Chase estaba allí por mucho que no pudiera verlo y esa era la marca inequívoca. Los anillos que Nick llevaba sonaron al hacerlos chocar cuando sus manos se juntaron haciendo que entremedio comenzara a acumularse su energía.

—Tú has querido jugar con nosotros demasiado tiempo y ya te hemos cogido el punto. Ha sido hasta divertido, tengo que reconocerlo. Me ha costado aguantar la risa al verte la cara esa de sorprendido —provocó Lachlan.

—A veces, que el jodido joda puede resultar un atractivo cambio —resaltó Nick.

Él tenía pinta de rockero y de maleante, no del segundo al mando que Dominick había elegido para su base. No obstante, debía reconocer que había caído en el engaño, aquella alucinación era propia de un gran soldado.

—Debo suponer que estáis todos aquí reunidos para intentar matarme.

—No, jugar al parchís fue la idea principal, pero a mis compañeros no les pareció bien. Y ya sabes, esto es un equipo y debemos seguir lo que la mayoría diga. —Sonrió el segundo al mando.

Nick era el primero al que iba a hacer desaparecer del mapa y luego se entretendría con el lobo. Los dos poseían un humor digno para ser sepultados por su bota como si de un mero insecto se trataran.

—Os sentís muy protegidos ahí dentro, ¿no?

—No me quejo la verdad. —Se encogió de hombros Lachlan.

Un choque de energía se desprendió de su cuerpo golpeando duramente el escudo, no consiguió derribarlo, pero sí hacer una gran grieta que lo dividió en dos partes. No obstante, se mantuvo en pie, aquel Devorador era sumamente fuerte, más de lo que había creído inicialmente al observarlos.

—En vez de ser tan cobarde, podrías dejarte ver, ¿no crees, Chase? —insultó tratando de provocarlo.

—Él no está oculto —comentó Nick moviendo la mano derecha a modo de medio círculo y dejando ver al Devorador en cuestión a su lado.

Lo cierto era que aquel mentalista era poderoso, capaz de engañar a cualquier mente. Alguien muy útil de su lado, uno más para añadir a sus filas.

—Me pregunto a cuantos tienes escondidos bajo ese hechizo —dijo refiriéndose a Nick.

Este se encogió de hombros sin preocupación alguna. La verdad que su imagen no casaba con la raza, era una especie de rockero despeinado, con cara de no sufrir ninguna preocupación. Eran como dos personas cohabitando el mismo cuerpo, la imagen que quería dar de cara al mundo y la suya propia.

Una brisa oscura golpeó a Seth a la altura de las costillas, alzándolo al vuelo y haciéndolo impactar contra el árbol más cercano. El golpe fue sordo y seco, haciendo que gimiera por la sorpresa; su cuerpo cayó al suelo con contundencia.

—Yo no soy demasiado de hablar. Reconozco que una buena conversación puede ser refrescante, pero no contigo.

La voz de Dominick lo inundó todo y lo vio venir hacia él

caminando lentamente. Seth quiso moverse, pero los poderes del jefe de su raza lo inmovilizaron en el sitio. Se revolvió con impotencia con cada nuevo paso que daba su enemigo y no consiguió nada.

—¿Creéis que por ser unos pocos sois capaces de acabar conmigo?

Dominick no cabeceó, asintió suavemente.

—Estás en baja forma —reconoció el Devorador.

Seth sonrió.

—Me sorprende que no hayas traído a Dane y Pixie para que me pateen el culo. Ya que ellos consiguieron más que ningún otro —escupió el dios.

Entonces notó a Dominick en su mente, apretando fuerte, tratando de romperle. Gritó de dolor.

El escudo de Chase se replegó y todos los Devoradores trataron de golpearlo con sus poderes. El dolor fue tan placentero que tuvo que reprimir las ganas de gemir, gritó nuevamente y se dejó llevar por ese lado oscuro que conocía bien.

Cuando la nube de polvo que los envolvió desapareció, lució una enrome sonrisa.

El lobo había abandonado su forma humana y lucía su figura lobuna, uno enorme y mucho más grande de lo que había esperado, al parecer, el alfa daba la talla.

—¿Pensáis que podéis conmigo? —preguntó poniéndose en pie.

El escudo de Chase volvió a alzarse y eso solo provocó que él tuviera deseo de hacerlo añicos para ver el rostro que recibiría en respuesta, no obstante, se contuvo. A pesar de su fuerza superior debía ser cauto, ya que estaba en bastante desventaja numérica.

—Si Aimee no pudo conmigo y es una diosa pura... no puedo creer que tengáis tanta imaginación.

—Si eres tan poderoso, ¿por qué te escondes siempre como una rata? —preguntó Dominick.

Todos obedecían a pies juntillas al jefe de su raza y eso lo hacía admirable, por ese motivo lo quería en sus filas más que a cualquier otro.

—¿Qué hicisteis con ella? ¿Acabasteis la faena? —preguntó exaltado.

—Teníais razón, está poco cuerdo —comentó Nick.

Un segundo ataque sobre Seth no se hizo esperar, lamentablemente no le gustaban los juegos. Cerró los ojos y reunió sus poderes para lanzarlos contra sus atacantes a toda velocidad. El escudo de Chase cayó tras unos segundos, muy loables, y los golpeó duramente.

El primero en llegar ante él fue el gran lobo negro Lachlan. Lecibió un mordisco en el antebrazo cuando trató de cubrirse y lo lanzó lo más lejos que pudo, haciendo que su cuerpo impactara contra el suelo y rodara unos largos metros.

Nick, Chase y Dominick quisieron ser los siguientes, pero decidió contenerlos para evitar el enfrentamiento.

—Seguro que no —comentó retomando el tema pendiente.

—Te veo muy obsesionado con Aimee. ¿Sabes que existen grupos de apoyo?

El humor de Nick rozaba la molestia, cuando fuera su espectro lo primero que pensaba hacer sería cortarle la lengua.

—¿Quién la encontró?

Los tres Devoradores estaban suspendidos en el aire, inmóviles, al mismo tiempo que las raíces de un árbol se aferraban a las extremidades del Alfa para contenerlo.

Miró a Dominick a los ojos y leyó en él todo cuanto necesitaba. Al parecer las cosas habían ido de una forma distinta a la que había imaginado en un principio. Muchísimo mejor.

—Interesante —comentó sonriente.

Pasó ante Nick y lo tomó de la barbilla, apretando su agarre tan fuerte que sus dedos emblanquecieron.

—¿Cuánto placer sentiste al alimentarla? ¿Te gustó?

Nick tragó saliva intentando hablar, le descongeló los labios para permitírselo.

—No eres mal tipo, pero ya cansas con tanta charla.

Sí, iba a cortarle la lengua, ya estaba asegurado.

—Estoy convencido de que te gustaría repetir, es toda una experiencia –rio Seth.

Lo soltó para ir con el último Devorador: Chase. Él era distinto a los demás, no causaba impresión a primera vista, pero tenía mucho más si se rascaba un poco el exterior. Al parecer, iba a tener un gran ejército cuando todos pasaran a ser suyos.

—Tú viste algo en ella. Contemplaste mi obra de arte y te estremeciste. Poco importaron las palabras de tu jefe, estabas dispuesto a marcharte con Aimee.

Seth sonrió.

—Si logra despertar te vas a llevar una sorpresa. No es el

angelito dulce que crees y los dioses puros son difíciles de llevar.

—¿Qué te importa su salud si la querías muerta?

El dios se peinó con las manos y, acto seguido, se desperezó como si la conversación le cansara.

—Por ahora no me importa demasiado, tengo nuevos objetivos en el horizonte.

Paseó alrededor de sus presas, con lentitud, le gustaba regodearse de su gloria. Puede que no estuviera en el mejor de sus momentos, pero sus poderes no podían equipararse con los de un dios y creerlo era demasiado infantil.

—¿Sabéis lo que ocurre? Es que tengo la mala costumbre de ir un par de pasos por delante. Mi trato con el lobo ya está cerrado, pero no con Drake sino con Alix.

Lachlan gruñó sonoramente provocando que los Devoradores se sorprendieran. Había tocado la tecla adecuada y eso era brillante.

—¡Oh sí! Lo recuerdas bien.

Seth miró al resto de los Devoradores.

—Ese Alix no es más que un Alfa de la manada del este, pero no un Alfa cualquiera, es el peor enemigo de vuestro amigo y ex de una de sus hermanas. Si mal no tengo entendido le dio tal paliza que faltó poco para que muriera, fue en ese momento en el que fue desterrado y formó una gloriosa manada.

Lachlan gruñó y forcejeó por liberarse.

—Pues bien, le dije lo que había pasado con la preciosa Olivia y arde en deseos de conocerla.

El lobo estaba tan fuera de control que resultaba divertido.

—Debo reconocer que me habéis engañado al principio y buscaba otra alianza con otros lobos, sin embargo, creo que Alix me puede ser mucho más útil. Seguramente ya haya llegado allí. —Hizo una leve pausa—. Me pregunto, ¿cuánto tardará en desgarrar a la híbrida? ¿La joderá primero?

De pronto su alrededor desapareció para verse en el ártico.

¿Qué acababa de ocurrir?

***

Seth se quedó en el sitio con el rostro desencajado, lo que hizo que Lachlan no comprendiera del todo lo que estaba ocurriendo. Los Devoradores se descongelaron y pasaron al ataque. Chase creó un escudo tan pequeño que rodeó al dios y lo mantuvo inmóvil.

—¡Lárgate lobo! ¡No podré mantenerlo en la alucinación mucho más! —gritó Nick.

Los poderes de Dominick volaron a las raíces que lo contenían.

No necesitó nada más para arrancar a correr ferozmente. No podía permitir que Alix llegara a su manada.

Él no solo había llevado a su hermana Aurah a las puertas de la muerte, había ejecutado a muchos de sus lobos en su intento de huida. Se habían criado juntos y los había traicionado tan duramente que apenas habían podido sobreponerse hasta pasados unos años.

Y luego llegaron los rumores de su manada. Había recolectado lobos solitarios que había encontrado por el camino y algunos renegados de su propia manada, los cuales habían salido en su defensa cuando Lachlan lo había desterrado.

Atravesó el bosque a toda prisa, se conocía bien aquellas tierras y lamentaba no haber estado allí para defenderlos. Esperaba no llegar demasiado tarde.

Cuando había salido a toda prisa de la habitación de Olivia a causa del celo no esperaba chocar directamente contra Chase y el plan de los Devoradores. Llevaban tiempo buscando a Seth y él había hecho saltar todas las alarmas cuando se había acercado mucho a su manada y a la de Drake.

Ahora comenzaba a creer que todo había sido a posta, ya que resultaba absurdo ir a aliarse con la manada colindante a la suya.

Rezó a los cielos que todos estuvieran bien, especialmente Aurah y Olivia. No sabía a cuál de las dos iba a visitar primero y sabía bien que las dos visitas iban a ser terribles. Su corazón golpeaba su caja torácica a tanta velocidad que dolía.

Alix se aprovecharía del celo de Olivia para humillarla.

Cuando estaba a pocos kilómetros de su urbanización aulló dando la voz de alarma, esperaba que los centinelas lo escuchasen y tomaran todas las medidas de precaución necesarias.

No podía permitir que aquel malnacido regresara a su manada y pensaba despellejarlo él mismo si eso ocurría. No había perdón para un traidor como él y el solo hecho de haberse aliado con Seth lo sentenciaba a muerte.

Aulló nuevamente esperando la respuesta, al no obtenerla se

asustó. Sus centinelas podían escucharlo a mucha distancia y aquello era una señal inequívoca de que algo no funcionaba del todo bien.

"No permitas que alguien salga dañado", deseó con todas sus fuerzas.

CAPÍTULO 10

—¡Olivia, estás preciosa! —exclamó Ellin viéndola bajar por las escaleras.

Ella negó con la cabeza, no lo era, pero aceptaba el cumplido. Sabía bien que la hermana de Lachlan buscaba hacerla sentir mejor y lo agradecía, al menos era la primera que la dejaba tomar aire fresco.

—Veo que al final no has elegido el vestido —comentó la loba.

—Me siento mejor con pantalón.

"Para salir corriendo de ser necesario", pensó Olivia.

No quería decírselo en voz alta ya que ella estaba siendo muy amable, no deseaba ser grosera.

Tenía un nudo en el estómago, salir era su máximo deseo y, a su vez, su mayor temor. No iba a los brazos seguros de Leah sino a una fiesta donde todos serian desconocidos, pero, a su vez, todos sabrían quién era ella.

—Perfecto.

Ellin sonrió y Olivia se fijó en el precioso vestido beige que llevaba. Aquella mujer era elegante de una forma que le salía completamente natural, era hermosa.

La loba abrió la puerta y miró atrás buscándola. Por suerte fue paciente con ella, ya que no la atosigó para salir. Esperó unos segundos hasta que hizo un pequeño carraspeo, nada fuerte, todo de forma muy ligera.

Olivia respiró profundamente y la siguió. Una vez atravesó el marco supo que ya no había marcha atrás, acababa de iniciar un viaje distinto al de todos aquellos meses. La hermana de Lachlan deseaba cambiar la estrategia de tenerla en una burbuja a exponerla a toda la manada.

—Si sigues así vas a comenzar a hiperventilar, debes tratar de relajarte.

La voz de Ellin la atrajo de nuevo a la realidad; parpadeó tratando de mantener el contacto visual a la vez que pensaba en lo ocurrido y trató de relajarse.

—Creo que Lachlan va a enfadarse por esto.

—¿Y eso que importa? A veces hay que saltarse las normas. ¿Nunca lo has hecho?

Por supuesto que sí, pero las consecuencias habían sido letales.

Los recuerdos se agolparon en su cabeza y fue incapaz de retenerlos, la asolaron haciéndole revivir aquello por lo que había luchado por liberar. Casi sentía que nunca iba a ser capaz de librarse de ese lastre que había sido su cautiverio.

—*¡Entra en la jaula!* —*gritó uno de los guardas que la había arrastrado desde el ring.*

—*¡Que te follen!* —*gruñó ella.*

Las heridas ardían de tal forma que deseaba que quitaran las manos sobre su piel. Sabía que entrando eso iba a ocurrir, pero no iba a rendirse.

Ya no sabía los días que llevaba ahí, ya apenas recordaba a Leah salvo algún resquicio de su voz. No había nada por lo que seguir viviendo, aquello no era vida y no había indicio de que fuera a cambiar a mejor.

—*Olivia, entra, por favor* —*suplicó Cody.*

Él siempre la calmaba, siempre había conseguido que ella hiciera cuanto quisiera. Era su piedra en ese angosto mar. No obstante, aquel día había despertado con el deseo de desobedecer y nadie iba a arrebatarle eso.

Furiosa lanzó un cabezazo a uno de los guardias que la trataban de enjaular, el hombre aulló terriblemente y se llevó las manos a la cabeza a causa del dolor. Eso provocó algo que hasta ese momento había ocurrido. Siempre siendo sumisa y no había sentido aquella experiencia.

Escuchó el sonido de la táser y, tras unas punzadas en su piel, una corriente eléctrica la atravesó de forma tan fugaz y dolorosa que únicamente pudo gritar. Aquel ataque acentuó el dolor de sus heridas y, lo que es peor, la enfureció todavía más.

Se llevó las manos a la base del cuello y se arrancó los dos punzones de la pistola. Una segunda descarga la atravesó, pero el dolor ya no fue tan intenso y únicamente consiguió que su ira fuera en aumento.

Sonrió, sabiendo por el gesto del guardia, que su loba se había mostrado. Ella, la que odiaba por el dolor que le causaba, aunque al mismo tiempo la protegía, ahora estaba de su lado y casi podía imaginar en controlarla.

—Vamos, hazlo otra vez. —Lo instó.

Sabía que no era buena idea.

Sencillamente se había cansado de aguantar los golpes del destino y había decidido plantar cara al vendaval.

—¡Entra en la puta jaula!

Olivia sintió como sus caninos se alargaban, no tenía fuerzas para convertirse de nuevo, pero podía usarlos para defenderse.

—No —contestó tajantemente.

El guardia al que había golpeado se alejó corriendo de allí. Olivia, de reojo, miró atrás y vio que traían a la loba con la que la entrenaban. La usaban a ella para que aprendiera a transformarse, la instaban a golpearla hasta el borde de la muerte para que su loba interior tomara el control de la situación.

El guardia la tomó de la nuca y la apuntó con su arma en la cabeza. Ya no era la táser; el tono de la conversación se había elevado.

—Entra en la jaula, perra, o me cargo a esta.

Olivia estaba en un mal día, en uno en el que creía que los lobos de aquel sótano eran indispensables. Que a pesar de las palizas velaban por su vida.

Con todo el valor que cabía en su pecho negó con la cabeza como única señal negativa a las órdenes recibidas.

El disparo la dejó sin aliento. La bala atravesó la cabeza de la loba provocando que se desplomara a peso muerto contra el suelo. Sus sesos se esparcían por todos lados y la sangre salpicó la pared más cercana.

Había muerto por su culpa.

Una mujer había fallecido por comportarse como una niña pequeña.

Aprovechando el shock la metieron a empujones en la jaula. Ya no hubo palabras de consuelo algunas; había arrebatado una vida sin necesidad de apretar el gatillo.

Y esa noche se enroscó sobre su manta hecha girones y lloró como si el mundo fuera a inundarse por el camino.

—Olivia, ¿todo bien? —Ellin la regresó a la realidad nuevamente.

—Sí, estaba recordando algo —contestó tratando de despejar su mente.

Ellin rodeó su cintura con un brazo y la apretó contra ella, la loba era muy fuerte, tanto que la hizo sentirse débil a pesar de todo lo que la habían entrenado.

—Estás a salvo, grandota. No voy a dejar que te pase nada.

—¿Grandota?

Ella rio.

—A mis niños les llamo peques, no cabes en esa categoría.

Olivia asintió aceptando el apodo cariñoso.

—¿Estás casada?

Ellin asintió enérgicamente y sus ojos se iluminaron de ilusión al instante.

—Mi marido Howard es un lobo un poco obtuso, pero es el amor de mi vida. Y tengo dos hijos, niño y niña que son mis ojos queridos, mis luces.

Ese sentimiento que transmitió fue tan hermoso que sintió que su corazón se derretía. Eso, seguramente, era lo que Leah sentía al tener a Dominick y Camile en su vida. Debía ser hermoso tener una familia, algo que ella jamás había tenido salvo la compañía de Leah.

Justo por ese motivo deseaba volver a tener a su hermana cerca, porque era lo único parecido a ese sentimiento que los demás sentían y no podía alcanzar. En su corazón existía el temor de no ser amada jamás, tal vez no se lo merecía.

—Entonces no deberías perder el tiempo conmigo.

La loba se detuvo en seco y la mirada que le dedicó la dejó helada; tuvo la sensación de que acababa de pisar una mina y que iba a detonar al menor movimiento.

—No lo estoy perdiendo, eres de los nuestros y necesitabas compañía. Mi familia puede sobrevivir sin mí unas horas.

Olivia asintió aceptando que aquella familia era toda igual. No podía ganarlos en lo que a cabezonería se refería y era divertido. Siempre había creído que la persona más obtusa del mundo era Leah, pero ahora conocía unos cuantos más que podrían competir con ella directamente.

Caminar por aquellas calles en el atardecer hizo que se vieran hermosas, con ese color anaranjado bañando las casas y los jardines impolutamente cuidados. Aquel lugar estaba pulcramente atendido que parecía casi idílico.

No obstante, algo hizo que su humor cambiase al instante. Los primeros pasos en el exterior habían sido al lado de Ellin, con calma y sin preocuparse en lo que ocurriría cuando el resto de lobos la viesen. Y, ¡oh si lo hicieron!, salieron de sus casas para mirarla con auténtico estupor.

Todos sabían quién era y lo que le había pasado.

No pudo evitarlo y se detuvo a contemplar una pareja de mediana edad que la miraba sin apenas parpadear desde el porche de su casa. Olivia gruñó fuertemente antes de que Ellin le diera un ligero tirón en el brazo.

—Eso no es propio de una señorita —le chistó.

A Olivia no le importó. Odiaba ese gesto de lástima con la que posaban su vista sobre ella. No era una muñeca desvalida y no necesitaba ese sentimiento.

—No quiero que me miren así —respondió lentamente, como mordiendo las palabras.

—No puedes evitarlo, todos sienten enormemente lo que has vivido —contestó Ellin con contundencia.

La híbrida la miró molesta y ésta se encogió de hombros.

—Eres la primera hembra que rescatamos en esas condiciones. Siempre han obrevivido los machos, pero vosotras soléis morir antes del rescate. Es una sorpresa para todos y una bendición tenerte entre nosotros. Todos sienten lo ocurrido y ese hombre que te mira no es más que un excautivo de un juego similar al de tu captor. Él sobrevivió casi seis años bajo esas peleas clandestinas.

Justo en ese momento se sintió la peor persona del mundo. El pobre hombre había sobrevivido a algo mucho más terrible que su secuestro.

—Lo siento mucho —se disculpó abochornada.

El lobo sonrió y restó importancia agitando una mano.

—Es normal todo lo que sientes. Tómate tu tiempo.

Su voz fue tan dulce como una caricia, casi un bálsamo para las heridas de su alma. Al fin y al cabo, que él estuviera bien significaba que, tal vez, había luz al final del túnel. Que podía mejorar y sentirse algo mejor.

Algún día, posiblemente.

Ellin la instó a seguir caminando y lo hizo sin rechistar. Los ojos sobre ella ya no molestaban tanto y en parte era porque muchos querían su recuperación. Se habían jugado la vida al ir a rescatarlos a cambio de nada.

—¿Habrá mucha gente en la fiesta? —preguntó algo temblorosa.

—Corriendo la voz de que vas seguramente se presente casi todo el mundo, pero no debe afectarte. Vas a demostrarles que eres fuerte, que estás mejor y que puedes salir al mundo sin miedo a nada.

Aquella mujer se estaba convirtiendo en su nueva heroína, tan fuerte y capaz de todo que casi comenzaba a verla invencible.

—Aunque, si no te ves capaz podemos volver a casa.

Olivia negó con la cabeza fervientemente.

—Eso jamás. Quería salir y estoy fuera, ahora vamos a ver si puedo con esto.

La sonrisa de orgullo que lució Ellin la llenó de fuerza para aguantar lo que fuera.

El camino hasta el local fue lento y muchos lobos se unieron, algunos se presentaron y otros simplemente asintieron con la cabeza a modo de saludo. Sorprendentemente, todos mostraban su alegría por tenerla allí y eso le costaba de entender. Era una desconocida en aquel lugar y no importaba, la habían aceptado como si hubiera nacido en aquella misma calle.

—Esto es extraño... —susurró Olivia mirando a su alrededor.

—Es una manada, querida. Somos así.

Aquel término sonaba tan ilógico, pero al mismo tiempo cercano, como si ella pudiera formar parte de una comunidad. En el mundo había estado sola y solo conocía el calor del amor de Leah, no obstante, ella estaba con los Devoradores y, para ser sinceros, no encajaba allí.

No podía ser una carga para su hermana.

Giraron la calle a la derecha y se topó de bruces con una plaza grande iluminada con decenas de farolillos. Era un lugar idílico, totalmente rectangular, haciendo que las casas rodearan aquel lugar. La arquitectura era antigua, los arcos que había bajo cada balcón hacía que hubiera un pequeño refugio bajo cada hogar.

Olivia elevó la mirada y vio la gran carpa que tapaba parte de la plaza, de un blanco impoluto. Era casi romántico. A sus pies había un escenario donde los músicos se daban prisa en acabar de montar su número.

Bajo los arcos habían colocado muchas mesas, todas adornadas con una vela que hacía aquello todavía más acogedor. El lugar era hermoso y lo habían preparado para serlo, algo único e irrepetible.

Lo más curioso fue la temática elegida: la de un hospital. Todo estaba adornado de forma que parecía que estaban pasando consulta con algún doctor. Las camillas que hacían de mesas y los biombos que las separaban le provocó una sonrisa. Era una temática original y extraña para una fiesta.

Aunque, lo peor era que estaba atestado de gente y muchos habían comenzado a cuchichear sobre su llegada.

—Así pues, esta es la hermosa Olivia.

Un lobo gigantesco y pelirrojo se plantó ante la joven provocando que su respiración se agitase. Ellin la rodeó con uno de sus brazos y la apretó, transmitiéndole la confianza que tanto le faltaba en aquellos momentos.

—Te presento a Luke, uno de nuestros Omegas más queridos.

El hombre en cuestión hizo un bufido y después un leve puchero.

—Creía que me tenías en más alta estima.

—La tendré cuando dejen de llegarme quejas por alborotador.

Olivia les miró de forma intermitente, ignorando el hilo de la conversación, no entendía demasiado bien lo que se estaban diciendo y le dio vergüenza preguntar.

—Un Omega es el lobo que ante una emboscada servirá como cebo y se sacrificará por el bien del resto. Es el prescindible.

Una voz conocida hizo que su corazón se calmase. Sonrió de verdad cuando Ryan apareció ante ella. Sabía bien lo que el Devorador le había hecho al tratar de escaparse, pero no importaba. Aquel jovencito era importante para su hermana y eso lo hacía importante para ella.

Luke le dio un codazo en las costillas suavemente y Ryan fingió dolor.

—Creía que me querías más, Devorador.

—Y te aprecio, es ella la que ha dicho que lo eras.

Y ahora la pelota estaba en el tejado de Ellin, la cual sonreía como si estuviera en una pelea de niños.

—Sabes que eres uno de nuestros mejores lobos, sin embargo, adoro cuando te hago rabiar —confesó satisfecha con su travesura.

—¿Ves lo que tengo que aguantar? —replicó Luke acercándose a ella hasta el punto de abrazarla y apartarla del agarre de la loba—. Estás mucho mejor libre, sin atadura alguna. Nadie quiere hacerte daño, solo conocerte.

Los ojos penetrantes y lobunos de aquel hombre sondearon en su interior al mismo tiempo que acunaba su rostro y susurraba.

—Casi puedo ver el caos que te ha hecho así, pero te doy mi palabra de que todo eso pasará. Date una oportunidad para vivir en manada.

El instinto de Olivia le gritó que se retirase de allí inmediatamente, no obstante, no lo hizo. Se mantuvo firme y solo se permitió pestañear un par de veces para evitar sequedad en los ojos.

—Gracias, Luke.

—El placer es todo mío.

Unos leves acordes hicieron que la música diera comienzo. Muchos de los presentes habían tomado asiento en las mesas dejando que algunas parejas bailaran animadamente. Ya no murmuraban y mucho menos la miraban, habían aceptado su presencia y habían continuado con sus vidas. Era algo casi mágico aquel lugar.

Luke tiró de ella por la muñeca y la arrastró con suavidad hacia el tumulto.

—A bailar, lobezna.

—No creo que sepa... —dijo agitadamente, casi podía sentir su corazón desbocarse buscando salir por la boca.

—Yo creo que sí.

Y llegaron al centro de la pista con una Olivia a punto de hiperventilar por los nervios y un Luke tan sonriente que lo envidió. La música movió el cuerpo de aquel hombre que la miró tan intensamente que sintió como podía quemarse allí mismo.

La instó a bailar un par de veces, pero ante su reticencia, tomó sus manos y comenzó a moverla.

Olivia apenas se resistió, era más vergüenza que miedo lo que había en su interior. Así que, cuando Luke hizo que bailara, todo cambió. Miró a su alrededor esperando burlas o miradas y no encontró nada, todo el mundo seguía a lo suyo sin alterarse lo más mínimo por su presencia.

Así que finalmente se dejó ir y comenzó a hacer algunos

movimientos que simularon una especie de baile.

—Luke es el alma de la fiesta —rio Ryan mirando como Olivia había decidido intentarlo antes que abandonar o salir corriendo.

—No era así cuando llegó.

Ryan frunció el ceño y posó toda su atención en Ellin, la cual siguió mirándolos sin perderlos de vista.

—Fue rescatado de un sótano muy similar al de Olivia, salvo que su cautiverio fue mucho más largo y con más golpes.

El corazón de Ryan se detuvo, fue como si el tiempo se detuviera. Giró lentamente hacia la pareja que bailaba en la plaza y trató de comprender cómo había alguien en el mundo capaz de hacer daño a alguien como Luke.

Lo más sorprendente era su carácter, no parecía haber sufrido algo así. Era abierto y divertido, mucho más que cualquier Devorador que conocía.

CAPÍTULO 11

Olivia ya no bailaba, pero sí que disfrutaba de la música con los ojos cerrados, dejando que todo la envolviese. Ryan y Luke habían comenzado a beber entre baile y baile, Ellin se había unido a su familia y ella había conocido a muchos lobos, tantos que los nombres se entremezclaban en su mente.

La música dejó de sonar abruptamente. Abrió los ojos y el número de personas había crecido exponencialmente. Pronto los gruñidos le indicaron que no se trataba de un hecho normal, mucho menos cuando cuatro grandes lobos rodearon a Ellin y a sus hijos flanqueándola como auténticos guérreros.

Olivia se ocultó entre el tumulto, tratando de pasar inadvertida y descubrir qué era lo que estaba ocurriendo.

De pronto un gran hombre se abrió paso entre la multitud. Caminaba con paso demoledor y confiado, portaba su mentón erguido mostrando que no tenía miedo alguno y que controlaba la situación mucho más que el resto.

Sus cabellos negros reposaban sobre los hombros de un traje italiano carísimo, seguramente hecho a medida. Sus zapatos golpearon el suelo haciéndolo tronar, tan duramente que Olivia sintió el impulso de encogerse. Todos estaban tan tensos que supo que no era una visita de cortesía.

Buscó a Ryan con la mirada y lo encontró semioculto tras la espalda de Luke; el Devorador era una buena carta a tener en cuenta ante un enfrentamiento, aunque deseaba no llegar a ese extremo.

—Querida Ellin, te veo bien.

La voz del recién llegado fue profunda, como si viniera de las mismísimas entrañas del infierno. Casi pudo sentir como todas sus alarmas saltaban y la instaban a estar alerta. No podía huir de aquel lugar, pero sí plantarle cara.

—Alix. ¿A qué debemos esta visita?

La loba mantuvo con orgullo el temple al mismo tiempo que tomaba con ambas manos a sus hijos por los hombros.

El recién llegado miró con desprecio a los pequeños y mostró levemente los dientes.

—Bonita prole. Siempre pensé que tu marido te haría una loba gloriosa, llena de lobos por todas partes.

Olivia comprobó el leve titubeo que tuvo Ellin durante un segundo. Apretó con más fuerza a sus hijos y casi pudo escuchar su corazón acelerarse.

—¿A qué has venido? —preguntó enfrentándose al recién llegado.

—Corre un rumor... uno jugoso. —Miró a su alrededor y ella se escondió tras una columna con lentitud, tratando de no llamar la atención—. Habéis salvado otros pobres híbridos descarriados y apaleados, pero con una diferencia: esta vez hay una hembra entre los supervivientes.

Un lobo gruñó suavemente sobre su nuca y Olivia se quedó totalmente paralizada. Al momento sus brazos la rodearon apoyándose contra la columna, afianzándola fuerte entre sus brazos. Ella no supo si gritar o pelear.

—Soy de la manada, no te separes de mí —susurró en su oído.

Eso debía calmarla, no obstante, no lo hizo. Siguió mortalmente aterrorizada.

—¿Y por qué te interesaría a ti una hembra superviviente? —la voz de Ellin le hizo retomar la atención.

Alix miró a su alrededor como si contara a los presentes, se tomó su tiempo como si no importara el miedo infundado. Finalmente, contestó:

—Tengo curiosidad. Debe ser alguien especial y no solo porque sea la hermana de la mujer del líder de los Devoradores de pecados.

¡Oh, sí! Ahí estaba el kit de la cuestión. Ese era el motivo por el cual estaban allí, la buscaban por Dominick. Era la forma más cercana de llegar hasta ellos sin asaltar la base. Olivia cerró ambas manos hasta convertirse en un puño. No pensaba dejarse coger y que con su ayuda hicieran daño a Leah o a la pequeña Camile.

—No está aquí. No sé donde la esconde Lachlan, no quiere que nadie esté con ella.

—Claro, la quiere para él solito. Yo soy más de compartir.

La broma enfureció a muchos por algún motivo. Aquel hombre no era un grato invitado y podía comprobarlo mirando las caras de los de la manada de Lachlan.

Los lobos nuevos apretaron un poco más a la gente y el que la protegía se aferró más fuertemente a ella. Su cuerpo estaba tan próximo que no había zona que no notase sobre su piel, aquel hombre pensaba mimetizarse de ser necesario.

—Vas a decirme dónde la esconde tu hermanito.

Su tono había cambiado, se hizo más duro y profundo. Ignorando a los pequeños tomó a Ellin de la barbilla y la acercó tanto a su boca que casi pareció que la besaba. El marido de la loba gruñó y trató de forcejear con el que lo contenía, pero fue inútil.

—¿O qué? —preguntó la loba.

—O tus apestosos niños sufrirán las consecuencias.

Olivia se removió. Era el momento de salir y enfrentarse a aquel hombre. Empujó hacia atrás y su cuerpo no se movió ni un ápice, es más, recibió un gruñido a modo de respuesta. El hombre que la contenía no pensaba lo mismo.

—No puedo dejar que hagan daño a los niños.

—Quieta aquí —ordenó sin temblor alguno en su voz.

Pero no era buena acatando órdenes. Tomó aire y quiso gritar alto y claro dónde estaba, no obstante, su protector parecía conocerla bien ya que le tapó la boca justo a tiempo. El agarre fue tan fuerte que dolió, gimoteó levemente y trató de morderlo.

—Deja de comportarte como una niña malcriada y aguanta —se quejó.

¿Cómo hacerlo cuando la vida de muchos corría peligro por su culpa?

—No sé donde la tiene —dijo Ellin poniendo énfasis en cada sílaba pronunciada.

—Bien, podemos jugar a esto un poco más, soy paciente.

Alix chasqueó los dedos y uno de sus hombres se abrió paso entre la multitud arrastrando a una mujer sujeta por la nuca. Olivia trató de verla bien a pesar de su posición, quiso sacar un poco más la cabeza de detrás de la columna, pero no la dejaron. Comenzaba a estar harta y agobiada con el hombre que quería mantenerla a salvo.

La mujer caminaba hacia Alix con la mirada alta y el paso seguro, como mostrando que no tenía miedo a todos aquellos enormes lobos que habían tomado la plaza. Sus cabellos largos y rubios como rayos de sol caían hasta media espalda en una coleta a medio deshacer.

La pusieron ante el Alfa y en sus ojos no hubo muestra alguna de temor, al contrario, su azul cobalto mostraron ira y fuerza. No era una mujer a la que tratar como una princesa indefensa, era una guerrera.

—Queridísima Aurah, me alegra volver a verte.

—No puedo decir lo mismo —contestó ella al mismo tiempo que le dedicaba una mortal mirada al hombre que la sostenía y gruñía con fuerza.

Alix hizo un gesto con la mano para que la soltasen y eso ocurrió casi al instante. Eso hizo que la loba se relajase un poco, pero no había quitado la amenaza real.

—Ellin, vas a tener que elegir entre tu querida hermana o entregarme a Olivia.

Sí, ahora tenía que librarse de su protector para acabar con aquella situación. No importaba si la comparaban con el resto de vidas que había allí, no podían calificarla como alguien mejor que el resto. No valía la pena jugársela por alguien tan roto como se sentía.

—Te repito que no sé dónde está.

Ellin era tan estúpidamente cabezota que provocó que se desesperase.

—Suéltame, no vale la pena —susurró a través de la mano que seguía sobre su boca.

—No. Va a tratar de mataros a las dos hagamos lo que hagamos.

Alix rodeó por la cintura a Aurah, esta se sobrecogió, pero trató de ocultarlo de todas las formas posibles. La sonrisa que lució el Alfa a continuación fue tan repugnante que Olivia sintió que su estómago se ponía del revés.

—La última vez que estuvimos juntos lo pasé muy bien. Quiero que me des otra cita —comentó Alix completamente perdido mirando los labios de la mujer que retenía contra su cuerpo.

Una imagen clara comenzó a formarse en su mente. Aquellos dos habían sido pareja en algún momento y todo había acabado muy mal, de lo contrario, aquella reunión no estaría siendo tan tensa.

—¿Te vas a venir conmigo en el lugar de Olivia? —preguntó acariciando su mejilla.

Y, sorprendentemente, Aurah asintió.

Se acabó el tiempo de soportar todo aquello. No podían seguir así y pensaba morder a quien tenía atrás si eso la ayudaba a ser libre.

Tomó aire para gritar lo más fuerte que pudiera y que sonara por muchas manos que pudieran tapar su boca, pero antes de que eso ocurriera un aullido feroz rugió en el cielo.

Todos se quedaron paralizados y se miraron entre ellos. Ella parpadeó levemente antes de que un segundo aullido lo cambiara todo. Ella misma pudo reconocer ese tono de voz, ese aullido pertenecía a Lachlan y se acercaba a ellos a toda prisa.

El semblante de los invasores cambió completamente, gruñeron fuertemente y comenzaron a agitarse. Al parecer, no les gustaba la nueva visita que estaban a punto de recibir.

—Parece que tenemos visita, con las ganas que tengo de hablar con vuestro Alfa.

Y la guerra estalló en aquel instante por culpa de un tercer aullido, este había sido muy diferente, como si tuviera palabras en su interior que hubieran obligado a todos los lobos presentes a plantar cara.

Quisieron contenerlos, sin embargo, no fueron capaces. Las transformaciones por parte de ambas manadas fueron rápidas y las dentelladas comenzaron a estar presentes.

Olivia contuvo el aliento cuando, a su lado, uno de los de la manada invasora perdía media yugular cuando otro mordía sin piedad. Quiso deshacerse del agarre, pero este la tomó del codo y tiró de su cuerpo separándola de la columna.

—Haz lo que te diga —le ordenó en su oído cerciorándose que la escuchaba.

No pudo decir nada más, ya que Olivia se descubrió a sí misma gritando fuertemente cuando vio que un lobo se abalanzó sobre los cachorros de Ellin.

Howard, su marido, logró acabar con el agresor en pocos segundos, pero eso había provocado que Alix supiera de su existencia. Como si supiera de su físico agrandó los ojos sorprendido al verla de frente. Oteó el aire en busca de su aroma y ella juró sentirlo ronronear como un gato cuando certificó su identidad.

Aurah trató de detenerlo, lo atacó aprovechando la sorpresa inicial y lo golpeó con contundencia. Sin embargo, el Alfa se recompuso casi al momento, levantó el dedo índice y negó con él al mismo tiempo que abofeteaba a la loba y la tomaba del cuello.

—Eres mía, tu cuerpo lo sabe y el mío también. Vas a joder conmigo hasta que consiga quitarme este sentimiento de desesperación que me has provocado.

La loba de Olivia tomó el control casi sin avisar. Picó levemente en las palmas de sus manos antes de que la transformación se llevase a cabo. Dolió como tantas otras veces y gritó agónicamente cuando sus huesos se rompieron dejando paso a su forma lupina.

Una vez estuvo a cuatro patas el mundo cambió de color y se llenó de olores. Sin pensárselo dos veces arrancó a correr entre la multitud hasta llegar a Alix. Para hacerlo sorteó un par de guardianes que se quitó de en medio con un par de placajes, la habían adiestrado para golpear duramente y eso pensaba hacer.

Se tiró sobre Alix en busca de algún lugar donde morder, cuando logró tener su antebrazo derecho entre sus fauces apretó provocando un gemido demoledor. Casi sonrió cuando eso hizo que soltara a la hermana de Lachlan, pero se despistó viéndola transformarse y el Alfa tomó ventaja.

Las garras de aquel hombre se alargaron cuando puso sus manos en su estómago, atravesándola sin piedad. El dolor fue tan agudo que Olivia se sintió al borde del desmayo, tocando con sus dedos casi la inconsciencia.

Una loba rubia se lanzó sobre Alix obligándole a sacar las garras de su interior y pelear por su vida. Olivia vio el tono cobalto de ella y supo que se trataba de Aurah, quiso ayudarla y luchar fuertemente, sin embargo, el dolor la contuvo.

Tomó un par de respiraciones rápidas y dolorosas antes de caer al suelo y jadear. Alguien tocó su herida y lanzó una dentellada hacia allí; al comprobar que se trataba de Ellin bajó la cabeza y gruñó fuertemente. Los loveznos de la loba aparecieron a ambos lados, ambos preocupados. Eso la sorprendió, unos niños normales en circunstancias como esas estarían llorando a moco tendido y ellos permanecían fuertes.

—Hay que sacarte de aquí ahora mismo.

Ella quiso decirle que era ella la que debía huir y llevarse a sus pequeños consigo, pero solo pudo alcanzar a gruñir levemente. Resultaba muy difícil comunicarse en aquella forma.

Howard los protegía, era un lobo tan inmenso que se sorprendió, casi parecía pariente de un oso dado su tamaño.

Olivia se puso en pie cuando escuchó el grito desgarrador de Aurah. La loba acababa de ser duramente atacada a pesar de los lobos que trataban por todos los medios contener al Alfa.

Moverse era tan tortuoso que gimió levemente, casi no quedaban fuerzas en ella y eso su cuerpo lo corroboró cuando tornó a su forma humana. Apenas podía sostenerse en pie a causa de la herida. Cosa que no importó porque su objetivo era claro: entretener al loco del Alfa.

—¡ALIX! ¿Me quieres a mí? —gritó para sorpresa de todos.

Solo cuando él, ya transformado en un enorme y gigantesco lobo, fijó su atención en ella, Olivia le dedicó un feliz corte de mangas.

—Que te jodan, chucho.

Acto seguido, giró sobre sus talones y arrancó a correr mezclándose entre la multitud.

No es que tuviera un plan demasiado elaborado, pero eso era más que nada. Corrió entre lobos, dientes y garras, sorteándolos a duras penas. Saltó, se arrastró por el suelo y siguió en su huida desesperada sabiendo bien que el lobo la seguía a toda velocidad.

Al menos eso significaba que había soltado a Aurah para centrarse en ella.

Necesitaba salir de aquella plaza y adentrarse en el bosque, eso le daría una posibilidad de distraer al loco que la perseguía.

—¿Quieres cogerme? ¡Tendrás que ser más rápido! —gritó Olivia dando un salto sobre la espalda de uno de los lobos de la manada de Lachlan.

Este la impulsó fuertemente y esta se agarró a uno de los arcos que decoraba la plaza. Subió ágil hacia el balcón y siguió subiendo hasta el tejado. Una vez allí vio con claridad el camino de escape y siguió corriendo de tejado en tejado.

Los gruñidos procedentes de abajo le indicaron que Alix no estaba dispuesto a soltar a su presa y eso la hacía feliz, porque eso significaba que la hermana de Lachlan iba a estar bien.

***

Ryan paralizó a dos lobos con su mente, resultaba difícil luchar entre tanto cambiaformas. No quería atacar a uno de los amigos de Luke por error. Peleó cuerpo a cuerpo con uno de los que vinieron a atacarle y logró acabar con él cuando su mandíbula cedió entre sus brazos.

Logró encontrar a Luke gracias a su pelaje tan característico; agradeció enormemente ver al gran lobo pelirrojo sano y salvo acabando con otro enemigo.

Quiso acercarse a él, pero estaba protegiendo a Ellin, la cual había juntado a todos los niños presentes y los había llevado bajo uno de los arcos tratando de proteger a todos los pequeños presentes.

Un gruñido atrajo su atención. Uno de sus enemigos caminaba con paso tranquilo, mostrando sus fauces, dispuesto a comerse algún niño.

—Empiezo a odiar el cuento de la Caperucita Roja.

"Eso es porque no te lo han contado debidamente". —La voz de Luke resonó en su mente, cosa que lo sorprendió.

Ryan prefirió centrarse en el atacante. Llamó su atención moviendo las manos de un modo extraño y sonrió cuando lo miró a los ojos.

—Eh, amigo, no te pega nada eso de lobo. ¿Te gustan los gatos?

Cuando hizo contacto con su mente el lobo se dio cuenta y gruñó terriblemente mostrando sus afilados y mortales dientes.

—Yo tengo uno, Moffi se llama. Es pequeño, gordo, peludo y le gusta dormir en mi cama y llenármela de pelos. Y tú te pareces a él, te pega ser un gato.

Su magia hizo efecto y el atacante se detuvo en seco. Su carácter fiero dio paso a unos ojos grandes con las pupilas enormemente dilatadas. Se sentó ajeno a la guerra que había a su alrededor y empezó a lamerse una pata.

—Miau —dijo.

Ryan respiró aliviado. Costaba gran parte de su energía controlar la mente de otros, pero había funcionado.

La mayoría de los atacantes habían huido en ausencia de su Alfa y por inferioridad numérica. Por suerte aquello parecía acabar.

—Dime que no es verdad que tienes un gato —dijo Luke mortalmente ofendido.

Ya había tomado forma humana, una forma algo carente de ropa, lo que hizo que Ryan mirase a otro lado.

—¡Claro que lo es! Es una bola de pelo adorable —contestó.

Luke se puso ante su rostro y sonrió.

—¿No has visto nunca a un tío desnudo, Devorador?

—Por supuesto que sí.

El lobo rio levemente, se fue hacia los pequeños y los contó. Por suerte estaban todos y los padres habían empezado a aparecer para abrazar a sus retoños con todo su amor.

—Pienso comérmelo cuando vaya a verte —comentó Luke devolviendo su atención.

—Jamás te invitaré a mi casa —contestó.

El lobo asintió divertido y ambos comenzaron a caminar para evaluar daños y comenzar a ayudar a los heridos.

—Entonces tendremos que vernos en la mía.

—Me parece bien.

Ayudaron a un par de lobos a tapar sus heridas y comenzaron a arrastrar cuerpos de lobos muertos. Pronto comenzarían las ruedas de reconocimiento y solo esperaba que no tuvieran que lamentar muchas muertes amigas.

—¿Entonces, vamos a tener una cita?

Ryan frunció el ceño. ¿Ellos con quién más? La risa de Luke lo tornó todo más confuso, era como tratar de ver el paisaje de un rompecabezas, pero sin las piezas adecuadas.

—Eres tan inocente que me parece entrañable.

Ambos cargaron el pesado cuerpo de un enemigo hasta la pila que habían hecho en un rincón, en silencio, como si alguno de los dos hubiera dicho algo malo. Ryan tuvo la sensación de que acababa de meter la pata, sin embargo, no tenía claro dónde.

—Luke, si he dicho algo que no debía, perdóname.

Él negó con la cabeza e hizo unos leves movimientos con ambas manos para restarle importancia.

—Malinterpreté el buen rollo que hay entre nosotros, soy yo quien se disculpa.

Y el rompecabezas se formó de golpe. Sorprendentemente se sonrojó al sentirse tan estúpido y se sintió halagado al agradar a Luke, aunque él no se hubiera fijado en él de esa forma tan íntima. No podía negar que era el lobo más agradable, pero no había nada más en aquella obligada amistad.

Luke negó con la cabeza cuando uno de los suyos se tornó humano y comenzó a llamar a gritos a Olivia.

—Dain, ¿dónde está la chica?

El susodicho siguió buscando como si el mundo estuviera a punto de acabarse, eso provocó que Luke fuera corriendo y lo tomara del codo. Lo giró obligándolo a encararlo y quedó mirándolo a los ojos.

El peor de los escenarios se hizo visible: no sabían dónde estaba.

—Cuando distrajo a Alix corrimos cuatro tras ellas. Logramos expulsar al otro Alfa lejos y al no verla, ni olerla creímos que había regresado.

—¿Creísteis? ¿Cuántas veces os he dicho que no soltéis al objetivo?

El lobo se encogió como si fuera el mismísimo diablo el que lo estaba regañando. Al parecer, aquel hombre tenía un puesto de mando en la manada, no era el graciosillo que había creído en un principio.

—Organiza una partida, pocos, el resto repartirlo en dos grupos: uno que saque a los lobos restantes de nuestras tierras y los otros que ayuden con los heridos. —Respiró y al ver que no se movía gritó— ¡Ya!

No dio tiempo a pensar en nada más. El siguiente objetivo de Luke fue Ryan, el cual miraba perplejo al pelirrojo.

—Devorador, vente conmigo, si le ocurre algo a Olivia, Leah acabará con nosotros.

—A mí el primero —reconoció casi al instante.

Luke hizo la transición a lobo en cuestión de microsegundos, tan pronto estaba en forma humana como había pasado a ser un inmenso lobo de rojo pelaje.

Y, de pronto, el gran animal se agachó como si esperase algo de él. Ryan no fue capaz de contenerse, aquello era como un dulce para un niño; sus manos picaban por hundirlas en su pelaje y saber qué se sentía. Llevaba demasiados meses compartiendo su tiempo con aquella manada y jamás había tenido la oportunidad.

Cuando sus dedos se hundieron en el pelo pudo comprobar lo suave que era, sonrió sorprendido y dejó que sus manos tocaran su piel. Era casi como una manta polar y emanaba tanto calor que podía llegar a quemar.

"No creas que no disfruto con las caricias y no quiero parecer grosero, pero tenemos que irnos. Sube, soy más rápido que tú".

Tener a Luke en sus pensamientos le resultó sumamente extraño, era como gritar en una cueva o una habitación vacía, repicaba por las paredes convirtiéndose en un eco extraño.

Ryan tomó impulso y logró subir al lomo de aquel grandísimo cambiaformas. Se agarró como pudo a su pelaje y rezó por no caerse y hacer el ridículo. Su piel era caliente y casi podía sentir los latidos de aquel fuerte corazón. Era una experiencia fuerte estar sobre algo tan único.

—Listo —dijo fingiendo una seguridad que no tenía.

El lobo arrancó a correr tan abruptamente que tuvo que agarrarse fuertemente a él con manos y piernas. De no haber sido porque sabía bien que Luke se hubiera reído hubiera gritado como un loco.

CAPÍTULO 12

Lachlan llegó a la plaza de su pueblo y supo que ya era demasiado tarde. Alix había dejado su olor en aquel sitio y los cuerpos heridos y cadáveres se esparcían en el suelo. Miró a ambos lados desesperadamente tratando de localizar a sus seres queridos.

Ellin entró en su campo de visión y también sus dos sobrinos; respiró aliviado. Su marido también parecía estar bien, estaba ayudando a Aurah a caminar hacia el hospital. Su hermana no parecía herida de gravedad y eso era muy buena señal.

"¿Dónde está Olivia?", gritó en la mente de todos sus lobos esperando encontrarla allí, entre la multitud.

"Hizo de cebo con Alix, la están buscando", contestó Ellin.

Esa frase sentenció una carrera a toda prisa y con pura desesperación bombeando por sus venas. Si el odioso Alfa la alcanzaba no iba a dejar piel entera en su cuerpo y él iba a sentenciarlo a muerte. No habría concilio entre las manadas de Australia que lo detuvieran de su objetivo.

El rastro era difuso y las lluvias de los últimos días no ayudaban a la búsqueda. Se conformó con seguir el rastro de las patas de los otros lobos que habían tratado de alcanzarla.

Tenía el corazón encogido con la idea de que aquel malnacido trabajase para Seth o tuviera una alianza, poco le importaban los términos de esa macabra relación.

Se adentró en el bosque siguiendo el rastro y se detuvo en seco cuando un leve olor picó en su nariz. Ese dulce aroma fuerte y abrumador que poseía la piel de Olivia. Paró en seco y miró las huellas que indicaban otra dirección.

Dudó y dejó que su impulso ganara el pulso. Estaba casi seguro que aquel aroma era el de ella, ya lo tenía grabado en la mente después de tantos meses conviviendo con la joven en su casa. No había rincón que no tuviera ese olor y, aunque difuso, sabía que se trataba de Olivia.

Torció el gesto y se la jugó yendo donde nadie había ido temiéndose lo peor. Era la parte más profunda de aquel bosque que los rodeaba, un lugar peligroso y escarpado donde siempre se aconsejaba no ir.

Resbaló chocando contra un árbol y se regañó mentalmente por ser tan torpe. En momentos como ese debía ser más rápido que el resto y no un tonto lobezno tropezando a causa del barro.

"¿Dónde estás, Olivia?", lanzó la pregunta al aire deseando y rogando a los dioses que la mantuvieran con vida.

***

—¿Dónde estás, Olivia?

La voz de Lachlan en su cabeza hizo que Olivia profesara un respingo, miró tras ella y no fue capaz de vislumbrar nada.

Había corrido tan rápido como había podido. Cuando se habían acabado los tejados se había lanzado a las copas de los árboles, pero una de las ramas se había quebrado y, tras precipitarse contra el duro suelo, había tenido que seguir corriendo a toda prisa.

Alix le había pisado los talones en varios momentos, no obstante, había tenido suerte y una de las veces que había cambiado el rumbo de la huida girando el camino en seco, él no la había seguido.

Olivia continuó corriendo durante largos minutos hasta que encontró la cueva donde se encontraba en aquellos momentos, rezando para que no la encontrase. Aquello era una ratonera y no había escapatoria.

La voz de Lachlan la hizo dudar, pero podía arriesgarse y salir. Al igual habían conseguido acabar con el Alfa psicópata y podía volver a esa habitación que había sido su jaula los últimos meses. Ya el cautiverio no le parecía tan horrible.

A pies puntillas dejó la seguridad de la cueva y oteó el aire, como humana no podía seguir tanto el rastro como de loba, pero había algo en el aire que deseó que fuera Lachlan.

Caminó veloz en busca de algo o alguien, necesitaba con todas sus fuerzas encontrarse con una cara conocida y amiga. No se veía capaz de seguir corriendo y la herida de su estómago ya dolía demasiado.

No se creía una quejica, pero era real que dolía casi hasta el punto de provocarle el llanto.

Con angustia caminó y caminó lo que parecieron horas y no pudo soportarlo más. Estaba sola y a oscuras, ya que la luna no era capaz de alumbrar esa zona del bosque tan espesa. Hizo un leve puchero y se secó las lágrimas con los puños apretados, había aprendido que no se debía llorar jamás y pensaba cumplirlo.

Por Cody, él la había enseñado a ser fuerte, aunque no quedaran fuerzas en el cuerpo.

—Sigo sin comprender por qué huyes de mí, todavía no te expliqué lo que quería.

La voz de Alix a su espalda hizo que Olivia mirara al cielo haciendo una mueca de desagrado y desesperación.

Giró sobre sus talones y se encontró al Alfa desnudo, al igual que lo estaba ella. Consecuencias de las transformaciones que dejaban la ropa hecha jirones.

—¿Y debo creer que son buenas tus intenciones? —contestó.

—¿Sabes? Esos sabuesos de Lachlan son buenos, casi me alcanzan. Al igual que tú, debes saber que pocas hembras han sido capaces de despistarme.

—Pues mira que bien —bufó incapaz de seguir hablándole sin pensar en saltarle a la yugular.

Olivia trató de idear un plan de huida, uno carente de sentido, ya que no se veía capaz de transformarse nuevamente.

—Confieso que tengo una alianza con Seth para atraer a Leah y Dominick, bueno, en realidad es para acabar con ellos. Ese dios tiene una extraña obsesión y quiere a tu cuñado en sus filas.

Su sinceridad la dejó sorprendida. ¿Por qué mostraba sus cartas sin más?

—Enhorabuena —contestó enarcando una ceja.

—Pero yo tengo mis propios planes ideados.

No estaba para mantener una conversación.

—Me creas curiosidad, ya te habrán dicho que tu caso es extraordinario y lo has mostrado siendo tan ágil en forma humana.

"Como deseo romperte todos los jodidos dientes, hijo de puta". La voz de Lachlan sonó en su mente y contuvo la sorpresa.

Alix comenzó a caminar hacia ella, justo los mismos pasos que la joven retrocedió. Al final, tras una persecución sin prisa, se mantuvieron quietos a la misma distancia del principio.

—Te prometo llevarte con Leah si haces todo lo que digo.

"Y yo te prometo que no vas a volver a andar como no te largues de mis tierras"

Olivia negó con la cabeza, no pensaba caer en un truco tan viejo.

—Vas a tener que matarme para llevarme hasta allí, porque no pienso ser el cebo de nadie.

La solemnidad en sus palabras hizo que la creyera, que era realidad lo que transmitía. Lo primero era proteger a su familia.

"Eres demasiado seria, casi diría que te tomas la vida demasiado enserio".

Olivia puso los ojos en blanco escuchando a Lachlan en su mente, era demasiado molesto, pero no deseaba levantar su escondite.

—¿Y por qué me llevarías con Leah?

La sonrisa sardónica en los labios de Alix casi le provocó una arcada. Aquel lobo creía que llevaba un buen juego de cartas, pero desconocía que estaban en partidas distintas. No podía ganar una que no jugaba.

—Porque estaría muy agradecido contigo.

"Claro, camélatelo, como si él fuera mejor Alfa que yo. Con él no puedes jugar como conmigo. ¿A que soy entretenido con juegos de pelota?".

¿Aquel hombre podía tomarse algo enserio?

—¿Qué tendría que hacer? —preguntó tratando de ganar tiempo.

—Ser mi topo en esta manada. No sorprendería a nadie diciendo que quiero la muerte de Lachlan, el mando universal de todo el territorio y la cama de Aurah. Sí, he sido algo brusco con ella, pero es mi pareja y mi cuerpo me pide procrear con ella para traer cachorros al mundo.

Sonaba tan poco romántico que suspiró hastiada de aquella situación.

"Y más que te van a doler los huevos porque no vas a acercarte a mi hermana en la vida" , gruñó fuertemente en su mente.

—¿Trato hecho?

Un grandísimo lobo cayó sobre Alix provocando que se transformase al instante. Puede que el lugar fuera oscuro, pero no había que pensar en muchas posibilidades para saber que se trataba de Lachlan.

Tal vez esperaban algo diferente o debía ser más fuerte, pero arrancó a correr bosque a través como si el mundo fuera abrirse allí mismo y fuera a engullirla sin más.

Pasados unos metros dejó de escuchar los gruñidos de ambos Alfas peleando, pero siguió corriendo aún a riesgo de perder la vida a causa de la extenuación. Se agarró la herida del estómago y forzó su cuerpo al máximo.

No pensaba irse de ese mundo ahora que quería vivir, no iba a dejar de luchar como una vez prometió al gran amor de su vida, Cody. Puede que él no estuviera vivo, no obstante, sabía bien que hubiera querido que ella fuera feliz y siguió luchando.

El sonido de unas patas la rodearon y ella jadeó angustiada.

—No, por favor.

Casi la alcanzaron cuando saltó una gigantesca rama, pero tuvo suerte y pudo caer en pie y seguir corriendo.

No podía creer que Alix hubiera podido con Lachlan y mucho menos que ahora la volviera a seguir. Aquel hombre no se cansaba y ella ya estaba a punto de tirar la toalla; quizás no por voluntad sino por cansancio extremo.

Se deslizó bajo un gran árbol caído y la carrera continuó. No veía a dónde se dirigía, la luna no alumbraba aquel lugar y las lágrimas anegaban sus ojos.

¿Por qué había luchado por salir de aquella habitación? Allí había sido protegida, alimentada y cuidada mucho más de lo que hubiera imaginado hasta el momento. Se había comportado como una niña pequeña y en aquellos momentos se arrepentía enormemente.

De pronto, unos brazos la cogieron casi aplacándola al momento.

Olivia, presa del terror, comenzó a gritar y arañar con las pocas uñas que tenía. Se revolvió en sus brazos muy a pesar de que su agarre se afianzó todavía más en sus caderas.

—¡Suéltame! —gritó muerta de miedo y a punto de perder el conocimiento.

—¡Soy yo!

Él tomó a Olivia de ambas muñecas y trató de detenerla, pero estaba tan asustada que no era capaz de pensar con claridad. De golpe unos labios cayeron sobre los suyos deteniéndola en seco.

Las lágrimas cayeron y se aferró a ese cuerpo caliente con tanta fuerza que dolió. El calor de aquel hombre calmó su alma y desvaneció el miedo. Fueron un par de besos suaves para acabar mordiéndose duramente y asaltarse el uno al otro con la lengua.

El beso no fue gentil de ninguna de las maneras, como si los dos buscaran satisfacerse y el contacto no fuera suficiente. La lengua de él llenó su boca y la saboreó tan a conciencia que la aturdió.

Cuando el contacto se rompió Olivia solo alcanzó a decir:

—Cody...

—Soy Lachlan.

Olivia salió de su imaginación y golpeó contra la realidad como si acabara de hacerlo contra un espejo a toda velocidad.

Abrió los ojos en la oscuridad y pudo vislumbrar alguno de los rasgos propios del Alfa que decía ser. Y el mundo se abrió de dolor, acababa de besarlo creyendo que era el hombre que nunca más volvería.

Uno que la había dejado sola y asustada en un mundo demasiado cruel.

Todos los sentimientos se agolparon en su pecho y uno a uno la desgarraron hasta caer en la cuenta que no deseaba seguir así. No deseaba el miedo y el terror que había sentido. Con auténtica desesperación se abrazó a Lachlan, con ambos brazos rodeó su cuello y lloró sobre él dejando que toda la persecución se destilase por sus ojos.

—Estás a salvo.

Físicamente sí, pero ¿cómo estaba psicológicamente?

CAPÍTULO 13

—Leah, deberías calmarte primero.

La susodicha estaba cargando la mochila de las cosas de Camile en un Jeep, la pequeña estaba en su carro jugando a hacer levitar un par de juguetes sin parar de reír ajena a la tensa conversación que tenían sus padres.

—Da gracias que no me vaya al edificio de mujeres solo para estar lejos de ti —contestó totalmente enfurecida.

Cerró el maletero con demasiada fuerza y provocó que Dominick cerrara los ojos con auténtica desesperación.

—No es culpa mía que hayan atacado a la manada.

Leah, la cual estaba a punto de tomar a la pequeña en brazos, se detuvo en seco y lo señaló con dedo.

—Toda la culpa es tuya. Te dije que Olivia se debía quedar aquí en la base, pero no, la dejaste ir con un total desconocido. ¿Es que no ves que los han atacado para llegar hasta ti?

El jefe de los Devoradores asintió dándole la razón mientras Leah metía en el coche a la sonriente Camile, la cual trató de babear la cara de su madre y ella respondió con tiernos besos en sus mofletes.

—Reforzaremos la seguridad como hemos hecho aquí. Veremos que Olivia está bien y podrás respirar tranquila.

—Tú no vienes conmigo, voy con Doc.

El susodicho llegó hasta ellos y al sentir la conversación se detuvo en seco como si estuviera a punto de entrar en el ojo del huracán. Hizo una leve mueca y fingió mirar el teléfono para evitar que le dijesen algo.

—¿Doc? ¿Ese es mi sustituto cuando las cosas se ponen mal?

—Uno de tantos, también tengo a Hannah, Brie, Chase, Dane, Pixie... la lista es larga.

Dominick le dedicó una sonrisa sardónica y decidió dirigir su atención a Doc. Este se encogió de hombros como si no pasase nada.

—¿Te has prestado a esto?

—Me lo ha pedido y no he sabido decir que no.

Entonces él asintió y sonrió tratando de no dejar que su ira explotase sin más. Se acercó a Leah tratando de dialogar, pero supo por su mirada que no iba a ser capaz de eso. Su mujer estaba enfadada y preocupada a partes iguales, cosa que comprendía perfectamente, pero no veía justo que lo pagase con él.

—Iré delante, que este coche me siga —le dijo suavemente.

—Claro, abusas de tu autoridad. Yo no tengo que obedecerte.

—Protección, Leah. Y más si te llevas a la pequeña.

Fue entonces cuando cedió levemente, si se trataba de la protección de Camile podía convencerla un poco.

—De acuerdo.

—Deja que prepare un equipo pequeño y vamos a ver a tu hermana —pidió suavemente.

Cuando asintió trató de besarla, pero esta giró la cabeza y se negó, haciendo que Dominick riera levemente. Leah tenía carácter y le gustaba tanto que parecía imposible que cada día estuviera más enamorado.

Leah lo vio marchar a toda prisa para buscar a la gente que los iba a acompañar. Conocía bien a su marido y supo los que iban a ser sus compañeros en ese viaje.

De pronto se fijó en la mirada jocosa de Doc y se cruzó de brazos fingiendo estar enfadada para inspirar algo de temor.

—¿Qué es tan divertido?

—Lo rápido que cedéis el uno con el otro. En el fondo sabes que él no ha tenido la culpa.

Leah bufó, sacó a Camile del coche cuando sintió que empezaba a llorar y la meció en sus brazos suavemente.

—Lo sé, pero podía haberles pasado algo grave. Han muerto lobos por nuestra culpa y Ryan también estaba allí. No sé qué haría si les pasara algo.

—El novato y Olivia están bien. Obvio que es terrible haber perdido vidas por esta causa y lo lamento con todo mi corazón.

Ella sonrió e hizo una mueca. Los pensamientos se agolpaban en su mente de forma tan atropellada que no fue capaz de exteriorizarlos. El miedo era un sentimiento poderoso y amar a su gente podía provocar perderlos.

—¿Mejor? —preguntó Doc.

—No sé cómo podías llamarle papá.

El doctor sonrió de soslayo y sus ojos de colores parecieron brillar levemente.

—Era un hombre distinto antes del asesinato de mi madre.

Leah se sintió culpable por preguntar semejante grosería.

—Lo siento.

—Han pasado muchas décadas desde entonces, tantas que los humanos nos han olvidado.

Doc había reinado bajo su nombre real, Anubis. No se atrevía a preguntar qué había hecho en aquella época para ganarse el nombre del dios de la Muerte, pero también sabía que era uno de los dioses más venerados de la época.

—¿Alguna vez tendremos paz o le dejamos guerra la nuestros hijos?

—Acabaremos con él y Camile tendrá un hermoso porvenir —contestó mirando con auténtica adoración a la pequeña, la cual había comenzado a aprender a abrir los botones de las camisas con su magia.

Doc rio tratando de vestirse mientras la pequeña insistía en arrebatarle la prenda.

—Vas a ser un tormento para tus padres.

—Su padre va a matar al que se acerque a ella.

—Siendo como es Dominick no me cabe la menor duda.

***

—Ahora mismo voy.

Chase colgó el teléfono. Dominick quería un grupo de apoyo para visitar la manada. La noticia del ataque había corrido como la pólvora y no era de extrañar que Leah pretendiera ir. Estaba seguro que Dominick habría recibido algún tipo de reproche por parte de su mujer. Ella no había sido partidaria de dejar marchar a Olivia.

Los pitidos de las máquinas que daban soporte a Aimee

llenaron los silencios. Apenas había dormido un par de horas tras el encuentro con Seth que había vuelto a visitarla. Algo le pedía permanecer allí, como si ella fuera a abrir los ojos y tuviera que estar acompañada.

—Debo irme. Atacaron una manada amiga y debo acompañar a Dominick para cerciorarnos que Leah regrese sana y salva —explicó como si de algún modo ella pudiera escucharlo.

—Si piensas despertar te pediría que me esperases, no quiero que lo hagas sola.

Al salir saludó a los guardias que custodiaban la puerta. Sí, Dominick había puesto seguridad en el hospital por miedo a lo que encontrarían cuando la diosa despertara. Como si ellos fueran capaces de detenerla.

Dane lo saludó al verlo pasar, sin Doc, Leah y Ryan el hospital quedaba bajo su mando. El pobre iba a tener que lidiar con todos los nuevos enfermeros que correteaban por allí.

—Que sea leve —le deseó Dane.

—Eso debería decirlo yo.

Su amigo se encogió de hombros.

—Los tengo bajo control.

Era una suerte.

Chase siguió su camino y sintió una opresión en el pecho cuando abandonó las instalaciones. Una parte de él le pedía cerciorarse que la diosa estaba bien. Todos coincidían que no podían hacer más por ella que esperar y ese tiempo se estaba haciendo largo.

¿Tendría familia o amigos buscándola? ¿Se habrían percatado de su ausencia?

—Parece que nos vamos de excursión.

La voz de Nick lo sorprendió, no se lo esperaba en el grupo de ida a la manada de los lobos. Lo miró con el ceño fruncido.

—¿Algún problema? Solo cumplo órdenes.

—Creí que al ser el segundo líder te quedarías aquí.

Nick asintió comprendiendo sus palabras.

—Dominick quiere que estreche lazos con el Alfa, que nos llevemos bien y esas cosas por si él se ausenta algunos días.

Era comprensible, llevaba mucho peso sobre sus espaldas y descansar o unas vacaciones le ayudarían a relajarse. Nick debía acostumbrarse a tomar el mando de su raza y tenía mucho camino para estar a la altura.

—¿Vienes de verla?

La pregunta fue tan abrupta que Chase carraspeó levemente aclarándose la garganta antes de contestar un leve "sí".

—¿Crees que alguien la busca? —le preguntó a Nick.

Este miró al cielo pensativo, como si miles de ideas golpeasen su mente una y otra vez y no lo dejaran salir a respirar a la superficie. Dominick lo había elegido segundo al mando por unos motivos claros que todos desconocían, confiaba en su jefe, pero Nick se había convertido en un enigma.

—Es posible, pero quizás no todos los que lo hacen son amigos.

—¿A qué te refieres?

Casi habían llegado a la entrada de la base donde dos coches los esperaban, la conversación debía seguir en otro momento, aunque Nick se apresuró a contestar señalando hacia el hospital.

—Los dioses puros como ella tienen un enemigo mayor que Seth.

—¡Por fin! ¡Sois los más lentos de toda la base! —exclamó Leah con los brazos en jarras plantada ante ellos.

Nick hizo un par de palmadas al aire.

—Es que como buenos reyes de la fiesta que somos Chase y yo nos gusta tener una entrada acorde a nosotros.

Leah puso los ojos en blanco al mismo tiempo que negaba con la cabeza. La ironía de Nick resultaba graciosa en algunos momentos, aunque le gustaba demasiado jugar con ella. Cualquier día lo vería corriendo por la base huyendo de la humana.

—Quiero ir a ver a mi hermana y a Ryan, subid de una vez al dichoso coche o me voy yo sola aún a riesgo de que a Dominick le dé un ataque al corazón.

Chase hizo un gesto de obediencia militar con la mano en la frente y estando completamente firme.

—Sí, mi señora.

Leah decidió ignorarlos y subir al coche con Doc, justo al hacerlo el motor arrancó y se dirigieron a la salida.

Dominick apareció ante ellos directo a la puerta del conductor del otro vehículo, cosa que los extrañó a ambos. Chase decidió callarse, pero Nick carecía de ese atributo, así que decidió hablar aún a riesgo de morir:

—¿Problemas en el paraíso?

—Calla y sube.

—Claro, la mujer lo echa a dormir en el salón y yo pago los platos rotos.

Chase negó con la cabeza.

—No haber hablado —añadió.

—Gracias, compañero

CAPÍTULO 14

Lachlan respiró aliviado cuando, al fin, llegaron a casa. Portaba a Olivia a su espalda y tenía tanto frío que le castañeaban los dientes tan fuerte que el ruido se había instalado en sus oídos como una banda sonora.

Al sentirlos llegar la puerta se abrió rápidamente dejando salir a Howard y Ellin. Su hermana llevaba una manta en las manos y su cuñado otra. Se acercaron a ellos y pudo sentir como tomaban a Olivia entre sus brazos y la envolvían para hacerla entrar en calor.

Sin esperarle, Ellin entró con la híbrida en brazos en casa. Lachlan aprovechó para volver a forma humana y taparse con la manta que le tendió su cuñado.

—¿Muertos?

—Lamentablemente dos de los nuestros.

Eso eran malas noticias.

—Mañana por la mañana me acercaré a dar el pésame a las familias.

Era su trabajo muy a pesar de que eso no arreglaba las cosas, las muertes eran eso, gente que ya no volvería a estar en su manada. La irá le burbujeó en la sangre de tal forma que gruñó sin poder evitarlo.

—¿Alix?

—Quise matarlo, pero me centré en herirlo lo suficiente como para que los nuestros lo echaran fuera y poder darle alcance a Olivia.

Entraron dentro, el calor de la estancia le resultó excesivo, sin embargo, supo que lo habían hecho por la híbrida, para que volviera en sí.

La buscó con la vista hasta encontrarla tumbada en el sofá en posición fetal temblando a causa del frío. Ellin frotaba sus extremidades fuertemente obligando a la sangre circular.

—Cielo, llama a la doctora —pidió suavemente.

La herida de Olivia no tenía mala pinta, pero necesitaba una leve exploración y, seguramente, algunos puntos de sutura. El muy malnacido se había atrevido a atravesarla con sus garras, eso era firmar una sentencia de muerte que no tardaría en llegar.

—¿Y los niños? —preguntó Lachlan.

—Acostados en tu cama.

El Alfa asintió, agradecía al cielo que sus sobrinos estuvieran sanos y salvo.

—¿Y Aurah?

—Algún rasguño sin importancia gracias a que Olivia se lanzó sobre Alix. La he mandado a casa con Amberly y su marido.

Por suerte su otra hermana cuidaría bien de Aurah, era lo bueno de tener tres hermanas, que todas se cuidaban bien entre ellas, aunque hubieran hecho de su infancia un martirio. Primero fueron los vestidos que le ponían cuando se transformaba en lobo, después el maquillaje, luego ejercer de hermano feroz cuando no querían que un lobo se acercase a ellas... tenía muchas anécdotas gracias a ellas.

—Deberías descansar. Siéntate que os prepararé un té a cada uno.

Sabía bien que era una orden y así era Ellin. Manejaba con mano firme, pero dulce y conocía bien a la temible loba que había en su interior. Habría matado por evitar que tocaran a los niños.

Hizo caso de sus indicaciones y dejó que sus huesos descansaran sobre el mullido sillón. Lo agradeció enormemente y respiró aliviado cuando logró estirar todos sus músculos. Había sido un día muy duro.

Miró a Olivia, ella estaba con los ojos cerrados, pero su respiración le indicó que estaba despierta.

—¿Por qué no estabas en tu habitación?

—Salí.

Era lógico.

—Yo la animé a hacerlo. Para que viera algo más que estas cuatro paredes y comenzase a relacionarse. No imaginé lo que estaba a punto de pasar —comentó Ellin entrando en el comedor con un par de tazas vacías, azúcar y cucharas.

Se marchó sin esperar a que su hermano contestara, sabía bien que no importaba lo que dijera a continuación. Por desgracia Ellin tenía razón y debía haber enfocado el tema de la híbrida de otro modo.

—Siento estos meses, me equivoqué. —Tomó una respiración—. También siento haberme ido así la última vez. En pleno clímax del celo sentí que debía correr lejos para no tocarte.

Ella asintió con una expresión neutra en el rostro, como si el tema no importase, algo que molestó levemente a Lachlan.

Su hermana regresó cargada con la tetera y las bolsitas en la otra mano. Comenzó a prepararlo y Olivia se incorporó hasta quedar totalmente sentada con la manta cubriéndola desde los hombros hasta los pies. Logró sacar levemente las manos para poder sostener la taza y se calentó con ella.

—Gracias.

Ellin sirvió otra taza a su hermano y se dirigió directamente a la muchacha.

—¿Por qué has hecho todo eso? —preguntó.

Ella se removió un poco incómoda, evitó el contacto visual y se centró en mirar su té mientras giraba sin parar la taza.

—Recordé lo que me dijiste del Omega, que en caso de emboscada se sacrificaba por los demás. El prescindible. —Tomó una dolorosa respiración—. Bien, pues esa soy yo.

Ellin, perpleja, la miró directamente para luego mirar a su esposo y a Lachlan.

El gruñido gutural que surgió del pecho del Alfa hizo que todos lo miraran con suma precaución, sabiendo que en esos momentos no era bueno precipitarle.

—i¿Le dijiste eso?! —exigió saber.

—No, bromeaba con Luke cuando se habló del Omega.

Howard trató de mediar antes de que todo se precipitase al vacío.

—Olivia, ser Omega no es ser prescindible. Requiere mucho valor sacrificaste por el resto como tú hiciste. Eso no significa que nadie vaya a extrañarlos, es un puesto muy duro y requiere un valor excepcional.

Lachlan se levantó y con paso firme se acercó a Olivia. Ellin se apartó y dejó que fuera él el que ocupase su lugar. Una vez en el sofá no pudo evitarlo y la abrazó tan fuerte que la taza de té cayó al suelo sin que nadie se inmutara.

—No eres Omega, joder.

—Me quería a mí, tenía que atraerlo lejos de todos.

El agarre de Lachlan se hizo más fuerte, no le gustaba la idea de que hubiera sido capaz de sacrificarse por el resto.

—No vuelvas a hacer algo así nunca más —le ordenó y esperaba que le hiciera caso.

—¿Volverá a por mí?

Era una posibilidad, una en la que prefería no pensar en aquellos momentos. No iba a ser tan benevolente con Alix como aquel día. Había perdido a dos de sus lobos y casi a Olivia, eso merecía la muerte y no iba a dudar en sesgar esa vida.

—Va a morir.

—¿Dónde ha quedado tu humor?

—Hasta los cachondos como yo tenemos días malos.

Y aquel había sido terrible.

***

Lachlan salió de la ducha, todos estaban dormidos. Suerte de que su hermana Ellin se había encargado de todo, él tenía la mente embotada, la sentía como si estuviera entumecida después de una buena sacudida.

Se aseguró que Olivia dormía plácidamente en su cama. El doctor había cosido sus heridas y le había suministrado unos analgésicos tan fuertes que había caído en la cama profundamente dormida.

Sus sobrinos dormían con sus padres en la habitación de invitados, los pequeños pronto olvidarían el día que acababan de vivir; ellos, en cambio, lo recordarían mucho tiempo. Jamás hubiera imaginado que Alix se atreviera a atacarlos.

Después de lo que había provocado en su manada no había vuelto a atreverse siquiera a acercarse a sus tierras. Al parecer, Seth podía ser tan persuasivo que había logrado que alguien como él cumpliera sus órdenes.

Llegó a su habitación y dejó caer el albornoz al suelo, sentía dolor en todas sus extremidades y cuando se vio reflejado en el espejo vio los golpes recibidos. Había sido golpeado por Seth y Alix en un mismo día. Los arañazos también eran visibles, sobre todo uno que le atravesaba el pecho.

Había tenido suerte, ya que sus adversarios eran muy fuertes.

Se paseó por la habitación y decidió dormir únicamente con unos calzoncillos. Era la mejor forma para cicatrizar, así al día siguiente no quedarían restos de heridas. La suerte de ser un cambiaformas era la velocidad de cicatrización.

Se echó en la cama y se tapó con el nórdico hasta el cuello, se había hecho el fuerte, pero también necesitaba entrar en calor.

Tomó el móvil y vio los mensajes de Whatsapp. Ryan había avisado a la base de los Devoradores y a primera hora llegarían Leah y una pequeña comitiva para cerciorarse que todos estaban bien.

Suspiró, no estaba para visitas familiares y menos la de una humana que se volvería loca al saber que su hermana había estado a punto de morir. Aunque sabía bien que eso no era lo peor. Leah no podía saber que había besado a Olivia.

¿Por qué lo había hecho?

Ni él mismo lo sabía, solo sabía que había pasado y no se arrepentía. A pesar de la situación que estaba viviendo, había sido algo muy intenso. Nunca había sentido algo tan fuerte y visceral al tomar los labios de otra persona.

Los labios de la híbrida lo habían enloquecido, seguramente se trataba del celo, pero había deseado más.

Lachlan se tocó los labios con la punta de los dedos; sí, justo ahí había sentido el calor de Olivia. Pero ella había pensado en Cody.

Ese hombre había marcado su vida y no era capaz de dejarlo atrás. Mentiría si no dijera que eso le había molestado, no obstante, no podía dejar de sentirse estúpido por no haber sido lo suficientemente claro como para que supiera que era él. Había tenido que decírselo al romper el beso y eso no le gustaba.

—Te estás comportando como un cachorro y encima hablas solo. Vas a acabar en un loquero, lobo estúpido.

Sí, tal y como le había dicho a Olivia, ese había sido un muy mal día. Lo peor era que todo iba a cambiar a partir del día siguiente.

Suspiró y buscó la postura menos dolorosa para dormir, cuando lo consiguió trató de conciliar el sueño, pero fue incapaz. Gruñó suavemente y se frotó la cara.

—Necesito dormir... —se dijo a sí mismo como si fuera capaz

de ordenarse algo.

Estaba perdiendo la razón.

Buscó música relajante y dejó que los acordes del piano llenaran su mente.

Cuando el sueño se lo llevó no fue consciente, cayó rendido sin más en un sueño tan profundo y reparador que seguramente agradecería al día siguiente.

CAPÍTULO 15

—Entra —le ordenó Luke suavemente a Ryan.

Ya eran cerca de las cuatro de la mañana, habían peinado la zona en busca de todos los rastros de la manada invasora. No quedaba ninguno de ellos en sus tierras y habían aumentado la seguridad en la zona.

Alix había entrado tras noquear a todos sus centinelas. Por suerte había tenido piedad y se encontraban con vida.

—No te preocupes por mí —contestó Ryan al pie del porche de su casa.

—¿Y dónde vas a dormir? ¿En el coche?

El muchacho quedó pensativo unos segundos antes de sonrojarse y asentir.

—Vamos, hombre, entra. Estarás más cómodo en mi habitación de invitados.

Pero Ryan volvió a negar con la cabeza, algo que exasperó levemente al lobo. Después de la noche que habían tenido solo tenía ganas de ir a su cama a lamer sus heridas y descansar; no estaba para tratar con un carácter tan infantil.

—Soy gay no un violador. Lo de ir desnudo es por ser lobo, ya sabes —comentó molesto.

Tras la transformación a humano aún no había tenido tiempo de ir a vestirse.

—No es eso, es que no quiero molestar. Esperaré en el coche a que venga Leah.

Luke cerró los ojos. Era un idiota creyendo que se trataba de una ofensa homofóbica, solo era un chico tímido y dulce.

—¿Molestar? ¿Te han golpeado muy fuerte en la cabeza, Devorador?

Ryan abrió los ojos a causa de la sorpresa para luego fruncir el ceño confuso.

—Yo solo...

Antes de poder acabar, Luke ya había comenzado a hablar.

—De no ser por ti muchos lobos hubieran muerto. Tú y tus poderes nos habéis venido de perlas. Ese control mental es muy útil.

Se sonrojó y el lobo no pudo más que sonreír. ¿Cómo podía ser un caramelito tan dulce?

Había malinterpretado la amistad que se estaba forjando entre ellos y se arrepentía enormemente de haber tratado de tener una cita con él.

—Gracias —tartamudeó.

¿Por qué en un momento como ese solo pensaba en besarlo? Y dado que el Devorador era heterosexual era muy difícil conseguirlo.

Suspiró y casi suplicante dijo:

—Entra y duerme un poco. Mi habitación de invitados tiene una cama que será mucho más cómoda que tu coche.

Lo vio asentir dándole la razón. Estaba claro que cualquier cama podía ser más cómoda que cualquier vehículo.

Cuando Ryan cedió suspiró aliviado, abrió la puerta y le dejó entrar. Lo guio al piso superior de su casa y caminando por el pasillo hasta llegar a la habitación. Al abrir la puerta y encender la luz le enseñó la que iba a ser su cama por una noche.

Era una habitación muy funcional, ya que apenas había muebles más que un armario, una mesilla de noche y una cama individual vestida con sábanas de verano. La verdad era que no tenía demasiadas visitas y no tenía mucha necesidad de ir cambiando la ropa de cama a cada temporada.

—Voy a por una manta, ve poniéndote cómodo —le indicó.

No tardó en regresar a pesar de que se detuvo para ponerse ropa interior. Llegó cargado con una manta mullida y suave que le dejó al final de la cama.

Ryan se había sentado en el borde y se había quitado la camiseta. Luke no estaba preparado para ver aquel torso musculado al aire. De acuerdo, al ser lobos y quedar desnudos tras la transformación era fácil ver cuerpos sin ropa, pero no de alguien que le atraía tanto.

Su piel era pálida y su pecho apenas tenía vello. Sabía bien que no era un adolescente sino un hombre hecho y derecho, pero su cuerpo no era tan velludo como el de otros hombres. Sus músculos marcados fueron un manjar para la vista en los que evitó quedar prendado para no incomodarlo.

De pronto vio una herida con un aspecto nada bonito.

—Ey, esa herida no tiene buena pinta.

Ryan se tocó con cierto dolor e hizo una mueca. Era en el costado izquierdo, el lobo que le había alcanzado lo había hecho con saña sin embargo, por suerte, no había desgarrado el músculo.

—No es nada.

—Y una mierda, las heridas de una garra pueden infectarse con facilidad.

Y desapareció sin decir nada. A toda prisa se dirigió al baño donde tomó el botiquín de primeros auxilios.

Volvió y fue directamente hacia el joven sin mediar palabra. Abrió el botiquín y le indicó que se acercara. Ryan negó con la cabeza y subió ambas manos en señal de detención.

—No te preocupes por mí, me la lavo y listo.

—Vamos, Devorador, estoy tan cansado que no quiero discutir. Te lo desinfecto en un momento y nos vamos a dormir antes de que me caiga rendido aquí mismo.

Y cedió, negando con la cabeza, pero lo hizo.

Luke abrió la caja y sacó un par de gasas y una pequeña botella de suero. Mojó la gasa y fue a tocarle, aunque se contuvo a pocos centímetros de la herida.

—¿Puedo?

Ryan asintió, alzó un poco el brazo izquierdo para darle mejor visibilidad y se dejó curar.

Luke estuvo un poco tembloroso cuando tocó su piel con la gasa, casi se sintió un adolescente con las hormonas revolucionadas cuando lo hizo. Suspiró un poco molesto consigo mismo y se obligó a ser todo un hombre.

Cuando limpió la herida tomó el desinfectante y le puso una cantidad generosa.

—Son muy afiladas —comentó el Devorador.

—Lo son y son capaces de desgarrar la carne que se le ponga en medio. Has tenido suerte.

Y era cierto, él mismo lo había sufrido en sus propias carnes.

Cuando terminó lo tapó con una gasa y un poco de esparadrapo. No sabía el ritmo de curación de aquella raza, los lobos lo hacían a toda velocidad y con dejarlo al aire al día siguiente no tendría nada, pero no quería que él se infectara por no tener los cuidados necesarios.

—Gracias.

—No hay de qué.

Guardó las cosas en su botiquín y fue a irse. Antes de hacerlo dio una última mirada al Devorador. Era evidente que se sentía algo incómodo en su casa, pero no le preocupaba, iba a ser una noche corta y podría regresar a su casa.

—Descansa —dijo antes de salir.

***

Decir que Leah había revolucionado la ciudad era quedarse corto.

Había escuchado a la loca de su hermana gritando cuando había puesto el primer pie en el suelo de la calle. No es que estuviera histérica, que lo estaba, es que estaba frenética por verla.

Olivia abrió la cortina de su habitación y al ver su larga cabellera rubia sonrió. Llevaba a la pequeña Camile en brazos y señalaba con el dedo al coche que aparcaba detrás del suyo.

—Si llegas a conducir más lento le quito el volante a Doc y conduzco yo.

Dominick salió del otro coche.

—¿Lento? Si nos pilla un radar no sale ni la matrícula en la foto. Entiendo que tengas ganas de verla, pero debes calmarte.

Una palabra difícil para su hermana.

De pronto se descubrió a sí misma sonriendo como una tonta cuando el Devorador abrazó a su mujer y la besó fuertemente. Leah lo empujó levemente y le hizo un pequeño mohín. Estaba muy contenta de que su hermana fuera tan feliz con ese hombre a su lado.

—Al igual Lachlan está durmiendo —comentó Chase.

—¡A mí ese saco de pulgas me da igual! O veo a Olivia o tiro la casa abajo.

Sí. Esa era su hermana y era capaz de hacerlo.

La puerta de su habitación se abrió dejando entrar la cabeza de Lachlan, el pobre tenía tanto sueño que apenas era capaz de abrir los ojos.

—Creo que no hace falta que te diga quién ha llegado.

—Acabo de sentirla.

Lachlan bostezó.

—Tú y toda la ciudad.

Casi se sintió mal por el pobre lobo. Debía descansar un poco más, pero no podía decirle a Leah que viniera más tarde. Bueno, en realidad sí podía, pero no iba a hacerle el menor caso porque ella era así, impulsiva por naturaleza.

—Os dejo con ellos, yo tengo que ausentarme un momento —explicó Lachlan.

—¿No te quedas? —preguntó sorprendida.

Frunció el ceño, le resultaba extraño que se marchase en el momento en el que habían llegado los Devoradores. No era propio de él.

—Ayer fallecieron dos de los nuestros, debo visitar sus familias, dar el pésame y preparar el entierro que se merecen.

Su corazón se encogió por culpa del dolor. No se había preocupado en preguntar si había habido fallecidos. No era justo que por culpa de Alix hubiera muerto alguien.

—Oh, santo cielo, lo siento muchísimo.

—Yo también y pienso vengar sus muertes.

Acto seguido sonrió y la señaló.

—Deja eso para los mayores, ve vistiéndote para verles o Leah tirará abajo la casa.

Asintió.

Lachlan comenzó a cerrar la puerta cuando ella cayó en la cuenta de algo y gritó:

—¡Espera!

El lobo, sorprendido, abrió nuevamente y preguntó qué ocurría.

—¿Y el celo?

—Cuando notes llegar el punto más alto te subes aquí, cierras con llave y sales al sentirte mejor. Nosotros seremos capaces de contener los impulsos.

—Gracias —suspiró aliviada.

Lachlan asintió y se marchó, esta vez sin marcha atrás.

Olivia no se tomó tiempo vistiéndose, lo hizo a toda prisa para poder ir a abrazarla. Corrió por las escaleras y no se detuvo a saludar a Ellin cuando esta salió a ver qué era lo que estaba ocurriendo.

Cuando la loba llegó a la puerta, la abrió y se lanzó sobre Leah y Camile sin que estas pudieran reaccionar. Hacía tanto que no la veía que no pudo evitar emocionarse y llorar mientras las apretaba a su cuerpo.

—Olivia, cielo, ¿estás bien?

Ella asintió frenéticamente.

—Me alegro tanto de veros.

—Pues menos mal que decíais que la loba era algo rancia.

La voz de un desconocido se llevó toda su atención y lo miró confusa. La verdad es que parecía un rockero o algo por el estilo. Chase le dio un codazo en las costillas para pedirle que se callara, pero a Olivia no le importó, era cierto que en la base no había tenido su mejor carácter.

—Cariño, no se lo tengas en cuenta. Es un idiota.

—Ese soy yo, Nick el idiota —sonrió ampliamente.

No pudo evitar reír por el comentario.

—Es el segundo al mando. Vino a la base hace algunos meses para que Dominick tuviera algo más de tiempo libre —explicó su hermana.

Era una buena idea.

Notó una presencia a su espalda y se giró para ver de quién se trataba. Ellin y los pequeños estaban allí mirando con cierto estupor a los recién llegados.

Olivia se separó de su hermana y su sobrina y se secó las lágrimas. Se acercó a los lobos y los presentó a la multitud.

—Estos son Ellin, una de las hermanas de Lachlan y sus pequeños que se llaman... —Se quedó en silencio al no saberlo y se sonrojó.

Ellin tomó la iniciativa y prosiguió.

—Encantada. Como bien ha dicho Olivia soy una de las hermanas de Lachlan. Somos cuatro hermanos, Amberly, la mayor, Lachlan, yo y Aurah. Mi marido, Howard, está dentro y estos son mis hijos Iris y Remi.

Todos asintieron y se presentaron a los lobos, aunque ella supiera de quiénes se trataban.

—Lachlan ha tenido que ausentarse, pero podéis pasar y acomodaros. Prepararé algo para desayunar que seguro que tenéis hambre.

Todos se dirigieron hacia el interior.

—No puedo creer que el lobo tenga hermanas. Encima mucho más simpáticas que él.

—Tienes toda la razón, es mucho más agradable que el primer día que conocimos a Lachlan.

Leah chistó a Nick y a Chase.

—Si no sabéis comportaros mejor que os metáis en el Jeep y regreséis a casa.

Ambos sonrieron como buenos niños y se callaron.

—Los tienes bajo control —comentó Olivia.

—Y más después de saber que habías salido herida... —comentó Dominick.

Cierto, su hermana ya había demostrado que era capaz de todo por su seguridad. Así había comenzado todo y habían acabado en las manos de Sam. Ahora aquello parecía lejos, pero habían sido unos tiempos muy difíciles para ambas en las que podían haber perdido la vida.

Dentro de la casa se encontraron con el marido de Ellin. Tras las presentaciones pertinentes pasaron al comedor y tomaron asiento excepto Chase y Doc que fueron a echar una mano.

Nick decidió sentarse en el suelo, fue algo extraño y no pudo evitar quedárselo mirando cuando sus manos se iluminaron y comenzaron a salir unas bolitas de colores a modo de burbujas que los pequeños empezaron a cazar.

—Es sorprendente —susurró hipnotizada.

—Sí, es una niñera excelente.

Olivia rio levemente con el comentario de su hermana.

—¿Se queda muy a menudo con Camile?

—Jamás, soy un peligro para los niños —contestó Nick irónicamente.

Leah le dio a Camile, la cual se abrazó al Devorador y dijo:

—Lo dice porque una vez la pequeña hizo levitar un jarrón, lo rompió y le reñí a él diciéndole que se podía haber cortado. Es un poco rencoroso.

Nick fingió ofenderse.

—Claro, la culpa para mí.

Cada Devorador era más sorprendente que el anterior. Todos ellos poseían poderes fantásticos y no sabía bien cómo estar preparada para la siguiente vez que viera algo asombroso de parte de aquellos seres.

—No sé cómo consigues vivir entre ellos sin morir de un susto.

—Te acabas acostumbrando —contestó sin más.

Sonaba fácil, pero en los últimos años su vida había cambiado enormemente. Ya no eran dos inocentes humanas que poco conocían del mundo. Ahora ambas vivían en dos mundos extraños rodeados de seres capaces de todo; hasta ella era algo distinto.

Pasados unos minutos absortas en la magia de Nick, Leah dio un respingo y la miró fijamente.

—¿Dónde está Ryan?

Olivia cayó en la cuenta de que el Devorador estaba con ellos cuando el ataque de Alix. No había vuelto a preguntar por él y se sintió fatal por no haberlo hecho. Sabía bien que era el niño mimado de Leah y su protegido.

—No tengo ni idea...

Ellin entró cargada con unos platos y cubiertos.

—Está con Luke, no te preocupes, Leah. Seguro que están durmiendo.

Pero Leah no estaba conforme con la contestación y su mirada lo dijo todo. Quería cerciorarse de que su pequeño estaba bien.

—Luke es nuestro Sargento mayor más fuerte. Estuvieron expulsando a la manada invasora y acabarían tarde. Saben que venías y vendrán, pero si quieres les llamo.

Sorprendentemente, su hermana logró mantener su desesperación maternal y asintió dejando que el Devorador pudiera descansar un poco más.

—Tranquila, no dejaríamos nunca que le pasase nada malo.

—Eso espero —susurró Leah.

Sí, era única y no siempre se podía contener.

Y era la mejor mami de todo el mundo entero. Estaba orgullosa de ella y de la mujer en la que se había convertido.

CAPÍTULO 16

Cuando Leah vio a Ryan en el porche, no pudo evitar abrir la puerta, salir e ir corriendo hacia él. Al llegar le acunó el rostro y suspiró al verlo sano y salvo.

—¿Estás bien? ¿Te han herido?

—Mira, ya llegó mamá —comentó el lobo que lo acompañaba.

Leah se giró hacia él y le tendió la mano.

—Tú debes ser Luke, gracias por mantenerlo a salvo.

Él contestó al saludo y explicó:

—Yo no hice nada, pelea tan bien que fue él el que nos mantuvo sanos y salvos. Fue increíble.

La humana miró totalmente orgullosa a Ryan, el cual se sonrojó y se tapó un poco los ojos con una de sus manos.

—¿Seguro que estás bien? —se cercioró.

—Sí, solo una leve herida en el costado.

Todos supieron que acababa de decir algo terrible, ya que Leah se lanzó sobre la base de su camiseta y la levantó para ver el alcance de la gravedad.

Ryan se dejó hacer para que se calmase. Al parecer aquel hombre quería mucho a la humana y el amor era mutuo.

—No es nada demasiado terrible. Llevo un botiquín en el coche, pero veo que no será necesario.

—Tranquila, mamá, tu cachorro está en perfectas condiciones.

Leah asintió.

Todos entraron en casa y saludó a sus compañeros.

—Pero, ¿a cuántos te has traído? —preguntó sorprendido.

—Yo solo me traje a Doc. Fue Dominick el que insistió en venir con los demás.

Miró a su jefe y este hizo una mueca. Parecía ser que la noticia del ataque había trastocado a Leah y sabía lo que eso significaba. En parte se sintió culpable de hacer dicha llamada y no tuvo claro si había hecho bien. Aunque, por otra parte, si se lo hubiera callado y meses después Leah lo hubiera sabido, hubiera firmado su sentencia de muerte.

—Bueno, cuantos más seamos mejor lo pasaremos —comentó Luke.

Lachlan entró por la puerta como un vendaval. Quedó perplejo al verlos a todos reunidos en su salón y quedó en silencio unos segundos para señalar a Nick.

—Anda, si se han traído la canguro y todo.

Nick le dedicó una mirada furibunda, pero decidió ignorarlo. Era lo mejor y todos lo agradecieron.

—Leah, no era necesario venir corriendo.

—Lo era. ¿No somos bien recibidos? —preguntó fingiendo estar ofendida.

Doc entró en la estancia y, tras sortear a los niños, se sentó al lado de la humana. Sabía bien que era a modo de protección. Era el guardaespaldas de aquella mujer y poco le importaba que estuviera su marido allí también para protegerla. Era una relación extraña, pero él no entraría en aquel tema; todos eran libres de ser como quisieran sin que nadie les dijera nada.

—Por supuesto que sois bien recibidos, pero siento el viaje y más sabiendo que la pequeña Camile está enferma.

Todos miraron a la susodicha. La pequeña estaba jugando con el pequeño de los lobos, Remi, y comenzó a hacerlo levitar.

Dominick corrió y tomó al niño entre sus manos para dejarlo nuevamente en el suelo y se disculpó con sus padres.

—Vaya, esta niña va a dar más guerra que su madre.

Nick chasqueó los dedos y sobre la boca del lobo apreció una cremallera que le cosió los labios sin dolor alguno.

—¡Nick! —exclamó Leah enfadada.

—¿Qué? ¿Culpa mía? Qué poco agradecidos sois.

Chase se pellizcó el puente de la nariz.

—Eres su invitado y debes comportarte acorde a la situación —dijo Doc antes que nadie.

—Sí y tú eres el más simpático de todos para darme clases.

Cualquier día ese Devorador iba a comerse su ironía, pero no tenía claro quién iba a ser el primero en hacérsela comer. Al parecer y pasado el tiempo, iba a tener cola detrás.

Tras un bufido hizo desaparecer la cremallera y siguió con los pequeños.

La verdad que iba a ser una reunión muy amena con todos los presentes.

***

Verlos marchar fue lo más difícil que había hecho en su vida y Ellin lo supo y le sostuvo la mano tratando de darle la fuerza necesaria.

Leah había insistido en llevársela, pero Olivia había decidido quedarse al menos hasta que el celo pasara. Por muy infantil que se hubiera comportado en algún momento, sabía bien que allí donde se encontraba ellos podían lidiar con sus estados más álgidos y también podían asesorarla para sentirse mejor. En cambio, los Devoradores no.

Su hermana lo aceptó de mala gana y subió al coche con su pequeña y su marido. Pronto vendrían a verla de nuevo y cuando pasasen tres meses, Olivia podría elegir si se marchaba o no.

—Gracias —dijo suavemente a Ellin.

—Tranquila, es normal lo que sientes. Tu corazón ahora está dividido entre tu gente y tu hermana. Si necesitas cualquier cosa he grabado mi teléfono en tu móvil.

Olivia frunció el ceño confusa.

—No tengo móvil.

—Ahora sí. Lo he dejado en tu habitación.

—Gracias.

La loba le restó importancia haciendo unos leves movimientos con las manos y la instó a entrar en casa.

—Bueno, yo voy a dormir un poco más —se despidió Luke.

—Gracias por cuidar de él. A Leah le hubiera dado un infarto si algo le hubiera ocurrido. Lo quiere tanto que casi podría ser su madre.

Él negó con la cabeza.

—De verdad que no hice nada. Ese hombre es más capaz de lo que todos piensan y comienzo a ver por qué Dominick lo eligió como pupilo. Es fuerte y peligroso y me gustaría llevarme el mérito de que lo cuidé, pero no lo hice. Luchó a mi lado codo con codo.

Olivia asintió aceptando sus palabras. Fuera como fuera él estaba a salvo y era lo importante. Había visto el amor que tenía su hermana hacia aquel muchacho.

Luke se marchó silbando y eso le provocó una sonrisa. Era tan jovial que apenas era capaz de creer que una vez hubiera vivido algo peor que lo que ella había sentido en sus propias carnes.

Si él lo había superado tal vez había alguna opción para ella.

La urgencia la golpeó con contundencia cuando notó que el momento álgido del celo comenzaba a llegar. Escuchó a Lachlan y Howard gruñir al mismo tiempo que ella subía corriendo las escaleras de dos en dos a toda prisa.

Se encerró y echó el pestillo para evitar que alguien pudiera alcanzarla. Era una sensación extraña de protección aquella puerta que tanto había odiado durante meses.

Había sido tan de golpe que apenas había sido capaz de prepararse mentalmente para el dolor que su cuerpo emanaba. Le exigía tener contacto con otro cuerpo, le urgía sentir las caricias sobre su piel y calmar esa quemazón que la golpeaba.

Se aferró a las sábanas y colocó la almohada entre sus piernas en un intento desesperado de acolchar un poco el dolor. Cuando los pinchazos de calor retorcían sus entrañas podía apretar las rodillas contra el cojín y aliviar levemente el momento.

Era lo único de todo lo que había probado que había funcionado.

—Basta ya, por favor... —susurró.

A su mente llegó como si fuera una alucinación el beso compartido con Lachlan. Había sido rudo, húmedo y caliente, hasta tal punto que, muy a pesar de la situación, había disfrutado del instante. Solo había sentido algo semejante hacía mucho, tanto que Cody ya parecía un leve y tímido recuerdo que apenas podía esbozar.

¿Cómo podía ser el dolor tan profundo? ¿Por qué la vida se lo había arrebatado?

No podía pensar en el beso de Lachlan sin evitar sentirse culpable. Era una traición hacia el hombre que amaba por mucho que no siguiera con vida. No podía pensar en hombre alguno siempre que el recuerdo de Cody siguiera en ella.

Si cerraba los ojos todavía podía sentirlo. Su mente le llevó a un recuerdo que atesoraba con todo su corazón.

Su amor fue puro y certero, pero fugaz y doloroso al mismo tiempo.

—*¿Qué hora será?* —*le preguntó Olivia a Cody.*

—*¿Y de qué te sirve saberlo?* —*contestó él con una nueva pregunta.*

Olivia se encogió sobre su manta, hacía frío y llevaban demasiados horas a oscuras. Resultaba desesperante e incluso claustrofóbico. Se sentía a punto de enloquecer, casi se veía capaz de tirarse contra los barrotes como tantos otros habían hecho.

—*Combatiré en cuanto enciendan las luces, me toca —sentenció terriblemente Cody.*

Eso era algo terrible. Siempre sentía su corazón partirse en dos cuando lo veía marchar, cabía una gran posibilidad de que nunca regresase.

—*Tienes que ganar.*

—*Como siempre, niña. Volveré.*

Asintió con una tranquilidad fingida increíble, ya que quiso transmitirle que confiaba en él y que no temiera nada. Siempre había que salir al ring con el ánimo alto, por mucho que uno quisiera morir no debía darles el gusto.

Los humanos se reían de los lobos, los escupían e insultaban, era demoledor sentirles fuera pedir sus pellejos. La gente que venía a ver los combates no tenía alma, ni corazón y mucho menos piedad alguna. Los querían muertos y si podía ser sufriendo muchísimo mejor.

Ella les había llorado implorando ayuda, se había agarrado a la jaula metálica que colocaban alrededor del cuadrilátero implorando que llamaran a la policía. Y ellos se habían reído tan fuerte que toda esperanza se había marchado.

Una vez un hombre le lanzó un refresco por asesinar al combatiente por el que había apostado. La pobre muchacha había quedado tendida en el suelo sin apenas poder moverse y la habían rociado con aquel líquido pegajoso y dulce.

La humillación fue tan atroz que estuvo dos días sin moverse apenas de la esquina de su jaula. Solo Cody la había hecho volver, por ese motivo él no podía desaparecer de su vida. No podían arrebatarle lo único bueno que quedaba en su vida.

El mundo no podía ser tan cruel y arrebatarle a aquel hombre que había cuidado de ella desde el primer momento que había pisado aquel lugar.

—Acércate, anda —pidió él.

No se lo pensó. Se colocó a su lado todo lo más cercana que pudo a pesar de los barrotes que los separaban. Se sentó en el suelo e introdujo las piernas dentro de su jaula.

Cody se sentó entremedio y la rodeó con las suyas al mismo tiempo que con sus manos buscaba las de la loba.

—Vamos a estar bien y conseguiremos salir de aquí, que no te quepa duda.

Olivia rio amargamente. Nadie podía devolverles la libertad.

—¿Por qué siempre eres tan positivo? ¿De dónde sacas tanta esperanza?

Notó la mirada de aquel hombre sobre ella a pesar de la oscuridad que los abrazaba. Se sintió atraída hacia su cuerpo de un modo desesperante y acercó el rostro al suyo. Solamente se detuvo cuando su aliento golpeó sus labios. Nunca antes habían estado tan cerca y resultaba inquietante y excitante al mismo tiempo.

—Porque cuando todo era demasiado oscuro para seguir viviendo llegaste tú. Eras tan frágil y estabas tan asustada que no podía morir y dejar que este mundo te engullera. Debía permanecer a tu lado y ayudarte a sobrevivir.

—¿Y si algún día dejo de necesitarte? ¿Te marcharás?

Notó como se acercó unos leves centímetros más haciendo que, al hablar, sus labios rozasen los suyos.

—Ya no puedo marcharme porque has llenado tanto mi vida que no sé vivir sin ti.

Nunca antes le habían dicho algo tan hermoso, provocando que se estremeciera. Apenas fue capaz de contenerse cuando Cody selló su frase con un tierno beso que Olivia sucumbió al momento.

No solo se dejó besar sino que también lo hizo de una forma frenética y desesperada. Se abrazaron a pesar de las barreras arquitectónicas que tenían. Se tocaron, se acariciaron y se saborearon durante minutos haciendo que la soledad ya no fuera tan dura.

—Prométeme que nunca me dejarás.

—Nunca lo haré. Siempre estaré contigo —juró Cody.

Olivia regresó a la realidad, a una sin el amor de su vida. Ahora era libre, pero había perdido la posibilidad de estar juntos, una mala decisión les había separado de por vida. Ya no había consuelo para ella.

Podía fingir que jamás había existido, pero era falso. Lo había hecho y había llenado su corazón de una forma tan dura que no podía dejarlo atrás. No podía soltar su recuerdo y seguir adelante. Puede que hubiera momentos en los que se sintiera mejor y viera el mundo con un poco más de esperanza, no obstante, en ese instante todo era negro como el ébano.

Las lágrimas mancharon sus ojos sin piedad. Lo extrañaba tanto que el dolor era mayor que lo que le provocaba el celo.

—Me mentiste y no cumpliste tu palabra.

CAPÍTULO 17

Dane se extrañó cuando uno de los novatos entró corriendo a su despacho. El pobre tenía la cara desencajada y apenas era capaz de hablar y respirar al mismo tiempo.

—¿Qué ocurre?

No fue capaz de explicarlo, sin embargo, hizo diferentes aspavientos con las manos y lo instó a que lo siguiera. Dane se apresuró a seguirlo hasta que escuchó los pitidos de las máquinas que daban soporte a la diosa.

Sí, esa era la gran emergencia.

Entró en cuidados intensivos y se apresuró a colocarse la bata, los guantes y la mascarilla casi sin ser consciente de si seguía respirando.

Se acercó a ella y miró las máquinas que pitaban sin control. Una de ellas, la más peligrosa, indicaba que el latido se había detenido.

—Y una mierda. No puedes irte —sentenció buscando el desfibrilador. —Una dosis de epinefrina. ¡Ya! —bramó esperando que su ayudante hiciera justo lo que acababa de pedirle.

Por suerte lo hizo, al mismo tiempo que él comenzaba a preparar la máquina para intentar devolverla a la vida.

No podía morir. No sin que tuviera la oportunidad de darle las gracias por hacer que él y Pixie revivieran.

Se preparó y anunció.

—Apártate. Descarga en tres, dos, uno...

El desfibrilador envió la primera descarga eléctrica a su corazón, una que no funcionó y siguió en parada.

—Vamos, Aimee, no me jodas.

Una segunda descarga logró que su corazón respondiera a duras penas. El latido que vino a continuación fue lento, pero continuo. En un humano era algo impensable ese tipo de respuesta cardíaca, no obstante, ella partía de la base de que no era humana, ni Devoradora. No sabían bien a qué se enfrentaban.

—¿Qué debemos hacer?

—Seguiremos con medicamentos y vamos a intubarla.

Y eso hicieron al mismo tiempo que su corazón seguía latiendo de una forma tan lenta que creyó que iba a morir en cualquier momento.

—Si mueres a Chase le va a dar algo.

Intubó y comenzó a bombear al ritmo necesitado dejando que sus pulmones se llenasen de oxígeno.

—Mira, haremos un trato. Despiertas, conoces a Chase y si no quieres saber más de nosotros te vas y mueres, si es eso lo que quieres, pero lejos de aquí. ¿De acuerdo?

Al parecer era un buen plan, ya que su corazón comenzó a estabilizarse y todo regresó a la normalidad pasados unos minutos.

Dane no daba crédito a lo acontecido. Parpadeó perplejo y se secó el sudor con la manga antes de quitarse los guantes y tirarlos a la papelera que tenían fuera.

—Esto es de locos —sentenció.

Y así era, pero únicamente esperaba que si moría lo hiciera en presencia de Chase. No podía darle semejante noticia a su amigo después de tantos días yendo a verla.

—Vas a matarme de un susto y voy a morir solo por no seguir asustándome.

***

Cuando el pico más alto del celo pasó estaba agotada. No sabía cuántas horas habían pasado; normalmente era una hora, pero estaba convencida que en aquella ocasión habían sido más.

Suspiró totalmente destrozada. Esta vez había tan duro y fuerte que había habido momentos en los que había creído desfallecer.

Se incorporó y trató de desperezarse. Todos sus huesos y músculos se quejaron después de haber estado entumecida.

Estuvo un par de minutos estirándose y crujiendo los huesos hasta sentirse mucho mejor.

De hecho, tenía hambre. Así que era una buena idea salir de su encierro y asaltar la nevera.

El mundo no había cambiado de color, pero se había atenuado. Sí, estaba triste por no tener a su amado, pero todos querían que pasara página. Casi se sentía bipolar con aquellos altibajos de su humor.

Deseaba luchar por sí misma, aunque al mismo tiempo el dolor de la pérdida la hacía retroceder unos pasos levemente.

Salió de su habitación esperando escuchar a los niños de Ellin. Al no hacerlo llegó a la conclusión de que se habrían marchado a su casa. En parte era mejor, porque así hablaba con el menor número de gente posible y podía volver a su cuarto a dormir un poco.

Bajó las escaleras esperando toparse con Lachlan de un momento a otro. Como tampoco lo hizo creyó que él también había salido. Le resultó extraño, ya que siempre la esperaba, pero tal vez le habría surgido un imprevisto.

Fue directa a la cocina, con los pies descalzos dejando que el frío del suelo le quitara el calor que desprendía su cuerpo. Era muy agradable pasado el momento del celo.

—¿Hola? ¿Hay alguien? No soy muy buena aceptando sustos, yo aviso.

Nadie contestó, así pues, se resignó y entró en la cocina. Justo allí el mundo cambió por completo. Ellin, Howard y la pequeña Iris estaban en el suelo, inmovilizados como si algún tipo de magia los sujetara con fuerza.

Lachlan estaba herido en el suelo con una herida bastante grande en el estómago, tampoco parecía capaz de moverse.

Y por último vio a Seth.

El terrible y déspota dios tenía al pequeño Remi entre sus brazos y lo sujetaba por el cuello. A la par de la cintura.

—Vaya, yo sí soy dado a los sustos.

Olivia no fue capaz de articular palabra. Quiso hacerlo, lo intentó con todas sus fuerzas, pero solo pudo mirar a todos los presentes intermitentemente.

—¿Sorprendida? No me extraña.

Su voz era perversa y afilada, casi como un cuchillo para la mente.

—¿Vas a matarles? —dijo muerta de miedo.

—No, si tú lo evitas.

¿Qué pretendía? ¿Luchar? No tenía fuerza suficiente como para plantarle cara y salir con vida de algo semejante.

—¿Cómo?

Todos estaban paralizados, incluido el pobre niño que lloraba sin sonido sobre el regazo de aquel dios que acababa de tomar asiento como si fuera a tomar el té.

—He visto una gran oportunidad al saber que Leah y Dominick han abandonado la base...

Justo cuando dijo eso, Olivia cerró los ojos comprendiendo que el ataque de Alix había sido premeditado con otro fin y había sido tan estúpida de no darse cuenta.

—No están aquí —contestó abruptamente.

—Lo sé, querida.

¿Y qué quería de ella? Tenía tantas preguntas y tan pocas respuestas que se desesperó.

—Te necesito —comentó tan sonriente que el miedo se atascó en su garganta con fuerza.

—¿Para qué? —alcanzó a preguntar con el poco valor que logró reunir.

Los ojos oscuros de aquel dios brillaron levemente y un asiento se materializó tras ella. Obligada, tomó asiento y esperó una explicación que no era capaz de vislumbrar en aquellos momentos. En realidad, no podía ni respirar sin sufrir por las vidas de todos los presentes.

—Existe una particularidad cuando Leah viaja —dijo tomándo una lentísima respiración —. No se separa de ese Devorador que crea barreras.

El nombre de Chase iluminó su mente.

—No puedo localizarlos mientras él permanezca cerca. No es que no pueda con mi magia, pero para lo que tengo preparado necesito reservar fuerzas.

Olivia tragó dolorosamente.

—¿Y qué tendría que hacer?

—Sepárala de él lo suficiente como para saber en qué lugar del camino se encuentran y soltaré esta entrañable familia.

Apretó los puños con rabia. No podía entregar a su familia.

—¿Qué me darás a cambio?

—La vida de esta gente pende de un hilo y me gusta jugar con los niños delante de los padres, no obstante, puedo contenerme y dejarlos en paz si me entregas a tu hermana.

Su corazón se detuvo en seco.

La vida de unos a cambio de otros. ¿Cómo elegir algo semejante?

Olivia miró a Ellin, la cual lloraba sin poder remediarlo a pesar de que estaban paralizados. Su corazón se quebró en mil pedazos pensando las horribles posibilidades que tenía.

—No puedo hacer eso.

—Lástima.

Seth apretó el cuello del pequeño y provocó que Olivia gritara fuertemente:

—¡NO!

Se detuvo en seco y sonrió, sabía bien lo que tenía que hacer. Lloró desconsoladamente sabiendo que tenía la batalla perdida antes de siquiera comenzar.

—¿Qué tendría que hacer?

Un teléfono móvil se materializó en su regazo.

—Llámala, una pequeña excusa me sirve para que se separe de Chase unos metros. Lo suficiente como para darle alcance.

Sobre sus piernas tenía la traición más grande que podía hacerle a su hermana. Era algo que ella jamás iba a perdonarle y esperaba que Dominick y los Devoradores fueran capaces de plantarle cara al dios que planeaba caer sobre sus cabezas.

—¿Y ya está?

—Así es.

Echó una mirada a Lachlan, el cual la miraba con auténtico estupor en sus ojos. Él sabía bien en la encrucijada que en la estaban poniendo. O la familia del lobo o la suya, una terrible decisión que tomar.

—¿Y cómo sé que los dejarás ir sin más? ¿Que esta gente no sufrirá daño alguno?

Seth se llevó una mano a la boca, se mordió la palma y vertió un par de gotas en el suelo antes de que la herida se cerrase por completo.

—Un juramento de sangre, aunque me gustaría poder asesinaros a todos, lo cierto es que solo tengo fijación por los Devoradores. Los lobos seréis alimento para mi séquito así que asesinaros es de estúpidos.

Olivia miró el móvil y se secó las lágrimas tratando de ocultar el miedo para que su hermana no lo detectase. Debía ser buena en su papel o sabía bien que aquel dios acabaría con la familia que tenía en sus garras.

Que el mundo la perdonase porque ella no iba a ser capaz después de dicha traición a la persona más importante de su vida.

Marcó rezando que fueran capaces de contenerle y sobrevivir. No podía perderlos por su culpa, no podría seguir viviendo con esa culpa sobre sus hombros.

—¿Sí?

—Leah, soy yo, Olivia.

Ella se alegró de la llamada y su corazón lloró agonizante. No podía hacerle eso.

—¿Ocurre algo?

—No, bueno... Es que tengo que hablar contigo de un tema algo delicado.

Miró a Seth y él la instó a seguir.

—¿Está todo bien?

Olivia negó con la cabeza a sabiendas que su hermana no podía verla. No, nada estaba bien y todo iba a ir a peor.

—¿Podrías hablar un momento a solas? No quiero que los chicos escuchen esto.

—Cariño, ¿podría ser más tarde? Estamos en la carretera.

Cerró los ojos y se maldijo por dentro.

—No, debe ser ahora. Por favor, es urgente.

Leah habló con Dominick unos segundos y después se dirigió a ella.

—¿Tan importante es? ¿No puedes esperar?

—Es de Lachlan. —Y lo miró a los ojos. —Me gusta y no sé cómo actuar.

Las pupilas del lobo se dilataron como si se tratasen de las de un gato.

Su hermana se silenció unos segundos antes de volver a la conversación.

—Vale, hemos parado. Deja que baje del coche y hablamos fuera.

El corazón se rompió un poco más sabiendo que estaba a punto de conducirla a una trampa. Una orquestada por ella misma. La vida no podía ser tan injusta.

Cuando volvió a hablarle, Seth negó con la cabeza y Olivia no tuvo más remedio que fingir.

—No te escucho bien, hay interferencias.

—¿Seguro? Yo te escucho bien.

—Seguro, trata de moverte un poco a ver si algo cambia.

Leah obedeció al instante, ilusa, sin saber lo que ocurría y se alejó del coche.

Un gruñido gutural y triunfante le indicó que Seth ya sabía dónde estaban. Desapareció dejando caer al pequeño y borrando todo rastro de sí en aquella estancia.

—¡CORRE, SETH VA A POR TI! —gritó al mismo tiempo que el teléfono también se desvaneció entre sus manos.

Con dolor miró a los presentes. Howard había sido capaz de tomar a su pequeño antes de que golpease el suelo y abrazó a su familia con lágrimas en los ojos. Ellin también lloraba, desconsoladamente.

—Gracias, Olivia. Gracias.

Pero el agradecimiento no era suficiente como para sentirse mejor.

Corrió a la puerta y abrió al mismo tiempo que su piel se abría dando paso a la loba interior. Ambas estaban tan enfurecidas y asustadas que utilizaron eso como combustible para salir corriendo campo a través para buscar a su hermana.

No podía morir, ni ella, ni Camile, ni ninguno de sus amigos. Ella no podía ser cómplice de esos asesinatos.

Y se marchó dejando atrás a la manada.

Lachlan tomó el teléfono que tenía en el bolsillo del pantalón y marcó el teléfono de Dominick. Al no obtener respuesta supo que todo estaba perdido.

—Da la orden de que los mejores guerreros me sigan.

—¿Vas con ellos? —preguntó Ellin desesperada.

El Alfa asintió. Se frotó la herida, la cual ya estaba comenzando a cerrar, pronto estaría en plena forma.

—Eso va a ser una carnicería, no puedo dejarlos morir después del sacrificio tan grande que ha hecho Olivia por nosotros.

—Yo voy con vosotros. Le debo la vida de mi familia —explicó Howard.

Él asintió antes de transformarse. Arrancó a correr tras los pasos de Olivia con pura desesperación. No podía permitir que la asesinaran a y, mucho menos, que la familia de ella saliera perjudicada.

Tenían que llegar allí lo antes posible.

Una desgracia estaba a punto de ocurrir y mucho se temía que tal vez no llegasen a tiempo.

CAPÍTULO 18

Leah miró el teléfono, se había cortado la llamada, algo extraño. Trató de marcar nuevamente y la voz del operador diciendo "este número no existe" la extrañó. Subió al coche y enfrentó la mirada confusa de Dominick.

—¿Todo bien? ¿Qué ocurre con Olivia?

—No lo sé, se ha cortado y ahora dice que no existe.

Él agitó la cabeza levemente.

—Debe ser un error, seguramente estamos en una zona con poca cobertura. Este lugar es muy boscoso.

Esa era la explicación más factible. Volvería a intentarlo cuando llegasen a la base y Camile le dejara un ratito jugando con su querida Hannah.

Y de pronto, Seth apareció sonriente ante el capó del coche provocando que la sangre de todo su cuerpo se helase.

—Bu —pronunció antes de hacer volar el coche.

Leah gritó y trató de alcanzar a su pequeña para salvarle la vida. Dominick, sin embargo, logró tomar el control del vehículo con sus poderes y lo hizo caer suavemente, haciendo que su familia siguiera con vida.

—Quédate aquí con la niña —ordenó saliendo del Jeep.

—Menuda sorpresa, ¿eh? Caminaba por aquí y os he visto.

Los Devoradores del otro coche se unieron a él y protegieron el coche donde estaban Leah y la pequeña.

—Nada es casualidad contigo.

—Chico listo. Debo agradecerle esta reunión a tu dulce cuñada.

Y de pronto cayó en lo raro que había sido todo. Ella había

provocado que Leah se alejara se Chase lo suficiente como para salir de su radio de control y los habían localizado. Había sido un cepo y la traición llegaba de la persona que jamás hubiera esperado.

—No es culpa suya, debéis entenderla, tenía el cuello de uno de los sobrinos del saco de pulgas entre mis dedos. No tuvo más opción que hacer lo que pedía.

Dominick asintió aceptando la decisión de Olivia, no había tenido más remedio y todos en su lugar hubieran hecho lo mismo. Así pues, no iba a pensar más en esa traición obligada a la que habían sido sometidos.

Chase se alejó de ellos para quedar más cerca del coche, alzó una barrera tan blindada que el suelo tembló fuertemente como si acabasen de cerrar una caja de seguridad.

—Tranquilo, Chase, por ahora no quiero a Leah y a la pequeña Camile, puedes respirar tranquilo. En realidad vengo por un premio mucho más jugoso.

Silbó al cielo y cientos de espectros se lanzaron sobre ellos. Como era de esperar, los Devoradores comenzaron a luchar feroces y no le sorprendió, puesto que se trataba de los mejores de su raza.

Eran increíbles y acababan con la vida de esas pobres almas como si nada. Él no sufrió por vida alguna, ya que los enviaba a morir, la cuestión no estaba en la calidad de sus espectros sino en la cantidad.

Usando el número adecuado de contrincantes la fuerza de los Devoradores menguaría considerablemente.

Seth se apoyó en un árbol esperando a que eso llegase. No tenía prisa y el tiempo era algo que controlaba bien. Podía esperar lo necesario para conseguir lo que deseaba.

Sin embargo, su paciencia se fue por el desagüe cuando pasados quince minutos ellos seguían frescos y sus filas habían bajado considerablemente. Hacían un combo casi perfecto y entre ellos habían conseguido una especie de cadena de montaje con la que conseguían aniquilar a más de los suyos.

De acuerdo, era el momento de llegar al plan B. Uno que requería algo de sus poderes, pero que podía llegar a ser mucho más divertido.

—Hazlo —ordenó a uno de los suyos, uno que se había reservado por ser importante en sus filas.

El espectro apareció dentro del coche y tomó a Leah para llevársela a su amo. Ella trató de resistirse, pateó con fuerzas, pero nada pudo hacer.

Molesto, la tomó del cabello a modo de coleta y tiró de ella hasta casi levantarla. Fue entonces cuando gritó llamando la atención de todos los presentes y dejó de revolverse, tornándose algo sumisa.

—Ahora que tengo toda vuestra atención, quiero que me escuchéis un momento.

A Dominick se le desencajó el rostro y eso le provocó una risa sardónica. Por una vez tener ventaja resultaba tremendamente placentero.

El dios se acercó al cuello de Leah y olisqueó como si se tratase de un plato jugoso. Con la lengua saboreó su cuello mientras ella se estremecía y cerraba los ojos tratando de apartarse de él.

—Ahora entiendo porqué no pudiste resistirte. Es casi perfecta —dijo con voz ronca totalmente embriagado por su sabor.

¿Cómo era posible sentirse tan atraído por alguien tan insignificante?

Las manos de Doc se iluminaron y un choque de energía los golpeó en el costado donde no estaba la humana. Seth pudo absorber el golpe y mantener a Leah sujeta, preso de la rabia retomó su agarre en el cabello de la joven y tiró tan fuerte que mostró su cuello.

Con la mano libre, alargó una de sus uñas y la colocó cerca de la yugular.

—Otro ataque más, doctor asqueroso, y será la última vez que la veas con vida.

Miró hacia el hombre al que amenazaba y sintió una extraña sensación recorrer su cuerpo. A veces los recuerdos eran un gran lastre que hubiera deseado ser capaz de arrancarse de sí mismo. Su hijo Anubis había poseído ese toque de color en los ojos.

—¿Qué es lo que quieres a cambio de mi mujer? —preguntó Dominick alzando ambas manos a modo de rendición.

Al parecer, tocando la tecla adecuada podía domar al león.

Casi sonrió cuando notó los poderes de Nick fluctuar tratando de engañarle nuevamente. Él bloqueó el ataque y logró lanzarlo tan fuerte que al impactar contra un árbol, este cayó al suelo partiéndose en dos con el cuerpo del Devorador laxo en el suelo.

—Queridos, esta vez soy yo el que va a ganar el asalto.

Se recreó mirando sus ojos, todos tenían el miedo reflejado en ellos, pero no por lo que podía pasarles a ellos sino por lo que podía ocurrir a la pequeña y frágil humana.

Vio a Chase entrar en el Jeep para tomar a la pequeña en brazos. Al verla, un sentimiento cercano a la culpa lo invadió, pero lo descartó velozmente.

Ordenó a todos los presentes, sin que los Devoradores pudieran sentirlo, que les estaba terminantemente prohibido atacar a la pequeña Camile. Hacía meses que buscaba su muerte y tenerla cerca le había hecho cambiar de opinión. No tenía muy claro los motivos, pero prefirió hacer caso a sus impulsos.

—Entrégate y les daré a tus chicos a tu mujer —ordenó.

Dominick no se lo pensó dos veces, asintió y caminó hacia él.

—Oh, por favor. Esto es demasiado fácil hasta para ti.

—Lo es, pero déjala libre.

Sus Devoradores quisieron seguirle y él les detuvo en seco.

El amor era real entre aquellos pobres seres, un amor que él mismo había sufrido en sus carnes y le habían arrebatado. Era una fantasía lejana y ya no se acordaba de ella, se había borrado su recuerdo hasta quedar en una leve sensación que llevaría consigo el resto de los siglos de los mundos venideros.

Iba a enseñarles que el amor de Devorador hacia los humanos no podía funcionar.

Soltó, de forma cautelosa, a Leah en un intercambio tenso con su marido. La humana caminó al lado de su marido entre lágrimas. Quiso tocarlo y él le tomó la mano y la consoló lo más rápido que pudo.

—Tranquila, todo irá bien.

Una promesa que él había pronunciado mil y una veces y que no había conseguido cumplirla, tal y como ocurriría justo en aquel instante.

Dominick llegó ante él y casi pudo saborear a su nuevo combatiente entre sus filas y sonrió ampliamente. Leah estaba a medio camino de sus compañeros y no pudo dar un paso más.

Su mejor espectro apareció ante ella y la atravesó con el puño en su pecho. Fue en ese mismo momento que Seth contuvo a Dominick justo antes de que sus poderes explotasen y le dio el golpe de gracia.

El espectro asestó una puñalada en el cuello a Leah y casi pudo saborear la transformación de Dominick en sus labios. Pronto tendría el espectro que más había deseado. Él siempre se había negado a formar parte de sus filas y esa era la única manera posible para conseguirlo, bien pues, así iba a ser.

Leah cayó al suelo de forma contundente y la guerra a su alrededor explotó como una granada de mano.

Los Devoradores comenzaron a aniquilar a todos sus espectros con una contundencia visceral y poderosa, pero ya no importaba. Tenía lo que quería.

Dominick dejó que sus poderes tomaran el control, tornándose oscuro y perverso. Trató de entrar en su mente para retorcerlo a su voluntad y él decidió que el Devorador jugase con una ilusión suya mientras él se mantenía impasible viendo la vida de Leah marcharse con cada agónica respiración.

Y eso enseñaba que había promesas que nunca se debían hacer.

CAPÍTULO 19

La vida de Leah se escapaba ante sus ojos y no podía llegar hasta ella. Dominick bramó enfadado consigo mismo, había tratado de salvarle la vida a costa de la suya, pero era un juego en el que nunca había tenido ventaja.

Seth había jugado tan sucio que su corazón estaba a punto de explotar de dolor al verla allí tendida y sin poder moverse.

Rompió la ilusión del dios en mil pedazos y lo buscó con la mirada. No fue capaz de encontrarlo muy a pesar de saber que estaba allí. Aquel malnacido, el padre de todos los Devoradores, se había atrevido a tocar a la mujer de su vida y juraba solemnemente que jamás iba a servirle.

Luchó con cientos de espectros, no se acababan nunca y sus compañeros no estaban mucho mejor. Aquello parecía una película de terror donde cientos y cientos de zombis se amontonaban ante la casa de los buenos dispuestos a comérselos.

No importó lo mucho que lo intentó y las vidas que sesgó. Cuando asesinaba un espectro surgían seis más impidiéndole llegar hasta ella. Fue una lucha encarnizada, pero fue incapaz de poder llegar hasta Leah.

Gritó su nombre en un par de ocasiones y ella lo miró con lágrimas en sus ojos. La joven trataba de despedirse con el corazón encogido y con el brazo estirado hacia su hija. Y él era tan inútil que no había visto venir nada de eso.

Había llevado a su familia a una muerte segura y la culpa recaía solamente en él.

Un aullido gutural hizo que un rayo de esperanza se abriera en el cielo. Una loba gigantesca se lanzó sobre los espectros, al mismo tiempo que Nick recobró el conocimiento y se unió a la lucha.

El segundo al mando fue ante Chase para ayudarle a proteger a la pequeña Camile que lloraba y gritaba "mami" sin consuelo alguno.

Y algo frío lo dejó paralizado. Fue un dolor punzante y seco que le hizo fruncir el ceño. Como si el tiempo se hubiera detenido, miró hacia su estómago y la punta de una espada sobresalía de su estómago. Abrió la boca para tomar una bocanada de aire y perdió el equilibro.

Seth lo tomó en brazos y clavó un poco más el filo de aquella arma en su cuerpo. Dominick solo pudo gemir y mirar por última vez a Leah y a Camile. Antes de que todo desapareciese y solo quedara la profunda oscuridad a su alrededor.

Solo cuando el líder desapareció en las sombras, Seth caminó lentamente hacia Leah. Al llegar hasta ella y le pisó el hombro. Ella gimió lastimeramente y el dios no pudo más que quedarse observando como la vida se escapaba de entre sus dedos.

—Sería tan fácil acabar contigo.

Apretó la bota un poco más sobre ella y Leah lo miró a los ojos.

—Solo tal vez... —susurró antes de desaparecer en esa nube negra en la que, segundos antes, había desaparecido Dominick.

***

La pelea era en clara desventaja y aunque viniera acompañada con unos cuantos lobos, la situación no mejoró. Pelearon fervientemente con garras y dientes tratando de alcanzar a su hermana Leah que se debatía entre la vida y la muerte.

Fue imposible hacerlo y Olivia sintió el dolor de los golpes entumecer sus extremidades. No podía perderla, no por su culpa. No podía ser real, el mundo se había vuelto mucho más oscuro de lo que recordaba y amenazaba con serlo un poco más.

Un dios pretendía acabar con la vida de su hermana, su sobrina y todos sus seres queridos por su culpa.

Aulló dolorida cuando un espectro logró apuñalarla en un hombro. Trató de alcanzarlo, pero fue incapaz.

Lachlan se lanzó sobre ella y masticó entre sus grandes fauces al espectro. Acto seguido, con su cabeza la levantó y la miró a los ojos.

"¿Puedes seguir?". Le preguntó.

"Sí, tengo que llegar hasta Leah". Suplicó ella.

"Claro, ni que fuera un mago de la lámpara. Está rodeada por demasiados de estos bichos tan asquerosos sin embargo haré lo que pueda". Le prometió antes de lanzarse a por dos más que trituró en su boca.

Sin embargo, el número de espectros creció tan exponencialmente que supieron que eran incapaces de salir de allí con vida.

Olivia pidió a todos los lobos que se retirasen, no quería más sangre en su cuenta. Ella iba a luchar hasta el final para tratar de llegar hasta su hermana, pero ellos no tenían nada que ver y podían marcharse a sus felices vidas.

"Nos quedamos, somos una familia y estaremos aquí hasta el final". Bramaron todos dejándola boquiabierta.

Los lobos resurgieron y lucharon codo con codo con los Devoradores dispuestos a acabar con aquellos seres que acababan de destrozar la vida de Leah.

Un grito hizo que Luke corriera hacia Ryan, le acababan de romper el brazo y el Devorador usó su control mental para que el espectro se matara a sí mismo, pero malherido no podría pelear mucho más. El lobo se cuadró ante él y juró con un gruñido que todo el que se acercara al muchacho estaba sentenciado a muerte.

Pasados unos minutos miró hacia ella y vio que había comenzado a apagarse. Con desesperación empujó tratando de llegar y no fue capaz. Lloró y aulló suplicando poder estar con su hermana. Tal vez sí fuera por su culpa, pero necesitaba estar a su lado cuando partiera. No podía dejarla ir sola. Nadie se merecía eso.

—¡Chase, lárgate con Camile! ¡No podemos con ellos! —gritó Doc.

No podían con el enemigo. Eran demasiados.

Estaban sentenciados a muerte.

***

Las máquinas de soporte de Aimee volvieron a pitar con suma

insistencia. Dane estaba con Pixie en su despacho, sobre la mesa, jugando a los médicos cuando tuvo que dejar lo que hacía para correr a cuidados intensivos.

Su mujer lo siguió a toda prisa y para cuando llegaron vieron a los guardias dentro removiéndolo todo.

—i¿Qué coño hacéis?! —bramó Dane.

No hizo falta que contestasen: la diosa no estaba. Había desaparecido sin dejar rastro.

—¿Habéis dejado la vigilancia? —preguntó Pixie fuera de sí.

Ambos guardias negaron con la cabeza y juraron por sus vidas que no lo habían hecho. Al no notar rastro de mentira tuvieron que creerles.

—¡Cerrad el hospital! ¡Tenemos que encontrarla! Que no salga ni entre nadie que no sea un herido de gravedad —ordenó Pixie y se pusieron en marcha.

Dane desmontó la habitación en su busca y desenchufó las máquinas.

—Tiene que aparecer. Acaba de sobrevivir a un paro cardíaco, no puede ir por ahí correteando como si nada.

Y buscaron en cada una de las habitaciones del hospital, incluido el sótano, el cuarto de escobas y el laboratorio. Nadie logró encontrarla.

Era como si la tierra la hubiera engullido para no dejar rastro alguno de ella.

—Esto es grave, Pixie —sentenció Dane.

Su mujer la miró con el gesto desencajado.

—¿Por qué?

—La última vez que Aimee dejó esta sala fue con la llamada de Nick. Solo espero que no haya ocurrido nada malo.

Eso significaba que la diosa había despertado de su letargo y había desaparecido porque alguien necesitaba ayuda. ¿Dominick estaba en peligro?

—Da la alarma, tenemos que salir a buscarlos. No pueden estar lejos —pidió Dane.

Ella asintió y tomó el teléfono rezando que se equivocase. Tal vez Aimee había despertado y había dejado sus vidas para tomar la suya propia.

CAPÍTULO 20

No les quedaba aliento en el pecho ni fuerza en las venas para seguir peleando. Chase había intentado llevarse a la niña lejos, pero no había tenido suerte.

Leah estaba inconsciente en el suelo sin moverse mientras que su pequeña lloraba sin parar asustada por lo que estaba ocurriendo a su alrededor y él no podía garantizar su seguridad. Ya apenas quedaban energías en su cuerpo para mantener el escudo que protegía a la pequeña.

No podía fallarle a Leah y a Dominick.

De pronto, una explosión hizo que todos los espectros que tenían más cercanos se deshicieran en el aire.

Una figura femenina se plantó ante ellos, una de cabellos largos negros como la noche que reconoció al instante: Aimee.

Extendió ambas manos y de ellas surgieron dos espadas tan afiladas que estaba seguro que podían cortar el aire si se lo proponía.

Y comenzó a pelear como toda una Valkiria. Cortó y sesgó vidas con la habilidad de toda una guerrera, luchaba como si hubiera nacido para ello. Más que combatir tuvo la sensación de que bailaba al compás de un acorde mortal que la dotaba de fuerza para acabar con ellos.

En una ocasión clavó la espada en el pecho de uno de sus enemigos y se acercó tanto a su rostro que casi chocaron ambas frentes. Fue entonces cuando sonrió y pudo comprobar que sus caninos estaban largos y afilados como las mismas armas que empuñaba.

—¿Os acordáis de mí?

Le preguntó antes de sesgar su vida.

La ira brillaba en sus ojos y siguió acabando con sus vidas como quien jugaba a la consola en un juego de rol.

—¿Estáis viendo eso? —preguntó Nick anonadado con los movimientos de Aimee.

Por supuesto que lo estaban viendo y todos llegaron a la conclusión de que aquel ser era mucho más peligroso de lo que habían vaticinado inicialmente.

Se abrió paso hasta llegar a Leah, allí, con una calma pasmosa, se agachó mientras con una de sus manos comenzó a dejar ir choques de energía. Le tomó el pulso e hizo una leve mueca.

—Casi llego tarde, querida —sonrió para alivio de todos.

Para cuando se levantó no era la misma mujer que habían visto segundos antes. Dejó caer las espadas al suelo y al chocar contra el suelo y rebotar se desvanecieron en el aire.

Juntó las manos a modo de rezo y cerró los ojos dos segundos. Justo cuando los abrió brotó de ella una onda expansiva que acabó con todos y cada uno de los espectros presentes. No dejó a ninguno reconocible.

Los trozos se esparcieron por doquier y el olor a carne quemada fue tan fuerte que Chase le tapó la nariz a la pequeña que, sorprendentemente, había dejado de llorar absorta en la recién llegada.

Nadie estaba preparado para algo similar, pero el primero en reaccionar fue Doc. Que llegó a Leah y trató de hacerla volver en sí.

—¿Por qué no te has desatado? —preguntó Aimee.

Chase frunció el ceño confuso, no comprendió qué era lo que había tratado de decirle al doctor. Pero al parecer su compañero sí, el cual negó con la cabeza.

—No puedo —contestó Doc con pesar.

—Bloqueaste tus poderes —contestó ella con sorpresa.

Eso la molestó por alguna razón que desconoció y chasqueó la lengua molesta.

—Que estúpido.

Acto seguido se mordió la muñeca hasta el punto de sangrar, se agachó hacia Leah y la semiincorporó.

Cuando quiso poner la herida sobre los labios de la humana el doctor la tomó del codo y la detuvo en seco.

—¿Prefieres ir de entierro? Bien, por mí no hay problema.

La diosa se incorporó y se alejó unos pasos con los brazos totalmente extendidos, la mirada fija estaba en Doc. Él decidía sobre todos en aquel momento y cedió porque no tuvo más remedio que hacerlo.

Aimee sonrió satisfecha y volvió a agacharse al lado de Leah. Doc la tenía levemente incorporada y la diosa puso la muñeca sobre sus labios.

—Va a tener que tragar para que funcione. Así se salvará —dijo a modo de advertencia.

Leah tosió atragantándose con su sangre y tragó finalmente. Unos segundos después, ella retiró la mano y la herida cerró casi al instante.

No tardó en hacer efecto, la humana comenzó a retorcerse y gritar como si la estuvieran torturando. Eso provocó que Doc la fulminara con la mirada y ella se encogiese de hombros como si no le importara.

—He dicho que se salvaría, no que fuera un camino de rosas. Por supuesto que duele.

Al menos ella se mantendría con vida, nuevamente podían estar agradecidos con la generosidad que les brindaba.

Doc tomó en brazos a Leah, la cual parecía agonizar y la subió al coche. Allí eran vulnerables y debían regresar cuanto antes a casa. Chase metió a la pequeña en su sillita y la ató adecuadamente, debían avisar a Hannah para que cuidara de Camile en lo que Leah mejoraba.

Una duda lo golpeó con fuerza, ¿cómo le explicarían a los demás que Seth se había llevado a Dominick? ¿Qué su jefe había sido capaz de darles un golpe semejante?

Aimee enfocó su atención en Olivia, la cual estaba tapada con la camiseta de Nick, que le iba tan larga que parecía un vestido.

—Oh, tú llevas una gran carga sobre tus hombros. Casi puedo sentirla como mía propia —dijo acercándose a ella.

Le tendió la mano y sonrió.

—¿Puedo?

Nick decidió advertir a lo que estaba a punto de enfrentarse:

—Con el contacto puede ver tu vida.

—No toda, es a modo de tráiler. Si el contacto es continuado puedo saber mucho más —dijo ella mostrando sus perlados y brillantes dientes.

Olivia no dudó en darle la mano, no tenía nada que esconder y la diosa pudo ver levemente toda su vida. Todos pudieron ver distintas muecas, viendo como los sentimientos cambiaban su rostro hasta la compasión.

—Una traidora obligada, ese fue un duro golpe.

Los lobos pidieron a Lachlan volver a la manada, deseaban poder descansar después de tan dura batalla y tenían mucho camino por recorrer. Olivia, en cambio, no deseaba regresar a la ciudad puesto que su hermana estaba herida.

—¡Oh, pequeña! Comprendo a tu corazón, pero tienes unas cartas difíciles sobre la mesa —comentó Aimee.

Un primer coche se marchó con Doc, Leah y Camile. Era lo mejor, los demás podían esperar un poco para ver el siguiente movimiento.

—Si quieres ir con tu hermana ve, yo puedo ir contigo —se ofreció Lachlan.

—El celo...

Era un tema peligroso.

—Yo mantendré a todos lejos mientras suceda el clímax, ahora no puedes estar lejos de ella. Va a necesitarte más que nunca.

Olivia asintió con toda su pena en el corazón. Tenía razón, debía estar al lado de su hermana cuando despertase.

Chase miró el coche y contó los asientos, había un pequeño problema: no había asientos para todos. Podían hacer un par de viajes de ser necesario, pero alguien tenía que quedarse allí esperando.

Lachlan dio la orden a sus lobos de marcharse y todos lo hicieron excepto el lobo pelirrojo que no se separaba de Ryan. El pobre mantenía su brazo roto inmóvil y dolorido pegado a su costado izquierdo.

—Somos siete y en el coche caben cinco. Creo que dos van a tener que esperarse aquí, puedo llamar para que vengan rápido con un coche más —dijo Chase.

—Podemos apretarnos, pero como no metamos uno en el maletero nos falta espacio.

Lachlan sonrió y no pudo evitar soltar lo que llevaba en su mente:

—Yo puedo ponerme atrás, me ponéis una manta mullidita y duermo como un rey.

Aimee alzó un dedo y llamó la atención a todos con el gesto.

—Yo puedo orbitar y podría llevar al restante conmigo, si

quiere, o esperar aquí hasta que vengan.

Era una opción.

—Bien, pues lobos, Ryan y Chase al coche. Yo viajaré con Aimee —ordenó Nick casi al momento.

La diosa puso un gesto de sorpresa.

—¿Tú te ofreces a estar conmigo? —preguntó como si fuera algo muy extraño.

—Sí. ¿Es un problema?

Esta negó con la cabeza y miró al cielo antes de contestar:

—Solo me sorprende.

—¿Podrías orbitar con dos? —preguntó Chase abruptamente.

Ella lo sondeó con la mirada, como si la pregunta que acababa de lanzar en el aire fuera algo totalmente inesperado. Pensó unos segundos la respuesta y asintió con la cabeza.

—Entonces me quedo, si recibimos otra emboscada puedo ser de utilidad.

—Cierto, tus escudos son fuertes por lo que he podido comprobar.

Perfecto. Ya estaba todo preparado para volver a casa, sin su líder, el cual estaba a manos de Seth y podía hacer con él lo que quisiera.

Estaban perdidos.

CAPÍTULO 21

Nick extendió la mano hacia Aimee. Esta inclinó la cabeza y enarcó una ceja al mismo tiempo que lo miraba a los ojos.

—¿Te ofreces a alimentarme? —preguntó ella.

Este asintió y ella profesó una risa nerviosa. Tras unos segundos mirándolo agrandó la mirada a causa de la sorpresa de comprender sus motivos.

—¡Te pone! —exclamó.

Volvió a inclinar la cabeza levemente como si buscase los motivos de sus actos y se mantuvo pensativa unos segundos.

—Has sido el juguete de alguien poderoso y ese era el premio. Es un mal hombre, alimentarnos no es el fin de la carrera.

Nick negó con la cabeza.

—Lo hago para ayudarte. ¿Lo conocías a él?

—Ligeramente —chasqueó la lengua—, es un familiar lejano —

159

entornó los ojos—, vale, es mi tío, pero no tenemos demasiada relación.

Chase los miró intermitentemente como si en algún momento fueran a explicarle lo que escondían.

—¿Qué ha sido eso? —preguntó Nick.

—No me sale mentir.

—Y nosotros podemos detectar la mentira.

Aimee asintió cayendo en la cuenta de ese detalle. Fue entonces cuando su rostro se tornó adorablemente simpático.

—Que buen equipo hacemos.

Fue el momento de centrar su atención en Chase, el cual casi tembló cuando sus enormes ojos cayeron sobre él. Era la primera vez que los veía desde que la había sacado de aquel sótano tan lúgubre. La pobre lloraba y temblaba a causa del dolor, ahora era una mujer muy distinta a la frágil que habían encontrado.

—¿Seguro que estás listo para que vea tu vida? —preguntó ofreciendo cada una de sus manos a un Devorador distinto.

Chase la tomó al instante.

—No tengo nada que esconder.

Ella dudó unos segundos, como si estuviera viendo una película y comentó:

—Cierto.

Acto seguido desaparecieron de aquel lugar y aparecieron en la habitación de cuidados intensivos donde había permanecido todo aquel tiempo.

Ambos Devoradores hicieron ademán de vomitar y se llevamos las manos a la boca evitando que eso ocurriera. Ella se limitó a sonreír divertida.

—El viaje puede resultar... agotador.

Y más para ella. Había necesitado mucha energía para hacer ese viaje, pero lo ocultó. En aquellos momentos necesitaban más fortaleza que nunca, ya que la base se enfrentaba a uno de los golpes más fuertes de los últimos años.

—¿Vas a quedarte? —preguntó Chase cuando recobró el color en su rostro.

—Parece que tenemos un enemigo común y no tengo mucha prisa para estar en otro lado. Si os parece bien, me gustaría permanecer aquí un tiempo.

Nick asintió y él era el líder en aquellos momentos. Su palabra podía convertirse en ley si así lo deseaba y su beneplácito la dejaba poder quedarse en aquel lugar tan especial.

Aimee se sentó en la cama y suspiró levemente.

—¿Todo bien?

Sonrió cuando Chase se preocupó por ella.

—Por supuesto, es algo agotador hacer uso de tanto poder, pero me pondré bien pronto. Gracias.

Ella no debía ser el foco de atención. Ahora los Devoradores debían ser más fuertes que nunca.

***

Camino a la base Lachlan se topó con dos coches que rastreaban la señal de los Jeeps en busca de sus compañeros. Dar la noticia de lo ocurrido no fue nada fácil, pero no podía ocultarla ya que iban a enterarse en cuanto llegara Doc a la base.

Doc se había encontrado con otro grupo de Devoradores que también habían salido a patrullar y habían sido escoltados hasta la base. La noticia de la captura de Dominick iba a correr como la pólvora. Pronto todas las bases iban a saber la noticia y que Nick era el nuevo líder.

Llegar a la base no fue mucho mejor. La comitiva que los vino a ver a la puerta sabía la reciente noticia y pudo comprobarlo en sus caras, aunque no podía quejarse, ya que les dieron ropa para cubrir sus cuerpos.

Se llevaron a Ryan al hospital seguido de un Luke muy expectante. Lachlan frunció el ceño, de no ser porque no lo creía posible, su Sargento mayor sentía algo especial por el muchacho, ya que había actuado de forma visceral al ser atacado y no se había separado en todo momento de su lado.

Una Devoradora muy alta se acercó a ellos, su energía fluctuó y supuso que fue a causa del dolor, no obstante, impuso tal respeto que Lachlan no se atrevió a saludarla más que con un leve movimiento de cabeza en vez de con palabras.

—Mi nombre es Brie, soy la pareja de Hannah. Vengo a llevaros a casa de Leah para que descanséis hasta que ella recobre el conocimiento.

—¿No podría quedarme con ella?

Fue entonces cuando la temblorosa voz de Olivia los sorprendió. Se había quedado muda desde que habían subido al coche y todos los intentos de conversación habían sido en vano

161

por mucho que lo había intentado.

Brie asintió con ciertas reticencias. Seguramente todos sabían la historia y culpaban a la híbrida de lo ocurrido. Debían comprender que no había tenido otra opción o sus sobrinos hubieran acabado hechos papilla esparcidos por su cocina.

—Seguidme —ordenó ella con voz neutra y comenzó a caminar hacia el hospital.

—Quiero que sepáis algo —dijo Lachlan antes de que la Devoradora lo cortase alzando una mano a modo de silencio, no se molestó en mirar a sus espaldas para saber si la seguían.

—Lo sabemos y comprendemos los motivos, al menos yo... —La última parte había sido pronunciada como un leve susurro.

Llegaron a la habitación donde habían puesto a Leah a descansar. La pobre humana seguía inconsciente bajo la atenta mirada de Doc.

La Devoradora los guio hasta la puerta y allí se detuvo en seco.

—Podéis entrar, yo esperaré fuera.

Olivia tomó la iniciativa y entró en la habitación. Lachlan la siguió a pies juntillas y se detuvo en seco cuando ella lo hizo profesando un gemido. Algo o alguien había trastocado tanto a Olivia que perdió levemente el equilibrio, pero se recompuso casi al instante.

Lachlan miró en el interior y no vio nada fuera de lo común. Leah lucía buen aspecto y Doc estaba serio como siempre lo había visto, no era una novedad en aquel hombre. Sin embargo, había una mujer en aquella habitación que miraba a Olivia con suma sorpresa.

—Alma... —susurró Olivia y el Alfa pudo comprenderlo todo.

Aquella mujer era la viuda de Cody y eso empeoraba la situación. Al parecer, era una buena amiga de Leah y había corrido a su lado en cuanto las malas noticias habían llegado a sus oídos.

—Puedo salir si lo prefieres —se ofreció educadamente.

La humana negó con la cabeza.

—Eres su hermana, en todo caso soy yo la que debería salir de aquí.

—Podemos quedarnos las dos si te parece bien.

Alma hizo una mueca extraña con la boca antes de asentir, no era de su agrado, pero al menos comprendió los motivos que la movían a estar cerca de su hermana.

Lachlan reparó entonces en el cansancio de Olivia y le acercó una silla. Ella se sentó sin necesidad de decirle nada y suspiró cuando sus huesos tocaron la silla.

—Bueno, qué bonita reunión familiar tenemos montada, ¿no?

Olivia se tapó los ojos y negó con la cabeza ante la pregunta que dejó ir el lobo.

—Vale, no era el momento adecuado.

Eran los nervios, fijo que se trataba de eso.

CAPÍTULO 22

Los guardias entraron en su jaula y le inyectaron algo antes de que pudiera defenderse. Estaba tan asustada que imploró que no le hicieran daño, pero no importó. Era solo un peón en un juego en el que solo valía por los billetes que hacía ganar.

La arrastraron por un largo pasillo hasta que la puerta se abrió y pudo vislumbrar un gran ring. La metieron dentro de un empujón y cayó una jaula sobre el cuadrilátero; eran las medidas de seguridad para evitar que escapase de lo que estaba a punto de ocurrir.

Un gran hombre entró en la jaula.

Olivia se refugió en una esquina y luchó por salir a pesar de saber bien que era inútil. No podía transformarse, dolía y era tan aterrador que no era capaz de respirar.

Sin embargo, el fármaco que le habían inyectado hizo efecto y su loba interior comenzó a empujar hacia el exterior. Eso era lo que querían, el espectáculo que vendría después cuando su otra yo tomase el control.

Lloró cuando el dolor se tornó insoportable, cuando sus huesos se agrandaron tornándose en aquella bestia fuerte y poderosa que pedían que fuera.

Antes del cambio final, después de que su piel se agrietara y se reconvirtiera en algo mucho mayor a su tamaño habitual, vio como los colores cambiaban; señal inequívoca de que estaba a punto de dejar atrás su forma humana.

Estaba allí para matar, para hacer una masacre del pobre

diablo que se atreviera a entrar allí en busca de hacer daño a su raza.

Y Olivia dio el espectáculo que esperaron de ella, torturándolo hasta el punto de que el pobre hombre suplicó por su vida y no tuvo piedad. Porque, a fin de cuentas, ¿quién se apiadaba de ella?

La loba gritó cuando Alma la despertó. La pobre llevaba gimoteando un buen rato hasta el punto en el que se apiadó de ella y decidió sacarla del terrible sueño que la atrapaba. Miró a su alrededor para tratar de ubicarse para luego mirarla directamente a los ojos.

La confusión dejó paso a los recuerdos y el dolor se vio reflejado en ellos.

—¿Estás mejor? —preguntó susurrando.

Olivia asintió.

—Estaba teniendo una pesadilla.

Alma suspiró y caminó hasta su asiento.

—¿Las tienes muy a menudo?

Olivia asintió.

—Casi todas las noches —dijeron ambas a la vez confesando en voz alta su calvario.

Ambas habían vivido su propio infiero y, aunque habían salido con vida de él, no habían vuelto a ser las mismas personas del principio. Habían cambiado por el camino y todo se había vuelto diferente desde entonces.

Olivia no era capaz de mirarla a los ojos sin sentir vergüenza. Aquella pobre mujer había estado vendiendo su cuerpo creyendo que así su marido estaba a salvo. No solo no lo estaba y estaba siendo explotado como combatiente sino que se había enamorado de una de sus compañeras de fatiga.

No se imaginaba el duro golpe que habría supuesto para ella saber la verdad después de tanto tiempo.

—Alma, nunca pude decirte nada. Lo siento, mucho, muchísimo —confesó y era cierto.

Ambas habían perdido al hombre de su vida y tenían diferentes tipo de duelos, pero el dolor seguía latente y podía verlo reflejado en su rostro.

La humana hizo una respiración profunda tratando de contener las lágrimas y se sentó en la silla que estaba más cercana a Leah, la misma que antes de dormirse había ocupado Doc. Seguramente había tenido que irse por algún motivo importante.

—No te preocupes, tú ya viviste un infierno, si mi marido te dio consuelo me alegro por ambos. No me imagino lo que os pudo costar sobrevivir a ello.

Su alma era tan pura que Olivia no pudo evitar levantarse con los ojos anegados de lágrimas. Sorbió por la nariz y trató de contener todos los sentimientos que se agolparon en su cuerpo tan dolorosos que amenazaron con consumirla.

—No puedes perdonarme. Ódiame, me lo merezco más que nadie.

Alma la miró de soslayo.

—Lo hice durante un tiempo y al final llegué a la conclusión de que no servía absolutamente de nada.

La sorpresa la golpeó duramente.

—No comprendo lo que dices —susurró tratando de buscar una explicación factible.

La humana se tomó su tiempo, como si cada palabra fuese una puñalada en su corazón. Se midió totalmente, desde el tono de voz hasta los movimientos de sus manos y su lenguaje corporal.

—Después de lo vivido no eras mi persona favorita, pero me puse en vuestro lugar y si eso os hizo sobrevivir me alegro por ello. A pesar del horror que vivió fue feliz los últimos instantes de su vida, yo lo hubiera dado todo por un rayo de esperanza en el tiempo que estuve allí cautiva.

El alma de Olivia cayó al suelo partiéndose en mil pedazos. ¿Cómo podía haber sido tan mala persona? Aquella pobre mujer se había mantenido con vida con la promesa de ser libre y volver a los brazos de Cody algún día. Y para cuando él fue liberado estaba amando a otra.

—No puedes perdonarme, no te lo permito.

Ella la miró con paz en sus ojos, como si viera a través de ella.

—Ya lo hice y no me arrepiento.

El mundo era cruel y déspota. El reencuentro con Alma no había sido como había imaginado justo en el momento en el que volvió a verla y no tenía claro si eso era bueno o no.

Respiró suavemente tratando de contenerse y volvió a tomar asiento. Miró a Leah y los ojos se inundaron de lágrimas pidiendo salir. Puede que Alma le hubiera perdonado ese pecado, pero el que había cometido con su hermana era imperdonable.

—Ella va a odiarme, no tanto como lo hago yo misma ahora,

pero lo hará —dijo acariciando las piernas de su hermana.

Alma asintió.

—Lo hará como yo lo hice al principio, pero acabará perdonando.

—No quiero que lo haga. Yo he provocado todo esto.

El odio que se tenía a sí misma era tan fuerte que no comprendía como nadie podía verlo como ella.

—Tenías tus motivos. Nadie en tu situación hubiera elegido que los pequeños lobos murieran, yo no al menos —confesó Alma.

Olivia volvió a mirar a Leah. ¿Pensaría ella lo mismo?

***

—¿Ese es tu plan? —preguntó Nick sorprendido.

Lachlan no torció el gesto, estaba convencido de lo que decía y no pensaba retroceder.

—¿Propones uno mejor?

Aimee, Nick, Lachlan y Chase estaban reunidos en el despacho de Dominick, el que estaba destinado a ser del líder de la manada.

—La verdad es que no. Llámame quisquilloso, pero buscar a Seth y meterse en su base para buscar a Dominick me parece un plan un poco suicida.

—¿Y propones esperar en lo que Seth consigue de alguna forma acabar con Dominick? O peor, que consiga que forme parte de sus filas.

Esa era otra opción terrible que no deseaban contemplar. Los últimos instantes de Dominick había sido atravesado por una espada, con una herida casi mortal en su estómago.

—Si llevo a alguno de los Devoradores de esta base o de cualquier otra los asesinará sin piedad —explicó Nick.

—No es que él no planee acabar con la gran mayoría de vosotros —sentenció Aimee, la cual estaba apoyada con el trasero en la mesa y los brazos cruzados.

Había permanecido en silencio y pensativa hasta entonces. Para todos era una encrucijada y, sorprendentemente, había desarrollado cierto cariño hacia los Devoradores que la había llevado a protegerlos cuando más lo habían necesitado.

—Necesitamos un plan, no podemos entrar allí como locos y acabar todos muertos.

En eso todos estuvieron de acuerdo con el nuevo líder de los Devoradores. No podían lanzarse a la muerte sin más, sin un plan de escape. No podían comportarse como si les hubieran cortado la cabeza.

—Contad con los lobos. Nos ha tocado lo suficiente los cojones como para querer su cabeza en bandeja de plata —sentenció Lachlan.

Y era así, el mundo se enfrentaba a una guerra fatídica y todos debían estar en el mismo bando si deseaban tener una oportunidad.

El teléfono de Chase sonó y tomó la llamada. Tras dos leves palabras cruzadas colgó y miró a todos los pares de ojos que habían puesto su atención en él.

—Es Leah, ha despertado de mal humor. Creo que deberías ir para llevarte a Olivia, ya tendrán su momento más adelante.

Lachlan no esperó más para salir corriendo hacia el hospital y Nick también lo hizo. No querían que la posible ira de la humana despertara el odio de los suyos contra una raza que no había tenido culpa alguna en el juego que Seth se traía entre manos.

Chase y Aimee quedaron mirándose atentamente. Ella señaló la puerta y al no obtener respuesta preguntó:

—¿No te vas?

—No, creo que son suficientes como para detenerla.

—He visto que estás muy unido a ella, tal vez te necesite.

Chase asintió.

—Nos tiene a todos y no le estoy negando nada, pero ahora mismo tiene muchas cosas encima para agobiarla. Cuando se calme un poco hablaré con ella. No me imagino el dolor que debe estar sintiendo en estos momentos.

Aimee miró al cielo.

—Debe ser terrible perder a quien amas de esa forma tan traumática.

—¿Hay alguien esperándote? Deben estar desesperados buscándote.

Ella sonrió amargamente y negó con la cabeza.

—No hay nadie, estoy sola.

—Lo siento.

Aimee únicamente se encogió de hombros como si eso no importase.

—No es culpa tuya. Te estoy muy agradecida.

Chase se sorprendió con sus palabras y ella decidió explicar el porqué de ellas.

—No eras un capullo hablando solo, me hiciste mucha compañía el tiempo que estuve dormida.

Él no contestó con palabras, lo hizo con un suspiro de alivio. Al parecer era cierto que podía escucharlos cuando la hablaban. Eso le hizo sentir mejor y menos estúpido. Ya no era un loco hablando con una mujer en coma.

—Dane me ha dicho lo del paro cardíaco.

—Parece ser que morí para revivir nuevamente. Qué suerte tuve —dijo con una sonrisa amarga.

¿Qué secretos escondía aquella mujer?

El teléfono sonó nuevamente y él decidió ignorarlo.

—Cógelo, no tengo pensado desaparecer.

Le hizo caso y tuvo que dejar esa conversación que deseaba tener.

CAPÍTULO 23

—¡Te odio! ¡Lanzaste sobre tu sobrina y sobre mí a Seth sabiendo que nos mataría! —bramó Leah presa de la ira.

Fuera de control tomó la almohada y se la lanzó a su hermana. La golpeó certeramente, pero la joven se quedó quieta mirando a Leah en un mar de lágrimas.

No trató de justificarse o de evitar el enfado de su hermana. Lo aceptó y tomó cuanto ella estuviera dispuesta a darle por mucho que doliera. Iba a aceptarlo, tragar su odio e interiorizarlo hasta grabárselo en el alma para recordarlo toda su vida.

Doc contuvo a Leah al mismo tiempo que Alma trataba de dialogar con su amiga. Nada de lo que probaban funcionaba.

Ella había despertado y tras unos segundos de calma la tormenta había hecho saltar la bomba de relojería en la que se había convertido su hermana.

—¡Te estás vengando! Es eso, ¿verdad? —preguntó fuera de sí.

Ella forcejeó con Doc, pero no consiguió liberarse de su agarre y eso la enfureció todavía más.

—Nos hiciste responsable de la muerte de Cody y has hecho que pierda al amor de mi vida para que sienta lo mismo que tú.

Esa acusación dolió, pero la aceptó.

—Leah, estás fuera de control. Tienes que calmarte —pidió Doc acunando su rostro y obligándola a que lo mirase.

Alma aprovechó para tomar del codo a la loba y llevársela fuera. Hicieron falta dos intentos para que Olivia cediese y saliera fuera.

—Déjame entrar, si ella me odia lo acepto. Si eso le ayuda a sentirse mejor déjale que me pegue, me grite, insulte o lo que necesite —pidió Olivia totalmente rota por el dolor.

La humana negó con la cabeza al mismo tiempo que la abrazó.

—No es culpa tuya, no lo es. Calma, mejorará.

—No lo hará. Nunca podrá perdonar que le haya arrebatado al amor de su vida.

Lachlan y Nick llegaron en aquel momento y quedaron expectantes viendo lo que estaba ocurriendo.

—No le has quitado nada, no puedes cargar con las culpas.

Olivia lloró desconsoladamente sobre el pecho de Alma. Se abrazó a ella como si fuera una especie de salvavidas y descargó en ella todo lo que había en su interior. Ahora el mundo se había desmoronado.

—Yo la llamé y la separé de Chase como me pidió. Él la localizó por mí —jadeó.

Alma acunó su rostro y secó sus lágrimas.

—Todos en tu lugar hubieran salvado a los pequeños. No es tu culpa, no podías elegir algo mejor.

—Le debo lealtad. Ella ha hecho tanto por mí...

Lachlan vio a Olivia romperse en tantos pedazos que dudó que algún día fuera capaz de componerse.

—Tienes un corazón tan grande que no te mereces esto que te ha ocurrido. Has hecho lo mejor que podías hacer. —Alma la agitó para que dejara de sollozar y la escuchase de una vez—. No es culpa tuya, tienes que creerme.

Pero Olivia no la creyó y siguió llorando cada vez más con cada grito desgarrador que venía del interior de la habitación de Leah. La pobre mujer estaba viviendo el momento más crudo de su vida y si Dominick había muerto sabían bien que su mujer lo había hecho con él.

Finalmente, Lachlan no pudo seguir mirando y corrió a tomar a la pobre Olivia entre sus brazos y protegerla de sí misma y del dolor que la atormentaba. La cogió en contra de su voluntad y la llevó lejos de los gritos de su hermana, no podía permitir que ella le hiciera más daño por muy justificado que estuviera.

—¡Déjame ir, por favor! ¡Tengo que estar con ella! —suplicó desgarradoramente.

—Ahora no, todo llegará.

***

Luke sintió lástima de Leah. Los gritos podían sentirse desde el otro lado del hospital y eran capaces de encoger el corazón de cualquiera.

Dane estaba escayolando el brazo de Ryan, el hueso se había roto limpiamente y no haría falta operar para su curación. En un mes iba a estar como nuevo, eso era un inconveniente para alguien que cicatrizaba tan lento. En un lobo el proceso se acortaba a una semana.

—No va a superar esto... —Susurró Ryan.

—Tal vez esté con vida. No hemos visto el cuerpo de Dominick.

La esperanza de Dane era admirable, pero no había estado allí. La supervivencia del líder era algo muy improbable.

—Siento lo ocurrido, Devorador —dijo Luke con el corazón encogido.

Los lamentos de aquella mujer eran tan viscerales que casi podía sentir el dolor en sus propias carnes y era absolutamente demoledor. Sobrevivir para perder a la pareja de tu vida debía ser algo terrible que esperaba no experimentar jamás.

En aquellos momentos agradecía estar soltero.

Dane los dejó a solas. Su mujer había llegado y ambos necesitaban un momento de intimidad. No les culpaba, lo que acababa de pasar podía sacudir el corazón de cualquiera.

—Gracias por quedarte a mi lado.

La voz dulce de Ryan le hizo sonreír.

—No ha sido nada.

Él no pensaba igual y negó con la cabeza.

—Me has protegido y te has quedado a mi lado. Eso sí es algo.

Era cierto, pero no debía darle más importancia de la necesaria. Su amistad le había obligado a protegerlo y no esperaba agradecimiento a cambio.

Ryan se sonrojó cuando él lo miró tan intensamente. Aquel lobo había arriesgado su vida por la suya y no había agradecimiento posible que pagara eso. Además, no se había marchado con los suyos y se había asegurado que atendían correctamente su brazo.

¿Él se merecía tanta dulzura?

—¿Qué crees que ocurrirá ahora?

Los rizos pelirrojos del lobo se movieron al compás de su dueño, el cual agitó la cabeza un par de veces antes de contestar.

—Se avecina una guerra y nadie estará a salvo.

Eso era cierto. Los tiempos de paz habían acabado para sucumbir en la oscuridad que Seth les había traído. Venía una tormenta tan fuerte que no supo vaticinar el resultado, no podían enfrentarse a alguien tan fuerte.

—Deberías volver a casa a descansar —susurró Ryan.

—¿Ya te has cansado de mi compañía?

No se trataba de eso, pero no quería ser el culpable de que aquel hombre cayera rendido de puro cansancio.

—La verdad es que no —dijo sinceramente.

Podía sorprender, pero su compañía siempre había resultado agradable y estaba contento con tenerlo a su lado en un momento como ese. Era el amigo en el que más confiaba en aquellos momentos de flaqueza.

Su mente estaba en mil temas a la vez, todos dispares y, a la vez, preocupantes. Luke se dio cuenta y chasqueó los dedos ante sus ojos para atraer su atención.

—¿Cuánto tendría que pagar para conseguir que me explicaras qué hay en tu cabeza?

—¿Puedo confesarte algo? —preguntó Ryan abruptamente.

Él asintió convencido, esperando algo terrible y su corazón se encogió.

—Nunca he estado con nadie.

Durante unos segundos lo miró perplejo. Creyó escucharlo mal y le pidió que lo repitiera, el pobre muchacho no fue capaz y negó con la cabeza.

—Me has oído perfectamente, no te mofes de mí —dijo totalmente ofendido.

Luke se sorprendió ante su reacción y trató de contener la risa.

—Estás malinterpretándome, Devorador. En ningún momento me he reído de ti, es solo que no doy crédito a tus palabras.

Ryan suspiró, se encogió tanto que estuvo seguro que podía hacerse invisible si se lo proponía.

—No tenía que haberte dicho nada. Hazme un favor y vuelve con los tuyos, yo voy a morir en algún rincón de la vergüenza.

La risa brotó del pecho del lobo y se plantó ante él evitando que pudiera bajar de la camilla donde lo habían atendido.

—Escúchame, no me he reído de ti en ningún momento. Es que me cuesta creer que no hayas tenido un largo número de encuentros.

—Me centré en ser el mejor candidato para Dominick para que

se fijase en mí y pudiera ser su pupilo.

Entonces la vio, la adoración absoluta que sentía hacia su líder. Algo que le pareció tan adorable que tuvo que contenerse para no tomar sus mejillas y estirar como las abuelas hacían con sus nietos al verlos tan guapos.

—En ese caso yo tenía razón.

Ryan lo miró perplejo.

—Te dije que estabas falto de fiesta.

Eso le provocó una sonrisa al mismo tiempo que asentía dándole la razón. Puede que hubiera estado en lo cierto, pero jamás hubiera imaginado que aquel dulce niño fuera tan inocente en tantos aspectos.

—Y yo pidiéndote una cita. He sido tan brusco contigo, lo lamento.

—No lo sientas —dijo Ryan mordiéndose el labio.

Acto seguido lo miró a los ojos y confesó:

—Me sentí halagado de gustar a alguien.

Y por primera vez en mucho tiempo, él no supo qué decir salvo mirar las cajas de pastillas que había cerca y reír.

—Te han dado una cantidad increíble de calmantes. Quiero creerte cuando dices que Dane es tu amigo, pero te ha dopado para hacer saltar por los aires el control antidoping.

Ryan miró las pastillas y tomó un par de cajas entre sus manos.

—No, en realidad no me dio nada fuerte. Fue suave conmigo.

—¿Y eso cómo lo sabes?

El Devorador alzó el pecho con orgullo antes de decir:

—Soy enfermero.

—¿Qué me dices? Pues ahora que lo dices tengo un pequeño dolor en el cuello que no consigo que se me vaya con nada. ¿Qué me recomiendas?

Ambos se miraron unos segundos.

—Lo mejor en tu caso es descansar.

—Lástima, porque es lo que menos he podido hacer los últimos días.

—Doy fe, lobo.

Y eso no había hecho nada más que empezar.

CAPÍTULO 24

—¿Estás seguro de que Camile está bien? —preguntó Leah cuando fue capaz de controlarse.

Se había quedado a solas con Doc y había pedido que nadie entrara en la habitación. Deseaba soledad en aquellos momentos de tortura, nadie podía aliviar su dolorido corazón.

—Sí. La tiene Hannah, cuidará de ella como si fuera su propia hija.

—Lo sé —suspiró Leah dejándose caer al suelo sentada sobre sus piernas cruzadas.

Doc decidió imitarla y se sentó a su lado. Él comenzó a trazar un círculo en el suelo con sus dedos y lo siguió y resiguió hasta que desesperó a Leah. Fue entonces cuando ella tomó su mano pidiéndole educadamente que se detuviera.

—Lo siento mucho, Leah, por no ser capaz de protegeros a Dominick y a ti.

—¿Es que eres tonto?

La pregunta sorprendió al semidiós, el cual la miró como si de repente le hubieran surgido dos cabezas más de la nada.

—Vi como luchaste por llegar hasta mí. Hiciste todo lo que pudiste.

—No lo suficiente. De lo contrario él no te hubiera tenido entre sus garras y no hubiera atacado a Dominick.

Los recuerdos fueron demasiado dolorosos. Había visto desde el suelo como Dominick era herido y engullido por las sombras. Fue terrible ver como el amor de su vida se perdía para, quizás, nunca volver.

No podía dejar de llorar. El dolor era tan visceral que amenazaba con acabar consigo misma. En el pecho tenía un dolor tan profundo que casi había dejado de respirar para amortiguarlo.

—Estuve allí, sé que hiciste todo cuanto estaba en tu mano.

—No es cierto —contestó él.

Ante su seguridad infinita la mujer lo miró confusa.

—Hace siglos Seth estuvo a punto de descubrirme. Lo tuve tan cerca que creí que moriría como todos mis hermanos.

—Pues parece ser que lograste salir con vida —sonrió ella.

Doc asintió.

—A un precio que hoy he tenido que pagar demasiado alto.

El silencio los abrazó. Durante unos largos minutos únicamente pudieron escuchar sus propias respiraciones y algún pájaro en el exterior cantar.

—Tuve que bloquear parte de mis poderes y cambiar mi aspecto físico.

Leah lo miró sorprendida.

—¿Este no eres tú realmente?

—Sí y no. Algunos rasgos son los del yo real, como los ojos, y otros cambiaron.

Ella quedó tan impactada que abrió la boca y la cerró en un par de ocasiones siendo incapaz de decir nada.

—El caso es que los bloqueé de tal forma, tratando de evitar que me reconociera, que no fui capaz de desatarme.

Era evidente que Doc estaba consternado.

—Cuando te vi allí tendida luché con todas mis fuerzas por llegar y por liberarme. No me importó que el mundo supiera mi secreto. Me dio igual que Seth viera que seguía con vida. Solo te tenía a ti como objetivo y no fui capaz de conseguirlo.

El dolor era tan latente que se sintió mal por su amigo. Ella tomó sus manos y las acarició entre las suyas, con la vista fija en aquellos movimientos. No sabía qué era lo que debía decirle exactamente para aliviar esa culpa.

—No importa. Yo no te culpo.

—Pero yo sí.

Miró a sus ojos dispares y supo que decía la verdad.

—De no haber sido por Aimee todos hubiéramos muerto allí. Incluida Camile.

Sus palabras sonaron tan crudas que dolieron. Leah se encogió ligeramente recordando los gritos de su hija.

—Pues es una suerte tener a una diosa de nuestra parte.

—Los dioses no son de fiar —sentenció seguro de lo que decía.

Ella sonrió sin ganas.

—¿Lo dices con conocimiento de causa? ¿Todos sois así? —preguntó haciendo referencia a su condición de híbrido entre dios y humano.

Doc asintió.

—Excepto para ti, para el resto no soy de fiar. Tú puedes confiar en mí plenamente.

Leah suspiró cuando la mente se fue al dolor que sentía. No podía hacer otra cosa que revivir una y otra vez los momentos acontecidos. Dominick había estado mortalmente asustado cuando Seth la había tomado de rehén y se había entregado a cambio de su vida.

No había sacrificio más grande que ese.

—¿Por qué no me asesinó? Se limitó a mirarme y desistió en la idea —comentó como si hablara para sí misma.

Doc se encogió de hombros.

—No lo sé. Tal vez sea su forma retorcida de jugar, dejarte viva para que sientas dolor.

Eso era factible.

Leah miró al techo y gimoteó tratando de respirar, fue a modo de súplica. No entendía lo que le estaba ocurriendo.

—Sé que no fue culpa de Olivia, lo sé... —Respiró fuertemente—. Pero no puedo verla sin sentir una rabia tan visceral que siento que quiero hacerle daño.

Doc tiró de ella hasta que consiguió que apoyara su cabeza en su hombro derecho. Justo en esa posición comenzó a acariciar sus cabellos con sumo cariño.

—Lo sé y es lógico. No puedes culparte de sentir algo así.

—Soy una hermana terrible.

Negó con la cabeza fervientemente rechazando esa idea.

—No lo eres.

—¿Qué será de mi vida sin él?

Doc contuvo el aliento unos segundos antes de dejar salir todo el aire de sus pulmones. El pesar de ella era tan fuerte que hubiera hecho cualquier cosa para mitigar su fatiga. Hubiera dado la vida por la de Dominick para que ella fuera feliz.

—Sé que no es lo mismo y jamás voy a intentar ponerme a su altura, pero yo cuidaré de vosotras. Seré tu compañero de viaje, vas a reponerte de este golpe, Leah, te lo prometo.

Ella sollozó.

—Yo solo quiero morirme.

—No pienso permitirlo. Tienes que vivir por Camile, ella te necesita. —Doc tragó saliva—. Y yo también.

Leah no pudo más que asentir un par de veces con la cabeza y se limitó a seguir respirando de forma automática.

—Tal vez no esté muerto —susurró el doctor sin querer dar demasiadas esperanzas.

—Sea como sea está perdido. Lo tiene ese dios y hará cualquier cosa por tenerlo en sus filas.

Eso era cierto. No había esperanza alguna para el que había sido, hasta la fecha, su líder. Había quedado atrás dejando por el camino una hija pequeña y una mujer totalmente devastada. Un golpe del que sabía que jamás podría resurgir.

Doc apretó todavía más a su pequeña humana.

—Ojalá pudiera hacer algo por ti.

—Devuélveme a Dominick, por favor.

Su súplica fue tan desgarradora que, por primera vez en siglos, Doc fue capaz de llorar.

CAPÍTULO 25

Lachlan conducía el Jeep que los Devoradores les habían prestado. Habían pasado casi todo el camino en silencio, cada uno con la compañía de sus propios pensamientos. No se podía decir nada que no recordase que ahora todo ya no tenía sentido.

Olivia tenía la frente contra el cristal de su puerta. Miraba el camino y veía los árboles pasar uno tras otro a toda velocidad.

Ya habían pasado el lugar donde había ocurrido todo. Allí, donde había hecho que la vida de su hermana diera un giro de 180°.

—Creo que a Luke le gusta Ryan.

Olivia parpadeó escuchando sus palabras y reaccionó alejándose del cristal para sentarse adecuadamente.

—¿Eso crees?

Lachlan asintió.

—No ha querido abandonar la base en unos días, hasta cerciorarse que el Devorador se sentía mejor. Nunca le he visto tan preocupado por nadie en mucho tiempo. La forma en la que reaccionó cuando vio que el novato estaba siendo atacado fue desmedida.

En eso tenía razón y tenía sentido, ya que el lobo había corrido a su lado y lo había protegido a toda costa.

—Hacen buena pareja —dijo ella sin más.

—No sé si Ryan tiene los mismos gustos —comentó Lachlan.

Ella dibujó una "o" con la boca comprendiendo lo que decía. Era algo en lo que no había reparado.

—Bueno, ya se verá. Yo no tengo problemas con quien mete

en su cama, total sé que a mí no me va a conseguir —dijo el Alfa cortando la conversación.

Y tenía razón, nadie podía meterse en eso. Era algo suyo, lo único que esperaba es que Luke no perdiera el corazón amando a alguien no correspondido. No había nada peor que ser rechazado por la persona que amas.

—Leah te perdonará, debes darle tiempo —comentó suavemente como si fuera un tabú mencionar el tema.

Olivia negó con la cabeza.

—Ella puede, yo jamás.

Lachlan pegó un volantazo apartándolos de la carretera y adentrando el Jeep al espeso bosque que los rodeaba. Los coches de detrás pitaron y él decidió contestar con un feroz corte de mangas.

—¿Qué haces? —preguntó sorprendida.

—¿Hasta cuándo vas a seguir con esa actitud?

Olivia abrió los ojos a causa de la sorpresa.

—¿Cuál?

—Esa de todo es culpa tuya y la pena es tan terrible que lo mejor sería morir. Empiezo a estar cansado de eso.

—¿Y qué me sugieres? ¿Qué me haga un bufón como tú? —escupió sintiéndose totalmente atacada e incomprendida.

Lachlan fingió un disparo en el pecho y se llevó las manos a la no herida, agonizó un poco hasta que se deslizó por el asiento y cerró los ojos.

—¿Sabes? Haríamos buen dúo cómico —comentó él con los ojos cerrados.

Olivia suspiró y se tapó los ojos con las manos. Aquel hombre era exasperante y no tenía vuelta de hoja.

—No me va tanto el humor como a ti.

Lachlan volvió a colocarse bien en el asiento y puso la mano izquierda en el volante mientras se giraba hasta quedar totalmente en dirección a ella.

—¿Puedo confesarte algo?

Asintió siendo incapaz de negarse.

—Alix es el compañero de Aurah. Ellos llegaron a vincularse, algo sagrado que solo pueden hacer los compañeros de verdad. —No fue capaz de pronunciar bien las últimas palabras, más bien las masticó como si le costara todo el esfuerzo del mundo.

"Ellos parecían felices, pero el carácter de mi hermana cambió.

Dejó de quedar con sus amigas, de ir a las fiestas comunes de la manada, a faltar a las comidas familiares. Vimos el cambio de forma progresiva. Primero fue aislarse, luego la ropa, cada vez más larga tapando cada pulgada de su piel y despeés fue prohibirle cambiar para no quedar desnuda ante nadie".

Lachlan perdió el humor que solía tener y respiró agitadamente, aquellos recuerdos dolían.

—Yo fui muchas veces para hablar con ella. Ver si necesitaba algo, pero Aurah insistía en que estaba todo bien, que era inmensamente feliz con Alix.

Olivia tomó su mano derecha y la apretó tratando de transmitirle el apoyo y la calma que necesitaba.

—Un día vinieron a buscarme a toda prisa. Luke estaba tratando de reventar la puerta de casa de mi hermana porque ella suplicaba ayuda.

Lachlan cerró los ojos como si de aquella forma fuera capaz de transportarse a ese momento.

—Corrí, pero mis padres fueron más rápidos. Mi padre, un Alfa bastante viejo, logró tirar la dichosa puerta de seguridad al suelo y enfrentarse al hombre que le estaba propinando una paliza a su hija.

Hizo una pausa tan angustiosa que Olivia creyó que el corazón se le detenía por momentos.

—Cuando llegué, Alix había huido y mi padre lo perseguía. Mi madre lloraba sobre el cuerpo inmóvil de mi hermana. Estaba irreconocible. —Tomó aire y no lo expulsó —. Los equipos de emergencia llegaron y se llevaron a Aurah y yo decidí salir con algunos lobos en busca de aquel hijo de puta.

Gruñó guturalmente y las lágrimas mancharon el rostro del lobo.

—Cuando les di alcance, Alix huía lejos y mi padre yacía muerto en el bosque. Traté por todos los medios reanimarlo, pero fui incapaz y marché en busca de su asesino.

—¡Oh, Lachlan! Lo siento mucho —exclamó acongojada.

Él negó con la cabeza.

—Obviamente, no le di alcance y decreté destierro para él.

Ese fue el fin de sus palabras en un buen rato. Pero las piezas no encajaban en la mente de Olivia y decidió que necesitaba saber más.

—¿Y tu madre?

—La noticia de la muerte de mi padre la cambió, pasó de ser una mujer alegre y vivaz a un alma en pena. Murió meses después sobre una de las camisas donde perduraba el aroma de su amado. El dolor y la tristeza se la llevaron.

Ella sintió que su corazón se partía en mil pedazos. Lo que había vivido esa familia era terrible y no comprendía cómo podían seguir con normalidad su vida. ¿Cómo sobrevivir a eso?

—Aurah no ha vuelto nunca a ser la que fue. Se entrenó duramente para no parecer débil, luchó y peleó con todo el mundo que se atrevió a mirarla o por cualquier excusa. Estaba tan llena de rabia que pensé que no lo superaría. Y de pronto, un día volvió a salir con sus amigas, las mismas que habían estado llamando en su puerta durante meses.

—Me alegro.

—No volverá a ser esa chiquilla inocente, pero pudo sobrevivir a ese hijo de puta.

Olivia soltó su mano y se recostó sobre su asiento. Era tan terrible lo que acababa de confesarle que no sabía qué decir. Ahora lo admiraba mucho más, por haber sido capaz de sobrevivir a algo semejante y poder tener ese humor tan característico que tenía.

—Gracias por explicármelo.

—No lo he hecho para que te compadezcas de mí. Lo he hecho para que veas que puedes sobrevivir a todo lo que has vivido y que Leah aprenderá a sobrellevar el dolor y te perdonará. No será hoy o mañana, pero volverás a tener relación con ella.

—O morirá de pena como tu madre hizo. Ellos estaban vinculados.

Cierto. Y el mundo era demasiado cruel por haberle arrebatado a su marido. Por no haberles dado un respiro desde que se habían conocido y por no proporcionarles la calma que tanto habían necesitado.

—Sobrevivirá por Camile, no tiene otra opción que quedarse aquí con ella.

Eso no la consolaba. Por su hija estaba condenada a vivir una vida triste y vacía sin el hombre que había sido el amor de su vida.

Sin poder retenerse, Olivia acarició el rostro de Lachlan haciendo que él suspirase por el contacto. Sí, él sabía que había tratado por todos los medios de no encariñarse de la frágil loba que habían rescatado en aquel sótano frío y húmedo, pero no había sido capaz de cumplir.

Como tampoco había cumplido su palabra de no tocarla mientras durase el celo. Leah tenía derecho a hacerse una alfombra con su pellejo si quería.

Olivia había resultado ser mucho más fuerte de lo que había parecido en un principio, con un carácter picante y fuerte que lo incitaba a seguir viéndola. Le gustaba cuando se enfadaba con él y cuando se sentía a gusto a su lado.

Ella lo había buscado cuando el mundo se había derrumbado, se había abrazado a él de tal forma que había deseado egoístamente que ese momento hubiera sido eterno.

¿Cuándo había perdido el norte de sus pensamientos? ¿Cuándo Olivia había dejado de ser una víctima para convertirse en la mujer que llenaba sus pensamientos?

Para ser honestos todos lo habían visto excepto él. La habían encerrado bajo llave esperando que ningún macho la tocase. Quizás sus motivos eran el celo, pero había un motivo más egoísta debajo: tenía miedo.

Uno irrefrenable de que, al ver el mundo exterior, se olvidase de él y se enamorase de alguien que no fuera él. Que el amor de Cody se esfumara y fuera capaz de yacer con otra persona que no fuera Lachlan.

Había sido egoísta sometiéndola de tal forma que se sentía culpable. Había tratado de protegerla, sabía bien la admiración que había levantado la noticia de la loba liberada. Todos querían conocerla, todos querían tener algo con ella y él no había deseado que pudieran hacerle daño o sobrepasarse cuando el celo apretaba.

Era algo desleal.

—Yo también tengo que confesar algo... —dijo Olivia de golpe arrancándolo de sus pensamientos.

Lachlan abrió los ojos y la contempló como hacía meses que no lo hacía. Era hermosa, sus cabellos caían sobre sus hombros haciéndola la mujer más sexy que había visto en años. Sus ojos, a pesar de estar hinchados por las lágrimas, tenían el color más hermoso del mundo y sus labios rojos como la sangre lo incitaban a pecar.

—Dime —pidió él apresuradamente.

—Me sentí culpable con nuestro beso.

Las imágenes llenaron su mente. Olivia estaba huyendo de Alix y él no había encontrado forma de hacerla volver de ese estado más que besándola y, aunque lo había confundido con Cody, no se arrepentía de aquello.

—Sentí que le estaba siendo desleal. Que traicionaba nuestro amor.

Lachlan tragó saliva, el amor que había sentido por aquel lobo era fuerte y latente. Ahora que la conocía más sentía pena por ella, por no ser capaz de hacerle volver ese ser querido que tanto necesitaba.

—Lo siento, Olivia. No debí hacerlo.

—Pero he querido más desde entonces. Incluso en un momento tan poco oportuno como este.

El Alfa se sorprendió con sus palabras y se quedó totalmente paralizado. Parpadeó un par de veces tratando de hacer ver que seguía con vida.

—Diría que no te he escuchado bien.

Olivia sonrió.

—Sí que lo has hecho.

Él negó.

—Creo haber escuchado que quieres que este idiota de humor particular te bese de nuevo.

Ella se sonrojó y asintió. Eso mismo era lo que le estaba diciendo, algo incomprensible para él.

—Es el celo quien habla, no tú. No puedo tocarte hasta que no haya pasado. Además, se lo prometí a Leah y ya he faltado a mi palabra una vez.

—¿Quién te está pidiendo que la folles, Leah o yo?

Lachlan se quedó perplejo ante las palabras de Olivia. La cual lo miró con una expresión en el rostro difícil de explicar, era una mezcla entre ofendida y caliente. Algo picante como tanto le gustaba.

Que el cielo lo perdonase.

El Alfa aulló suavemente antes de tirarse sobre el exuberante cuerpo de Olivia y atrapar sus labios entre los suyos. Los mordió como si quisiera dejar claro que eran suyos y que ella era lo que deseaba en aquel momento por encima de todo.

Con la mano derecha tomó la mejilla de ella y la deslizó hasta la barbilla. Fue en ese momento que rompió el beso. Olivia vio como él señalaba a los asientos traseros y asintió haciendo caso a

la orden sin palabras que acababa de darle.
La mirada de Lachlan se oscureció por el deseo.
Estaba a punto de traspasar una línea de no retorno.

CAPÍTULO 26

Olivia no había esperado una respuesta tan visceral por parte del lobo. Se había tirado sobre ella como el lobo sobre la oveja, incapaz de amarla y prometiendo devorarla con todo el cariño posible.

Jadeó cuando volvieron a besarse al mismo tiempo que se movían a la parte trasera del coche. Ahí estarían más anchos y los cristales estaban tintados para evitar miradas inoportunas de cualquiera que se acercase a curiosear.

El lobo la ayudó a tumbarse y se colocó sobre ella, ocupando todo el espacio. ¿Cómo nunca había reparado en lo grande que era? ¿Y en lo caliente?

Él era la viva imagen de la perfección. Su rostro había sido esculpido por dioses y su mirada era tan intensa que creyó que podía morir allí mismo. Sus ojos marrones eran profundos, de un color chocolate y dulces como el mismo.

Olivia alargó las manos para fundirse con su pelo, sus rizos eran tan bonitos que los envidió. Con el pulgar tocó su barba de tres días, pinchaba y le pareció erótica al mismo tiempo.

Las dudas susurraban en sus oídos. ¿Estaba haciendo bien? Había estado recreando su beso una y mil veces todo lo sucedido. Al principio para fustigarse y después se descubrió caliente sabiendo que, por sorprendente que pareciera, aquel lobo la atraía.

Se había acostumbrado a su humor y durante su confinamiento habían convivido juntos. Había sabido cuándo se duchaba, cuándo comía y hasta qué programas le gustaba ver por televisión. Él era un hombre sencillo de gran corazón.

Él ayudaba a todo el que había llamado a su puerta y eso era honorable. No mandaba en su manada con puño de hierro o los sometía a base de miedo. Lo hacía con mano firme, pero dulce. Algo que admiraba de él.

Bajó sus manos sobre su pecho y la camiseta le molestó haciendo que gruñera algo descontenta.

—Si es que soy adictivo, aunque reconozco que la primera vez hubiera sido mejor en otro sitio.

A veces sentía la necesidad de matarlo solo para que se callara. Era de los que podía estar muriéndose, pero diciendo alguna tontería.

—Hazme el favor de callarte... —suplicó tirando de su ropa para acercarlo a su boca.

Él sonrió juguetón.

—No sé si voy a ser capaz.

Olivia asintió haciendo rozar sus labios.

—Yo creo que sí, puedo mantenerte entretenido.

Él movió las cejas hacia arriba y abajo al mismo tiempo que sonreía tan ampliamente que pudo ver todos sus perlados dientes.

—Me gusta esta nueva faceta tuya.

—Que te calles —gruñó.

Él la besó golpeando con su lengua contra sus dientes exigiendo entrar y vaya si lo hizo. Arrasó con su boca y pareció hacerle el amor con ella. Casi sintió que llegaba al éxtasis solo por el toque a la que estaba siendo sometida.

La mano derecha de Lachlan viajó desde sus caderas hasta su rostro, lentamente, recreándose en el camino y pellizcando parte de su anatomía, sin dolor, de un modo tan picante que no pudo más que rendirse y gemir de puro placer.

Llegó finalmente a su cabeza y la tomó del cabello sin ser doloroso, pero tomándola en su puño. Tiró de ella lentamente hasta que Olivia alzó la barbilla dejando su cuello a su merced, uno que mordió sin contemplaciones y regó de besos desde la mandíbula hasta la clavícula.

El placer fue tan fuerte que Olivia se agarró a los asientos del coche con la sensación que estaba a punto de desmayarse.

—Co...

—Como digas Cody, me da algo —se sinceró el lobo.

Negó con la cabeza.

—Coño iba a decir.

Lachlan rio, su voz se había vuelto más ronca a causa de la excitación.

—Perfecto, porque yo no soy él y nunca lo seré.

Asintió dándole la razón.

—Eres un jodido Alfa.

El lobo volvió a besar su cuello soltando su pelo y poniendo ambas manos cada uno a cada lado de su rostro. Bajó haciendo que la fricción fuera caliente y perversa. El camino de descenso fue lento hasta sus pechos, donde los acarició a conciencia y bajó hasta el límite de su camiseta. Allí aprovechó para ayudarla a quitársela, quedando expuesta.

No llevaba sujetador, los Devoradores le habían prestado ropa, pero no habían reparado en ese detalle. En aquel momento se sintió como Caperucita a merced del Lobo feroz. No tenía escapatoria, pero tampoco la necesitaba.

Él se arrancó su camiseta antes de que pudiera pedirlo y cuando chocaron piel con piel fue como una descarga eléctrica. Ambos jadearon para volver a perderse entre caricias.

Aquellos momentos estaban cargados de erotismo, solo con caricias estaban siendo capaces de robarse el uno al otro gemidos tan profundos que podían hacer vibrar el alma. Ambos se deseaban de la misma forma, tan visceral y pura que tenían que seguir.

Él le arrancó el pantalón, no había otra forma de definirlo. Consigo se llevó las botas y los calcetines, dejándola con unas bragas negras nada eróticas.

—Por favor, tú sí que sabes cómo calentarme —sonrió mirándolas fijamente.

—Es ropa prestada, ¿recuerdas?

Lachlan las tomó y descendió con ellas al mismo tiempo que besaba cada porción de piel de sus piernas, alternando la derecha con la izquierda hasta llegar a los tobillos y lanzarlas lejos de ambos.

—Yo ya no recuerdo nada. Solo que pienso follarte tan duro que vamos a tener que dormir una semana.

Olivia rio.

—Menos lobos, Caperucita...

—Querida, malinterpretaste el cuento. El lobo solo quería joder con la sexy Caperucita y como no le hacía caso fue a casa de su abuelita y urdieron un plan para que cayera en sus redes.

—¿Incesto?

Lachlan negó antes de que, sin previo aviso, dejara caer la boca sobre su sexo. Olivia gimió profundamente y se arqueó por el placer. Abrió las piernas para dejarle mejor acceso y su lengua lamió su clítoris tan fuerte que se desplomó nuevamente contra el asiento.

—El lobo quiso hacer lo mismo que yo. Tener a Caperucita sobre la cama para mostrarle lo bien que sabía follar.

—Un poco triste que tuviera que disfrazarse para atraer su atención, ¿no crees?

Lachlan rozó con sus dientes su abultado clítoris, sin ser doloroso y levantó ambas cejas antes de soltarlo y contestar.

—¿Quién sabe? Hay parejas a las que le gusta jugar a los disfraces.

Desde luego su humor era muy particular.

—¿Tú te hubieras disfrazado por conseguir a Caperucita?

El negó convencido de lo que estaba a punto de decir.

—Yo la hubiera enfadado durante meses, obligándola a sentir algo que no fuera pena y lástima. Haciéndole imposible que otros sentimientos se esfumaran de su cuerpo y conseguiría que ella se fijase en mí hasta conseguir que yo cayera a sus pies.

Olivia quedó sin palabras.

—¿Estás a mis pies, Alfa?

—No, ahora mismo estoy en tu coño.

Y le hizo el amor con la lengua penetrándola duramente hasta que el orgasmo llegó. Él se agarró a sus caderas y la apretó contra su boca tomando su orgasmo como suyo propio. Ambos gimieron y se estremecieron con el placer de aquel momento.

Olivia se incorporó tan veloz que chocaron duramente contra sus frentes.

—¡Qué intensa!

—Y más que voy a serlo cuando te chupe —dijo mirando su entrepierna.

Él asintió satisfecho y se llevó la mano al cinturón para desatárselo.

—¿Vas a chuparme la polla?

Esa pregunta le hizo sonrojarse y no fue capaz de contestar.

Él se bajó los pantalones y los calzoncillos a la vez. Quedándose completamente desnudo y con un gran miembro apuntando directamente hacia ella.

Olivia se relamió provocando que el lobo gruñera de puro placer. Fue hacia allí y él la detuvo en seco tomándola por los hombros. Lo miró de forma interrogante y lo vio negar con la cabeza. No comprendía nada de lo que estaba ocurriendo.

—No vas a hacerlo hasta que me digas qué es lo que vas a chupar.

Ella miró hacia su miembro y lo señaló.

—Chica lista, pero vamos a quitarte esa vergüenza hacia algo tan sano —dijo llevándose la mano hacia allí.

Se tomó duramente de la base y la balanceó hasta provocar que riera.

—¿Esto qué es?

Olivia dudó unos segundos al mismo tiempo que Lachlan miró al cielo suplicante:

—Por favor, que no diga pene...

Era justo la palabra que estaba pensando usar, así que asintió y se quedó mortalmente en silencio.

—Vale, lo haremos con cariño. Olivia, esta es mi polla, polla esta es la loba que quiere chuparte, pero que se muere de vergüenza.

Olivia estaba a punto de desear que la tierra se abriera y la tragase.

—¿A qué viene todo esto?

—Creo que eres tan vergonzosa que necesitas algo de ayuda para soltarte.

—¿Y crees que diciéndote que pienso chuparte la polla todo mejorará?

Lachlan cerró los ojos perdido en el deseo cuando sintió la frase que la loba comprendió que ese tipo de lenguaje lo encendía.

Él se dejó sentar y fue entonces cuando quedó totalmente a su merced, todo para que ella hiciera cuanto deseara.

Se acomodó como pudo en aquel espacio tan reducido y tomó su miembro entre sus manos. Él no estaba mal de tamaño y estaba tan dura que la sorprendió. Era evidente que ella ponía caliente a aquel hombre.

—Si sigues mirándola así voy a derretirme, Olivia. Estoy tan caliente y tengo tantas ganas de ti que soy capaz de saltarme este paso y meterme en faena.

Esperó a que ella lo mirase a la cara para alzar una ceja.

—Tú ya me entiendes.

¡Oh, sí! Claro que lo entendía. Era un gran comunicador y se hacía entender, aunque el resto del mundo no quisiera.

Olivia dejó las dudas a un lado y lo tomó en su boca. Primero depositó un tierno beso en la punta húmeda que hizo que aquel hombre gruñera de puro placer y cuando la tuvo en la boca fue consciente de cómo se agarró a los asientos con fuerza. Alzó el rostro y aulló de puro placer.

CAPÍTULO 27

Lachlan supo que el cielo no era un lugar físico al que visitar, se había personificado y estaba entre sus piernas tomándolo en su boca con auténtica devoción. Cierto era que había disfrutado sacándole los colores al obligarla a decir polla, pero no había imaginado que ella le proporcionara tanto placer.

No era virgen, de hecho ninguno de los dos lo era, no obstante, podía admitir sin miedo a equivocarse que jamás había sentido tanto placer en tan poco tiempo. Olivia era capaz de hacerle sentir más que nadie en toda su vida.

Respiró cuando su cuerpo se olvidó de hacerlo y jadeó sin parar mientras ella lo torturó con su boca. Pasados unos minutos tuvo que detenerla o corrían el riesgo de que él terminase demasiado pronto.

—¿Ya te cansaste? —se mofó sonriente.

—Si sigues así no vas a poder disfrutarme en otros lugares.

Olivia asintió comprendiendo perfectamente lo que le estaba diciendo y Lachlan se recreó mirándola a los ojos. Así, caliente por el placer era más hermosa de lo que recordaba en un principio.

De pronto el remordimiento de conciencia lo detuvo. No podía yacer con una mujer en su primer año del celo, corrían el riesgo que la atracción fuera a causa de esa condición y no algo real.

—¿Qué ocurre?

—No puedo. Será mejor que lo dejemos y cuando pase el celo retomemos esto si aún te sigue pareciendo buena idea.

Olivia no protestó, se limitó a tumbarse sobre el asiento, abrir sus preciosas piernas y meterse un dedo dentro para proporcionarse placer. Lachlan miró de soslayo tratando por todos los medios contenerse y supo que esa era una tarea ardua.

—¿Qué haces?

—Ya que no me das placer me lo pienso dar yo.

No iba a poder sobrevivir con Olivia al lado gimiendo, retorciéndose y tocándose. Era una provocación demasiado difícil de resistir en aquellos momentos.

—Olivia... —lanzó una advertencia.

—¿Sí? —respondió gimiendo.

Quiso decirle que tenían que parar, que debían esperar a que las hormonas dieran paso a la cordura, pero simplemente no pudo. Estaba tan perdido en la excitación que no fue capaz de pensar en nada coherente.

Tiró de las piernas de Olivia, suavemente, hasta tenerla más cerca y la cubrió totalmente con su cuerpo. No era capaz de hablar, así que gruñó un poco tratando de comunicarse con la esperanza de que ella pudiera entenderlo.

Su miembro rozó su intimidad y ambos se detuvieron en seco, se miraron a los ojos y arrancaron a reír.

—Necesitamos protección —susurró Olivia.

Lachlan asintió apartándose, se sentó y se frotó la cara con frenesí tratando de pensar. Miró a su alrededor. No es que pudiera salir a la calle e ir a comprar en la tienda más cercana, estaban en el bosque.

Al parecer sí que iban a tener que detenerse.

—¿Dónde está tu humor ahora? —rio Olivia.

Se había esfumado, su humor se tornó tan fúnebre que tuvo ganas de golpear algo. Y una idea cruzó su mente. Se estiró hacia los asientos de delante y abrió la guantera. Estaba llena de papeles, así que rebuscó un poco y emitió un sonido muy agudo de felicidad.

—¡Ajá! Estos Devoradores son más cachondos que yo —dijo agitando una caja de preservativos.

Ambos se miraron y sonrieron ampliamente, sí, podían pasarlo bien un poquito más.

Ponerse la gomita fue más difícil de lo que creyó en un principio. Cuando lo consiguió sonrió a modo de campeón robándole una carcajada a la loba. Sí, esa era la versión más preciosa de aquella mujer. Solamente esperaba que llegase el día en el que pudiera ser realmente feliz.

—¿Lo haces a cuatro patas o puedes con cualquier postura? —preguntó Olivia imitando su humor.

—Iba a hacerlo de otra manera, pero te voy a dar una lección.

La hizo girarse dejando su hermoso trasero a su merced. Lachlan besó sus nalgas, un beso en cada una y luego soltó en la derecha un leve cachete que le hizo profesar un gemido.

Al parecer, a ella le gustaba jugar en la misma línea que a él. Era toda una grata sorpresa.

Otro caliente golpe en la otra nalga hizo que Olivia girara la cabeza para mirarlo al mismo tiempo que se mordía el labio inferior. Fingió ronronear de puro placer y suspiró apoyando la cabeza y los codos en el asiento.

—Más...

Su susurro fue suficiente, él la penetró suavemente hasta que el cuerpo de ella se ajustó a su tamaño. Gimió preso del ardor, Olivia lo rodeaba y comprimía siendo tan placentero que pudo llegar en ese mismo momento.

Con algo más de fuerza golpeó nuevamente su trasero al mismo tiempo que comenzaba a bombear en su interior más fuerte. Olivia gruñó un poco antes de gemir sin parar, su tono se elevó hasta el punto que ambos perdieron el control.

Eran dos almas chocando una contra la otra disfrutando de cuanto los demás les daban.

Tras unos minutos el culo de Olivia lucía rosadito y sensible, así que lo acarició y se agarró fuertemente a él. Ella era tan suave que disfrutó del contacto y cerró los ojos gozando todavía más aquella experiencia.

—Lachlan...

Él asintió. Ese era él y agradecía que no lo estuviera confundiendo con alguien que trató de no recordar. Seguramente no fue un mal tipo, pero se negó pensar en aquello en ese justo momento.

Lachlan pasó los brazos por debajo del pecho de Olivia y la obligó a incorporarse. La guio hasta que puso ambas palmas de las manos contra el cristal de la puerta de detrás del piloto. Fue justo en ese momento en el que volvió a tomarla de su larga melena y le hizo alzar tanto el mentón que dejó expuesto el cuello.

Gruñó de placer, quería saborearla a conciencia y ella lo permitía así que, con su mano libre, la tomó de la barbilla y apretó al mismo tiempo que sus labios se posaban sobre su mandíbula. Besó con fervor aquel trozo de su cuerpo y siguió bajando por el cuello hasta llegar a la base.

Allí no pudo resistirse y mordió ligeramente hasta dejar la piel algo rosa y marcada. Olivia le dedicó una mirada perversa y tomó la mano que le tomaba el pelo, él cedió y se dejó hacer.

Tomando el dedo índice de su mano se lo metió en la boca y fingió chuparlo como si de un miembro se tratase. Eso provocó que el lobo se moviera más fuerte y ambos gimieran sin control.

El placer era tan fuerte que ninguno de los dos podía pensar. Tras unos segundos chupando su dedo mordió con la misma intensidad que él en su hombro.

Lachlan liberó sus manos y las apoyó en el cristal a ambos lados de la cabeza de Olivia, quedando cerca de su oído, jadeando de placer.

—Eres increíble.

Y ella explotó como un espectáculo de fuegos artificiales, llegó al clímax entre jadeos y fue hermoso verla disfrutar de esa forma. Fue tan caliente y sus espasmos apretaron tanto su miembro que él fue el siguiente.

Llegó al orgasmo de forma violenta y solo pudo gritar el nombre de Olivia. Sí, era la culpable de todo eso y había sido un momento mágico.

Cuando el placer los abandonó, Lachlan tomó asiento y abrazó a la loba, haciendo que se apoyara sobre su pecho mientras ambos trataban de respirar entre duros jadeos. Los dos debían recobrar el aliento antes de seguir.

Él acarició su frente antes de depositarle allí un casto y dulce beso.

—Eres una bomba de relojería.

—Como si tú no tuvieras culpa ninguna.

Lachlan rio.

—Yo ninguna, yo me he dejado hacer.

CAPÍTULO 28

Ellin estaba en la puerta de casa de Lachlan esperando. Habían salido hacía demasiado tiempo y llevaban un retraso bastante importante. Contuvo a la loba interior y reprimió el impulso de transformarse e ir a ver si estaban bien.

Howard salió con una chaqueta en la mano. Ajustó la puerta y se acercó a ella, acto seguido la tapó.

—Gracias.

—Ya verás como están bien.

Pero eso no podía ser cierto. Negó con la cabeza con pesar.

—Tú estabas allí cuando Dominick murió. Olivia no puede estar bien después de lo que ha pasado.

A pesar de todo lo sucedido, ella se alegraba de la decisión de la loba y le estaría agradecida toda la vida. Sus hijos estaban vivos gracias al sacrificio de Olivia y eso era algo que no iba a poder olvidar jamás.

Ellin miró el reloj.

—Si no han llegado en la próxima media hora, saldré yo misma a buscarlos.

Asintió aceptando el trato.

Les podía haber pasado cualquier cosa por el camino y no estaba dispuesta a dejarlos morir lejos de casa. Si tenía que peinar metro a metro el bosque iba a hacerlo, aunque fuera lo último que hiciera en su vida.

No hizo falta que nadie fuera en su busca, ya que vieron llegar un enorme coche, uno típico de los Devoradores cuando venían de visita. Aparcó ante la puerta y solo entonces pudo ver a los componentes del coche.

Respiró aliviada cuando vio bajar a su hermano y a Olivia.

—Ya pensaba en llamar a la caballería y salir a buscaros —dijo Howard tomando de los hombros a su mujer.

Lachlan rio.

—¿Una comitiva de bienvenida? La hubiera preferido con champán.

Ellin echó en falta a alguien que no les acompañaba. Frunció el ceño y miró a ambos antes de preguntar:

—¿Y Luke? ¿No estaba con vosotros?

—Me temo que nuestro amigo se ha quedado con el Devorador jovencito.

Howard hizo un gesto extraño que provocó la curiosidad de su mujer. Ella lo miró tratando de adivinar lo que pensaba y, finalmente, le preguntó a Lachlan:

—¿Qué es lo que está ocurriendo?

—Al parecer, tu marido es bastante suspicaz y se ha dado cuenta de lo mismo que yo. Nuestro amigo Luke —hizo una pausa—, ¿cómo decirlo? Se ha colado de Ryan.

La sorpresa la golpeó. Era la primera vez en todos los años que hacía que el Sargento mayor estaba en la manada, que daba muestra alguna de atracción hacia alguien.

—¿Y Ryan sabe en qué liga juega?

Lachlan se encogió de hombros.

—No es un tema que haya surgido en mi presencia, pero tampoco hemos tenido tiempo de sentarnos a tomar unas cervezas.

Eso era cierto.

—Bueno, será mejor que entréis, estoy segura que estáis agotados.

Todos hicieron caso a la hermana de Lachlan y entraron en la casa. Olivia, sin pensárselo dos veces, comenzó a caminar hacia el piso de arriba en busca de su habitación cuando ella la detuvo. La tomó del codo y se enfrentó a su mirada sorprendida.

—Sé a lo que te has tenido que enfrentar y solo quiero darte las gracias. Nos elegiste a nosotros por encima de tu hermana y, como madre, no puedo más que estar eternamente agradecida a tu sacrificio.

Ellin la abrazó totalmente emocionada mientras Olivia se quedó rígida por el contacto. Tras unos segundos se relajó y devolvió el gesto.

La loba oteó el aire en busca de un olor poco común sobre la piel de la híbrida y cayó en la cuenta de algo que prefirió no decir en voz alta.

—Te dejo descansar, tal vez mañana podamos ver esto de otro color.

—Ojalá —suplicó Olivia.

Pero Ellin no podía descansar hasta que tuviera unas palabras con Lachlan. Fue a toda prisa al comedor y la mirada de ira que llevaba asustó a su propio marido, el cual señaló hacia la cocina como si supiera bien quién era su presa.

Cuando entró en dicha estancia lo encontró haciéndose un bocadillo de pan de molde con chocolate. Estaba tan despreocupado que reprimió el impulso de entrar en batalla y despertar a los niños y a Olivia.

—¿Sabe que la has marcado?

Lachlan, que estaba a punto de darle un bocado a su comida, cerró la boca y enfrentó a su hermana.

—¿Y eso qué importa? Sabe que ha disfrutado de mi compañía tanto como yo de la suya.

—No es lo mismo, le has clavado los dientes para que todos sepan que vas detrás de ella y ningún macho se acerque.

Puede que ese fuera el fin del marcaje, pero no lo había hecho con ese propósito. Desistió de comer y colocó el bocadillo en la encimera. Ellin quería su pellejo y no iba a servírselo en bandeja de plata.

—No lo pensé, simplemente surgió.

Ellin hizo diferentes aspavientos totalmente exasperada, los hizo de tal manera que Lachlan arrancó a reír. A veces su hermana le resultaba divertida, siempre y cuando no quisiera ser la estirada cuadriculada que fingía ser.

—¿Acaso te estás encoñando de ella?

Lachlan se llevó un dedo sobre los labios.

—¡Los niños! Que pueden escucharte y no te gusta que digan tacos.

—Te has saltado todas las normas de esta manada con Olivia. La has besado y tocado antes de que finalice el celo, sabes perfectamente que si alguien se entera pueden convocar un consejo de guerra y arrebatarte el mandato de la manada.

El lobo gruñó fuertemente obligando al cuerpo de Ellin a reaccionar mostrando su cuello a modo de sumisión.

—Ser Alfa no se gana y o se pierde, se nace.

—El consejo puede expulsarte por lo que has hecho.

Era cierto.

—¿Y qué me aconsejas? ¿Qué vuelva a encerrarla hasta que decida redecorar su habitación, nuevamente? Porque no creo que esa noticia sea de su agrado después del sacrificio que ha hecho por nosotros.

Ellin se pellizcó el puente de la nariz en busca de la calma suficiente para poder seguir tratando ese tema de conversación.

—¿Y tú? ¿Qué estás dispuesto a sacrificar por ella?

—Todo —contestó sin poderlo pensar.

Se sorprendió de su propia respuesta y buscó en sí mismo. Sí, estaba dispuesto a cualquier cosa si así conseguía que esa mujer volviera a sonreír. Se merecía una buena vida y que dejara atrás el dolor y la desolación que siempre habían sido sus compañeras.

—Ella te gusta.

Mucho más de lo que hubiera admitido en voz alta, pero era real y después del momento íntimo que habían vivido era un sentimiento fuerte.

—Que hagan el consejo de guerra si quieren. Si piden mi puesto se lo daré, pero no quiero alejarme de Olivia. Solo haría el esfuerzo si ella me lo pidiera.

Acto seguido tomó el bocadillo y salió de la cocina dejando a su hermana y su marido perplejos.

—Ellin, ¿estás bien?

—Está a punto de cometer una locura. ¿Cómo detener al resto de lobos en un celo cuándo él mismo no ha sido capaz?

Howard abrazó a su mujer.

—No lo hizo por deseo.

—Entonces, ¿por qué?

Su marido rio suavemente evitando despertar al resto. A veces su mujer era tan obtusa que no veía la realidad ni teniéndola ante su hocico.

—La quiere desde que la trajo bajo del brazo. Ha hecho todo lo posible por protegerla y darle una buena vida. Se le ha visto obsesionado con Olivia desde que vio la primera foto que los patrulladores trajeron al encontrar la guarida de Sam.

Eso era cierto.

—No quiero que duden de él como Alfa, ha sido bueno para todos desde que tomó el mando.

—Estoy seguro que sabrán comprender lo ocurrido, no somos una comunidad tan cerrada de mente. Además, Olivia ha sido un caso especial desde que llegó, ahora no podía ser diferente.

CAPÍTULO 29

—Bonita habitación —dijo Luke.

Ryan se encogió de hombros. Se había quedado en la puerta viendo como el lobo daba una vuelta por la estancia.

—Todas las de esta planta son iguales. Son funcionales.

Era lo importante, que tuvieran un lugar donde dormir, una mesa y una televisión. No necesitaban mucho más para ser felices. El resto del tiempo lo pasaban en el exterior y jamás había sentido la necesidad de tener una casa y alejarse de aquel edificio.

—¿Y la tuya? —preguntó el lobo.

—Es la contigua a la tuya.

La sorpresa se reflejó en su rostro y él se fijó en el montón de pecas que dibujaban su cara. Su tono de piel era mucho más claro que el suyo y llamaba la atención allá donde fuera.

Luke se dejó caer sobre el colchón y rio cuando rebotó. Desde luego era admirable ese carácter divertido que tenía a pesar de todo lo vivido.

—¿Qué te ocurre, Devorador?

Preguntó notando al momento que su mente estaba en otro lugar muy lejano al que estaban en aquellos momentos.

Él agitó la cabeza echando afuera aquellos pensamientos y, a su vez, tratando de cambiar de tema.

—Puedo subirte algo si te has quedado con hambre.

Luke se sentó en el colchón y se lo quedó mirando con el semblante serio.

—Me habéis hecho comer hasta reventar. Creo que no voy a

poder comer en una semana. Tranquilo, estoy bien. —Lo señaló con un dedo—. Y ahora tú vas a decirme qué es lo que pasa por tu mente.

—Ellin me dijo lo de... tu vida anterior —dijo tan suavemente que apenas se escuchó a sí mismo diciéndolo.

Pero el oído lobuno era mucho más agudo que cualquier otro y su rostro se oscureció al sentir esas palabras. Asintió con la cabeza y se levantó con el mentón alto, como si se mostrara orgulloso de lo era en aquel momento.

—Sí, yo viví algo similar a Olivia, pero lo dejé atrás antes de que me consumiera.

—Me alegro de ello —confesó Ryan.

Ambos se quedaron mirándose a los ojos un buen rato antes de que las voces lejanas de otros Devoradores los arrancaran de sus pensamientos.

—Debería irme, si necesitas cualquier cosa estoy al lado. A la derecha, la habitación de la izquierda está vacía.

Luke señaló a ambas habitaciones con sus dedos índices y luego levantó el pulgar en señal de haberlo entendido todo.

Ryan fue a irse, de hecho lo intentó con todas sus fuerzas, pero quedaba una pregunta en su mente que no iba a dejarle dormir si no la pronunciaba.

—¿Por qué te has quedado?

Luke frunció el ceño.

—Para cerciorarme que Leah mejora y darle las noticias a mi Alfa.

El joven puso los ojos en blanco ante su afirmación.

—Eso lo podemos hacer por teléfono, dime la verdad.

—No creo que te guste —confesó perdiendo todo rastro de humor.

El corazón de Ryan se debatió entre insistir o no. Había respuestas en la vida que no era necesario conocer. Finalmente, se armó de valor y le pidió una contestación para ser capaz de decidir si había sido una buena idea o no preguntar.

—Quería quedarme cerca porque estoy preocupado por ti. Me iré mañana, cuando sepa que has pasado buena noche. Realmente me preocupé cuando el espectro te atacó.

Ryan se quedó sin palabras y asintió antes de salir huyendo directo a su habitación. No estaba preparado para algo así.

Luke se preocupaba por su bienestar de verdad y eso era

loable. Sabía bien que le atraía como algo más, pero ¿y él? ¿Era capaz de sentir algo por el lobo?

Nunca se había planteado su sexualidad, aunque lo cierto era que no se había centrado en ella. Llevaba toda la vida tratando de destacar para que Dominick se fijase en él y lo adoctrinase. Ese había sido su objetivo desde muy joven.

Al conseguirlo se había apegado a Leah para protegerla y cuidarla. Los continuados ataques por parte de Seth habían pospuesto un poco más que retomase su inexistente vida social.

Y ahora chocaba de frente con un hombre que decía preocuparse, por él.

Lo cierto era que siempre se había sentido bien a su lado, pero no se había planteado nada más hasta que él le había pedido una cita.

Cuando el lobo lo había protegido con su vida durante el ataque de los espectros supo lo mucho que le importaba.

El silencio se apoderó de su habitación.

Él no quería romperle el corazón, pero no tenía claro qué quería en su vida. Suspiró acongojado. A veces tomar decisiones era mucho más duro de lo que hubiera creído jamás.

DESPUÉS DE LACHLAN

CAPÍTULO 30

Seis meses después de la desaparición de Dominick.

Olivia se levantó cuando el despertador sonó. Lo paró y se metió en la ducha como cada mañana. Cuando estuvo vestida bajó al piso de abajo en busca de un café bien cargado.

Habían pasado muchas cosas en ese medio año. Ahora ella tenía casa propia en la manada y estaba junto a Luke aprendiendo a patrullar para proteger las tierras de aquellos lobos que habían decidido darle cobijo.

Luke había vuelto al día siguiente de la base con los ánimos totalmente por los suelos, Ryan le había dicho que podían ser amigos, pero que no estaba interesado de la forma que él esperaba. Obviamente, lo había aceptado, pero había dolido más que nada.

Ella se había independizado de Lachlan a las pocas semanas. Su relación pasó de estar caliente como el infierno a frío como el Ártico. Habían tenido una dura conversación en la que le había dejado claro que no quería saber nada de ella en los tres meses que quedaban de celo. Que no quería aprovecharse de la situación y que su cargo como Alfa pasaría a votación.

Se había saltado un principio clave de su manada y muchos lobos se enfadaron al saberlo. Por suerte, en las votaciones salió que podía seguir siendo el Alfa. A ella no le hubiera gustado que hubiera perdido el puesto.

¿Qué ocurrió a los tres meses cuando el celo pasó?

Salvo que Lachlan ordenó retirar la guardia que tenía puesta en la puerta día y noche, nada. Siguieron viéndose a distancia y mediando un triste hola y adiós si se cruzaban en la calle.

Todo había cambiado demasiado.

Miró el móvil y marcó el número de Leah. Como no podía ser de otra forma, saltó el contestador y provocó un suspiro de dolor en la loba.

No había vuelto a saber de ella desde ese momento tan terrible en el hospital. Incluso había ido a suplicar en la puerta de la base que la dejasen verla y no se lo permitieron. Leah había ordenado explícitamente que tenía prohibida la entrada.

Y los Devoradores habían respetado esa decisión a regañadientes.

Tomó una manzana y la lavó. Se la comió a mordiscos mientras también se calzaba, se ponía la chaqueta y se dirigía hacia la casa de Luke.

El lobo pelirrojo estaba en la puerta de su casa mirando el reloj. Apenas se retrasaba dos minutos de la hora acordada, pero sabía bien que eso iba a provocar que la castigasen con una serie de sentadillas antes de comenzar a trabajar.

—Llegas tarde —inquirió.

Ella asintió.

—¿Vas a patearme el culo por ello?

—Algún día. Hoy me has pillado de buen humor.

Siempre estaba de buen humor o eso fingía para evitar que el resto se compadeciese de su vida. Había sido el mecanismo de defensa para sobrevivir a todo aquello.

Vieron pasar a Aurah junto a una loba despampanante en dirección a casa de Lachlan. Todos se saludaron y siguieron su camino.

No era nada oficial, pero los rumores decían que era la novia del Alfa. Que había sido la forma de borrarla de su piel.

Ojalá ella pudiera hacerlo de esa forma tan fácil, él seguía en su corazón a pesar de lo mucho que se regañaba a solas. Con el paso del tiempo se había dado cuenta que se había enamorado del estúpido lobo y que había perdido el corazón, nuevamente, en una relación que no había llegado a nada.

Con Cody no había tenido ocasión de amar por su muerte prematura y con Lachlan no la habían dejado. Él la había rechazado mucho antes de poder decirlo en voz alta, así no había hecho falta desdecirse.

—¿Todo bien? —preguntó Luke.

Él la miró y supo que la comprendía. Olivia hizo una mueca a modo de respuesta. No sabía bien qué contestar a eso.

Luke la rodeó con su brazo y la apretó contra su cuerpo. Apoyó la barbilla en su cabeza después de depositarle un casto beso en la coronilla.

—Tranquila, ya llegará el adecuado y podrás olvidarlo.

—¿Cómo tú al Devorador?

La separó y se abrió de brazos.

—Por supuesto. No podemos quedarnos como dos viudas afligidas mientras otros pasan página. Vamos a ser felices, eso debe convertirse en la mayor meta de nuestras metas.

Olivia asintió, tenía toda la razón. Él si sabía cómo animarla cuando hacía falta y lo agradeció enormemente.

—No sonrías tanto, a la que lleguemos al claro del bosque quiero quince sentadillas.

Ella hizo un pequeño mohín.

—No todo podía ser bonito.

***

Las puertas de la base se abrieron dejando pasar a Aimee. Pixie bajó a toda prisa para darle la bienvenida. Había estado fuera cerca de diez días buscando la nueva base de Seth. El dichoso dios parecía haberse evaporado junto a todos sus lacayos y estaba siendo imposible encontrarle.

—Vienes con las manos vacías —dijo Pixie.

—Muy a mi pesar —gruñó cansada.

Pixie hizo una señal para que cerrasen la puerta y corrió al lado de Aimee. Ella caminaba muy rápido y costaba seguirle el ritmo.

—¿Todo bien por aquí?

—Más o menos igual que siempre excepto por el parto de Andrea. Casi tuvieron que asistirla en medio del jardín totalmente dilatada y con un Keylan fuera de control.

Rio.

Aquel Devorador había sido la mano derecha de Dominick. Un hombre peligroso si se tocaban las teclas adecuadas, pero que con Andrea era un tierno corderito.

—¿Y el bebé?

—Completamente sano. —Sonrió satisfecha—. Jack pronto

podrá jugar con su hermano Thomas.

Aimee puso los ojos en blanco. Ese nombre traía recuerdos a su mente tan sombríos como el mismísimo Infierno, pero prefirió tomarlo como excusa para cambiar. Ahora ese nombre haría que se acordase de un pequeño adorable y dulce.

—¿Dane bien?

—Sí, hemos tenido unas mini vacaciones donde no hemos parado de disfrutar.

La diosa enarcó una ceja.

—No solo de ese modo, también hemos viajado y hemos ido a un par de Spas. Ojalá la vida siempre pudiera ser así.

Pero no lo era. Se había convertido en negra, oscura y peligrosa. Y con Seth sobrevolando sus cabezas no sabían qué día podía ser el último antes de que la guerra estallara.

—¿Qué me dices de Nick?

—Esperando noticias de otras bases y de merodeadores que envió a tu partida. Como todos traigan la misma información que tú se va a desanimar.

Era algo que debía soportar. El dios no era de los que se ponía en medio de una plaza a gritar que iba a ser el próximo destructor del mundo.

—¿Leah y Doc? —preguntó queriéndose poner al día de todo en pocos minutos.

—Cada día entrenan más. Camile pasa mucho tiempo con Hannah y Brie mientras ambos se entrenan como leones. Le he visto heridas tan grandes que no sé cómo nadie le para los pies a ese doctor. Va a matarla en un entrenamiento si sigue siendo tan duro.

Nadie podía detenerle, no cuando Leah había tomado la decisión de ser la mujer más feroz del planeta.

Dados los meses que hacía que Dominick había desaparecido, toda esperanza se había evaporado. La muerte del exlíder era un secreto a voces que nadie se atrevía a decir en voz alta en presencia de la viuda.

Y Leah se había propuesto vengar al amor de su vida. Estaba convencida de acabar con el dios o con tantos espectros como fuera posible. Era muy loable, pero mucho se temía que la ayuda de una humana no iba a ser suficiente con lo que se les venía encima.

—¿Y Chase?

Pixie sonrió maliciosamente.

—Nos lo llevemos de fiesta una noche y no nos pudo seguir el ritmo. Acabó dormido sobre una mesa mientras Hannah y Brie cantaban a pleno pulmón en el Karaoke.

Sonrió al imaginarse al gran Devorador doblado por una combinación de cansancio y alcohol. No era propio de alguien tan serio como él.

—¿Y el novato?

—Ryan sigue en su línea. Entrena, trabaja y duerme. Hemos tratado de sacarlo de esa rutina, pero nos ha sido imposible. No sé qué más podemos hacer con él.

Aimee asintió muy atenta a las palabras de Pixie.

—Imagino que no ha habido nuevos ataques ni aquí ni en la manada.

Asintió.

—Nada de nada. Calma absoluta —respondió.

Eso podía ser bueno o todo lo contrario. No se atrevió a vaticinar cuándo sería el día decisivo. Puede que faltaran meses, años, décadas... Como podían faltar horas. Nadie podía prever el siguiente movimiento del dios. Ni siquiera ella misma.

Pixie se despidió y se marchó a su casa. Había acabado su turno e iba a descansar, cosa muy merecida. Conocía bien a la híbrida y no solo porque la hubiera tocado, sabía bien lo duro y en serio que se tomaba su trabajo.

Aimee fue hacia el edificio de mujeres. Necesitaba ducharse y quitarse el olor que se había pegado a su piel. El viaje no había sido tan agradable como podía parecer en un principio. Había visitado los bajos fondos de Australia en busca de alguien que tuviera una pista de Seth.

El no encontrar ni rastro no le había gustado nada.

Estaba llegando al edificio cuando vislumbró los cabellos rubios de uno de los Devoradores mencionados anteriormente. Este, al verla, fue en su busca.

Aimee agradeció que no fuera Nick, porque así tardaría un poco más en decirle que no había encontrado ni a Seth, ni a los espectros. Necesitaba una ducha antes de poder encarar algo semejante.

—¿Me has visto o te han llamado los de la garita de la entrada?

Chase sonrió chivándose así de sus compañeros. Alguno de ellos le había avisado de su regreso y él había corrido a verla.

—Siento decepcionarte, pero vengo con las manos vacías y eso que me he trabajado bien los interrogatorios.

No iba a dar detalles de las torturas que había realizado para obtener ese tipo de información. Nadie tenía que saber lo que era capaz de hacer buscando a ese gusano.

Ya no quedaba marca sobre su cuerpo que mostrara las torturas a las que había sido sometida, pero en su memoria no iba a desaparecer jamás el recuerdo. Si se concentraba casi podía sentir el cuchillo oxidado que había empleado para cortarle sus tan preciadas alas.

—Tranquila, has hecho todo lo posible.

La voz del Devorador la atrajo de vuelta a la realidad. Parpadeó mirándolo con detenimiento y se fijó en la vena que palpitaba en su cuello.

Sin poder evitarlo notó el hambre golpear con fuerza, sus colmillos se alargaron y cerró la boca tratando de no descubrirse. No quería que creyera que lo veía como a un jugoso solomillo al que morder.

—¿Algo importante que deba saber?

Chase negó con la cabeza.

—En ese caso me voy a tomar una merecidísima ducha. La necesito antes de tener la reunión con Nick.

Y se metió en el edificio, pero antes de cruzar la puerta se detuvo y le dedicó una última mirada a aquel hombre:

—Me alegro de verte.

Él sonrió y asintió.

—Yo también.

CAPÍTULO 31

Nick bajó la música cuando sintió que llamaban en su puerta. Para cuando lo hizo vio entrar a Aimee.

Siempre que la veía se ponía nervioso. Su presencia le recordaba un pasado que había tratado de dejar atrás por todos los medios y que seguía tatuado en su piel por el fin de sus días. Todavía entonces seguía soñando con todo aquello.

—¿Cómo ha ido el viaje?

—Mal. He pateado muchos culos, pero no he conseguido absolutamente nada. Parece que nuestro amigo Seth ha desaparecido.

Esa noticia no le gustó lo más mínimo.

Mientras sopesaba las opciones que les quedaban abrió el botón del puño de su camisa. Aimee enarcó una ceja para después fruncir el ceño confusa. Él prefirió seguir como si nada y remangarse la ropa para dejar el brazo libre.

—Imagino que no te has parado a comer durante el viaje.

Aimee contoneó sus caderas caminando hacia él. Rodeó el gran escritorio que había ante ella y se puso a su lado. Con suavidad echó la silla hacia atrás y se sentó sobre la dura madera, dejando sus pies descansando entre sus piernas.

—Están demasiado cerca para mi gusto de mis atributos personales —comentó Nick sin moverse ni un milímetro.

—¿Algún problema?

Negó con la cabeza contestando la pregunta.

Ella se encogió los hombros y se desperezó levemente antes de poner su atención en él. Sus ojos eran más negros que de costumbre, lo que confirmaba su teoría de que no se había detenido a comer por el camino.

Agitó el brazo ante el rostro de la diosa y esta lo miró divertida con el gesto.

—¿Por qué haces esto?

Por diversión estaba convencido que no.

—Nos has ayudado desde que Chase decidió traerte aquí. Yo sé lo que necesitas y acepto el pago.

Aimee agitó la cabeza como si ese comentario la hubiera molestado de algún modo. Bufó y cerró los ojos suspirando.

—Así que es una especie de pago por los servicios prestados, ¿no?

—Nos salvaste la vida cuando ocurrió lo de Dominick, creo que un poco de sangre a cambio no me supone demasiado.

Pero el contacto que tenía la diosa con su cuerpo fue suficiente para que viera mucho más de él. Se dio cuenta justo en el momento en el que ella hizo caer la mirada hacia sus pies descalzos en su entrepierna.

—Es una forma macabra de torturarte por todo lo que has vivido. Quieres avanzar y al mismo tiempo te atas a ese recuerdo conmigo.

Eso era cierto, pero no más que el hecho que estuviera agradecido por todo lo que hacía por ellos. No debía verlo como un pago sino como un cocinero alimentando a sus clientes, únicamente cambiaban el plato por la vena.

—¿Y si necesito sexo? ¿También me lo darás?

Nick no dudó. Asintió. Nadie podría creerle si dijera que no se sentía atraído por su belleza y todo lo que significaba.

Colocó su muñeca tan cerca de ella que la vio aspirar el aroma al mismo tiempo que cerraba los ojos y reparó en el detalle de que sus colmillos estaban desplegados. Su boca se veía llena y había sido así desde que había entrado.

—¿Con quién te has encontrado? —preguntó Nick.

—Con Pixie.

Era una verdad a medias y el tirón de la mentira hizo que Aimee gimiera por el dolor causado. Él, en cambio, gruñó por ser el alimentado y no al revés.

—Y Chase.

De ahí el hambre. Una especie de celos retorció su estómago, pero descartó ese sentimiento con un golpe de mano. No podía sentir algo semejante con alguien que no era nada más que una amiga.

—¿Él te da hambre?

Asintió.

—¿Y por qué no le pides la vena?

—¿Me la daría como tú?

Nick pensó en ese concepto y no supo llegar a una respuesta clara. No conocía tanto a ese hombre como para adivinar si sería capaz de pasar por ahí.

—¿Y te conformas conmigo porque soy el único que te la doy?

—Yo no te he pedido absolutamente nada.

Ella se encogió de hombros.

Era cierto, nunca había hecho falta que lo hiciera porque se había ofrecido como un cachorrito lastimado.

Eso le hizo pensar.

Solo la había alimentado una vez: cuando resucitó a Dane y Pixie. ¿Cómo había sobrevivido todo ese tiempo? Entonces recordó lo que una vez un hombre perverso le contó.

Con rabia tomó a la diosa de una muñeca y tiró de su ropa hacia arriba. Antes de que pudiera defenderse vio las marcas inequívocas de que se alimentaba con su propia sangre. Una especie de suicidio que hacían muchos dioses al no ser capaces de encontrar vena.

—¿Lo haces por gusto o desesperación? —preguntó cuando ella tiró de su brazo y se cubrió.

—Tal vez en el infierno las cosas sean mucho más fáciles y podamos encontrar una vena rápidamente. Aquí no puedo permitirme ir preguntando: ¿me das tu vena? Sobrevivo como puedo y no debo darte explicación alguna —escupió furiosa.

Se levantó completamente fuera de sí. La había ofendido y se arrepentía de ello.

La tomó del hombro dispuesto a detenerla y poder hablar más calmadamente del tema, pero el mundo giró y Aimee lo hizo volar hasta impactar con la espalda contra su escritorio. Pronto, tuvo el cuello y la muñeca descubierta totalmente inmovilizados.

—¿Qué quieres? ¿Seguir siendo el juguete de un dios? Eso puedo arreglarlo si me lo pides.

Nick alzó el mentón todo lo que pudo y gruñó.

—Hazlo.

Al parecer, cada uno disfrutaba de sus propios demonios. Aimee guardaba los suyos bajo llave y Nick prefería revivirlos una y otra vez. Era la forma de vivir que habían elegido.

No necesitó más palabras para bajar hasta su muñeca y morderle. El dolor fue tan fuerte que trató de retirarse, pero fue incapaz. Segundos después el placer lo inundó, provocando que gimiera de forma desesperada.

Era un yonki y no precisamente de drogas, hacía muchos años que no sentía esa sensación y le gustaba. Alimentarla le hacía sentir poderoso.

La puerta se abrió y no pudo ver de quién se trataba, ya que ella siguió reteniéndolo contra la mesa, no obstante, por su semblante supo que era Chase.

Aimee se sorprendió los segundos iniciales, para después dilatar las pupilas por la excitación. Se lo quedó mirando mientras tomaba de él tanto como necesitó, aunque todos supieron que, tal vez, no era la vena que deseaba en esos momentos.

***

—Si sigues bebiendo así voy a tener que llevarte a tu casa en brazos —le advirtió Olivia a Luke.

El lobo hizo caso omiso a sus palabras y abrió otra cerveza. Estaba encaramado a un árbol cargado con dos packs de seis bebidas espirituales, de las cuales ya se había bebido cinco. La sexta iba a ser una bomba para su estómago.

—¿Tú podrías cargar conmigo? —balbuceó.

—Podría intentarlo al menos. De no poder iría a pedir ayuda.

Luke aulló.

—¿Y que me metan mano? Así sentiría unas manos sobre mi cuerpo… demasiado morboso hasta para mí.

Olivia rio.

—¿Y por qué deberían meterte mano?

Luke se ofendió como si lo que dijera fuera más que evidente. Se señaló con la cerveza en una mano y exclamó:

—¡Mírame! ¡Soy irresistible!

La risa de alguien cercano hizo que ambos miraran hacia allí y se encontraran a Aurah observándoles. Ella negó con la cabeza y enfocó su atención en el lobo borracho que podía caerse del árbol.

—Luke, baja. Puedes hacerte daño.

—¿Hace esto muy a menudo? —preguntó la hermana de Lachlan.

Olivia pensó en la respuesta y, para ser honestos, era la primera vez que lo veía así. Siempre estaba alegre y contento, no sabía cómo era capaz.

—La verdad es que no —contestó.

—Habrá que bajarlo de ahí antes de que se parta el cuello.

Estuvo de acuerdo con la chica. Luke corría peligro si se precipitaba del árbol contra el suelo.

—¿Cómo lo hacemos? —preguntó Aurah.

En ese momento no pudo fingir más y la miró de soslayo con una mueca de desagrado. No quería tenerla allí; en realidad ni a ella ni a nadie que fuera familiar cercano de Lachlan.

—Ey, no soy el enemigo.

"Como si lo fueras". Pensó.

—Puedo hacerlo sola. Gracias —dijo bruscamente.

Olivia se apartó de ella y se acercó un poco más al árbol tratando de descubrir si Luke caía, la trayectoria de su cuerpo para darle alcance antes de que tuvieran que lamentarlo.

Pero Aurah decidió que no iba a dejarlo estar. La siguió y se puso ante ella para que no pudiera fingir que miraba a otro lado. Su mirada dura como una piedra no la impresionó y tampoco los brazos cruzados a modo de protección.

—Lo que te hizo mi hermano no estuvo bien, vale, lo acepto, pero yo no soy él.

—Lo sé —dijo mirando hacia Luke.

Aurah se desesperó y le dio un ligero manotazo en el hombro para atraer su atención, así pues, Olivia no tuvo más remedio que mirarla sin fingir su descontento.

—No soy Lachlan.

"Pero eres amiga de la que calienta su cama".

—¡Eso no es verdad! —gritó fuera de sí.

—¡Claro que sí! —exclamó Luke tirando una de las cervezas vacías que tenía entre las piernas.

Ambas vieron como golpeaba el suelo para luego quedarse mirando la una a la otra.

—Eso solo lo he pensado.

—En realidad no, lo has proyectado —contestó la hermana del Alfa como si eso contestara todo.

Olivia la miró confusa y trató de entenderlo, pero fue incapaz de hacerlo. Así bien, alguien podía comenzar a hablar para explicarle de lo que trataba lo que había pasado y por qué sus pensamientos eran ahora dominio público.

—Los lobos de una manada podemos pensar para nosotros mismos o lanzar el pensamiento hacia otro de los nuestros. Eso mismo es lo que has hecho.

Qué gran explicación y estupidez al mismo tiempo.

—No sé ni cómo lo he hecho —se confesó.

Olivia reparó en la cuenta que Aurah y Luke se miraban como si se estuvieran hablando. ¿Se estarían proyectando pensamientos?

—¿Qué me estoy perdiendo?

El silencio fue desesperante así que gruñó de forma tan gutural que todos los presentes pusieron su atención en ella.

—Os estoy preguntando ¿qué ocurre?

Aurah se rascó la frente de forma nerviosa tratando de buscar una explicación.

—Solo se pueden proyectar los pensamientos a gente de una misma manada. Es algo innato para familiares sanguíneos y parejas vinculadas, pero para alguien de fuera como tú alguien de alto rango te ha tenido que aceptar.

—¿De alto rango?

—El Alfa, querida. Que luego decís que estoy borracho, pero me estoy enterando más que tú misma.

Las palabras golpearon su mente una y otra vez. Había cabos sueltos que no comprendía y no pensaba quedarse con esas dudas flotando en su cabeza.

—¿Y a ti como te hicieron de la manada? —le gritó a Luke.

—Una ceremonia muy chunga donde algunos lobos te marcan el brazo y te "adoptan" de por vida. No es nada sexual, pero los que lo hicieron eran muy guapos.

El alcohol estaba haciendo estragos en su amigo.

—¿Es posible que pueda hacerlo porque Lachlan me mordió?

Aurah se encogió de hombros.

—Seguramente.

—Y una porra —dijo el borracho hipando.

La hermana del Alfa se desesperó y miró hacia arriba dedicándole una mirada tan letal que creyó que lo mataba allí mismo.

—¿Podéis hablar claro de una vez? —preguntó nerviosa.

—Es mejor que hables con Lachlan.

No, esa era una muy mala idea que no pensaba llevar a cabo. No quería saber nada de ese lobo en mucho tiempo.

—Yo solo digo que sin la ceremonia solo hay dos maneras de ser de la manada: familia de sangre o pareja de vida con uno de los componentes.

Aurah tomó una piedra y se la lanzó a Luke. Cuando este reaccionó y la tomó con la mano derecha perdió el equilibrio y cayó del árbol. Olivia fue rápida y logró tomarlo entre sus brazos. Justo cuando lo hizo agradeció la fuerza superior que tenían los cambiaformas.

—Te tengo.

—Gracias, amiga —dijo sonriendo abrazándose a su cuello.

Olivia miró a Aurah.

—Vamos a llevarlo a su casa antes de que esto vaya a peor.

CAPÍTULO 32

Lachlan suspiró cuando, sentado en su porche, vio pasar a Luke, Olivia y Aurah. Su Sargento mayor estaba siendo llevado en volandas cogido por las dos mujeres con claros signos de embriaguez. Su hermana lo tomaba de las piernas y la otra por el torso.

—¡Voy volando! —gritó Luke abriendo los brazos.

—Estoy por dejarlo aquí y que lo recoja el camión de la basura —comentó Olivia.

El lobo siguió la escena de cerca y se descubrió a sí mismo sonriendo como un estúpido al sentirla hablar.

Hacía demasiado tiempo que no compartían una conversación y se estaba volviendo loco. ¿Cómo podía extrañar a alguien que veía cada día? Solo se daban los buenos días y eso era tan insuficiente que sentía rabia.

Estaba enfadado todo el día, hasta cuando dormía. Y ella parecía haber pasado página sin darse cuenta de la gente que había dejado atrás.

Kara salió en su busca con dos tazas de café y se sentó a su lado en los escalones del porche. Le tendió una taza y la tomó calentándose las manos con ella.

—Parece que están entretenidos —comentó la loba señalando al trío que caminaba de forma tambaleante calle abajo.

Lachlan asintió.

—Sí, tienen montada una buena fiesta.

Kara tomó un sorbo mirándolo directamente.

—Con todo lo fanfarrón que puedes llegar a ser en algunos momentos, me sorprende que no hayas ido a hablar con ella.

Él frunció el ceño.

—¿Con quién?

Ella enarcó las cejas. De acuerdo, ambos sabían bien de quién hablaba, pero no era posible en aquellos momentos.

—Todavía es pronto —explicó antes de tomar un buen sorbo al contenido de la taza.

—¿Para qué es pronto? ¿Debes estar años suspirando por las esquinas viéndola pasar?

Lachlan gruñó en señal de advertencia. No era un tema de su agrado y comenzaba a estar cansado de que siempre le insistiera en lo mismo.

—Tú no has venido para eso. Limítate a tu cometido y deja el tema de Olivia.

Se levantó directo hacia el bosque. Necesitaba transformarse y dejar libre al lobo, así podría dejar de pensar un poco y cansarse corriendo. Antes de hacerlo, giró sobre sus talones y dejó la taza en el porche, justo al lado de Kara.

La señaló con un dedo y advirtió:

—No te quiero ver cerca de ella.

—¿Es una orden?

—Sí —contestó sin titubear.

La loba agachó la mirada como muestra de sumisión y asintió.

Kara vio como Lachlan saltaba y se transformaba en el gran lobo que era y se alejaba de ella corriendo. Estaba tan enfadado y contenía tanta rabia en su interior que sabía bien que era inestable en aquellos momentos.

Lo mejor era dejarlo estar unas horas antes de poder volver a hablar nuevamente.

La puerta se abrió a su espalda y Ellin asomó la cabeza. Seguramente había escuchado la conversación y venía a ver si podía hacer alguna cosa para ayudar.

—¿Todo bien? —preguntó con curiosidad.

—Ha visto a Olivia pasar —contestó señalando calle abajo—. Ha salido a despejarse.

Ellin miró hacia donde apuntaba y asintió.

—Ya veo. —La miró con semblante preocupado—. ¿Y tú todo bien?

Kara asintió.

—Por supuesto, sé cuál es mi lugar.

La loba suspiró con esa afirmación, se rascó la cabeza y miró calle abajo, nuevamente. Ella sonrió imaginándose la cabeza de Ellin como un montón de engranajes funcionando sin parar al mismo tiempo que humeaba.

—Estos dos o acaban juntos o todos acabaremos locos.

—¿Y qué propones? ¿Qué lo lance sobre ella o al revés? —preguntó Kara.

La idea dio vueltas en la cabeza de las dos, como si tratasen de urdir un plan factible para hacer que volvieran a hablarse. No iba a ser fácil, pero las cosas importantes nunca lo eran.

Suspiró.

—¿Alguna vez lo viste así? —preguntó Kara.

—Jamás, ella lo ha tocado muy profundo. Más de lo que le gustaría admitir.

Kara se pellizcó el puente de la nariz y pegó el último sorbo a su té.

—Pues son idiotas.

—Cielo, es que tú nunca has sido muy romántica.

Se hizo la ofendida y acabó riendo siendo incapaz de contenerse.

—Como si eso fuese lo importante en esta vida. Más sexo y menos flores, ese es mi lema.

—Sí, hasta que te mueras por el ramo del hombre adecuado —sentenció Ellin.

No, eso no iba a pasarle jamás.

***

Olivia arropó a Luke y se lo quedó mirando. El lobo se había dormido a medio trayecto o había perdido el conocimiento. Le había buscado el pulso para cerciorarse que seguía con vida y sonrió al sentirlo roncar.

—Va a estar unas horas KO —comentó Aurah.

Cierto, ya casi se había olvidado de la presencia de una de las hermanas de Lachlan. Para ser honestos, no resultaba del todo incómodo hablar con ella, pero no iba a convertirse en su persona favorita.

Salieron de casa del lobo y se aseguró de que la puerta

quedase cerrada. Sabía bien que ningún lobo de la manada lo atacaría, sin embargo le gustaba dejarlo todo bien cerrado.

—Le tendría que haber dejado un analgésico cerca para la reseca que va a tener mañana —dijo sintiéndose culpable.

Ahora ya no podía entrar en casa y el lobo tendría que espabilarse.

Ambas bajaron las escaleras del porche totalmente en silencio, la tensión entre ellas podía cortarse con un cuchillo hasta el punto de que Olivia dejó de respirar. Finalmente, tomó una generosa bocanada de aire y fue a despedirse. Deseaba llegar a su casa, tirarse sobre el sofá y ver alguna película con la que quedarse dormida.

Poner la televisión de fondo le daba una sensación de compañía falsa y eso la consolaba. Nunca había estado sola. Siempre había vivido con Leah, después Cody y, por último, Lachlan. Vivir ahora de forma independiente le había resultado difícil.

—Gracias por ayudarme.

—No hay de qué.

—Me voy a derretir en el sofá un rato antes de dormir. Que vaya bien.

Con eso dio aquella interacción por terminada y fue calle arriba para llegar a su hogar. Recordó que tenía una lavadora por poner y pensó en qué se iba a preparar de cenar. La rutina era algo extraño después de tanto tiempo.

Unos pasos tras de sí la obligaron a detenerse y mirar. Se sorprendió ver a la loba, ya que ella vivía en la otra dirección.

No quiso decir algo y sonar maleducada, así qu, la ignoró y siguió su camino. Solo cuando vislumbró las pobres margaritas mustias de su jardín se alegró de llegar a casa. Lo primero que iba a hacer era regar las plantas.

—¿Te sientes bien? —preguntó Aurah.

Olivia dio un respingo y giró sobre sus pies para chocar directamente contra la loba. Se apartó ligeramente y la miró.

—Sí, ¿y tú?

—También bien, gracias.

Ambas quedaron en silencio mirándose.

—¿Se te ha perdido algo? ¿Puedo hacer algo por ti?

—Un té estaría bien.

Eso solo podía tratarse de una broma, porque de lo contrario no iba a ser tan educada como lo estaba siendo hasta la fecha.

—Seguro que los preparas buenísimos. Yo pienso dormir.

Olivia sonrió mentalmente, así había sido lo suficientemente explícita para dejar claro que no quería seguir "disfrutando" de su compañía.

—¿Y no te apetece un té antes?

Vale, no todo el mundo pillaba las indirectas al mismo tiempo y necesitaba hacerlo con algo más de tacto.

—Te lo agradezco, pero no deseo compañía ahora mismo, solo un sofá, un televisor y el ventilador para refrescar esta noche tan calurosa.

—Podríamos tomarnos uno con hielo y charlar de nuestras cosas.

Olivia entornó los ojos. Vale, una cosa estaba clara: aquella niña no era buena entendiendo cuándo debía marcharse. No era capaz de verlo a pesar de que el cartel era grande y luminoso. Una lástima, porque no deseaba seguir estando allí.

—No tengo nada de lo que charlar, solo quiero descansar.

—¿Echas de menos a mi hermano?

Sacar el tema del Alfa la trastocó. Su semblante se tornó oscuro y sombrío, haciendo que todo rastro de educación se marchara por el retrete.

—¿Tú qué quieres de mí?

—Quiero hacerte compañía.

Aquella mujer tenía un problema mental.

—Pues resulta que yo no.

Entró en su jardín, dejando a Aurah fuera. Fue hacia la manguera que colgaba en el costado izquierdo de la casa y llenó el cubo que tenía bajo el grifo.

Sus margaritas iban a morir si no las regaba con más frecuencia. El calor abrasador del verano las quemaba y su poca memoria no ayudaba a la combinación.

Les echó el agua bajo la atenta mirada de la hermana de Lachlan.

—¿Por qué no te vas? ¿Qué tengo que hacer para que te vayas, suplicar?

Su rostro mostraba lástima, una que no deseaba. No quería darle pena a nadie. Estaba siendo capaz de remontar después de todo lo que le había sucedido. Tenía salud, casa y un trabajo, además de un amigo; eso era mucho más de lo que hubiera imaginado jamás.

Cuando acabó de regar las flores le dedicó una mirada furibunda a Aurah para después marcharse. Dejó el cubo en su sitio y entró en casa.

¡Oh, sí! Ahora podría disfrutar de su queridísimo sofá.

CAPÍTULO 33

Dane no pudo soportarlo más y abrió la puerta de la sala donde Doc y Leah entrenaban. Corrió hacia su jefe, lo tomó del cuello de la camisa y lo retiró de encima de la humana. Solo cuando logró tirarlo al suelo lejos de ella se dio por satisfecho.

—¡Ya es suficiente! —gritó fuera de sí.

Leah estaba ensangrentada, su rostro mostraba marcas visibles de los golpes que había recibido de entrenamientos anteriores.

Eso ya estaba durando demasiado.

Al principio, cuando Leah había dicho de entrenar para poder acabar con el mayor número posibles de espectros lo aceptó. Era algo lógico tras perder a Dominick y no se imaginaba el dolor que podía estar sintiendo.

Pero golpearla hasta la extenuación no era la solución.

Doc se levantó y se quedó a escasos pasos de él. Si pretendía pelear no iba a contenerse.

—¡No te metas! —gritó Leah fuera de sí.

Dane explotó, no podía soportar más todo aquello, no se podía consentir. Ya se había cansado de toda aquella locura.

—¿Que no me meta? ¿Planeas asesinarte?

Miró a los dos y solamente vio a dos amigos que morían de dolor.

—¿Os habéis vuelto locos? —Respiró—. ¿Esta es la solución a la pérdida? ¿Esto es lo que te ayuda a seguir adelante?

Doc se mantuvo tranquilo, observando como su compañero perdía los papeles en algo que pensaban que no tenía motivos para intervenir.

—Hago lo que quiero y no tienes ningún derecho a decirme que me detenga.

—¿Y Camile tiene algo que decir? ¿Ella no cuenta?

Leah miró hacia otro lado, como si el nombre de su hija la avergonzase, eso le dio a Dane esperanzas. En el fondo sabía que no estaba haciendo las cosas como debía.

—Hannah y Brie la tienen día y noche. No solo ha perdido a su padre sino que su madre se niega a estar con ella. Es un bebé, ¿cómo crees que debe sentirse? ¿Es justo para ella?

Ella se estaba secando con una toalla cuando la tiró al suelo tras sus palabras.

—¿Justo? ¡Nada de esto lo es!

La rabia era un sentimiento poderoso que se estaba tragando a su amiga.

—Por supuesto que no, pero no puedes pagarlo con tu hija.

Leah rio amargamente.

—La tienen ellas porque no quiero que vea en lo que se ha convertido su madre. Soy un alma en pena llorando día y noche porque su padre no está con nosotras.

Dane negó con la cabeza.

—Debes dejarlo ir. No me imagino lo que debes estar sufriendo, pero no creo que darte palizas ayude a mitigar el dolor.

—Tú no puedes saber lo que se siente. Pixie sigue contigo. No te atrevas a fingir que puedes hacerte una idea de lo que estoy pasando porque lo que tú imagines tendrás que multiplicarlo por mil.

Se dejó caer en el suelo de puro agotamiento.

—Al menos los Devoradores os transformáis en espectros, yo quedo condenada a seguir adelante sin él, solo con su maldito recuerdo.

Le dolió el corazón de verla así, tan destrozada. No había forma de hacerla sentir mejor, pero seguir como hasta la fecha tampoco era una opción.

—No puedes seguir así, Leah. No es sano —susurró.

Miró a Doc y negó con la cabeza al mismo tiempo que leía su mente.

—No puedes sentirte responsable porque el único que lo es, es Seth. Nadie más tuvo la culpa.

—¡Él se entregó por mí! —gritó entre sollozos.

Dane se sentó a su lado tratando de mantener el control. Los sentimientos de sus amigos eran tan fuertes que casi se sentía tentado a dejarse afectar y perderse en la ira.

—Tú hubieras hecho lo mismo. Y Seth hubiera ganado igualmente. No había forma de salir de allí de una pieza. Caísteis en una trampa y las consecuencias iban a ser las mismas independientemente de lo que hubierais hecho.

—¿Por qué no me mató? He odiado esa decisión cada minuto desde ese día.

Seguramente porque Seth era un cabrón sin sentimientos, pero Dane se abstuvo de decir algo al respecto.

—Leah, tienes que cuidar de tu hija y tratar de salir de este agujero. Pelear no es la solución.

Ella le miró completamente decepcionada de sus palabras.

—No voy a parar. Nick va a seguir buscando a Seth y pienso mirar ladrillo a ladrillo si hace falta hasta encontrar a Dominick.

Dane cerró los ojos al sentir la desesperación agolparse alrededor de su corazón. Respiró profundamente y se frotó los ojos.

—Dominick está muerto.

Habían sido, con diferencia, las palabras más difíciles que había pronunciado en toda su vida.

—Si lo está quiero verlo con mis propios ojos y enterrarlo cerca de mí. Y quiero la cabeza de Seth colgada del cabecero de mi cama.

Esa fue la gota que colmó el vaso. Leah había traspasado una línea peligrosa, una de no retorno y mucho se temía que Doc se encontraba en la misma tesitura. Los miró a ambos con auténtica desesperación. Los amaba a los dos y se estaban destruyendo el uno al otro por culpa del dolor.

—No pienso dejaros entrenar. ¿Eso es lo que queréis? ¿Lo que necesitáis? —Los miró a ambos preso de la furia y alzó el tono de voz—. ¿Necesitáis que haga el papel de poli malo? Si os vuelvo a pillar peleando el uno contra el otro pienso encerraros en las mazmorras con camisa de fuerza para evitar que os dañéis.

Levantó un dedo llamando totalmente la atención de los presentes.

—Y no creáis que es un farol, pienso hacer todo lo que esté en mi mano para garantizar vuestra seguridad.

—Pienso seguir, aunque sea a escondidas.

Dane la miró con auténtico dolor reflejado en sus pupilas.

—Pues cuídate de que no te vea porque pienso hacer todo lo necesario para que te arrepientas de esta decisión.

Se levantó y caminó hasta Doc, colocándose a centímetros escasos de sus ojos.

—Siempre te he respetado, pero esto que haces con Leah me asquea. No vales más que el dios que tanto odias si permites que ella se destruya de la forma en la que lo está haciendo.

Su jefe no contestó y tampoco parpadeó. Se quedó allí, inmóvil, con la mirada fija en sus ojos.

Dane profesó un suspiro hastiado y se marchó. Que el cielo lo perdonase, pero en momentos como ese odiaba a sus amigos.

CAPÍTULO 34

Cuando llamaron al timbre por tercera vez, Olivia supo que la persona que tenía en la puerta no iba a irse. Aurah había resultado ser una persona demasiado obtusa y estaba a punto de enviarla muy lejos si no la dejaba descansar.

—No quiero té, café o cualquier gilipollez que se te ocurra —dijo totalmente enfurecida cuando abrió la puerta.

Y se quedó boquiabierta cuando en su campo de visión entraron Aurah y la nueva novia de Lachlan.

—Esto es aún mejor —dijo sin ánimo.

Reprimió el impulso de volver a cerrar la puerta, pero no las invitó a entrar, de hecho, no soltó la puerta bloqueando el espacio libre. Ellas no eran bienvenidas en aquella casa y no le importaba decirlo alto y claro.

—¿Podemos entrar? —pidió Aurah educadamente.

—En realidad podríais moriros, pero dado que no me habéis hecho nada, lo dejaremos en un no. No podéis entrar.

La nueva amiga especial del Alfa rio y eso la enfadó todavía más. Estaba cansada y no estaba para ese tipo de cosas.

—¿Qué tienes en mi contra?

—Nada. Solo pretendo dormirme en el sofá, no creo que moleste a nadie con eso.

Pero el destino no quería que lo hiciera, puesto que la loba despampanante apartó la mano de la puerta y se coló en su casa.

Olivia se quedó estupefacta y decidió salir de allí antes de perder la cordura.

Aurah fue en pos de ella y eso la desesperó. Miró al cielo como si buscase algún tipo de explicación a lo que estaba ocurriendo, sin embargo no recibió respuesta alguna y decidió correr todo lo rápido que pudo para alejarse de aquellas dos locas.

Corrió calle arriba pasando la casa de Lachlan, al mismo tiempo que las lobas la perseguían y eso solo empeoró la situación, ya que Ellin, que estaba en el jardín, también se unió a la persecución.

—¡Dejadme ya! —gritó desesperada.

Suplicó a su interior poder transformarse para poder ir todo lo rápido posible, no obstante, fue incapaz de conseguirlo. Bufó frustrada y decidió poner al límite su cuerpo yendo lo más rápido que sus piernas le permitiesen.

—¡Olivia, solo queremos hablar contigo!

Aquello era surrealista.

Estaba siendo perseguida por dos de las hermanas y la novia de Lachlan. Eso no ocurría ni en las películas de comedia romántica. ¿Por qué tenía que sucederle a ella?

No se había metido con nadie, había trabajado duro y evitaba a toda costa relacionarse con machos en las fiestas. Había sido una ciudadana ejemplar, no necesitaba que le dijesen algo sobre la nueva relación de Lachlan o que se alejase de él.

¿Y si era una novia celosa y psicópata?

Aprovechando un cambio de dirección, Olivia saltó dentro de un jardín y se escondió tras unos matorrales. Para esconder su olor removió un poco los arbolitos de su alrededor para que dejasen ir su aroma y así despistar a las lobas.

Las vio pasar a toda velocidad en su busca. Genial, eso le daría una ventaja para regresar a casa y apuntalarse dentro de ser necesario.

Un gruñido a su espalda la sorprendió. Alzó ambas manos a modo de rendición y se levantó todo lo despacio que pudo.

—Tú eres la amiguita de Cody.

El que alguien pronunciase ese nombre la trastocó y abrió heridas que creía cerradas.

Cerró los ojos con angustia y giró sobre sus talones todo lo lentamente que fue capaz. Cuando lo hizo se encontró con un lobo de mediana edad con una cicatriz de media luna en el rostro. Los recuerdos la asaltaron de forma tan violenta que se creyó capaz de vomitar allí mismo.

Él había estado cautivo en las mismas instalaciones que ella.

Era el prisionero que estaba tres jaulas más allá de la suya.

—Tú estuviste con nosotros.

Asintió y Olivia bajó las manos. Él había sufrido lo mismo o más que ella en aquel espantoso lugar.

—Tú eres la que se lo cargó.

Sus palabras fueron como un disparo en el centro del pecho.

—Yo no hice nada de eso.

Al parecer, su interlocutor no pensaba lo mismo.

—Claro que lo hiciste. De haberse venido con nosotros hubiera estado a salvo, pero no, tuvo que irse contigo a la base de los Devoradores donde murió. Por tu culpa.

Aquel hombre no estaba en sus cabales y de todas las casas de la ciudad había tenido que colarse justo en esa. La suerte no estaba de su lado.

—Hubiera dado mi vida a cambio de la suya —confesó.

Él no estuvo conforme con sus palabras, ya que negó con la cabeza al mismo tiempo que se frotaba la barba.

—Era un buen hombre y hubiera sido mucho mejor tu muerte que la suya.

Olivia comenzó a sentirse molesta con la conversación. Aquel hombre era muy extraño y no comprendía del todo lo que trataba de decirle.

—Comprendo que puedas sentir su muerte, pero ¿a ti qué te importa lo ocurrido?

—Porque estuve a su lado desde el primer día. Nos cazaron al mismo tiempo y fuimos amigos y compañeros de pelea todo ese tiempo. Y todo cambió cuando te vio entrar, ya le dije que solo se trataba de un coño más, pero él no lo vio así. Fuiste su perdición.

Puso los ojos en blanco. Lo mejor era irse antes de acabar peleando, no quería discutir con un hombre con el que no ganaría ni perdería absolutamente nada.

—Yo le advertí y no me escuchó. Además, estaba casado y eso poco os importó —hizo una leve pausa—. ¿Te dijo el nombre de su mujer? Alma. Hablaba de ella a todas horas.

El recuerdo de esa mujer le erizó los cabellos de la nuca, ella había sido dulce y amable muy a pesar de todo lo que había vivido.

—Lo nuestro fue algo distinto. Tú y yo sabemos que sin el cautiverio nunca se hubiera fijado en mí.

Aquel hombre gruñó en desacuerdo a sus palabras. Olivia

retrocedió unos pasos hasta chocar con la espalda en el muro. En aquellos momentos la idea de haber sido alcanzada por las hermanas de Lachlan no la desagradaba.

—¿Sabes? Mi caso fue algo similar.

"Ay, madre. Me tocó el más loco de toda la manada". Pensó buscando algún tipo de escapatoria.

—Yo luché por mi mujer, me esforcé por ser fuerte y sobrevivir. ¿Y qué ocurrió? Que cuando hablé con las chicas del club "Diosas Salvajes" me contaron que mi mujer había sido asesinada. Y que su lugar había sido ocupado por Leah, ¿te suena?

Olivia miró al cielo suspirando.

"¿No podían haber más coincidencias?" Gritó interiormente.

No podía quedarse allí y seguir escuchando, así que giró sobre sus talones y, cogiéndose al muro, saltó fuera de la propiedad. Arrancó a correr como si la vida le fuera en ello.

Pronto se percató que así era ya que el lobo desquiciado aulló al cielo en señal de cacería y se transformó para salir corriendo a perseguirla.

—Hoy me tendría que haber quedado en la cama.

Y se instó a correr como no lo había hecho nunca.

No obstante, por muy rápido que fuera no era comparable con un lobo a cuatro patas y menos en una calle sin escondites posibles.

El lobo le dio alcance rápidamente.

Cuando sintió sus fauces a punto de impactar en sus piernas, Olivia saltó hacia atrás y cayó de puntillas sobre el hocico del lobo para rodar hacia el lateral de su cuello.

El animal la golpeó duramente aplastando su caja torácica y dejándola sin respiración. La joven se recompuso como pudo y se alzó rápidamente alejándose del cambiaformas que había decidido darle caza.

Estaba enfadado con ella por la mala suerte que había tenido en la vida, pero ella no había tenido una mejor.

El mundo la odiaba por todo lo que había hecho. Alma había perdido a su marido, Leah a Dominick, ella cargaba con la culpa de la muerte de Cody y también por no haber sido más especial para Lachlan que un simple polvo.

¿Eso le importaba a alguien? ¡No!

Todos la culpaban de algo sin ser conscientes del dolor que

arrastraba en su alma y estaba cansada.

Estaba cansada de las pesadillas recordando a un amor que jamás volvería, de las palizas, de los golpes esperando que Leah estuviera bien. Del recuerdo de ver morir a su cuñado, del odio destilado en los ojos de su hermana, de la separación de Lachlan, de las súplicas en la puerta de la base para poder ver a su sobrina. Estaba tan agotada mentalmente que no sabía cómo podía seguir cuerda.

O, tal vez, era la loca y los demás tenían razón: era culpable.

El lobo se tiró sobre Olivia y logró tomarle de las fauces para detenerlo en seco. Él se sorprendió por su fuerza, pero no cejó en su empeño.

Su aliento golpeó su cara, estaba tan sediento de su sangre que no iba a parar hasta que consiguiera dañarla.

Con rabia, Olivia le dio la vuelta y lo lanzó lo más lejos que pudo. El cambiaformas golpeó el suelo en repetidas ocasiones antes de detenerse en el asfalto.

No habían elegido el momento adecuado para acabar con ella. Ya se había cansado de ser el saco de boxeo del mundo y quería devolver los golpes. Si buscaba su muerte tendría que ganársela a pulso para conseguirlo.

Allí la habían entrenado y había acabado con decenas de hombres que habían entrado en el ring en busca de gloria. Los humanos creían que podían matarla por ser mujer y no reparaban en su otra forma, más temible y peligrosa. Al final todos suplicaban, pero si querían seguir viviendo debían acabar el trabajo.

Había sesgado vidas y se había fortalecido vertiendo la sangre de otros.

Si eso era lo que buscaba ese lobo iba a dárselo.

—No quiero pelear contigo —le advirtió.

La gente había comenzado a amontonarse alrededor, pero ninguno se atrevía a detener la clara desventaja a la que estaba siendo sometida.

Eso le hizo creer que ellos también la culpaban, como hacía el resto del mundo de las muertes que habían sucedido los últimos meses.

Apretó los puños con rabia.

Una gota sobre su nariz la distrajo y miró hacia el cielo. Había comenzado a llover y no se había dado cuenta hasta ese momento. Sin saber bien el motivo alargó una mano y dejó que las gotas mojaran la palma de su mano.

Resultó ser reconfortante.

El lobo se abalanzó sobre ella y Olivia lo esquivó lanzándose al suelo. Sus manos se dañaron con el contacto contra el asfalto. Se levantó y se las miró.

¿Por qué tenía que sufrir siempre la misma persona? ¿Por qué tenía que ser siempre ella?

Gruñó fuertemente y su labio se alzó levemente mostrando sus dientes. Eso no intimidó al lobo, pero sí le indicó que estaba jugando a un juego peligroso.

Su loba comenzó a picar en sus manos, cosa que agradeció. No podía transformarse siempre que quisiera, pero surgía de las sombras cada vez que un sentimiento fuerte la abrazaba. Eso le daba esperanzas para poder controlar el cambio algún día a su voluntad.

—Si vuelves a atacarme no pienso controlarme —advirtió.

Lo vio asentir ligeramente y volver a atacar. Justo en ese momento fue consciente de cómo su cuerpo cambió apenas sin dolor. Aceptó el cambio a loba de una manera fluida, sus huesos se estiraron y su piel mutó sin necesidad de rasgarse y sangrar.

Cayó sobre sus cuatro patas justo a tiempo para tomar al lobo por el cuello con su boca y revolverlo fuertemente.

Cuando notó algunos huesos ceder con su ataque lo volvió a tirar lejos de ella.

Ninguno de los presentes movió un dedo para detenerla, quedaron allí observando la escena.

Olivia ya había tenido suficiente y se alejó caminando hacia su casa. Los espectadores se apartaron dejándola pasar.

Un gruñido a su espalda le indicó que no había tenido suficiente. Devolvió el sonido y se giró para encararlo duramente.

Y se lanzaron el uno contra el otro de forma totalmente descontrolada. Las dentelladas cruzadas dolieron y Olivia se aseguró de hacer el máximo daño posible cada vez que mordió el cuerpo de aquel loco.

Notó la sangre de su contrincante como tantas otras veces había hecho en el ring y no le importó. Si quería morir así ella pensaba darle ese tipo de consuelo.

Lo empujó fuertemente y él perdió el equilibrio cayendo sonoramente al suelo. Jadeaba a causa del cansancio y ella suplicó al cielo que no viniera a atacarla más. Pero no sucedió, volvió a levantarse.

Aquel pobre desgraciado buscaba la muerte con tanto ahínco que la enfadó.

Saltó sobre ella y el cuerpo de Olivia se tornó humano, nuevamente con una fluidez increíble. Rodó debajo del lobo hasta sobresalir por la parte del morro y enroscar sus brazos en el cuello. Apretó fuertemente y cortó su respiración.

Él graznó buscando la forma de liberarse, pero ella apretó los pies contra el suelo para anclarse y tener más fuerza para presionar su agarre.

—¿Esto es lo que querías? —le preguntó fuera de sí.

Los siguientes segundos fueron en silencio, viendo cómo se debatía entre la vida y la muerte mientras ella no soltaba su agarre.

Estaba dispuesta a cruzar la línea una vez más. Por todo el dolor causado, por odio y la pena que todos sentían por ella. Porque ya estaba cansada del mundo e iba a pagárselo de esa forma. No le importaba nada más que ese momento de rabia y agonía.

—¡DETENTE!

El grito de Lachlan cruzó el aire cómo lo hacía un rayo durante una tormenta.

Olivia alzó la vista y comprobó cómo se habían apartado para dejarlo pasar, totalmente desnudo, y la miraba fijamente.

¿Y ella qué hizo?

Soltó el agarre que ejercía sobre su oponente y lo dejó caer en el suelo. Ahí estaba obedeciendo a un hombre que no quería saber nada de ella. Le debía lealtad y su cuerpo se lo exigía, había aceptado que él era su Alfa.

—Si vuelves a acercarte a mí te despedazaré —susurró lo suficientemente fuerte como para que todos los presentes lo vieran.

Abrió los brazos y sonrió.

—Ahí lo tienes. Que lo disfrutes —dijo amargamente.

Giró sobre sus talones y caminó hacia el bosque. Nadie habló o trató de cortarle el paso. Dejaron que se fuera lejos de todo aquel caos.

CAPÍTULO 35

Lachlan hizo llamar al equipo médico para que atendieran al pobre lobo que había quedado tendido en el suelo. De no haber llegado a tiempo tendrían un cadáver entre sus manos. Aquel hombre era inestable, pero no era excusa para no detener la pelea.

Miró a todos los presentes.

—¡Qué bonito! ¿Eh?

Sus caras mostraban sorpresa.

—¿No os da vergüenza? ¿Tanta sed de carnaza tenéis?

Muchos comenzaron a bajar la mirada con muestras claras de arrepentimiento.

—Esta gente ha sufrido más en toda su vida que vosotros. Es normal que se muestren algo inestables. ¿Y esa es la ayuda que le tendéis? ¿Dejando que se maten entre ellos?

La rabia burbujeaba por sus venas.

Nunca se habría imaginado la imagen dantesca que observó cuando llegó de correr. Muchos de los suyos apelotonados viendo la pelea sin detenerlos. Él había gritado justo a tiempo y Olivia había aceptado soltar la presa, algo que había creído poco posible.

—Si vuelve a ocurrir algo así el castigo será ejemplar —amenazó—. Siempre nos hemos caracterizado por ser una manada piadosa y comprensiva. No somos Alix y los suyos montando luchas a muerte con los más débiles de la manada.

No es que creyera que Olivia lo era, pero era lo que hacía la manada rival.

—¡Todos a vuestras tareas! ¡Ahora!

La orden fue clara y uno a uno todos los lobos del lugar se marcharon dejando la calle despejada.

Todos salvo tres mujeres que lo miraban con demasiada culpabilidad en sus rostros.

—Decidme que no habéis tenido nada que ver —pidió suplicante.

Ninguna de las tres dijo nada y eso corroboraba que habían sido culpables

—¿Qué habéis hecho?

Kara levantó la mano y se temió lo peor.

—Fui a hablar con ella —confesó cerrando levemente los ojos como si esperase el grito que iba a venir a continuación.

Lachlan suspiró cuando Aurah también confesó que había ido tras Olivia y que había intentado entrar en su casa antes de que ella arrancase a correr y cayera en la casa equivocada.

—¿Y tú, Ellin? Eres la más cuerda de la familia.

—Vi que corrían tras Olivia y quise mediar.

Quedó perplejo.

—Recordadme que no os lleve a ninguna reunión de paz con otras manadas —pidió.

—Yo solo quería que volviera a hablarte. Has estado muy triste todo este tiempo y ella no parecía estar mejor.

No pudo evitar reír.

—¿Y pretendiste hacer de celestina? ¿Tú, precisamente?

Ella parpadeó y lo miró confusa. No estaba entendiendo nada y mucho menos el enfado incipiente que tenía.

—Tú, querida mía, eres el rumor que corre sobre mí. Dicen que eres mi nueva amante.

La cara de Kara no tuvo precio, desencajó el rostro un par de veces antes de mirar al resto y corroborar que no mentía.

—¿Yo? Si me gustan las mujeres.

Lachlan levantó las manos y aplaudió.

—¡ESO ES! ¡LAS MUJERES! ¿LO OÍS, COTILLAS DE MIERDA? ¡ES LESBIANA!

—Sin contar que somos familia.

El Alfa alzó un dedo antes de puntualizar:

—Lejana, pero lo somos.

Lo cierto es que era la mujer de su prima, la cual se había trasladado de manada cuando había descubierto que su pareja era Kara. Habían luchado contra viento y marea para poder estar juntas. Ahora, tenían cuatro tiernos retoños adoptados.

¿Y qué hacía allí?

Su mujer era uno de los mejores merodeadores que había conocido en toda su vida y había estado vigilando de cerca a Alix. Y para no levantar sospechas entre otras manadas era su mujer quien traía la información.

Y la noticia de la amante había corrido como la pólvora.

Caminó tomando el camino que había elegido Olivia y Ellin le cortó el paso.

—¿A dónde vas, hermanito?

—A oler flores del campito —sonrió.

Ellin negó con la cabeza.

—Tenéis que volver a hablaros, pero no así. Está muy afectada.

Lachlan lució sus dientes impolutamente blancos.

—Qué suerte ser el Alfa en estos casos, porque puedo hacer lo que me dé la gana y pasarme por —señaló su entrepierna— ahí todo lo que me digas.

Rodeó a su hermana y salió directo hacia el bosque.

—Sé suave con ella —aconsejó Aurah.

—¡Por favor! Si soy el osito de Mimosín.

***

Encontrar a Olivia no fue fácil. Se había adentrado tanto en aquel bosque que llegó a creer que la había perdido o que había huido lejos de la manada. Una que, por otra parte, no había movido un dedo para protegerla.

Meterse en medio de una pelea de lobos era algo arriesgado, pero no podían permitir enfrentamientos como ese. De no haber llegado a tiempo ahora tendrían un lobo menos en la ciudad.

Olivia había estado a punto de cruzar la línea y eso le mostró lo mucho que había luchado por sobrevivir durante su cautiverio. Nadie le había dado nada gratis a esa mujer y seguían recriminándole todo lo que había pasado a su alrededor.

Si Olivia fuera una película sería una cadena de infortunios.

La encontró cerca de uno de los precipicios más peligrosos de la zona. Subida a lo más alto y con los brazos extendidos mirando al cielo.

La lluvia mojaba su desnuda piel y parecía calmarla o aportarle la paz que necesitaba en aquellos momentos.

Subió hacia allí lentamente, observando anonadado la escena. Ella lloraba y gruñía intermitentemente.

Estaba rota y nadie se había molestado en recomponer los trozos.

Fue en ese momento en el que se preguntó ¿cuánto dolor podía albergar en su interior?

Y de pronto estuvo ante una de las imágenes más bonitas de toda su vida. Echó la cabeza hacia atrás y aulló con todas sus fuerzas.

No lo hizo una o dos veces, comenzó a hacerlo una y otra vez, sin detenerse, liberando y aceptando por primera vez a su loba. Al fin había abrazado a la bestia y tenía control sobre ella. Había hecho falta romper con todo el mundo para cambiar.

La habían acorralado y culpado de todo sin parar.

Ese era su puñetazo contra la mesa, su reivindicación, su revolución y su liberación. Ya no era una pobre víctima. Era una loba de los pies a la cabeza y se aceptaba. Iba a luchar por seguir adelante y lo llevaba con unos acordes preciosos.

Lachlan casi tembló nervioso cuando estuvo tras ella. No quería asustarla y que cayera por el precipicio, así que esperó a que se diera cuenta de su presencia.

—¿Has venido a reírte de mí?

—Lo preguntas como si lo hubiera hecho alguna vez.

Giró sobre sus talones y lo enfrentó directamente.

Estaba desnuda y hermosa, un manjar para la vista.

—Imagino que habrás disfrutado cuando he soltado a ese malnacido.

—Sí, me he puesto cachondo y todo.

Miró hacia abajo y señaló su miembro flácido.

—Ahora no está muy en forma, pero lo había estado.

Olivia se sentó tan cerca del borde que Lachlan hizo una mueca de desagrado, pero no le pidió que se moviera. Ella era libre de hacer cuanto quisiera.

—¿El gran lobo tiene miedo a las alturas?

—¿Qué puedo decir? No soy perfecto, pero me acerco a ese concepto.

Ella hizo una leve sonrisa antes de girar la cabeza y negarle verle la cara.

Lachlan se acercó y se sentó a metro y medio de ella. Era lo más cerca que podía estar sin sentir que se moría por dentro. Era cierto que no le gustaban las alturas y no pensaba enfrentarse a sus miedos para superarlo.

—Kara estaba entre la gente.

¡Oh! Así que a ella también le había llegado el rumor.

—Lo sé, he visto todas las caras que estaban allí.

—Huía de ella cuando me metí en el jardín equivocado. Casi creo que hubiera sido mejor prepararle un té que correr despavorida por toda la ciudad.

Él también lo creyó, se hubieran ahorrado muchos problemas con eso.

—¿Qué crees que iba a decirte? —sondeó.

Se encogió de hombros mirando al firmamento.

—Imagino que sabe que tuvimos algo y venía a pedirme que me alejara de su novio.

Lachlan tuvo que reprimir reírse. Era tan inocente que sintió que si lo hacía podía desgarrarlo de un zarpazo.

—Como mucho te hubiera pedido una cita, aunque lo dudo porque está felizmente casada y con cuatro hijos.

Olivia giró la cabeza y su rostro mostró sorpresa absoluta.

—¿Casada?

Él acompañó el sí asintiendo con la cabeza.

—Con mi prima. Viven en otra manada.

La información estaba en la cabecita de Olivia dando vueltas y vueltas. Las suficientes como para levantarse, gruñir y comenzar a andar hacia el bosque.

—¿Eso significa que volvemos a ser amigos? —preguntó siguiéndola.

Negó con la cabeza a modo de respuesta.

—¿Quieres que me trague que no es lo que parece? Un truco ya algo gastado.

—Puedes creerte lo que quieras, pero si fuéramos los últimos sobre la faz de la Tierra, Kara te elegiría a ti.

Se detuvo en seco y lo enfrentó. Sondeó su rostro en busca de alguna mentira y él se puso firme como si estuviera en el servicio militar.

—No importa, puedes hacer con tu vida lo que quieras.

Y siguió caminando.

—¿Podríamos hablar de eso un momento?

Fue en ese momento que supo que acababa de formular la pregunta de forma inadecuada. Ella no solo negó con la cabeza sino que aceleró el paso intentando perderlo de vista.

—Olivia, solo será un momento —le pidió caminando a su espalda, donde tenía muy buenas vistas.

—No quiero que me digas a cuántas te vas a tirar de ahora en adelante. No me apetece, no quiero y antes me mudo con los humanos que ir teniendo el parte de tu entrepierna.

Ya era suficiente.

Olivia se había bloqueado y pensaba no escuchar nada que tuviera que decirle. Era como golpearse con una pared una y otra vez hasta quedar sangrando sin conseguir nada.

Así pues, la rodeó y le bloqueó el paso. Ella trató de huir, pero acabó tomándola del codo para que lo enfrentase directamente y dejase de huir. Tenían mucho que decirse y no pensaba dejar pasar otros seis meses para hacerlo.

—¿Cómo quieres que me acueste con otra amándote a ti? Eso es de cerdos.

Olivia suspiró.

—No necesito que me mientas.

—Soy un gracioso, pero creo que nunca he sido un mentiroso.

Ella cabeceó sobre sus palabras unos instantes antes de asentir. Suerte que en algo estaban de acuerdo, aquello iba a ser más difícil de lo que pensaba.

—¿Me amas?

—¿Qué puedo decir? Creo que ha sido evidente.

Olivia negó y trazó una sonrisa muy amarga.

—No juegues conmigo, por favor. Solo quiero descansar, meterme en mi sofá y dormir todo el día de mañana.

La dejó ir en silencio y la siguió de cerca. Estaba claro que no deseaba hablar así que lo aceptó y se pegó a su trasero como una lapa. Sabía bien que en cualquier momento podía revolverse y golpearle, pero era un riesgo que pensaba correr.

—¡¿Quieres dejar de seguirme?!

Él fingió sorprenderse.

—Vamos al mismo sitio.

Siguió con su camino y trató de hacer como si él no existiera, cosa que no funcionó porque empezó a cantar espantosamente mal. Hasta el punto en que volvió a darse la vuelta y le propinó un ligero golpe en el hombro.

—Hay mucho bosque, podrías ir por otro lado o alejarte de mí unos metros al menos.

—Tú lo has dicho: podría, pero no quiero.

Ella apretó los dientes.

—No es justo que juegues al jueguecito del macho Alfa. Ya sé que puedes hacer lo que quieres sin dar explicaciones, pero podrías ser más considerado y darme un poco de espacio. No creo que sea mucho pedir.

Lachlan perdió todo rastro de humor. Se quedó petrificado en el sitio mientras ella se marchaba y luchó por quedarse en silencio. Simplemente no fue capaz y estalló como una granada de mano.

—¿Más espacio que no acercarme a ti en seis meses? ¿No ha sido suficiente?

Eso sí atrajo toda su atención y su ira.

—¿Dejar de hablarme te parece una forma de darme espacio? ¡Me rechazaste de la peor forma! —gritó enfurecida—. Creía que había significado lo mismo para ambos, pero veo que solo fue un polvo.

Eso fue más doloroso que cualquier golpe recibido antes. Lachlan trató de mantener la compostura y alzó el mentón en el intento.

—Nunca serías eso para mí. Me alejé de ti porque me estaba aprovechando del celo.

Olivia no trató de huir más. Estaba dispuesta a decir su verdad y hablar todo lo que no habían hecho durante meses.

—¿Eso crees? Yo lo sentí real —reprochó ofendida.

—Estabas bajo el influjo del celo, eso no significa que fueras a tirarte al primero que pasase, pero sí te influenciaba haber estado conmigo todo ese tiempo. No quería que me eligieras solo por ser tu protector sino por voluntad propia.

Ella miró a ambos lados y se acercó al tronco de un árbol caído y se sentó. Cuando lo hizo todo el aire de sus pulmones salió.

—Me he sentido sola todo este tiempo.

Lachlan no se acercó por miedo a hacerla saltar. Ella estaba mirando a un punto fijo lejos de él y quiso que siguiera siendo así.

—He adquirido una rutina para superar esto, pero te he tenido en mi cabeza. No podía entender por qué me habías dejado sola.

—No lo hice. Solo te dije que no tendríamos más sexo mientras durase el celo y tú pediste salir de la casa a toda prisa. Solo hice lo que me pediste.

Cierto, pero no lo hacía menos doloroso.

—¿Y después? —preguntó ella mirándolo fijamente.

Él se encogió de hombros.

—Creí que vendrías a buscarme, pero te vi tan fuerte y esquivándome que sentí que yo no era lo que tú querías en tu vida. Simplemente lo acepté.

Una idea atravesó la mente de Olivia y lo supo por el movimiento de cejas que hizo. La mueca que vino después solo confirmó lo que ya sospechaba.

—Hoy hablé con Aurah.

El nombre de su hermana en la frase no le gustó. Sus hermanas tenían la mala costumbre de alborotar su mundo.

—¿Y sirvió de algo?

—Me habló de la aceptación de la manada. Y Luke mencionó algo de una ceremonia.

Lachlan pudo comprobar que se sentía decepcionada por ese tema. Ella no había sido informada de tal cosa.

—¿Para qué decírtelo si siempre has dicho que te marcharías con ella? Solo esperé que tu hermana volviera en sí y abriera las puertas de la base. Lo que jamás imaginé es que fuera más cabezona que tú.

Olivia rio amargamente.

—Mucho más, no la conoces. Ha perdido a alguien importante y comprendo ese dolor.

Básicamente porque ella había pasado por lo mismo. Cody y ella no habían sido compañeros, pero sabía lo que se sentía al perder al hombre que amabas. El dolor debía ser tan terrible que Lachlan sintió miedo de poder experimentarlo alguna vez.

No sería capaz de sobrevivir a algo semejante.

Olivia lo había hecho y eso la convertía en un ser extraordinario por mucho que el mundo se empeñase en ocultarlo.

—¿Podría quedarme en la manada?

—No es que tengas muchas más opciones —dijo recuperando el humor.

Ella suspiró.

—Puedes quedarte el tiempo que necesites. Nunca he pensado en echarte fuera.

Negó al mismo tiempo que se peinaba el pelo con las manos. Estaba nerviosa y trataba de pensar bien las palabras antes de decirlas.

—Me quiero quedar siempre aquí.

Esa frase lo dejó helado.

—Por supuesto que puedes. Nunca hemos rescatado a alguien con fecha de caducidad. Eres de los nuestros, te guste más o menos y puedes quedarte aquí el tiempo que quieras.

Olivia quiso tentar un poco más y pronunció una pregunta peligrosa. La hizo sin miramientos, mirándolo a los ojos tratando de medir su reacción.

—¿A pesar de que fuera sin ti?

Asintió amargamente.

—Eres de esta manada sin condiciones. No voy en el pack si no quieres.

CAPÍTULO 36

Estaba siendo difícil hablar con él, pero ambos parecían fingir una calma pasmosa a la par que fingida. Ambos habían comenzado un concurso de hasta dónde podían soportar y no tenían claro quién de los dos iba a ganar.

—¿Permitirías que estuviera con otro?

Lachlan gruñó como si esa pregunta le hubiera producido dolor, pero asintió. Esta vez no había sido capaz de emitir palabra alguna en la contestación.

—¿Qué ocurriría si fuera tu pareja?

—La experiencia me ha demostrado que eso a nosotros no nos afecta tanto como a los Devoradores. Ellos solo pueden ser padres cuando encuentran a sus parejas, nuestros sistemas reproductivos funcionan igual de bien con pareja o sin ella.

Hizo una pausa amarga y prosiguió:

—El caso de Aurah me hizo entender que la pareja se elige y no se exige. Alix es la de mi hermana y no por eso voy a dársela. Serlo no te da derecho sobre la otra persona.

—Entonces, ¿no significaría nada para ti serlo?

Se encogió de hombros con frialdad.

—Si te fueras con otro siendo mi pareja sería una jugarreta del destino, pero la aceptaría. No tendría más remedio que hacerlo.

Todo sonaba muy bonito, casi idílico.

—En ese caso, ¿significa que puedo quedarme en la manada? Seguir con mi vida y hacer lo que me plazca.

Estaba empujando mucho al lobo. Él le había dicho que la amaba y ella parecía pisotearlo con cada una de sus preguntas.

Nada más lejos de la realidad. Habría sufrido durante esos meses su ausencia y no podía lanzarse sobre él a la primera de cambio como si nada hubiera ocurrido.

—Hazlo, Olivia. Eres libre.

—¿Y haríais la ceremonia?

Asintió.

—Si eso es lo que deseas, mañana mismo podemos hacerla. Con todos los honores que pidas. Quiero que te sientas una más en esta manada.

Él le entregaba una vida sin llevarse nada a cambio. Podía quedarse allí y hacer con su vida lo que quisiera. Por primera vez era libre de pensar por sí misma y experimentar todo cuanto quisiera sin miedo a las represalias.

Era libre.

"Sé que eres mi pareja y siempre lo he sabido, desde que te sacaron de esa jaula". La voz de Lachlan en su mente le hizo que profesara un grito y diera un respingo.

Lo miró con auténtica sorpresa.

—Siempre me has escuchado y nunca te has preguntado el por qué.

—¿Cómo?

Lachlan hizo memoria yendo a ese momento cuando la había conocido junto al ejército de Devoradores que había venido a rescatarla.

—En ese sótano di una orden clara a mis hombres y vi como asentías en respuesta. Mi mente conectó con la tuya en ese mismo momento y no he podido dejar de pensar en ti desde entonces.

Las lágrimas llenaron los ojos de Olivia.

—¿Por qué nunca me dijiste nada?

—¿Para condicionarte? Amabas a Cody con auténtica veneración. ¿Qué debía hacer? —Sonrió amargamente—. Tal vez hubiera sido mejor que entrase en tu habitación diciendo: yo soy tu hombre, tómame hasta dejarme seco.

Apenas era capaz de creer lo que le estaba diciendo.

—¿Me estás diciendo que has sabido que somos pareja desde el primer momento?

—Eso mismo.

Estaba conmocionada. Él había tenido esa información desde el principio y se la había ocultado. Había jugado limpio a pesar de tener un póker de ases bajo la manga.

Quedaron en silencio tratando de comprender todo cuanto había descubierto en un momento. Su mente estaba a punto de explotar y solo podía tratar de controlar sus pensamientos hasta lograr interiorizarlos.

—¿Te hubieras llevado ese secreto a la tumba?

—¿Has visto que bueno soy? Un gran partido como decía mi difunta madre. Lo tengo todo, sentido del humor, cautela, fuerza y soy guapo. ¿Qué más podrías pedir?

Olivia rio.

Ese era el Lachlan que conocía tan bien y al que había extrañado todo ese tiempo.

—Eres estúpido.

—No hay nada mejor que un insulto con sustancia para levantar el ánimo —ironizó apretando los puños en señal de victoria.

Olivia se levantó y comenzó a caminar en dirección a la ciudad. Lachlan se limitó a seguirle en silencio como si, al romperlo, todo se viniera abajo.

Tenía muchas voces en la cabeza. Unas le decían que aquello era mentira, que estaba jugando con su mente y otras la instaban a lanzarse sobre el cuerpo de aquel lobo dispuesto a disfrutar del contacto que tanto necesitaba.

—No pienso volver a hablarte. Voy a seguir con mi vida, mi casa y mi trabajo. Seguiré aprendiendo de Luke y me convertiré en una loba de primera categoría. Voy a ganarme que no sientan pena, que no me culpen de todo y se olviden de mi pasado.

Lachlan asintió sin que ella lo viera.

—Como Luke —susurró finalizando.

Ya nadie lo miraba con lástima y era un ciudadano de pleno derecho. Hasta había conseguido un puesto de alto cargo. Ella aspiraba ser como él.

—Hazlo y hazme sentir orgulloso por pelear tan duro por ti.

Se detuvo en seco, necesitaba mirarlo y tenerlo cerca. Estaba llevando el tema con una madurez impropia de él y estaba tan sorprendida que quería cerciorarse de que no se trataba de una broma macabra.

—¿Y no tienes nada más que decir?

—He estado tentado a abrazarme a tu pierna y llorar por el reconocimiento de pareja. Quizás la opción de salido hubiera sido la acorde, me hubiera agarrado a ti y hubiera tratado de montarte como un perro.

Cierto, él seguía siendo Lachlan y no podía tomarse nada en serio.

Se giró molesta y siguió con su camino.

—Puedo decir sin miedo a equivocarme que dolerá. —La voz seria de aquel hombre la detuvo en seco, nuevamente.

Giró para encararlo y no había ni rastro del bufón que conocía tan bien. En su lugar había un Alfa serio y con semblante peligroso.

—Me va a ser difícil dejar que hagas tu vida sin querer saber cómo te va. Estos seis meses ha sido una tortura no pararme a hablar contigo. Verte pasar cada día dos veces por delante de mi puerta y dedicarte un seco "hola" ha sido una prueba difícil de superar.

Para ella también lo había sido.

—Pero haré todo lo posible por mantenerme al margen. No reclamaré ese derecho de pareja que la genética me pide a cada segundo sin parar. Y me alegraré si encuentras a esa persona que necesitas en tu vida.

Levantó un dedo y una ceja a la vez.

—Con una condición: vuestro primer hijo debe llamarse Lachlan.

La angustia que se formó en su pecho desapareció para dejar salir la risa. Él era así y resultaba admirable que pudiera tener humor en los momentos difíciles. Comenzaba a ver que se trataba de un mecanismo de defensa contra el mundo, pero en honor a la verdad, era uno muy bueno.

—Trato hecho —firmó Olivia.

—Promesa de meñique —pidió Lachlan tendiéndole su dedo.

Ella lo tomó y sacudieron la mano tres veces sellando ese estúpido juego.

—Ahora eres libre, compañera. No tendrás que preocuparte más de este Alfa tan loco.

CAPÍTULO 37

Lachlan la acompañó hasta la puerta de su casa. Era tan de noche que no quedaba nadie en las calles y los que patrullaban los habían dejado pasar sin cuestionarse nada. Aquel que caminaba era su Alfa y le debían lealtad absoluta.

—Aquí nuestra primera parada —anunció como si fuera el maquinista de un tren.

Olivia buscó la llave de repuesto que tenía debajo de un macetero de sus margaritas mustias y fue a abrir la puerta.

—Uy, qué plantas más bonitas.

Rio.

—¿Les cantas para tenerlas tan bellas?

Negó con la cabeza. Aquel hombre no tenía remedio. Abrió la puerta y encendió las luces. Se sintió algo más segura en aquel lugar.

Lachlan carraspeó.

—Será mejor que me vaya. Buenas noches.

—Buenas noches. Gracias por acompañarme.

Él comenzó a caminar de espaldas.

—¿Ves? Ya soy todo un caballero. No paro de ganar puntos.

Cerró la puerta, dejándolo fuera. En aquellos momentos no podía pensar con claridad. Tenía muchas emociones en su interior que la habían dejado trastocada. Poseía demasiada información en un lapso de tiempo muy corto y debía trabajarla a conciencia.

Pero, ¿qué tenía el corazón que decir de todo aquello?

El muy traidor le decía lo que ella sabía desde hacía un tiempo. Que Lachlan era la persona que elegía sin tener en cuenta si era su pareja o no.

Pensó en él a cada segundo desde que tomó distancia. Lloró cada noche, ilusa, creyendo que lo hacía por Cody hasta que se dio cuenta que él había comenzado a desaparecer.

Jamás iban a borrarse los preciosos momentos que había vivido. Le iba a estar agradecida el resto de su vida por obligarla a sobrevivir, por hacerle ver la luz cuando solo había oscuridad y por amarla del modo en que lo hizo.

Pero Lachlan había llenado su vida mucho más que cualquier otro. No habían ni llegado a ser novios y había dolido su indiferencia mucho más de lo que se atrevía a admitir.

Suspiró, no estaba segura de lo que estaba a punto de hacer, pero si no lo hacía se iba a arrepentir el resto de su vida.

Corrió a la puerta y la abrió esperando correr tras Lachlan. Iba a dormir en su felpudo de ser necesario para que la escuchara. No estaba loca, pero necesitaba más tiempo para procesar la información.

No podía sentir tantas cosas a la vez.

No hizo falta salir corriendo tras él, ya que, al abrir la puerta, chocó directamente contra su pecho.

Se alejó un par de pasos para quedárselo mirando totalmente confundida. Él se había ido hacia su casa, ¿qué hacía allí?

—Vale, el discurso de que soy tu pareja, pero quiero tu felicidad y te dejo ir me ha quedado genial, sin embargo no puedo. Pienso agarrarme a tu pierna y llorar horas y días hasta que me des una oportunidad.

Olivia no dijo palabra alguna, no fue capaz así que él tomó la delantera.

—¿Que voy a ser feliz viéndote con otro? Voy a retorcerle el pescuezo si lo veo. Pero juro alegrarme por tu felicidad.

Ella siguió en silencio. Desesperando todavía más al lobo.

—Voy a poner toda el alma en ser bueno. En darte tu espacio, en que seas feliz, de verdad. Si me lo pides salto ahora mismo del precipicio si quieres. Si deseas una vida alejada de mí voy a morir, pero lo voy a intentar. —Se atusó el pelo inconscientemente—. Te mereces que solo te pasen cosas buenas y te las deseo, no obstante, soy tan egoísta que quiero que sea conmigo con quien pases el resto de tu vida.

—Lachlan, te estás contradiciendo todo el rato.

Estaba tan nervioso que no podía decir nada y lo hacía todo a la vez.

—Ni yo mismo me entiendo. Quiero que seas feliz y soy capaz de alegrarme, aunque sea con otro. Al mismo tiempo rezo, espero y deseo que me elijas a mí. Quiero dormir en tu cama, sentir tu aroma en mi piel, que me llenes de besos, que me pegues con la zapatilla si quieres, que me digas todo lo que tengas que decirme.

—¿Qué tratas de decirme?

Tomó aire tratando de calmarse.

—No soy el príncipe azul que te mereces. A las pruebas me remito, no soy capaz de hacerte un gran discurso de amor. Solo soy capaz de soltar tonterías una tras otra. Si el amor fuera un monólogo lo ganaría por goleada.

Olivia tuvo que tratar por todos los medios no reírse.

—No soy convencional, seguramente no soy quien mereces, pero por favor... por favor... no me obligues a borrarte de mi vida. No me borres de tu lado, porque es el sitio que quiero ocupar, aunque sea como amigo.

Lachlan tragó saliva totalmente abrumado por los sentimientos que se agolpaban en su pecho. Se pasó la mano por la frente intentando retirar el sudor, estaba tan nervioso que temblaba como una hoja.

Sabía bien que no era por el frío porque estaban casi a treinta grados. Eran sus sentimientos locos por una respuesta.

—Vale, he hecho el capullo. El discurso de antes me salió mucho mejor. —Torció el gesto—. Voy a casa, me peleo con la almohada y mañana te traigo uno más trabajado. Uno que diga lo mucho que mereces ser feliz y lo poco que lo merezco yo, pero que lo suplico como un niño su juguete favorito.

Olivia asintió. Y él dio palmadas alrededor de su cuerpo mientras caminaba hacia atrás.

—Pues ya queda todo dicho. Soy un tonto y tú una princesa.

Se alejó unos pasos antes de volver a la carga:

—Yo solo quería que fueras mi Caperucita sexy del cuento y me equivoqué de disfraz. Cogí el de príncipe en vez del de abuelita.

Su corazón se rompió en mil pedazos en aquel momento. Los sentimientos de Lachlan eran puros a la par de abrumadores.

Y la amaba más que nadie lo había hecho jamás.

¿Cómo podía sentir tanto y no explotar allí mismo?

—Preferiría que te quedaras en mi felpudo vigilando que no venga nadie a comerme.

Él asintió e hizo una media sonrisa. La broma había estado bien, pero sabía que no era lo que había esperado.

Lo vio girarse, totalmente destrozado, en dirección a su casa y no fue capaz de permitirlo. Su corazón se moría por lo mismo que se moría el de él. Que el mundo girase demasiado deprisa no era culpa del Alfa y debía agarrarse con fuerza o perder el tren que llevaba su nombre escrito con luces de colores.

—Tal vez yo no sea la princesa que tú quieres que sea... —comenzó a decir reuniendo un valor que no tenía.

Dio un salto y se giró para prestarle toda la atención.

—Yo no quiero princesas, yo te quiero a ti —confesó rápidamente.

—Pero quizás merezcas otra mejor.

Él negó con la cabeza sonriendo.

—No la hay.

—¿Cómo estás tan seguro? Puede que sea el lobo del cuento.

—Pues déjame ser Caperucita con la cestita.

Olivia bajó los escalones del porche y recortó el camino que les separaba. Quedaron a escasos centímetros el uno del otro, tocándose sin llegar a acariciarse. Notando la temperatura corporal, el corazón desbocado y los miedos del otro.

—¿Y qué traes en la cestita?

—Comida para mi abuelita, que está muy enfermita.

Ella se lamió y mordió el labio inferior, un gesto completamente inconsciente, pero que absorbió toda la atención de Lachlan.

—Abuelita, abuelita... —comenzó a canturrear fingiendo la voz de un niño.

Olivia tuvo que echar mano de todas sus fuerzas para no reírse en aquel momento.

—¿Sí, nietecita?

—¡Que orejas más grandes tienes!

—Son para escucharte mejor.

Él, con ambas manos, tomó sus orejas acunando su rostro con sumo cuidado, como si fuera un cristal a punto de caerse.

—Abuelita, abuelita. ¡Qué manos más grandes tienes!

—Son para tocarte mejor.

El tacto del pecho duro como el acero del lobo encendió su

cuerpo, él era tan suave como recordaba. Supo que estaba disfrutando del contacto de sus manos porque gruñó de placer mientras la miraba a los ojos.

—Abuelita, abuelita. —Esta vez le costó un poco más fingir voz de niño puesto que la excitación la había vuelto más profunda y ronca—. Que boca más grande tienes.

—Es para comerte mejor.

Y se acercó a él con un jadeo entre los labios, tomándolo en un tierno beso sellando un cuento infantil como suyo propio.

CAPÍTULO 38

Lachlan cargó con Olivia en sus brazos hacia el interior de su casa. Al pasar el marco de la puerta le dio un ligero coscorrón y se disculpó rápidamente. Ella no pudo más que frotarse la parte dolorida y restarle importancia.

Con un puntapié cerró la puerta, pero no controló la fuerza y el portazo fue de tal magnitud que supo que medio vecindario se había enterado.

Desventajas de ser lobos y oír demasiado bien.

—Ups... esto del rollo del príncipe azul no se me da bien —confesó.

—Suerte que yo quería el verde.

Una sonrisa amplia adornó el rostro del lobo. El cual buscó el camino hasta su habitación para depositarla suavemente sobre el colchón.

—Te haría mil cosas, pero tenemos un ligero problemilla.

—¿Cuál?

—No traigo protección. En este traje tan molón y ceñido no había lugar para un bolsillo —dijo señalando su desnudez.

Olivia negó con la cabeza casi al borde del ataque de risa. Se levantó y fue hacia la mesilla de noche que tenía en el lado derecho de la cama. Tras rebuscar un poco sacó una caja de preservativos precintada.

Eso sorprendió enormemente a Lachlan, el cual se dejó caer sobre la cama y gateó hasta ella.

—¿Desde cuándo los tienes?

—No me hacías caso y quería ser una chica preparada por si

pasaba algo.

Lachlan se apoyó en sus manos.

—Claro, una urgencia. Apagar un fuego a base de preservativos llenos de agua.

Olivia colocó una mano sobre su frente y lo empujó, obligándolo a rodar sobre la cama para hacerle sitio. Ella se sentó delicadamente de espaldas al Alfa, momento en el que él pudo ver la cantidad de cicatrices que llenaban su cuerpo.

Tragó saliva abrumado por el número que había y por su significado. Había peleado muy duro día a día y con lo rápido que curaba su raza debían haber sido muy profundas para dejar algún tipo de marca.

Acarició con un dedo cada marca esbozando sobre su espalda una especie de mapa ficticio. Aquella mujer era mucho más fuerte de lo que había calculado y su cuerpo era la clara evidencia de ello.

De golpe reparó en el detalle de que ella estaba petrificada siendo inspeccionada. Tal vez sentía miedo al rechazo, como si hubiera alguna cosa que pudiera espantarlo lejos de su cuerpo, su cama y su alma.

Besó con dulzura la primera cicatriz para continuar con el resto. Dibujó placer donde una vez hubo dolor y miedo. Pensaba cambiar todo lo malo que había habido en su vida y transformarlo en algo bonito.

Cuando acabó tomó de sus manos la caja de preservativos.

—Voy a tener que contar si están todos los condones. Y como sepa que los has usado con otro que no sea yo pienso merendármelo.

—¿No decías que te alegrabas de que yo fuera feliz? ¿Y si lo fui en ese momento?

Lachlan frunció el ceño, pensativo. Respondió con un ligero mordisco sobre su hombro y tiró de su cuerpo hacia atrás dejándola caer sobre el mullido colchón.

—Hemos quedado que no soy un príncipe, no esperes esas cosas de mí.

—Tal vez debería ponerte a dormir. Dado que eres Caperucita significa que eres una niña y tendría que arroparte y dejarte descansar.

Él cayó sobre ella con suavidad, pero cubriéndola por completo. Acabó de subirla y se coló entre sus piernas.

—Esa es la parte que no explican en el cuento.

—¿Cuál?

Él se entretuvo tomando sus pechos entre sus manos, masajeándolos y torturándolos a la par que gozaba escuchándola gemir. Solo cuando estuvieron lo suficientemente sonrojados los pellizcó produciendo dolor y placer al mismo tiempo.

Olivia respondió arqueándose de placer.

—No explican que Caperucita ya estaba crecidita y ya conocía los placeres de la carne —rio el lobo suavemente.

—Muy espabilada estaba esta niña.

Él asintió satisfecho con lo que estaba consiguiendo. Llevó su boca a uno de sus pezones y lo succionó con fuerza, colmándose de él hasta dejarlo inflamado por el placer recibido.

—Mucho.

Una de sus manos abrió sus labios vaginales lo justo para darle paso. Lachlan cayó como un ave rapaz sobre su sexo y gruñó al sentir su sabor en su boca. La tomó fuertemente de las caderas y la mantuvo inmóvil mientras se saciaba de ella.

Olivia sintió que su cabeza daba vueltas como en una especial, no sabía qué sentir en aquellos momentos. Él la estaba torturando de tal forma que sentía que estaba a punto de desmayarse allí mismo y no podía hacerlo, necesitaba quedar consciente para poder seguir sintiendo.

Su boca torturó la entrada de su sexo durante unos largos minutos, follándola con la lengua duramente. La joven no fue capaz de contenerse cuando el orgasmo llegó y la asaltó con fuerza.

Tomó a Lachlan del cabello y lo apretó ligeramente contra sí misma para que no se detuviera mientras el placer la golpeaba.

Fue el orgasmo más fuerte que había sentido en toda su vida y la dejó totalmente aturdida.

—Debo decir que tienes un coño muy bonito —dijo Lachlan apuntándola con un dedo sonriendo entre sus piernas.

—Gracias, me vino así de serie —bufó ella.

Él pellizcó suavemente uno de los labios y tiró de él agitando la carne, provocando una sensación extraña.

—Pues doy fe de que es perfecto y que lo hicieron a mi medida.

—Eso no es verdad —puntualizó Olivia.

Vio cómo se ofendía a la par que subía hacia arriba agazapado, como un animal acechando a su presa. Cuando estuvo sobre su boca la tomó sin miramientos y saboreó su interior con su lengua. Ambos gimieron en el interior del otro.

—Te aseguro que puedo demostrar que este coño lo hicieron pensando en mí.

—Demuéstramelo —retó.

Olivia salió de debajo de él yendo a buscar la caja de preservativos que habían perdido durante el frenesí. La tomó y se la lanzó directa a las manos.

Mientras él se entretenía desprecintándola y abriendo uno para colocárselo, Olivia gateó hasta su miembro y se lo metió en la boca.

Lachlan se detuvo en seco y aulló de pura felicidad. Bombeó en su boca sin llegar a ser violento, disfrutando de las caricias que le proporcionaba su lengua. Casi se sintió desfallecer allí mismo, hacía meses que soñaba con tenerla toda para él.

La obligó a soltarlo y la tomó por la barbilla, la besó y estando a escasos centímetros de su boca le preguntó:

—¿Te acuerdas de cómo se llama?

—Te gusta mucho hablar de tu polla ¿no? Supongo que es por el poco uso que le has dado.

Ahora sí había cruzado la línea. Se colocó el preservativo y se tumbó boca arriba en la cama. No le dio tiempo a reaccionar que la tomó por las caderas y la sentó justo encima, pero sin penetrarla. Si quería placer, debía buscarlo ella solita.

—Eres todo mío —gruñó con las pupilas de los ojos completamente dilatadas.

Asintió dándole la razón. Eso es lo que era, suyo, totalmente para que ella hiciera lo que quisiera. Se sentía como un muñeco en sus manos y no se arrepentía de haber dado el paso por fin. El único lamento que encontró fue no haberlo hecho antes.

Con fuerza se sentó sobre él, tomándolo hasta lo más profundo de su cuerpo. No supieron decidir quién había sido el que más había gritado en aquel momento.

Olivia lució una sonrisa única, una que no iba a olvidar en la vida y comenzó a montarlo. No quiso ser dulce o suave, fue perversa, montándolo duro y rápido buscando su propio placer y proporcionándole uno inimaginable.

Lachlan perdió la capacidad de hablar y no le importó. Se comunicó con gruñidos y jadeos mientras la tomaba de la cintura viéndola entrar y salir de su cuerpo. Era un manjar digno de un rey y no iba a compartir ese tierno bocado.

Ella llegó de forma abrupta, parando en seco el movimiento y sonriendo cuando el orgasmo la absorbió. Él notó los espasmos apretarle y no pudo más que sonreír ampliamente.

Y, entonces, llegó el momento en el que el lobo la invitó a bajar de su cuerpo para tomarla desde otra postura. Olivia se negó en un principio, pero se lo permitió al final. No deseaba que saliera de su cuerpo y ardía en deseos de seguir jugando.

Él le tomó una mano y la guio fuera de la cama. Ahí, colocó una de sus manos sobre su hombro derecho e hizo que la otra le agarrase la cintura. Una vez la tuvo agarrada a su cuerpo, le subió la pierna derecha con sumo cuidado y entró en su cuerpo lentamente.

Fue algo íntimo y dulce, ambos sin perder el contacto visual del otro. Sintiendo como sus cuerpos se fundían proporcionándoles el placer que tanto ansiaban.

Lachlan la tomó del trasero con ambas manos. Eran tan grandes que, cada una, pudieron abarcar cada nalga. Allí apretó ligeramente hasta clavar sus uñas. Ella gimió de placer y se acercó a su cuello.

No solo lo besó y saboreó, sino que, en un momento dado, sintió la enorme necesidad de morderlo. No quería hacerle daño, pero sentía la necesidad de tomar su piel y que él sintiera sus fauces humanas.

Lo hizo provocando que él la levantase con ambas manos y comenzara a bombear duramente en su interior. Al parecer había encontrado un punto secreto donde poder tocar y producir mucho más placer.

Y lo explotó, besándolo, lamiéndolo y mordiéndolo hasta que casi lo escuchó suplicar que se detuviera porque iba a llegar al clímax.

Hizo caso omiso a su petición y continuó hasta que vio como Lachlan echaba la cabeza hacia atrás y gemía duramente al mismo tiempo que el placer explotaba por todo su cuerpo.

No la soltó en ningún momento, la mantuvo en el aire jadeando y silabando mientras luchaba por respirar. Pasados unos segundos ella quiso cerciorarse de que todo estaba bien. Apareció ante sus ojos con semblante preocupado y preguntó:

—¿Estás vivo?

—Por los pelos.

Ambos cayeron sobre la cama y se colocaron cómodamente. Había sido un momento fuerte e intenso, pero, sobre todo, suyo.

—¿Ves? Así tendría que haber sido nuestra primera vez y no en un coche prestado, pero como no soy príncipe te aguantas y disfrutas de lo original que soy.

Sí, ese humor era su firma y disfrutaba de él.

Olivia tomó una almohada y la colocó sobre su rostro, apretó levemente mientras reía sin parar.

—¿Alguna vez callas?

—Solo cuando tengo la boca entretenida —contestó él.

Retiró la almohada y se encontró con el hombre más sexy del mundo contemplándola como si fuera una obra de arte.

—¿Quieres un chicle y así te callas?

—Prefiero que me des el pecho, me entretengo mucho más y es más educativo porque se aprende anatomía.

¿Quién podía aburrirse a su lado?

CAPÍTULO 39

Ryan respiró armándose de valor antes de salir del coche. Estar allí no era fácil y había imaginado la conversación que tendrían durante las dos horas que duraba el trayecto.

Puso un pie en el suelo y su instinto le pidió que volviera a subir y saliera de allí a toda prisa. No iba a haber radar que lo detectase a la velocidad que pensaba conducir. Además, de ser un milagro llegar con vida a la base.

Era demasiado temprano. Eran cerca de las seis de la mañana y no eran horas para ir a molestar.

Decidió darse un paseo para dar tiempo a quien estuviera durmiendo. No quería ser un invitado molesto.

—Vaya, mira, un Devorador en la ciudad.

Ryan no se había percatado que sus pasos vacilantes le habían traído hasta la puerta de Luke. El cual estaba apoyado en su puerta con una taza de café en las manos.

Sus cabellos pelirrojos no estaban peinados y le hizo gracia, lo dotaban con una pinta más peligrosa y fiera. Su barba de una semana crecía en todas direcciones, al parecer había estado descuidándose.

¿Habría algún motivo importante para eso?

—Hola.

El lobo hizo un gesto con la mano, como si no quisiera tener esa conversación. Se negó a devolverle el saludo y preguntó:

—¿Qué haces aquí?

—Vengo a buscar a Olivia.

El rostro de Luke cambió por completo a preocupación

absoluta. Dejó la taza en el suelo y caminó casi estar ante él.

—¿Todo bien? ¿Os han atacado? —preguntó nervioso.

El novato negó con la cabeza.

—Es Leah.

Y eso lo significaba todo. Por ella era capaz de bajar el cielo a la Tierra para que ella fuera feliz. La verdad es que era una humana muy querida y no podía juzgarla sin conocerla previamente. Parecía de esas personas amables y dulces que deseabas conservar en tu vida.

Recordó sus gritos desgarradores. Había perdido a su marido y nadie la culpaba por hundirse en la pena. Él había estado sin comer días recordando ese dolor tan puro que había sentido al escucharla.

—¿No ha mejorado?

La negativa por parte del Devorador no le gustó en absoluto. Ya habían pasado seis meses desde que habían perdido a su líder y, aunque fuera doloroso, tenía que tratar de avanzar.

—Ha dejado a Camile con unas amigas de confianza. Se entrena día y noche, apenas come y duerme. Me tiene muy preocupado.

Luke miró hacia la casa de Lachlan y la señaló.

—Imagino que vienes a buscarla para ver si su hermana consigue hacerla reaccionar.

Asintió dándole la razón.

—No creo que Olivia sea capaz de conseguirlo.

Esa frase sorprendió al joven. El cual miró hacia la casa del Alfa como si allí pudiera encontrar la respuesta.

—Olivia fue a tu base a suplicar que le abrierais la puerta y no lo hicisteis.

—Eso no es del todo así —se defendió—. Salimos a atenderla y le explicamos que Leah no quería verla. Creímos que haciendo caso a sus peticiones volvería a ser una parte de ella misma, pero se ha perdido en un pozo tan profundo que no sé si seremos capaces de encontrarla.

Luke lo miró a los ojos. Hacía mucho tiempo que no tenían una conversación cara a cara.

—La quieres mucho, ¿verdad?

El Devorador asintió incapaz de pronunciar palabra alguna.

Comprendía aquel sentimiento y no quiso imaginar cómo debía sentirse al verla tan dolida.

—Ha estado viniendo otro Devorador a las reuniones con Lachlan —le reprochó desviando el tema hacia donde quería.

Ryan dudó unos segundos sobre si seguirle el juego, pero era tan dulce que no deseaba dejarle con el reproche en la boca.

—Creí que era lo mejor.

—¿Lo mejor para quién? ¿Para ti o para mí?

Él se sonrojó, era evidente que había sido para Ryan, no obstante, no se lo reprochó. Era muy lícito y podía hacer cuanto creyera conveniente. No habían firmado un contrato de amistad estricta.

Ryan había sido el mensajero de Leah y, al romperse la relación con Olivia, el mensajero había dejado de hacer falta.

—Hemos estado hablando por WhatsApp... —susurró él.

—Como si eso fuera lo mismo que verse.

Asintió dándole la razón.

Luke se golpeó la cara sintiéndose la peor persona del mundo y se desperezó. No podía tratarlo así porque, en realidad, no le había dicho nada malo.

—Siento ser tan tonto. Reconozco que me tomé mal que solo quisieras ser mi amigo. Obviamente no me debes nada y no debías cambiar de gustos sexuales solo porque un lobo loco y pelirrojo se cruzara en tu camino.

Había ensayado eso tantas veces que se lo sabía de memoria. Delante del espejo y para sí mismo sonaba mucho mejor.

—He sido muy infantil —confesó avergonzado.

—Lo sé y por eso he seguido hablándote.

Aquella contestación pilló al lobo de improviso.

Esperó en silencio algún tipo de contestación y el Devorador asintió, pensó levemente en sus siguientes palabras y explicó:

—No quería dejar de ser tu amigo solo porque te gustase como cita. Decidí dejar eso atrás y quedarme con la persona que eres.

—Un lobo loco y despeinado.

Ryan negó con la cabeza.

—Pareces ser alguien al que han hecho mucho daño. Mi rechazo te enfadó tanto que creíste que te había traicionado. No creas que no sé lo de tu leve tonteo con el alcohol.

—¿Cómo sabes eso?

El Devorador sonrió ante su reacción, en aquellos momentos estaba siendo más inocente que él mismo. Y eso que en ese rango ponía el listón muy alto.

—Tengo ojos en la manada.

Vio como Luke cayó en la cuenta de que había seguido hablando con Olivia. Ambos habían tenido distintos motivos. Los suyos habían sido saber cómo se encontraba el lobo, ya que solo le contestaba con monosílabos. Y los de Olivia habían sido estar al corriente de la pequeña Camile y su hermana.

Una que había cerrado en banda la puerta de la opción a la vida y que había decidido que la muerte, el odio y la pena eran mucho mejor que cualquier otra cosa.

—¿Has desayunado? —preguntó el lobo.

—No, salí tan temprano por la mañana que ni pensé en hacerlo.

Luke señaló su casa.

—Pues entra, prepararemos algo para comer.

Ryan dudó unos segundos al mismo tiempo que miraba al pelirrojo y a la casa del Alfa intermitentemente.

—Puedes quedarte en el porche esperando como una postal navideña si quieres. Aquí también hemos tenido un día complicado y, a pesar de mi estado de embriaguez, me ha parecido sentir gruñidos, gritos y gemidos procedentes de la casa de Olivia.

El Devorador quedó sorprendido con la boca abierta mientras procesaba la información recibida.

—Se lo ha pasado muy bien y ya le tocaba.

Esa era una información extra que no necesitaba, pero su curiosidad le hizo pecar preguntando:

—¿Es Lachlan?

Luke sonrió ampliamente. Sí, se trataba de su alfa.

CAPÍTULO 40

Leah despertó con un aroma familiar pegado a la nariz. Abrió los ojos lentamente mientras Camile entraba por sus retinas. Era una niña preciosa y se parecía tanto a su padre que verla era el recuerdo del hombre que ya no estaba a su lado.

La pequeña pareció notar la presencia de su madre y abrió sus enormes ojos, aleteó con las pestañas un par de veces antes de conseguir poder quedarse despierta y sonrió ampliamente cuando reconoció el rostro de su madre.

—Mami... —susurró dándose la vuelta y gateando hacia ella.

Rozó con la punta de sus dedos las mejillas de Leah y esta miró con auténtica adoración a su pequeña. Era su gran tesoro, aunque la gente comenzara a creer que la estaba dejando de lado.

Nada más lejos de la realidad, la estaba protegiendo del lado oscuro que estaba surgiendo en su madre a raíz de perder a Dominick.

Una parte de ella, jamás conocida hasta la fecha, reaclamaba venganza. Nunca había perdido la esperanza de volverlo a ver, pero sí que debía reconocer que las estadísticas estaban en su contra. Seguramente su marido había muerto a causa de la gran herida que Seth le causó.

Toda la comunidad de Devoradores había sentido su marcha, aún después de seis meses sentían su marcha. Había sido un gran líder y todos lo extrañaban, pero nadie tanto como Leah y Camile.

La pequeña seguía llamándolo y como si fuerza a aparecer algún día y eso rompía el corazón de su madre. ¿Cómo explicarle a alguien tan pequeño que eso no iba a suceder?

Camile se apoyó en el pecho de su madre y esta la abrazó. Quedaron así durante segundos disfrutando del contacto de la otra, acoplando sus latidos del corazón y respirando a la vez. Se querían y eso nadie podía cambiarlo.

—¿Leah? —susurró Hannah entrando en la habitación.

Las vio y se acercó a ellas lentamente. Justo al tenerlas delante la vio sonreír con auténtica felicidad y se sentó en la cama. Tenía la atención de ambas, pero no pensaba decir nada para molestarlas.

—Hola, mamá oso.

—Hola, cariño. ¿Cómo te encuentras hoy? —preguntó apartándole el pelo de la frente con sumo cariño.

Leah se lo tuvo que pensar un poco antes de contestar.

—Con agujetas, pero creo que mejor.

Todos vigilaban que Doc y ella no entrenasen. Habían iniciado una campaña en contra de lo que hacían y eso la había decepcionado. Sabía que lo hacían por su bien, pero no comprendían lo mucho que lo necesitaba.

—Brie está preparando el desayuno abajo. Si quieres puedo quedarme con ella y te vas duchando.

La dulzura de Hannah era admirable, aún después de todo lo ocurrido seguía yendo a verla día a día. No le había reprochado ninguna de las decisiones que había tomado en todo ese tiempo. Seguía cuidando de ellas con un amor infinito, comprendiendo lo que podía llegar a sentir.

—Un poquito más, por favor —suplicó para quedarse así con su pequeña.

Hannah asintió rápidamente y se lo permitió.

—Hay algo que debería comentarte —comenzó a decir.

Su rostro mostraba preocupación y supo que lo que fuera a explicarle no le iba a gustar demasiado. Suspiró y se preparó para lo que fuera a ocurrir.

—Ryan ha ido a la manada.

Eso no tenía importancia, eran libres de hacer lo que quisieran y si él quería seguir en contacto con los lobos no era preocupante.

—Vale —contestó sin más.

Pero había algo más o, al menos, eso decían los ojos de mamá oso.

—¿Qué ocurre? ¿Es grave? ¿Olivia está bien?

274

Ese nombre le produjo un dolor latente en su garganta. No quería saber de ella, pero seguía siendo su hermana. Era injusto culparla de algo tan terrible como la muerte de Dominick, sin embargo no podía controlar ese sentimiento enfermizo que se volvía fuerte al pensar en su imagen.

—Está todo bien, tranquila —dijo mientras seguía acariciándole la cabeza.

Hannah estaba deseosa de usar sus poderes para calmarla, pero se contuvo. Sabía bien que eso era jugar sucio y prefirió que ella explotase a recriminarle que la había sosegado con su magia.

—Va a traerla aquí, a la base —explicó atropelladamente.

Eso sí que cambió su humor.

Puede que no quisiera que le ocurriera algo malo, pero tenerla de visita no era algo a lo que quisiera enfrentarse en aquellos momentos. No podía verla, no sin sentir dolor, rabia y miedo al tenerla cerca.

—No quiero verla —suplicó como si le quedara alguna opción.

—Cielo, tienes que hablar con ella. Ha estado aquí, en la puerta, suplicando para veros. No puedes negárselo, no después de todo lo que hiciste por traerla de vuelta a tu vida.

Leah cerró los ojos, no quería seguir escuchando nada de lo que quisiera decir. No comprendían lo doloroso que resultaba tenerla cerca.

Pero Hannah no lo dejó estar y siguió hablando.

—Tú hubieras hecho lo mismo que ella y no os dejó morir a vuestra suerte, corrió a vuestro lado en cuanto pudo. Olivia no quería nada de lo que te ha pasado.

No obstante, el resultado había sido nefasto.

—¿Y por qué tenemos ahora esta conversación? ¿Por qué no hace un mes o dos?

—Porque nos hemos cansado de que te hundas sin luchar. Por eso ahora.

La voz de Brie hizo que Hannah se girara hacia su pareja y le hiciera un gesto de negación instándola a irse, pero ella no era de las mujeres que dejaban algo a medias.

—Quiero luchar, pero no me dejáis —les reprochó Leah.

Camile se bajó del pecho de su madre y gateó hasta el lado de la cama donde había dormido. Allí había un pequeño oso de juguete azul con el que empezó a jugar. Así pues, la humana lo aprovechó para sentarse y plantar cara a las Devoradoras.

—Eso no es luchar. Entrenar con Doc hasta no poder mover parte de tu cuerpo no es el concepto que tienes que aplicarte —gruñó Brie.

—Cariño, con tacto —susurró Hannah señalando a la pequeña que estaba absorta en su juego.

La Devoradora asintió aceptando lo que le pedían y respiró profundamente.

—Es por ella por quien tienes que luchar. Para que no note su ausencia. —Señaló a Camile—. Ya te lo han dicho, pero no puede quedar huérfana de padre y madre teniéndote con vida. No es justo.

—¿Y qué es lo justo? —preguntó dolida.

Brie no se andaba por las ramas y si alguien podía darle una verdad contundente se trataba de ella.

—Lo justo sería que lloraras cuando no te vea y la hagas sentir especial. Te está viendo hundirte como todos los demás. ¿Crees que se merece algo así? Es una niña pequeña, se merece risas, paseos, fiestas y mucha felicidad. Te necesita.

—Pero sí estoy con ella todos los días. No la he descuidado como todos creen.

Hannah suspiró.

—Cielo, sabemos que la estás cuidando y olvídate de lo que digan los demás. Estás con Camile, pero tu cabeza está muy lejos. Pronto llegará su cumpleaños y no has preparado nada.

Leah se cogió el pecho como si doliera.

—Sé perfectamente que duele, pero tienes un fuerte motivo para seguir aquí. Sabes que a él le hubiera gustado que hubierais seguido felices a pesar de su ausencia. Se lo debes a tu hija y a Dominick.

Las palabras de Brie fueron demasiado contundentes. Dolieron y le recordaron lo mucho que él había amado a la pequeña. No era justo, sin embargo debían seguir con sus vidas y tratar de sentirse mejor.

—¿Y por qué ha tenido que ir a buscar a Olivia? —quiso saber.

—Porque sigue siendo tu familia y debéis permanecer unidas. No puedes culparla toda la vida por lo ocurrido.

Leah asintió. No podía hacerlo, pero no sabía controlar a su corazón.

Hannah agarró a la pequeña justo cuando, queriendo bajar de la cama, se lanzó contra el suelo. La tomó entre sus brazos y le sacó la lengua, ella contestó riendo y agarrándose fuerte.

—Venga, a la ducha que mamá osa está con su nieta —rio Brie haciendo que Leah fuera hacia el cuarto de baño.

—i¿Y por qué abuela?!

Brie se encogió de hombros como si la respuesta fuera más que evidente.

—Porque eres la mamá osa de Leah, por consiguiente eres la abuela de Camile y eso la convierte en tu nieta.

La Devoradora no estuvo de acuerdo con esa afirmación.

—¿Y no podemos dejarlo en tita Hannah?

Brie negó con la cabeza acabando de empujar a la humana dentro del cuarto de baño.

—Voy a acabar el desayuno.

—Y yo a cambiar a esta niña tan bonita —anunció Hannah antes de levantarle la camiseta a la pequeña y comerle la barriga a besos.

Su pareja sonrió al ver a las dos reír.

—Tal vez nunca sea la Leah que conocimos en su día, pero vamos a tratar que mejore todo lo posible —prometió.

Mamá oso suspiró.

—Ojalá sea cierto.

CAPÍTULO 41

El olor a café la despertó. Tuvo que mirar a su alrededor para poder asegurarse que estaba en su casa. Tenía el cuerpo entumecido y, a pesar del buen olor que provenía del piso de abajo, no se movió.

Los recuerdos de la noche pasada hicieron que se sonrojara.

—¡Vamos arriba, dormilona!

Los gritos de Lachlan le provocaron un puchero, no tenía que ir a trabajar los próximos dos días y quería permitirse el lujo de quedarse en la cama.

—¡Olivia! ¿Estás viva?

Sabiendo que no podía verla asintió como si eso le diera una respuesta. Pensaba quedarse allí y se declaraba en huelga hasta nuevo aviso.

El Alfa apareció por la puerta justo en ese momento. No sonreía como ella hubiera esperado, su semblante parecía preocupado y eso provocó que se levantase de un salto de la cama.

—¿Qué ha ocurrido?

Él alzó ambas manos tratando de calmarla.

—Tenemos visita.

La mente de Olivia se llenó de imágenes y rezó que no fuera la familia del lobo. Sentía vergüenza de haber huido de sus hermanas y su prima. Había creído los rumores de que se trataba de su amante y todavía no había reunido el valor suficiente como para hacerle frente.

—¿De quién se trata?

—Ryan.

En un principio el nombre del novato no le hizo temerse nada malo. Era una sorpresa ya que hacía mucho tiempo que no los visitaba, pero dada las relaciones entre Devoradores y lobos no era de extrañar que se reunieran para hablar de Seth.

Las búsquedas continuadas no habían cesado, estaban levantando todas las piedras en busca de Seth.

—¿Han encontrado al dios?

Lachlan negó con la cabeza.

Pues ya no le quedaban más ideas.

—Viene a llevarte a la base porque Leah lo necesita.

No esperaba que eso ocurriera jamás. Olivia creía que el odio que su hermana sentía hacia ella era tan grande que no iba a volver a verla jamás. Había mantenido la esperanza, pero no hubiera esperado jamás que fuera tan pronto.

—¿Está bien? ¿Han recibido algún tipo de ataque?

Estaba nerviosa y la poca información que estaba recibiendo no ayudaba a calmar sus nervios. Pensaba acabar con todo aquel que se hubiera atrevido a tocar a su hermana.

Ryan entró en la habitación, le gustó ver nuevamente al Devorador.

—Si queremos que no se hunda necesita la ayuda de todos. El plan de dejar que ella gestionara el dolor no ha funcionado y vamos a cambiar la estrategia.

Olivia estuvo de acuerdo con aquello. Su hermana tenía que comenzar a salir y desbloquearse. Se había quedado estancada en el día que había perdido a Dominick.

Una parte de ella quiso ser egoísta y negarse a ir. Había ido a la base y se habían negado a dejarla entrar, no veía justo que tuviera que correr ahora que lo creían conveniente, no obstante, era una de las personas más importantes de su vida y sentía la necesidad de correr a su lado.

Por desgracia, perder al ser amado era algo que había sufrido en sus propias carnes. Nunca se lo hubiera deseado a nadie y mucho menos a Leah.

Ahora necesitaba el apoyo de todos y pensaba hacerlo, aunque corriera el riesgo de que ella le dijera palabras hirientes.

Asintió convencida y tomó el café que Lachlan llevaba en las manos.

—Un café, una ducha y vamos para allá.

—Ha sido fácil convencerte —dijo con sorpresa Ryan.

Ella lo miró confundida.

—¿Qué esperabas?

—Dada la situación, creí que tendría que convencerte un poco más para que quisieras.

Olivia se encogió de hombros. ¿Qué podía decir? Se imaginaba el dolor que estaba sufriendo y deseaba de todo corazón que ella mejorase.

Tenía claro que no comprendía lo que significaba perder a una pareja de vida, pero amar y sentirse desolado lo había llevado grabado a piel muy duramente. Si había algún tipo de ayuda que pudiera ofrecerle no iba a dudar ni un instante.

Eso sí, antes necesitaba recargar pilas o no iba a servir de nada. Necesitaba comida, café y una ducha rápida para volver a ser la que era. Solo así podría enfrentar con fuerza lo que le esperaba en la base.

Al menos esperaba ver a su pequeña sobrina, debía haber crecido mucho y ardía en deseos de verla.

Antes de que se fuera a la ducha Ryan dijo:

—Gracias.

—¿Por qué? —preguntó confundida.

—Por no cerrarle la puerta. Sé que no se ha portado como debía, pero merece volver a ser feliz, a pesar de lo que ha perdido por el camino.

Olivia endureció el rostro.

—Sé que no tuve opción y no me arrepiento de haber elegido salvar a los niños, pero he lamentado enormemente el dolor que ha sentido todo este tiempo.

—Lo sé.

La voz de Luke sonó desde el piso de abajo, hablaba de algo tipo "es la segunda vez que cocino hoy", "el desayuno ya está listo" y "decirle a esa loba que baje el culo inmediatamente".

Eso le provocó que echara la cabeza hacia atrás y riera a carcajadas. Sí, su amigo era feliz por volver a ver al novato. Parece que todo estaba volviendo a la normalidad de golpe.

Pasados esos seis meses que le habían parecido una eternidad, el mundo parecía querer volver a la calma. Y lo agradeció de todo corazón.

Ahora esperaba ser capaz de ayudar a su hermana. Ser el apoyo suficiente como para devolverle la sonrisa que había perdido por el camino. No era justo que ella acabara así y esperaba que algún día Seth lo pagase muy caro.

—Voy a darme prisa antes de que decida venir a buscarme —dijo Olivia.

—Soy tu jefe y sabes que lo haré como no muevas ese culo lobezno ahora mismo.

Ryan se sorprendió de las palabras de Luke. Miró hacia el piso de abajo y se quedó en silencio. Lachlan le dio una palmada en la espalda.

—Vamos, no le des motivos a perseguirte, porque si lo haces le va a gustar mucho.

—¿Por qué no te callas, querido Alfa?

—¿Qué sería de vosotros sin mí? Si soy toda una alegría.

Luke bufó negando rotundamente esa afirmación.

—Eso es discutible.

—Si me lo discutes pienso darte todos los turnos nocturnos.

Justo los que todo el mundo trataba de evitar. Eran turnos muy aburridos en los que costaba mantenerse despierto.

—¿Huevos estrellados, dices, queridísimo Alfa?

—¿Los tuyos o los míos?

Luke silbó levantando la cabeza.

—No vamos a entrar en ese tema que salimos escaldados.

CAPÍTULO 42

Cuando atravesaron las puertas de la base Olivia sintió como el corazón se le paraba en el pecho. Aquel lugar era enorme y parecía crecer con el paso del tiempo. Estaba repleto de guerreros y todos los presentes se detuvieron a mirar el coche que llegaba.

—Parece que nos estuvieran esperando.

—Y así es —dijo Ryan—. Todos sentían un profundo respeto hacia Dominick y ella es su mujer. Desean que se sienta algo mejor.

Lachlan miró por la ventana.

—¿Y por qué no va a un grupo de apoyo? Imagino que aquí debéis tener alguna viuda —preguntó el alfa.

Ryan apretó las manos contra el volante.

—No. No las hay.

Luke, que estaba en el asiento del copiloto, miró hacia el Devorador y este le rehuyó la mirada. Era como si el tema fuera difícil de explicar y no quiso insistirle.

—Cuando los Devoradores perdemos a nuestra pareja de vida nos transformamos.

Una información algo escasa para hacerse una idea.

—Toda pérdida te cambia de por vida —comentó Olivia sabiendo bien a qué se refería.

Él negó con la cabeza.

—Estamos condenados en más de un aspecto. Si perdemos a nuestra pareja nuestra parte oscura se hace más fuerte y nos volvemos espectros. Por eso no tenemos viudas. Leah es la única por su condición humana.

La explicación flotó en la mente de sus acompañantes.

—¿Me estás diciendo que esos espectros que nos atacan son exDevoradores? —preguntó atónita.

Ryan asintió.

—Hace poco sufrimos una pérdida importante. La compañera humana de uno de nuestros Devoradores murió a manos de un lacayo de Seth.

La madre de Pixie, un dolor aún latente en su corazón.

—¿Y qué ocurrió con él? —preguntó Luke.

—Le pidió a Dominick que ... —no fue capaz de continuar.

La joven frunció el ceño tratando de comprender lo que le estaba explicando, pero era demasiada información.

—Yo hubiera hecho lo mismo —confesó Lachlan.

—¿A qué os referís? —preguntó Luke finalmente.

El silencio los abrazó unos segundos en los que Ryan aparcó el coche. En el momento en el que el freno de mano sonó contestó:

—Dominick acabó con la vida de Sean para evitar que se convirtiera en un lacayo de Seth.

Olivia quedó en shock, había tenido que ser horrible dar ese paso y acabar con un amigo. Eso demostraba el tipo de persona que había sido su cuñado. El peso de toda una raza había caído sobre sus hombros y lo había manejado sabiamente.

—Era un gran hombre y estoy muy orgulloso de haber sido su pupilo —confesó Ryan melancólico.

Luke posó su mano derecha sobre su hombro y este se estremeció. El dolor amenazaba con no abandonarlos nunca. Dominick había sido una persona muy importante en la vida de muchos.

Bajaron del coche y se sintió extraña al verse en aquel lugar. Ese era el hogar de su hermana y su corazón supo que nunca habría podido ser el suyo. Había tomado una buena decisión queriendo quedarse en la manada.

No tenía duda alguna de que en la base también habrían tratado de hacerla sentir una más, pero su corazón estaba ligado a Lachlan mucho antes de que hubiera sido consciente de ello. No había vuelta de hoja.

Respiró profundamente, estaban allí por una razón específica y solo pedía al cielo poder cumplirla.

***

Seth se paseó por los pasillos de la casa de Leah. Entrar sin ser visto estaba requiriendo mucha energía y no sabía cuánto tiempo podría mantenerse invisible.

Había visitado unas cuantas casas más antes de poder encontrar la de la humana. Todas eran iguales y eso le sorprendió, eran más prácticos de lo que hubiera esperado. No es que eso le importase demasiado, pero era un punto curioso.

La casa tenía restos del desayuno y la placa de inducción tenía el piloto encendido de aviso por temperatura.

Mirando a su alrededor chocó con uno de los taburetes de la cocina, tumbándolo y haciéndolo caer sonoramente al suelo.

Fue en ese momento en el que se hizo visible, ya no podía soportar más tanto desgaste de energía.

Alguien bajó a toda prisa por las escaleras y se plantó ante él con el rostro totalmente desencajado.

—Hola, Leah.

Ella se quedó petrificada en el sitio y la vio mirar hacia las posibles cosas punzantes que podía usar como arma.

—¿Has venido a acabar la faena?

El dios negó con la cabeza.

De pronto notó la energía de Aimee aproximarse, estaba a unos cuántos kilómetros de distancia, no obstante, sabía bien que ella no tardaría en detectarlo. Tenía que darse prisa.

—¿Qué quieres de mí?

Supo que la humana pensó en la pequeña Camile que estaba en casa de las vecinas con sus amigas.

—No la quiero a ella, puedes respirar tranquila.

No lo hizo y no la culpó. ¿Quién podía hacerlo en su presencia? Todos lo temían y era algo excitante y placentero al mismo tiempo.

—Tú dirás —inquirió.

—Vengo a proponerte otro trato.

El anterior no había salido como ella había esperado, pero no le importaba dado que quien controlaba su destino era él.

—¿De qué se trata?

—La vida de todos estos tristes e inútiles Devoradores a cambio de que vengas conmigo. Y te recordaré que hay niños entre ellos. Si te pareces en algo a Olivia creo que los elegirás a ellos antes que a nada.

Supo por la forma en que lo miró que la mofa había dolido. Lástima que no le importó en absoluto.

No estuvo preparado para su reacción, ni para todo lo que vino después. Leah tomó el cuchillo que había en la isla de la cocina y se tiró sobre él.

La hoja atravesó su hombro mucho antes de que pudiera moverse queriendo anticipar sus movimientos. La sorpresa por tomarlo desprevenido se convirtió en ira, nadie podía tocarlo sin permiso.

¿Cómo había sido tan estúpido de subestimar a esa criatura?

Cuando ella quiso golpearlo nuevamente logró lanzarle un choque de energía lanzándola contra la pared. Leah gritó de dolor y cayó al suelo con contundencia.

Seth se tocó la herida y jugó con la sangre entre sus dedos.

—Por muy especial que seas no eres rival para mí. ¿Qué querías? ¿Que acabara con toda la base?

—Quería vengar la muerte de Dominick, ya que no eres capaz de cumplir ningún trato.

Aquel ser tan efímero mostraba una resistencia increíble.

—¡Oh, pequeña niña! Te queda mucho para poder hacer tal cosa.

Se acercó a ella con paso lento, viendo como luchaba por ponerse en pie, pero el golpe había sido demasiado duro y no fue capaz de lograrlo. La tomó del cabello y la levantó unos centímetros.

—Yo soy el que pone las reglas del juego.

En su mano libre apareció una nota que dejó sobre la encimera de la cocina.

—¿Para qué me quieres?

—Todo a su debido tiempo. No me gusta destripar un libro antes de leerlo.

La tomó por la barbilla y la obligó a mirar la foto que tenía colgada de Camile en la pared de salida de la estancia. La pequeña sonreía tratando de soplar un diente de león.

Recordó ese día, había estado tan emocionada que cada vez que quería soplar le entraban ganas de reír y no conseguía hacer volar las semillas. Hannah hizo la foto y la trajo enmarcada días después.

—Te aseguro que esta es la última vez que la ves.

Y ambos desaparecieron en el aire, dejando vacío el espacio

que habían llenado. No quedó rastro de ellos, salvo una pequeña nota dejada estratégicamente.

El juego acababa de comenzar y esta vez tenía mejores cartas que meses atrás.

CAPÍTULO 43

Hannah fue en busca de la llave de la casa de Leah que guardaba a modo de repuesto. Estaban todos esperando en la puerta y habían llamado tantas veces al timbre que creían que se había fundido.

¿Se habría quedado dormida?

Le habían explicado que Leah se habría mostrado más receptiva y no parecía que siguiera con la misma actitud.

Mamá oso volvió con la llave y consiguieron entrar. Olivia fue la segunda en entrar y supo que algo no estaba bien en el mismo momento en el que puso el primer pie en el interior. Sorprendentemente había un olor extraño en aquel lugar.

Uno que hizo que su cabello se erizara, esa no era una muy buena señal.

Hannah tomó la delantera y fue al piso de arriba gritando su nombre. Nadie contestó de retorno.

Olivia fue a la cocina y lo que encontró no le gustó. Había un gran golpe en la pared de entrada, como si algo o alguien hubiera impactado fuertemente. También un cuchillo ensangrentado en el suelo, uno que tomó y olfateó descartando que se tratase de Leah.

—Creo que tenemos un problemita logístico —anunció Lachlan.

Olivia dejó sobre la encimera el cuchillo y mostró un pequeño trozo de papel con unas letras escritas.

—¿Qué pone? —preguntó.

—Hasta que el cielo se caiga.

Tomó la nota entre sus dedos y vio que eso era justo lo que

ponía.

Hannah bajó y anunció que no había rastro de Leah, Ryan rápidamente llamó a Nick para dar la voz de alarma. Estaban planeando peinar toda la base en su busca.

—No es necesario que lo hagáis porque no vais a encontrarla —sentenció Olivia.

—¿Y eso por qué?

La pregunta de la feroz Brie no alteró sus pensamientos. De algún modo incomprensible sabía bien lo que había ocurrido y el miedo le aplastó la garganta.

—Seth se la ha llevado.

***

—Explícame cómo ha sido capaz de estar aquí sin que nadie se percatase. ¿De qué sirven todos nuestros sistemas de seguridad si después no lo contienen?

Nick estaba tan enfurecido que nadie se atrevió a contestar.

El Devorador golpeó su escritorio con sus puños provocando que alguno de los presentes dieran un respingo. Nadie podía explicarse cómo habían sido tan estúpidos como para no notar su presencia.

—Crees que jugáis en la misma división, pero estáis luchando contra un dios. —La voz de Aimee se llevó toda la atención del nuevo líder.

Las pulseras de Nick chocaron cuando hizo chocar las manos y las colocó a modo de súplica antes de mofarse.

—Ilumínanos.

—No creo que os esté atrayendo, más bien está intentando poner en práctica algo.

Ella miró a todos los presentes, una pequeña comitiva, pero contundente. Allí estaban presentes los mejores Devoradores de la base junto a los lobos.

—¡¿Quieres dejar de ser tan misteriosa y hablar claro de una puta vez?! —bramó fuera de control.

Aimee reaccionó casi al instante, se levantó de la silla donde segundos antes había permanecido sentada y tomando el cuello de Nick lo hizo retroceder a toda velocidad hasta hacerle golpear la pared con la espalda.

—Vamos, dame una excusa. Solo una —pidió con voz diferente

a la normal, esta era más afilada y peligrosa.

—¿Vas a partirme el cuello? —preguntó Nick empujándola al límite.

Aimee se mordió el labio inferior sin romper en todo momento el contacto visual.

—Por favor, tal vez podríamos mantener el control. Sé que estamos nerviosos, pero enfrentarnos los unos a los otros no nos ayudará en exceso.

La cordura de Chase hizo que ella soltara a su presa lentamente. Acto seguido desapareció para volver a aparecer sentada en su silla.

El teléfono de Lachlan sonó, se disculpó y salió fuera unos minutos.

La conversación no avanzó, estaban estancados puesto que no tenían idea alguna de dónde podía encontrarse el dios.

Para cuando el Alfa volvió a entrar anunció:

—Tenemos que regresar. Alix ha entrado en nuestras tierras, no ha atacado, pero es una provocación y dada la cercanía a nuestro dios favorito, creo que tiene algo que ver.

—Creía que era yo vuestro dios favorito. —Aimee hizo un pequeño mohín.

El lobo sonrió.

—Por supuesto, casi me olvido de ti. Algo inestable, pero nuestra favorita.

Todos los presentes salieron del despacho. Si el aliado de Seth estaba merodeando las tierras del lobo podría tratarse de un nuevo ataque, así que, decidieron enviar una pequeña comitiva de Devoradores para aumentar la protección.

Aimee cerró la puerta con un leve movimiento de mano, dejando que sus poderes hicieran el resto e impidiendo que Doc saliera. Estaba visiblemente afectado por el secuestro de Leah y no lo culpaba por ello, la quería de un modo que pocos podían llegar a comprender.

—Tú y yo sabemos que existe una forma de rastrearlo.

—¿Y si lo sabes por qué llevas meses buscándolo sin éxito?

Cierto, pero no por falta de ganas. En realidad se había visto obligada a seguir otros métodos dada la complejidad de esa opción, por no mencionar de lo peligroso que resultaba ser.

—Porque yo no soy su hija.

—Recuérdame por qué Seth jugó contigo a los cirujanos y por

qué sigues aquí con nosotros. Nadie te ha preguntado, pero sabemos que fue tu padre el creador del mío. ¿No crees que es mucha coincidencia?

Los nervios de Aimee estaban a punto de saltar por los aires. No era algo que le preocupase en exceso, pero no quería molestar a los que la habían acogido a pesar de las consecuencias.

—Quiere llegar a alguien a través de mí. Cree que puedo ser un puente hasta su objetivo.

—¿Quiere al Señor Oscuro?

Ella negó con la cabeza.

—No, el viejo es una presa demasiado grande para él. Puede que mi padre esté en baja forma, pero sigue siendo el señor de la Oscuridad de todo el universo. Eso es algo grande.

Doc se sentó ante ella.

—¿Y tú eres una presa pequeña?

—Soy la más accesible de todas.

La puerta del despacho se abrió dejando pasar a Nick.

—Existen dos diosas hijas del Oscuro con una gran maldición a sus espaldas: no pueden volver al Infierno. Una fue exiliada hace algunos siglos y deberá cumplir una condena de tres mil años en la Tierra antes de volver. La otra fue condenada el mismo día de su nacimiento, jamás ha pisado ese lugar, ni lo hará.

Aimee suspiró.

—Tus clases de historia me dejan bastante fría, la verdad. No sé a dónde quieres llegar a parar.

Doc juntó las piezas como las de un puzle y dijo:

—Seth está buscando atraer a alguien del Infierno y para ello tomó a una de las dos diosas condenadas en la Tierra. Era la forma más fácil de atraerlo, pero no lo consiguió.

—¿Por qué quiere llegar hasta su creador? —preguntó Nick.

Las preguntas se amontonaron sobre los pies de Aimee, la cual los miró como si tratase de buscar alguna forma de huir. Finalmente, decidió rendirse y comenzar a explicar lo poco que sabía.

—Me torturó durante semanas, exigiendo una audiencia con él. Estaba convencido que me haría hablar, pero llevo demasiado tiempo en el mundo como para vender a uno de los míos. —Su voz profunda les hipnotizó a ambos, dejándose llevar por sus recuerdos como si fueran los suyos propios.

—Fui condenada al nacer por mi madre, la Diosa Luz a no pisar jamás la tierra de mi padre. Llevo en la Tierra toda mi vida, viendo pasar épocas y épocas. Al final, subestimas al mundo, creyendo que ya nada puede sorprenderte. Pero lo hizo, Seth me secuestró y trató de hacer que siguiera sus planes.

Doc se removió en su asiento, incómodo por sus palabras. Su padre se había convertido en alguien terrible.

—Cuando vio que no pensaba hablar, me dejó allí para que me encontrarais. Supo que cuidaríais de mí, aunque yo en ese momento lo desconocía por completo.

—¿Con qué propósito?

Se encogió de hombros.

—Me lo llevo preguntando desde entonces. Cree que voy a llamar a quien quiere y está al acecho para ver si eso ocurre.

—¿A quién quiere? —preguntó Nick.

Pero ella no podía pronunciar ese nombre, no sin que él la escuchase y corriera en su ayuda. Tenían un vínculo tan fuerte que con solo pronunciarlo aparecería a su lado y daría a Seth lo que tanto ansiaba.

—A Douglas —sentenció Doc.

La sorpresa inundó el rostro de Aimee cuando adivinó de quién se trataba.

—Ese es un dios menor, no puede ser su objetivo.

Todos los presentes conocían bien el mundo de los dioses, resultaba extraño que pudieran guardar tantos secretos en una habitación tan pequeña.

—No lo es —negó Doc.

Nick se abrió de brazos esperando una explicación.

—Ha tenido muchos nombres a lo largo de los siglos, adoptó este hace un par de cientos, pero se trata de alguien muy especial. Es el Dios de la Creación y el hermano mayor de Aimee.

El líder de los Devoradores caminó alrededor de una silla hasta que se dejó caer, provocando que crujiera.

—¿Y por qué lo quiere a él?

—Cree que pueden llegar a un pacto y sospecho que es para pedirle que lo convierta en un dios puro. Eso le dotaría de un poder inimaginable, el que le falta cada vez que ejecutáis a sus espectros, los mismos que alimentan su fuerza.

Nick se pellizcó el puente de la nariz queriendo comprender un poco más la reunión que estaban teniendo.

—No puedes llamarle.

Aimee lució una sonrisa amarga.

—Lo sé.

La historia era simple. En los principios del universo dos dioses convergieron para crear el mundo: Luz y Oscuridad. Ellos formaron cada rincón del ancha y estrellada galaxia. También crearon dioses menores, entre ellos a Seth.

Oscuro comenzó a tener hijos con la Diosa Luz, su romance fue hermoso y fugaz. Y cuando se acabó, la guerra entre ángeles y demonios se inició.

Pero había un hijo que no era de Luz, el mayor de todos: Douglas. El heredero del trono de su padre y uno de los más poderosos. Fue dotado con la gracia de la creación y, gracias a su ayuda, lograron formar el universo.

—¿Cómo se consigue comprar a un dios como él?

—No se puede, se le chantajea —sentenció Aimee.

Durante su cautiverio vio un par de cosas que Seth no deseó que hiciera. Trató de hacerla olvidar, pero había sido inútil.

—Mi hermano se arrancó el corazón para no caer en la traición que sufrió mi padre por parte de Luz. Se negó a amar a una pareja y arrebatarse de su camino toda posibilidad. Lo escondió entre los humanos, donde nadie pudiera encontrarlo, pero no todo dura eternamente.

—¿Y eso qué significa?

Aimee sonrió.

—Tiene su corazón.

La sentencia cayó como un jarro de agua fría. Los dos hombres se miraron y no supieron qué hacer salvo estremecerse. Tener a sus pies un dios del calibre de Douglas lo convertía en invencible.

—Pero, ¿qué poderes le da ese corazón?

La diosa creó una imagen ante ella, una foto antigua, demasiado, casi podía pasar por un retrato de hacía muchos siglos. En ella una mujer, sus cabellos largos estaban recogidos en una coleta alta con un hermoso tocado. La imagen estaba envejecida, pero podían ver con claridad la cálida sonrisa que lucía; una inocente y dulce mujer que estaba contenta luciendo la mejor de sus galas para impresionar al amor de su vida.

—Ese es el corazón de Douglas.

Nick pasó la mano por la imagen y la evaporó, quitándola como se hacía con el humo al abrir la ventana. En ella pudieron ver la imagen de Alma, una de las humanas que residían en la base.

Era amiga de Leah y la habían rescatado del club "Diosas Salvajes". Eso sin contrar que era la viuda del lobo Cody.

—Esto no puede salir de aquí. —Miró a los dos intermitentemente—. ¿Lo habéis entendido?

Ambos negaron con la cabeza, incapaces de poder hablar.

—¿Cómo ha sabido de su existencia?

—Este plan lleva elaborándose siglos. No es tan simple como odiar a los Devoradores y tratar de hacer una gran purga. Desea el mundo a sus pies, pero no solo el mortal, el de los dioses también está en su punto de mira. No quiere enemigo alguno para que su raza sea todo lo gloriosa que él cree que se merece.

Las palabras de Aimee hicieron mella en ambos. Lo que acababan de descubrir en ese despacho debía quedar en secreto, nadie podía descubrirlo.

—¿Qué podemos hacer ahora? —preguntó Nick abatido por completo.

—Debemos encontrar su base y golpearlo. No puede quedarse con Leah.

—Tal vez la haya asesinado.

Mientras los dos hombres hablaban, ella decidió desconectar y levantarse. Se acercó a la ventana y miró a través de las cortinas. La gente estaba a lo suyo, yendo y viniendo. La noticia del secuestro de Leah había corrido como la pólvora.

Ellos comenzaron a discutir sobre el destino de la humana, uno fácilmente vaticinable.

Nick no sabía el secreto de Doc, creía que su compañero había tenido algún encuentro esporádico con el mundo de los dioses y por eso conocía tanto. Poco se imaginaba que estaba en audiencia directa con Anubis.

"Tú y yo sabemos que no planea matarla, por ahora". Le dijo en la mente del doctor.

"¿Y qué propones?"

Nick siguió hablando y hablando, ignorando la conversación interna que estaba ocurriendo ante sus narices.

"Debes liberarte y rastrearlo".

Sabía bien que hacer que el mundo supiera quién era iba a ser difícil, nadie se lo imaginaba e iba a ser un shock para todos anunciarlo. Casi podía decir que estaba muerto de miedo de hacerlo, pero la vida de Leah valía mucho más que cualquier secreto.

"No sé si tengo poder suficiente como para liberarme".

Eso era un inconveniente bastante grande, no obstante, una idea se dibujó en su mente. Era un plan arriesgado y con pocas posibilidades de éxito. Era eso mejor que la nada a la que se estaban enfrentando.

—La clave es Olivia —anunció finalmente en voz alta.

CAPÍTULO 44

Leah despertó con todo el cuerpo dolorido. Descubrió que estaba a oscuras y se asustó. Su respiración se entrecortó, el miedo era tan fuerte que su corazón amenazó con detenérsele en el centro del pecho.

Había una diminuta vela, muy lejana que apenas podía dar luz.

Recordó sus últimos instantes y supo que estaba en un lugar peligroso. Seth se la había llevado y ahora era su prisionera. ¿Por cuánto tiempo? Seguramente no mucho y a su mente llegaron las miles de formas que había para acabar con ella.

No se atrevió a hablar.

Cuando la vista se acostumbró a la penumbra miró a su alrededor. Estaba en una especie de jaula, era un lugar muy similar donde había estado encerrada su hermana Olivia. Había un montón de celdas una contigua a la otra, todas vacías excepto por un orinal.

Las lágrimas llegaron a sus ojos y se negó a dejarse vencer. Si iba a morir en un lugar como ese iba a luchar hasta las últimas consecuencias. Ahora sabía que no iba a poder volver a su casa y que jamás volvería a ver y sentir la risa de su pequeña.

Su corazón se rompió en mil pedazos. Había sido una madre nefasta los últimos meses y jamás iba a tener la oportunidad de verla crecer.

Se abrazó a sus piernas y trató de imaginar el paso de su infancia, su entrada a la terrible adolescencia. Deseaba que tuviera una bonita relación de amor y se sintió culpable por no estar allí cuando le rompiesen el corazón. Únicamente rezó porque

Hannah, Brie y Doc cuidaran de Camile mejor que ella misma. Que jamás faltaran a su promesa.

Una puerta sonó y tembló a causa del miedo. No estaba preparada para enfrentarse a Seth y morir, pero se negó a llorar. No iba a darle ese lujo jamás si podía evitarlo.

Unos pasos le fueron robando el aliento hasta que pudo vislumbrar las ropas oscuras de alguien. Su altura y corpulencia le indicó que no se trataba de él, pero sí uno de sus tan ansiados espectros.

Este llegó ante su jaula y se detuvo en seco.

Sacó una llave de su bolsillo y abrió la puerta.

Leah se echó todo lo atrás que pudo, quedando lo más lejano a ese monstruo que fue capaz. No sabía que quería de ella.

Sorprendentemente, no la dañó. Únicamente dejó un plato en el suelo y volvió a cerrar.

Antes de irse se detuvo a señalarle el plato.

Ella corrió a la puerta y se agarró a los barrotes. Estaba muerta de miedo, pero deseaba poder saber algo más de su cautiverio y si pronto su dueño acabaría con ella.

—¿Qué quiere Seth de mí?

No obtuvo respuesta alguna, solo la indiferencia del silencio que la dejó totalmente fría y sola.

Se sentó en el suelo y, al bajar las manos, la izquierda chocó con el plato. Lo miró, era un poco de sopa y un trozo de pan.

Si iba a morir no quería que la alimentasen. Prefería que la tortura durara lo menos posible.

***

—No era necesario venir tan rápido. Ya te han dicho que han logrado echarlo fuera. No ha atacado a nadie —le informó Ellin.

Pero Lachlan no se fiaba. Entrar en sus tierras para nada no era propio de él.

—¿Te has asegurado que Aurah está aquí? —preguntó recibiendo una respuesta afirmativa a cambio.

Era extraño, ya que sabía bien que el objetivo de Alix era su hermana. El ser compañeros lo estaba consumiendo y se creía con suficiente poder como para tomarla como suya. No era su dueño ni nadie lo era.

—¿Has enviado a revisar el perímetro? —preguntó.

—Lo han peinado hasta la última hoja, no ha hecho nada.

Era extraño, pero debían llegar a la conclusión de que aquel alfa habría enloquecido.

—No voy a ver fantasmas donde no los hay, pero que nadie cierre los ojos. Es todo demasiado extraño.

Miró a su sargento mayor Luke y dio la orden clara. No podían bajar la guardia con alguien como Alix. Nunca había escondido su alianza con Seth y eso era un claro peligro. Fueran las que fueran sus intenciones, sabía que no eran buenas.

—Tal vez lo descubrieran antes de poder hacer lo que quería y no hay que darle más importancia de la que tiene —comentó Olivia.

Asintió, era una posibilidad remota, pero lo era.

Lo aceptó porque no tuvo más remedio que hacerlo y decidió centrarse en temas más importantes. Debían ser capaces de encontrar a Leah antes de que algo malo le ocurriera, porque si no el corazón de Olivia sufriría la mayor pérdida de todas.

Vio como su compañera se alejó de ellos cabizbaja, la siguió en silencio mientras contemplaba como se dejaba caer sobre el sofá y abrazaba uno de los cojines. En su rostro pudo vislumbrar el dolor que se escondía en su pecho.

—La vamos a encontrar —prometió.

"Solo espero que viva". Pensó sin ser capaz de decirlo en voz alta y mucho menos enviar el pensamiento a otra mente que no fuera la suya.

—¿Por qué nuestra vida ha tenido que ser tan difícil siempre?

Eso era cierto, el destino se había cebado con ambas y habían tenido una vida muy dura. No habían parado de sufrir golpe tras golpe sin parar. Ahora que podían tener un momento más tierno y calmado Seth lo rompía todo.

Lachlan acortó la distancia que los separaba sentándose a su lado y abrazándola todo lo fuerte que ella pudo soportar.

—Te juro que voy a encontrar a Leah y traértela, aunque sea lo último que haga en esta jodida vida.

—Eso ha sonado demasiado a un príncipe azul —se mofó Olivia al borde de las lágrimas.

El Alfa negó con la cabeza y sonrió.

—Es verdad, olvidé que yo era la Caperucita sexy.

Poco le importó que su hermana Ellin pudiera escuchar la conversación. No le iba a dar detalles de su relación, pero tampoco era malo que supiera que había renunciado a ser un príncipe. No estaba hecho para serlo, él era todo lo contrario a uno.

—Sé que es mal momento, pero qué ganas tengo de besarte... Y de comerte toda la boca... ¿Estarías dispuesta a complacer a una pobre niñita indefensa vestida de rojo?

Olivia negó con la cabeza. Era incorregible, sin embargo conseguía cosas en ella que jamás nadie había hecho.

¿Era consciente de todo lo que había provocado?

Asintió dándole permiso a perder el control y Lachlan no se lo pensó dos veces. Mordió su labio inferior antes de besarla en condiciones. Sus labios chocaron y pudo sentir la descarga eléctrica atravesar todo su cuerpo.

Fue ardiente y demasiado tentador. Sabía que no eran buenos momentos y que no podía empujarla a más dada la situación con su hermana.

Se apartó ligeramente dándole el espacio que le pertenecía, no obstante, Olivia se aferró a su cuerpo nuevamente.

Lachlan carraspeó ligeramente.

—Cariño, comprendo por el momento que estás pasando, pero debo advertir que si sigues así puedo perder el control.

Olivia bajó la mano de su pecho a su entrepierna y él corrió a tapársela con un cojín para evitar molestos mirones.

—Eso es justo lo contrario que te he dicho que debías hacer.

—Sé que no es el momento... Que debía estar en las calles gritando su nombre, pero ambos sabemos que no voy a poder encontrarla. Eso no significa que vaya a perder la esperanza.

Él asintió.

—Los Devoradores nos han dicho que esperemos a tener noticias suyas, que fuéramos precavidos y no hiciéramos movimientos que pudieran ponernos en peligro.

Cierto. Nick se había despedido con un sermón como cuando estaba en el colegio. Reconoció no ser gran estudiante a modo de broma y por poco, el Devorador le hubiera arrancado la cabeza. Sabía que no eran momentos de soltar comentarios de ese tipo, pero era culpa de los nervios.

—Quedarnos en casa es cumplir las órdenes —sugirió Olivia con un mensaje oculto.

Lachlan no pudo soportarlo más y se levantó del sofá a toda prisa. Sin avisar tomó a Olivia de la cintura y la cargó sobre sus hombros como si de un saco de patatas se tratara. Ella gritó por la sorpresa, pero cambió la actitud para pasar a reír sin parar.

Ellin salió a asegurarse de que todo iba bien y al no haber de qué preocuparse volvió a irse a toda prisa. No quería molestar a los tortolitos.

CAPÍTULO 45

Olivia mordió el trasero de Lachlan cuando este no solo se negó a descargarla sobre la cama, sino que comenzó a quitarle los zapatos para empezar a desnudarla. Ella lo hizo con fuerza, dejando sus dientes clavados y provocando que este no tuviera más remedio que dejarla caer.

El golpe contra el colchón fue suave y dulce, midiendo siempre de no hacerle daño.

—Te estás volviendo un aburrido, siempre lo hacemos en la cama.

—Discúlpame, señora mía. La próxima vez te llevaré a hacer un tour por toda la ciudad y lo haremos en todos los sitios morbosos y tórridos que quieras.

Ella aceptó rápidamente.

Era descarada, pero lo había conseguido ser gracias a Lachlan y la confianza que proyectaba. Con él se sentía la mujer más poderosa del mundo y nada podía acabar con ese sentimiento.

Había prometido encontrar a Leah y eso le daba más credibilidad que a nadie. Sabía bien que iba a mover a todos para buscar, pero que él iba a ser el primero en pisar las calles.

Descartó el pensamiento de su hermana unos segundos, no podía tenerla en mente cuando el lobo que tenía delante se estaba desnudando.

Solo cuando cayó la última prenda al suelo fue capaz de tragar saliva y decir:

—La próxima tiene que ser con música. Así el bailecito sensual tiene más morbo.

Lachlan extendió los brazos.

—¿Más? Si sudo morbo por todos los poros de mi piel.

—Y ego —añadió ella entre risas.

Él la miró de forma lobuna con la promesa de devorarla en sus labios. Fue directa a ella y la tumbó sin dar opción a pensar. No podía hacerlo cuando estaban juntos, eran puro instinto y era eso lo único que deseaba.

Su cuerpo quemaba y se retorcía por una caricia de ese hombre. Necesitaba el contacto casi más que respirar.

Lachlan parecía sentir lo mismo, ya que tomó su camiseta y la desgarró mucho antes de que pudiera quitársela.

—¡Tranquilo! —exclamó emocionada.

—Es verdad, a veces olvido que soy un lobo con modales.

Olivia sonrió y salió de debajo suyo para subir hasta el cabecero de la cama. Lachlan quedó a sus pies, absorto en ella como solo él podía hacer. Su mirada quemaba más que las llamas del mismísimo Infierno.

—Si tienes modales, demuéstramelo.

Él entró en el juego, gateando hasta colocarse entre sus piernas.

—¿Me dejaría usted, oh, hermosa señorita, comerle el coño como se merece?

Olivia no pudo reprimir una carcajada. ¿Quién podía resistirse a una petición como aquella? Asintió y vio como sus pantalones se marcharon sin su ayuda, seguida por su ropa interior.

Él deseaba tomarla casi más que lo necesitaba ella.

Su lengua fue directa a su apertura, no se entretuvo en el clítoris, pero sí lo tomó con los dedos. Y comenzó a torturarla tan duramente que solo pudo agarrarse a las sábanas implorando más. Sintió que podía desmayarse en el proceso; negando con la cabeza se arrebató esa idea de la cabeza. No iba a perder la oportunidad de disfrutar al máximo.

El orgasmo llegó casi sin avisar, tomándolos a ambos desprevenidos. Aquel hombre era muy hábil y sabía bien qué teclas tocar para hacerla saltar por los aires.

Fue el turno de ella y quiso ir a por su miembro, pero Lachlan la contuvo contra la cabecera.

—La imagen desde aquí es más hermosa de lo que imaginarías jamás. Quédate así.

La forma en la que lo pidió fue dulce y la observó unos

segundos como quien entraba al museo a observar su cuadro favorito.

Lachlan bajó hasta su rodilla y la mordió allí, liberando un placer que no había experimentado jamás. Fue extraño y caliente como sólo él sabía hacer.

Subió con un reguero de besos hasta sus pechos donde se entretuvo a mordisquearlos mientras una de sus manos entraba en su sexo. La penetró con dos dedos de forma suave y cuando su cuerpo se acostumbró, la bombeó de forma fuerte y rápida.

Buscó el orgasmo justo para que ella gritara su nombre en su boca, sellándolo con un beso.

Sus lenguas chocaron de forma brusca y no importó.

Al fin Olivia logró tomarle el miembro entre sus manos y sintió que podía aullar de felicidad.

—Hola, polla —rio mirando a su Alfa a los ojos.

Sí, aquel hombre que tenía ante sí era su Alfa y no pensaba abandonar esa manada jamás en la vida.

El destino había querido que él fuera su salvador y acabara amándolo mucho más que a sí misma o a nadie más en el mundo. Había llenado los espacios sin apenas darse cuenta y ya no se imaginaba la vida sin él.

—Te quiero, Lachlan.

El lobo se detuvo en seco cuando estaba a punto de penetrarla. Fingió bostezar y sonrió perversamente:

—Un poco tópico lo de declararse el amor durante el sexo, ¿no crees?

Olivia reprimió las ganas de saltarle a la yugular y Lachlan entró en su cuerpo. Se acostumbró a él tan rápidamente que pudo comenzar a embestir de forma rápida casi al momento.

Se aferró a su espalda, haciendo que sus uñas se clavaran ligeramente en su piel y él solo contestó gruñendo en su oreja.

—Yo también te quiero. Eres mi loba malvada del cuento.

Su cuerpo se encendió al sentir la voz ronca de Lachlan en su oído, fue tan fuerte el sentimiento que la sobrecogió que tuvo que obligar a sus lágrimas a no salir para no detener el momento.

Él pareció verlo y salió de su interior delicadamente.

Besándola en los labios la abrazó hasta quedar tumbados en la postura de la cucharita. Él en su trasero y apoyando su barbilla sobre su hombro.

Estaba cerca de su oído y podía sentir su aliento quemándola.

Lachlan le abrió las piernas con delicadeza, casi pidiendo permiso. Accedió muy voluntariamente y se coló directa en su interior.

Esta vez no fue tan brusco o salvaje como las veces anteriores. Fue dulce, tierno, besando su cuello y tomándola al mismo tiempo en un abrazo plagado de sentimientos.

Él le dio todo lo que necesitaba en esos momentos. Amor, comprensión y pasión fue lo que recibió cuando su corazón lo suplicaba.

—Te estás portando como un niño pequeño. ¿Crees que me puedo romper? —tentó Olivia.

Lachlan hizo girar las tornas. Quedando boca arriba la giró hasta tenerla sobre su entrepierna, tomando ella el control de la situación.

—Soy todo tuyo —anunció glorioso, llevándose ambas manos bajo la nuca.

—Toda la vida.

Asintió y Olivia comenzó a montarlo de forma feroz, como si aquel acto sellara un pacto irrompible que los mantendría unidos el resto de sus vidas.

Llegar al orgasmo fue tan visceral que ambos lo hicieron a la vez gritando sin importar que medio vecindario pudiera sentirlos. Las oleadas de placer parecían ir y venir de un cuerpo al otro, cubriendo a los dos amantes.

Para cuando todo acabó, ella cayó desplomada sobre su pecho y él la tomó en sus brazos con mucho gusto.

—Diría algo estúpido, pero rompería el momento.

—Anda, dilo —le pidió.

—Qué bien follas.

CAPÍTULO 46

—Bienvenido a mi hogar —anunció Luke abriendo las puertas de su casa.

—Ya he estado aquí. ¿Recuerdas? —Rio Ryan.

Era uno de los Devoradores que se habían ofrecido a proteger la manada. Después de que Alix entrara en sus tierras era lo menos que podían hacer. Los lobos habían corrido muchos riesgos ayudándolos y ahora debían devolver la ayuda.

—Lo sé, pero me gusta que cada vez que se entre a mi casa sea especial.

—Vaya, ¿voy a ser un invitado de honor?

Luke asintió antes de contestarle totalmente absorto en sus ojos.

—Tú siempre serás un invitado de honor, no importa el tiempo que pase.

Al momento se dio cuenta de lo que acababa de decir y se tapó la cara con ambas manos. Suspiró fuertemente y se sonrojó.

—Discúlpame, por favor, no sé ni lo que he dicho. Me ha salido sin pensar.

Se alejó del Devorador unos pasos y casi lo pudo sentir golpear algo en la cocina.

Ryan corrió a ver si estaba bien y lo vio apoyado sobre la encimera mirando por la ventana como si tratara de escapar.

—Sabes que quedaría raro que huyeras de tu propia casa ¿verdad?

Sus rizos pelirrojos subieron y bajaron cuando asintió. Se giró para enfrentarlo y sus mejillas se habían tornado del mismo color que sus cabellos. Estaba tan sonrojado que casi parecía un árbol de Navidad con las luces encendidas.

—Siento de corazón lo que he dicho. Soy un idiota.

—No, en realidad está bien. Me subes el ánimo.

Casi pudo sentir el deseo de huir que corría por las venas de aquel hombre y se sintió culpable.

—Puedo usar mi poder mental para obligarte a que te quedes conmigo.

Los ojos de aquel lobo mostraron sorpresa.

—Pero no lo haré —añadió—, porque estoy seguro de que no vas a huir de mí.

Luke se alejó de la encimera para sentarse en la silla que había al lado de la mesa de la cocina. La madera crujió con su peso y ambos rezaron para que no se rompiera en aquel momento. Él no podía vivir eso sin morirse de la vergüenza.

—No hará que me controles para que me quede a tu lado.

Ryan decidió sentarse delante de él.

—Jamás lo usaría contigo.

Y lo decía totalmente convencido de sus palabras. Luke era una persona especial en su vida y nadie a quien quería podía ser víctima de sus poderes.

—No ha sido buena idea invitarte a entrar —confesó el Sargento.

—¿Por qué no?

Luke escondió su cara entre sus manos mientras apoyaba los codos sobre la mesa. Una parte de él deseaba escuchar lo que tuviera que decir, pero otra tenía miedo a que nada volviera a ser lo mismo.

No quería perderle, no podía. El tiempo le había demostrado que necesitaba saber del lobo. Era la segunda persona que dejaba entrar en su vida y no se arrepentía como tampoco lo hacía de haber dejado entrar a Leah.

—He querido hablar con ella tantas veces de ti... —comenzó a decir.

Lo vio fruncir el ceño. Era lógico que no tuviera ni idea de lo que estaba hablando.

—Con Leah.

El lobo dibujó una "o" con la boca y asintió.

—Lamento todo lo sucedido. Espero, de verdad, poder encontrarla. Ayudaré en todas las partidas de búsqueda. Sé que es importante para ti.

Agradeció enormemente esas palabras y supo que eran verdad. Deseaba que todo acabara bien y poder tenerla cerca de nuevo.

—¿Qué le hubieras dicho de mí?

—Que me estabas volviendo loco.

Disparó la frase sin miedo, ya había tenido suficiente a lo largo de los meses y creía que podía hablar sin tapujos. Eso mismo le hubiera aconsejado Leah hacer.

—No te entiendo.

Sí lo hacía, pero el miedo no le dejaba hacerse ilusiones.

—He pensado en ti cada día desde que me pediste una cita, incluso antes. Me sentía muy a gusto contigo y agradecía que siempre tuvieras unas palabras amables conmigo cuando venía a traer cosas a Olivia. Siempre esperaba verte.

Ryan se calló. Necesitaba un respiro.

El lobo no medió palabra alguna por miedo a que el momento se rompiera para siempre. Únicamente tembló y esperó.

—Es verdad que soy un novato. Yo alardeaba de ser ya todo un Devorador licenciado, pero me había olvidado de mi propia vida. Me había centrado en llamar la atención de Dominick y luego en permanecer al lado de Leah.

Negó con la cabeza.

—Me sentí halagado cuando supe que te gustaba y fui egoísta hablándote por Whatsapp cuando te pedí que solo podíamos ser amigos.

Luke apenas parpadeaba y eso empezó a preocuparle.

—Me daba miedo dar el paso y me convencía de que lo dejara estar, que mi vida ya estaba bien como estaba. Al mismo tiempo me descubría a mí mismo hablándote, aunque hubiera días que no me contestaras.

Él no respondía, podía ser que le estuviera dando un ataque al corazón.

—Ay, madre. No me digas que tengo que llevarte al hospital. Soy enfermero, pero aún no he tratado un infarto de miocardio —dijo levantándose y poniéndose al lado de Luke.

El lobo pareció reaccionar en ese momento y se lo quedó mirando como si no comprendiera nada en absoluto. Casi parecía que ambos hablaban idiomas totalmente diferentes.

Ryan se arrodilló a su lado, cogiéndose a la silla de él para evitar que saliera huyendo.

—¿Me estás queriendo decir que yo también te gusto?

El Devorador se contuvo unos segundos antes de asentir.

—Antes quiero decir que no sé lo que tengo que hacer. No he tenido pareja jamás, no me ha interesado nunca y yo mismo me era autosuficiente. —Se horrorizó al decir eso—. No debí decir esa gilipollez.

Luke negó con la cabeza al mismo tiempo que tomaba sus manos y las juntaba en su regazo. Necesitaba toda su atención.

—Ryan, ¿me estás tomando el pelo?

—Jamás haría algo así. Me gustas mucho.

Casi lo vio desmayarse allí mismo.

—Estás tomando un color muy raro, dices estar bien, pero empiezo a no creérmelo.

Luke saltó aullando al cielo de una forma tan aguda que tuvo que taparse los oídos. Al parecer estaba celebrando algo. Ryan estaba a punto de ser el siguiente en sufrir un ataque al corazón.

Se habían girado las tornas y ahora que se había confesado sintió miedo de ser rechazado.

—Imagino que ese aullido ha sido de felicidad.

El lobo asintió.

—De felicidad en plan ¿yuhu, me gustas y yo a él o yuhu me gustas, pero ahora paso de ti?

Luke caminó hacia él, provocando que retrocediera hasta quedar sentado en la silla. Habían cambiado de postura.

—No puedo creerme que te guste.

—¿Tan malo es?

Negó con la cabeza.

—Eres tan dulce que no sé qué hacer contigo.

Morirse, Ryan iba a morirse si aquel hombre no dejaba de decir frases inconexas y no comenzaba a decir algo con sentido. Casi sintió la necesidad de buscar un traductor para entenderlo.

—Dime algo ya porque jamás he sido sensible del corazón, pero empiezo a serlo.

—Te odio.

La mentira llegó tan rápida que no le dio tiempo a dudar de él. La tomó de su pecho con suavidad y él gimió en respuesta.

—Nunca antes lo había probado. Es verdad que sois un detector de mentiras.

Ryan reprimió el impulso de mirar al cielo y suplicar cordura.

—Me estás volviendo loco —confesó.

—Tanto como tú a mí todos estos meses.

Luke acunó su rostro y él sintió como se le detenía en seco el corazón. Teniéndolo tan cerca era más hermoso de lo que recordaba. Adoraba las pecas por todo su rostro, le daban un toque dulce a un hombre tan fiero.

—Devorador, voy a ser todo lo suave que pueda, pero quiero que sepas que eres mío y yo soy tuyo. ¿Queda claro?

Ryan asintió al momento y Luke lo selló con un dulce beso en los labios.

Entonces él supo que estaba en lo cierto, eso era lo que su corazón había tratado de decir una y otra vez sin que lo escuchase. Había pasado miedo, pero había valido la pena. Ambos sentían lo mismo y resultaba extraño a la vez que excitante.

El mundo se llenó de colores cuando Luke lo aceptó como pareja.

CAPÍTULO 47

Leah tenía frío.

Temblaba como una hoja cuando sintió que alguien llegaba. Ya había perdido la cuenta de los días que hacía que estaba allí. No veía la luz del sol y no podía ver los cambios de noche a día. Era imposible saber con exactitud si llevaba un mes o un año.

El espectro de siempre vino a llevarse el orinal lleno. Al principio había sido vergonzoso, ahora era una transacción más. Si estaba allí cautiva debía aliviarse en algún lado.

Colocó, como de costumbre, su plato en el suelo y cerró con llave.

Lo escuchó irse y volvió a colocarse en posición fetal. Era la forma que más le ayudaba a mantener el calor corporal.

Miró el plato y era un poco de pan y algo que una vez había sido carne. Al no ser algo caliente no se molestó en ir a comerlo. Prefería mantener el poco calor que le quedaba antes de que sus extremidades se congelasen.

Algo golpeó uno de los barrotes de su jaula.

Leah alzó la vista y vio al espectro.

Le hizo señas con una manta en las manos, pero decidió ignorarlo. Un gruñido después ella saltó de su posición y caminó cautelosamente hacia él.

Sorprendentemente, el espectro le tendió la manta y la instó a cogerla. No estaba para dejar que el orgullo le negase tomarla y la agarró fuertemente. Se la colocó sobre los hombros y lo miró. Él seguía allí.

—Gracias.

No podía ver su rostro a causa de la oscuridad, pero no le hacía falta. Había visto algún espectro en su vida para saber lo terribles que eran.

Sin embargo, una vez habían sido Devoradores. ¿Qué vida habría llevado aquel antes de pasar a formar parte de las filas de Seth? ¿Habría tenido una vida feliz? ¿Luchaba al servicio de su señor por propia voluntad?

—¿Puedes hablar?

Si la escuchó no hizo movimiento alguno que desvelara una respuesta. Se limitó a quedarse allí como una estatua.

—¿Me entiendes?

Nada, solo el silencio.

Bufó decepcionada.

—Gracias de todas formas. De verdad.

En ese momento sí que reaccionó y lo hizo marchándose, dejándola sola. De acuerdo, estaba enloqueciendo en ese cautiverio.

Miró a su alrededor, no había escapatoria ni herramienta para suicidarse. No quería acabar con su vida, pero sí antes de que Seth lo hiciera. No deseaba darle el gusto a ese dios tan mezquino.

La imagen de Camile llenó su mente y sus ojos llenos de lágrimas.

¿Cómo estaría su pequeña? ¿La extrañaría tanto como ella?

—Sé feliz, pequeña mía —suplicó al cielo.

***

Seth dejó de ver el monitor que enfocaba a Leah cuando Alix entró. Había hecho llamarlo para tratar una parte de su contrato. No había sido su lacayo más útil, pero esperaba que con sus nuevos actos se redimiera de ese puesto.

—Hice lo que pediste. Marqué la casa de Olivia para que tus espectros la encuentren.

Una marca invisible e inodora que haría que sus chicos la encontraran sin pérdida ninguna. Asintió satisfecho con sus palabras.

—Buen chico.

Sabía que la mofa no le había gustado, pero lo tenía comiendo de su mano y estaba seguro que no iba a saltar a morder la mano que le daba de comer.

—¿Ya puedo tomar lo que es mío?

Se refería a Aurah, la hermana de Lachlan y pareja del lobo. Era una pieza del rompecabezas inservible para su juego, no obstante, si eso tenía contento a su lacayo hacía más interesante su relación mercantil.

Al volverse un amo generoso el sirviente obedecería con más ganas.

—Tendrá que ser a la vez. Aprovecha a mis espectros. Con el furor de la batalla no podrán ver que falta una loba.

Alix sonrió ampliamente antes de retirarse.

—Cuídate bien de cumplir lo acordado o no seré tan benevolente como crees. No quedará pedazo de ti o de tu manada que puedan enterrar vuestros seres queridos.

Se marchó jurando conseguir la gloria y eso esperaba. Le iba a dejar llevarse a su pareja y asesinar a Lachlan, un lobo que prefería bajo tierra. Eso mejoraba su situación y no tenía que lidiar con parejas absurdas aclamando venganza.

Volvió a encender el monitor y fijó su vista en Leah.

Ya no temblaba tanto gracias a la manta. No había probado bocado, pero nunca lo hacía hasta pasadas unas horas.

Ella se había convertido en una distracción. Su plan era lento, pero la espera nunca le había supuesto un problema. Solo tenía que mantenerla con vida, algo fácil, ya que no había nada a su alrededor que pudiera ayudarla a morir.

Nada salvo la manta que podía usar para ahorcarse, pero el frío no la dejaba pensar en eso. No obstante, no pensaba bajar la guardia.

Las grandes batallas se ganaban observando al enemigo y siendo cauteloso. Él había tenido siglos para trazar aquello. Sus Devoradores no habían sabido de su presencia y había podido estudiarlos con detenimiento.

Esperar un poco más no iba a desesperarle.

Estaba a punto de conseguir algo muy grande. Quizás lo más grande de todo.

Pronto el mundo iba a conocer de nuevo su existencia y someterse a su voluntad como había ocurrido antaño. Los humanos se matarían por alimentarlos, una existencia insustancial y patética en vez de la que tenían ahora.

Ser ganado era su derecho de nacimiento y no merecían más.

El mundo iba a cambiar y un nuevo y glorioso día estaba a punto de alzarse sobre sus cabezas. Y él pensaba ser el sol que gobernase hasta el fin de los días.

Su raza iba a ser mítica y ganarían el prestigio de auténticos dioses.

Iba a ponerles el mundo a sus pies y esperaba que lo tomaran de buena gana. Que estuvieran a su lado en ese nuevo horizonte. Y los que no valieran o no fueran fuertes no tendrían tanta suerte. La selección natural ya había sido inventada por la madre naturaleza, él solo iba a acelerar el proceso.

CAPÍTULO 48

La voz de alarma los despertó de un sueño reparador, uno hermoso en el que su vida era tranquila, normal y podían disfrutar. Olivia se aferró a Lachlan y este despertó de golpe. Esos aullidos solo significaban una cosa: estaban siendo atacados.

—Voy contigo —dijo ella provocando que él gruñera fuertemente.

No le estaba dejando la opción.

—Deja primero que sepa qué es lo que está ocurriendo.

Abrió la puerta y ambos bajaron a toda prisa al piso de abajo vestidos únicamente con la ropa interior. De todas formas no importaba porque si tenían que transformarse era algo que se iba a desintegrar con el cambio.

—¿Qué ocurre? —preguntó Lachlan llamando a Luke.

Él le notificó la peor noticia de todas. La ciudad estaba rodeada por cientos de espectros liderados por Alix. Aquel malnacido venía en busca de sangre y de su compañera.

Llamó a su hermana, pero esta no contestó provocando que bufara preso de los nervios; no podía pasarle nada malo.

Howard y Ellin se llevaron a los niños, unos pocos de sus mejores lobos iban a tratar de sacarlos fuera de ahí para llevarlos a un lugar seguro. Todos los pequeños de la manada y sus madres iban a ser guiados hasta allí. Quería salvar el máximo de vidas posibles.

—Ve con ellos —pidió Lachlan.

Como era de esperar, Olivia se negó rotundamente. Así pues, con todo el pesar de su corazón tuvo que aceptar que se quedara a su lado: ese era un plan suicida.

Solo le quedaba una opción y esa era luchar, debía tratar de acabar con Alix antes que él pudiera tocar a las mujeres de su vida. Había jurado que Aurah jamás caería en sus garras y pensaba cumplirlo.

—Escúchame bien, si en algún momento te digo que huyas lo harás.

—No pienso huir del lado de mi Alfa.

—Lo harás si la cosa se pone fea. Si no puedo garantizar tu seguridad quiero que corras lo más rápido de puedas y huyas de ese hijo de puta. No puedo permitir que te tenga.

La abrazó y la besó suplicando a los cielos que no fuera la última vez que la viera.

Fue hacia la puerta, los gritos de su gente le retorcían el estómago. Alguien que atacaba así a los que una vez habían sido su familia solo merecía la muerte. Al igual que los asquerosos espectros que lo acompañaban. Iba a morderles el culo y a enseñarles dónde no tenían que volver.

Abrió la puerta y miró a Olivia. Ella asintió con todo el valor que pudo reunir.

Sabía que era una guerrera y que estaba dispuesta a morir por proteger a su gente. Eso le hizo sentir orgulloso de la compañera que el destino le había mandado.

—Te amo, loba.

—Y yo a ti, Caperucita.

Ambos se transformaron de forma rápida y violenta, tirándose sobre los atacantes dispuestos a arrancarles sus vidas.

La guerra solo había hecho que comenzar.

***

Doc colgó el teléfono y corrió al despacho de Nick. Él estaba reunido, pero no le importó, entró como una tormenta y anunció:

—Los lobos están siendo atacados.

Ryan le había avisado, esperaba que el novato saliera con vida de esa batalla y le había prometido ayuda. Estaban lejos, pero pensaba hacer todo lo que estuviera en su mano para ir a luchar.

La alarma de la base saltó haciendo que comprendiera bien lo que estaba ocurriendo. Con una sincronización pasmosa ellos también estaban siendo atacados.

—¡Vamos a sacar a esos hijos de puta de nuestra base! —bramó Nick.

Doc se acercó a la ventana y se quedó congelado.

No era un ataque normal. No había espectros por doquier luchando por hacer caer sus murallas. No había ejército esperando fuera la orden de su amo.

Seth estaba en medio del patio con los brazos extendidos.

—Solo ha venido él —anunció soltando la cortina.

—¿Qué? —preguntó Nick confuso.

Fue directo a la misma ventana por donde él se había asomado y se quedó perplejo de verlo allí, esperando a ser recibido.

—A ese hombre le ha dado mucho el sol en la cabeza.

—¿Qué crees que quiere? —preguntó el doctor.

Nick se apartó de la ventana.

—Seguramente ha venido a jugar a las muñecas. ¿Tú qué crees? No pienso preguntárselo, solo patearle ese precioso culo de dios que tiene.

Salió del despacho con la seguridad de un guerrero a punto de la batalla. Doc lo siguió, pero tomó un camino distinto.

Antes de poder enfrentarse a su padre tenía que sacar a Hannah, Brie y Camile de la base. No pensaba permitir que lo único que le quedaba de Leah acabara en manos de Seth. Él solo las destruiría con todo el dolor posible.

Tomó un camino lejano al patio donde su padre había hecho acto de presencia y llegó a casa de las Devoradoras. Ellas estaban en la puerta con la niña en brazos rodeadas por muchos de los suyos, todos estaban preparados para la muerte.

Dane y Pixie estaban allí y sonrió al verlos. Esos últimos meses había sido muy brusco con su compañero y se arrepentía de su actitud.

—Usa el pasillo que hay debajo de cuidados intensivos y salid de aquí. No me importa en qué agujero oscuro del mundo las tengas que esconder, pero hazlo. Llevaros con vosotros a Andrea, Keylan y los niños. Y también a Alma.

—Puedo quedarme y luchar —se ofreció Dane.

Y morir dejando a su mujer totalmente destrozada.

—Largaos de aquí, no quiero volver a veros hasta que todo esto acabe —ordenó.

—Doc, yo logré hacerle daño, déjame intentarlo de nuevo.

El doctor, que odiaba el contacto de otro ser sobre su piel, colocó sus manos sobre los hombros de Pixie.

—Eres un ser increíble y brillante. Te quiero con ellos porque sé que así nadie les podrá hacer daño. Cuida de tu familia con garras y dientes.

Hannah lo miró notoriamente emocionada.

—No quiero no volver a verte.

Doc señaló a Camile.

—Hazlo por ella. Por Leah.

Ambos asintieron, se lo debían a su amiga e iban a morir de ser necesario.

Los acompañó al hospital y una vez los tuvo dentro, apuntaló la puerta para evitar que entraran. El pasadizo secreto los sacaría de allí y esperaba que la suerte estuviera de su lado. Iba a entretener a su padre todo lo posible para ganarles unos minutos.

—Hola, Devoradores.

La voz de Seth hizo que sus intestinos se retorciesen.

Venía a matar, conocía su voz después de tantos siglos y el tono que usaba para momentos como ese. Miró al cielo y suplicó.

—Cuida de Camile.

Al fin había llegado el día de enfrentarse a su padre. Tras siglos huyendo de él iba a enfrentarse directamente. Ya no tenía nada que perder y poco le importó si descubría que uno de sus hijos seguía con vida.

Pensaba disfrutar con su cara de sorpresa y esperaba ser capaz de hacerle morder el polvo.

***

—Aurah —canturreó Alix destrozando la puerta principal de su casa—. Auritah querida. Sal, lobita, que quiero verte la colita.

Kara se colocó ante ella a modo de protección y no pudo más que tomarla por el codo. Señaló la ventana que tenían detrás.

—Vete, me quiere a mí. Yo lo distraeré.

—Me quedo contigo —anunció su prima con todo el valor que ella no tenía.

No quería que viera que estaba muerta de miedo y que sus piernas temblaban a causa de la voz de aquel hombre. Él representaba todo el dolor que había sufrido en sus vidas.

—Tienes cuatro hijos que merecen volver a ver a su madre. Huye, yo lo detendré.

Kara no estaba segura de abandonarla, así que fue ella misma la que fue hacia la ventana. Al hacerlo vio como los espectros tenían la casa rodeada.

—Vamos, bonita. Sal a saludar a tu hombre.

Aurah pensó todo lo rápido que pudo. No tenían escapatoria y en su mente solo buscaba la forma de que Kara no muriera.

Abrió el canapé de su cama y señaló dentro.

—Vamos, entra.

Su prima se negó en rotundo.

—Voy a pelear —anunció ferozmente.

—No vas a hacerlo. Este hombre disfruta con el dolor ajeno. Te destrozará y enviará a tu pareja los pedazos que deje de ti. No quiero que sea ese el recuerdo que tengan tus hijos de ti.

Tras esas palabras aceptó. La metió dentro y la tapó con una manta.

—Sal cuando todo haya pasado y corre muy lejos de aquí a tu manada.

—No quiero dejarte sola, por favor, Aurah.

Ella negó con la cabeza con la valentía de una Valkiria. No podía morir gente por su causa, debía enfrentarse a su compañero.

—Escúchame bien, todo irá bien. Piensa en ti y en tus hijos.

La vio asentir y su corazón dejó de doler tanto.

—Quiero volver a verte, Aurah.

No fue capaz de prometerlo. Cerró la cama y se apresuró a salir de la habitación para atraer toda la atención de Alix.

—¡Estoy aquí, querido compañero! —gritó mofándose.

Bajó las escaleras a toda prisa y lo enfrentó en el comedor.

Él la miró con hambre de arriba abajo y Aurah pudo ver que seguía siendo el mismo de años atrás. Su mirada no había cambiado, seguía teniendo esa sed de sangre que la había destrozado hasta casi matarla.

El destino le había gastado una broma cruel entregándole ese compañero de vida.

—Querida, estaba deseando verte. Vengo a llevarte a casa, por fin.

—Si me entrego, ¿dejarás la manada libre?

Su rostro le indicó que no. Segundos después lo vio negar con la cabeza.

—No solo he venido aquí por ti. He venido a hacerme una

alfombra con el pellejo de tu hermano y tú, esposa mía, vas a contemplarlo en primera fila. Además, vas a ver como los espectros le llevan a Seth la zorra con la que está.

Desencajó el rostro al conocer su plan.

Eso provocó que él echara la cabeza hacia atrás y riera a carcajada llena. Nunca antes había sentido algo tan perverso.

—He esperado mucho para tener mi momento y voy disfrutarlo al máximo. Vamos —ordenó tendiéndole la mano.

Si pensaba que iba a correr a sus brazos sin nada a cambio es que estaba más loco de lo que lo había estado años atrás. Se armó de valor y buscó en sí misma la rabia y la furia que años atrás fueron aliadas.

Se transformó en el aire y se lanzó sobre él sin previo aviso. Le mordió cerca del cuello y antes de que él pudiera hacer el cambio salió corriendo por la puerta principal.

Iba a atraerle lejos de Lachlan para que su hermano tuviera la oportunidad que ella no tenía de ser feliz. Solo esperaba que el cielo fuera benevolente, ahora había encontrado el amor y no podían arrebatárselo.

Alix cayó sobre ella como una bomba. La aplastó y mordió en la espalda hasta clavar sus colmillos. Desgarró la carne sin remordimiento alguno, tirando de su cuerpo fuertemente. Estaba enfadado y lo dejó notar.

De pronto, el peso sobre ella se aligeró y lo vio suspendido en el aire a unos pocos centímetros de ella.

—¡Corre, vamos! —gritó Luke antes de transformarse en lobo.

Aurah tardó un poco en reaccionar, lo justo para ver como Ryan estaba allí también y era el causante de que Alix estuviera en esa tesitura.

—No podré sostenerlo mucho más —anunció.

"¿Qué me dices del control mental?" le preguntó recordando los poderes que poseía el Devorador.

Negó con la cabeza.

—No puedo con tantos. Haré lo que pueda.

Eso era más que nada.

—Tres...

Alix cayó al suelo cuando el novato acabó la cuenta regresiva. Lo vio golpear el suelo con contundencia y lanzarse sobre ellos sin apenas quejarse de dolor.

Luke y Aurah se lanzaron sobre él dispuestos a acabar con

aquel Alfa. Al mismo tiempo, Ryan comenzó a aplacar a todos los espectros que corrían a ayudar al lacayo de Seth.

—¡TENDRÍA QUE HABERTE MATADO HACE MUCHO TIEMPO!

La voz de Lachlan cortó el aire. Esa era la voz de un líder, fuerte, poderosa, que infringía miedo con solo escucharla. Era la de un Alfa e iba acompañado de su mujer.

—¡ES MÍO!

Ordenó Lachlan haciendo que Luke y Aurah retrocedieran. No podían negarle una presa a su Alfa y esa hacía muchos años que la quería.

Mientras los dos enemigos se miraban fijamente, los lobos se lanzaron sobre los espectros y se centraron en ayudar a Ryan.

Alix mostró sus afilados dientes.

"Pienso asesinar a tu mujer antes que a ti para que tengas que verla suplicarte que la ayudes".

—Inténtalo y verás la sorpresa que te llevas —contestó ella.

Lachlan no pudo sentirse más orgulloso.

CAPÍTULO 49

Aimee llegó ante Seth. Estaba rodeado por cientos de Devoradores y no hacía gesto alguno de importarle. En cambio, al verla, reaccionó sonriendo y haciendo una leve reverencia. Ella no pudo más que fruncir el ceño tratando de comprender lo que estaba sucediendo.

—Queridita Aimee, ¿podrías hacer el gran favor de adelantarte un poco para que te pueda ver?

No lo hizo por obedecerle sino porque no tenía más opciones. O lo hacía o sabía bien que él iba a encargarse de que sucediera.

Los Devoradores le abrieron paso y se colocó a un par de metros de distancia del dios.

—¿A qué has venido?

—A verte. Tienes toda mi atención.

La diosa no comprendía nada. Aquel hombre acababa de perder el juicio delante de toda su raza.

Tras él, ella pudo reconocer el rostro de Chase. No miró hacia allí para que Seth no notara que no le estaba prestando la atención adecuada. No quería que fuera hacia el Devorador dispuesto a matarlo solo por una mirada.

—¿Qué podrías querer de mí? —preguntó.

Dos grandes raíces de árbol surgieron del suelo y ella se alejó rápidamente evitando que la alcanzaran. Materializó una de sus grandes espadas, cortándolas a la mitad en el siguiente ataque.

Un par de Devoradores controladores del fuego las quemaron reduciéndolas a cenizas.

Una gran barrera cayó alrededor de Aimee y ella no pudo más

que negar con horror. Chase no podía defenderla o se iba a convertir en el objetivo principal de su enemigo.

—Vaya, vaya, vaya. ¿Pero a quién tenemos aquí?

La voz de Seth mostró diversión, estaba disfrutando con todo aquello.

Caminó hasta Aimee y algunos de los presentes se lanzaron a atacarlo. Él los lanzó por los aires con un ligero movimiento de mano y dejó caer sobre ellos una barrera que se cerró en el suelo. Quedaron encerrados en algo más fuerte y blindado que el mejor hierro humano.

El dios acarició la barrera que Chase había montado sobre su objetivo y la empujó levemente. La risa que soltó a continuación hizo que todos sus cabellos se erizasen.

—Chase siempre es tan previsible. ¿Cuántas veces has tratado de proteger a alguien con esta magia barata?

El Devorador no cayó en provocaciones, se mantuvo firme y no medió palabra alguna. Aimee agradeció al cielo que lo hiciera.

—Voy a enseñarte lo que es un buen escudo.

Colocó la palma de la mano sobre el de Chase y al cerrarla se quebró en mil pedazos provocando que Chase gritara y se encogiera de dolor. Era un ataque directo hacia él y tuvieron que sujetarlo para evitar que chocara contra el suelo.

Aimee tuvo que hacer acopio de todas sus fuerzas para mantenerse impasible y no reaccionar. Había querido gritar y blasfemar, pero se contuvo. No podía mostrar debilidades ante alguien como él, que sabía aprovecharlas al máximo.

Ella era su objetivo, pero no comprendía los motivos.

—Tenemos que hablar, querida.

—Tú dirás —lo instó a darse prisa.

Él miró a todos los presentes.

—¿Nadie se preguntó por qué os dejaba un precioso premio en aquel sótano? Era una obra de arte exquisita.

Seth contempló a Doc unos segundos. Él estaba tratando de tirar abajo el escudo como tantos otros Devoradores.

No había nada que hacer, la magia de aquel ser era mucho mayor que la de todos los Devoradores presentes.

—¡Tú sí te lo preguntaste! —exclamó Seth señalando a doctor—. Pero no diste con la explicación adecuada.

El dios caminó en círculos buscando a los Devoradores que más le interesaban y sonrió al tenerlos a casi todos allí.

—La verdad, Doc, que debo decir que prometes mucho. Estás en mi lista de favoritos y escalando puntos.

Hizo un leve movimiento de mano y mostró una imagen de Leah reflejada en el aire, durante unos angustiosos segundos. No se la veía herida, pero tampoco podían saber si era algo reciente o ya había fallecido.

—Comprendo por qué te quería tanto la humana. Eres fuerte, capaz y pasas desapercibido entre los demás. Estás bajo el radar y tratas de no llamar la atención, pero he sabido verte y me pareces un candidato perfecto para mi ejército. ¿Qué me dices?

—Que cambies de graduación de gafas porque te estás quedando miope.

No hubo rastro de enfado en el rostro de Seth. Siguió luciendo una sonrisa ganadora y eso resultaba perturbador.

—¿Os ha contado la historia de Douglas?

Su atención cayó en un nuevo Devorador: Nick. Asintió al verlo y se acercó todo lo que pudo a él.

—Apuesto que a ti sí. Sabía que te morías por tener cerca a un dios y usé a una para llegar hasta ti.

Aimee contuvo la respiración. Comenzaba a creer que había sido un peón y eso no era buena señal. No había visto venir el posible juego que Seth había montado alrededor.

Había tomado los Devoradores principales de aquella base y había montado un plan para hacerles caer a todos. No lo había visto venir, pero tampoco ahora lo hacía. Solo esperaba ser capaz de poder contenerle.

CAPÍTULO 50

Todos los espectros corrían arriba y abajo. Leah podía sentirlos alborotados y eso no era buena señal. Ellos gritaban, gruñían y se comunicaban entre ellos. Los vio correr ante su jaula yendo, viniendo y cargando armas.

Su corazón se detuvo en seco. Estaban atacando la base.

De entre todos los que pasaron pudo reconocer al espectro que había estado cuidando de ella. Leah corrió a la puerta y gritó.

—¡Eh, tú! ¿Qué está pasando?

Él se detuvo y caminó lentamente hasta quedar ante ella. Era una de esas bestias al son de su señor, pero al mismo tiempo era diferente a todos.

—Tú ya lo sabes —contestó.

Su voz sonó irreal, como una mezcla de voces en su garganta. Fue tan espectral que todas las alarmas de su cuerpo saltaron, era peligroso y debía alejarse. De todas formas, ¿a dónde? Era prisionera en una jaula de dos metros por dos metros de largo.

—Esa gente son lo que fuisteis una vez. No merecen morir.

Un par de espectros le golpearon el hombro instándole a moverse. Finalmente, gruñó y nadie más volvió a intentarlo. Dudó mirando a sus compañeros, es como si una parte de él tirara de su cuerpo y otra lo mantuviera inmóvil.

Esa era la llamada de su amo. Los controlaba a placer, aunque con este en particular había una leve resistencia.

—Lo sé —confesó.

—¿Y por qué lo haces? ¿No podéis plantarle cara a Seth?

Pronunciar su nombre hizo que muchos profesaran un chillido

estridente que provocó que se tapase los oídos. Había sido doloroso y recordaría no decir su nombre nunca jamás. Les alteraba volviéndolos más inestables.

—Debo hacer lo que me dice.

Él seguía allí, inmóvil, luchando contra su dueño como sabiendo que lo que hacía estaba mal. Era loable.

—Por favor, son la gente a la que quiero.

—Si no lo hago habrá consecuencias.

Leah cabeceó un poco sobre eso.

—¿Cuáles? ¿Morir? ¿No es eso lo que buscáis todos? ¿Libraros de ese hombre y descansar en paz?

Casi pudo ser capaz de verle sonreír. La luz era tenue, pero mostraba rasgos de su rostro aún sin pudrirse como lucían otros. No estaba tan consumido por el lado oscuro como muchos de sus compañeros.

—Mi vida dejó de importarme hace mucho —confesó el espectro.

—¿Y qué es lo que temes?

El Devorador se aferró con los puños a los barrotes de su jaula. Instintivamente, Leah retrocedió unos pasos a modo de protección ya que pudo sentir la rabia que burbujeaba en las venas de aquel ser.

—Te matará si no hago lo que digo.

La sorpresa la golpeó fuertemente. No esperaba que alguien pudiera preocuparse en aquel lugar.

Recortó la distancia que los separaba y depositó sus manos sobre las oscuras del espectro. Este no se retiró, tampoco gruñó o la atacó. Siguió allí, inmóvil, con la mirada fija en ella. Nunca antes lo había tenido tan cerca.

Se atrevió a mirarlo al rostro y frunció el ceño como si le resultase familiar.

Con cautela, subió las manos a su cara y acunó su rostro como si sus manos fueran capaces de reconocer al ser que tenía ante sí. Él había sufrido cambios en su aspecto recientemente, pero era inconfundible. Era irrepetible y lo había tocado tantas veces que lo recordaba centímetro a centímetro.

—¿Dominick? —preguntó al borde de las lágrimas.

Cuando lo vio asentir su corazón se rompió en mil pedazos. Allí estaba la persona que amaba, de una forma que no esperaba.

—¿Cómo es posible? —lloró desgarradoramente.

Él alargó el brazo y acarició su barbilla. Leah cerró los ojos dejando que las lágrimas manchasen su rostro. No podía ser, aquel no podía ser su final. Se negaba a aceptar que el destino fuese tan cruel.

—Te vi morir antes de desaparecer y eso sirvió para provocar el cambio.

Seth había conseguido su objetivo. De una forma u otra iba a tener a Dominick en sus filas.

Leah sintió náuseas y pudo controlarlas.

Notó el tirón de Seth en el cuerpo de Dominick, como lo instaba a marcharse con el resto acudiendo a su llamada. No obstante, él gruñó y se mantuvo inmóvil mostrando una resistencia sorprendente.

—No tiene el control total sobre mí —le confesó—. Por eso te trajo, para controlarme.

Leah se estremeció. Ese era el motivo por el cual no había muerto durante su cautiverio. La había encerrado allí y tirado la llave para doblegar a Dominick a su voluntad.

Vio como él comenzaba a marcharse y la desesperación se aferró a su corazón. Golpeó la puerta de su jaula, tratando de salir y detenerlo.

—¡No puedes hacerlo! —gritó furiosa.

Él se encogió de hombros y ella casi aulló mirando al cielo.

—No puedes elegirme por encima de Camile. ¿Me oyes?

Eso lo detuvo en seco. Durante unos segundos se mantuvo inmóvil como si tratase de comprender lo que estaba diciendo. Entonces se dio cuenta que él no recordaba parte de su vida anterior, su vida se estaba borrando en su mente y únicamente se aferraba al recuerdo de su mujer.

—Tienes una hija, Dominick, y está en esa maldita base. No puedes ir a matarla —suplicó casi masticando las palabras.

Las lágrimas apenas la dejaban hablar o respirar. El dolor era tan lacerante que no tenía idea de cómo había logrado estar en pie.

Él caminó hasta ella e inclinó la cabeza. No recordaba a la pequeña, pero la creía.

—No sé quién es.

—Es una niña preciosa que te adoraba. No puedes elegirme por encima de ella.

—Te matará si no obedezco.

Leah negó con la cabeza.

—No me importa lo que me haga. Lo acepto.

Y era totalmente sincera al decirlo. Tomaba la muerte como su amiga si eso ponía a salvo a su pequeña.

—Te torturará.

—¿Crees que eso puede disuadirme? Nada es más importante que ella. Ni yo, ni ninguno de nuestros amigos, ni siquiera tú. Por favor, quédate aquí conmigo.

Dominick miró a su alrededor, ya no quedaba ninguno de sus compañeros. Todos se habían marchado a una guerra que su señor había convocado.

—Ellos ya están allí.

—Lo sé —contestó Leah dejando que el dolor fuera lo suficientemente fuerte como para doblegarla y hacerla caer al suelo de rodillas.

Allí gritó presa de la rabia. No podía permitir que sus amigos murieran y deseó que pudieran con él, aunque fuera una posibilidad remota.

Un nuevo tirón, esta vez más contundente, hizo que Dominick gruñera. Él estaba deseoso de mostrarle al mundo su nuevo juguete. Leah lo tomó de las piernas y se abrazó a su cuerpo a pesar de los barrotes que se interponían en su camino.

—Ellos merecen el sacrificio. Si no es por Camile hazlo por alguno de ellos. No puedes haberlos olvidado a todos. Doc, Hannah, Brie, Chase, Ryan, Dane... —enumeró dejándose a muchos por el camino.

No podía mencionarlos a todos sin sentir dolor. No podía pensar o imaginar lo que estaba ocurriendo mientras ella estaba allí.

—¿Estás segura? —preguntó.

Leah asintió.

—Aceptaré lo que venga, pero, por favor, no vayas. Quédate conmigo, Dominick.

—Él protege esta jaula con un hechizo. No puedo liberarte, aunque quiera.

No importaba. Leah tomaba lo que el mundo le tuviera preparado. Si su destino era que Seth la matara iba a tomarlo con gusto si eso significaba que Camile seguiera con vida. No deseaba que Dominick fuera uno de los atacantes de su propia casa.

Sencillamente nada podía prepararla para eso.

—Quédate aquí conmigo hasta que venga a matarme.

Eso sí podía hacerlo.

Dominick suspiró y se sentó ignorando las llamadas insistentes de Seth. Estaba dispuesto a luchar contra él si Leah se lo pedía.

—Ojalá pudiera hacer más por ti.

Leah no pudo mediar palabra. Luchar contra aquel dios ya era toda una proeza.

—Con que aguantes aquí todo lo que puedas me doy por satisfecha.

CAPÍTULO 51

Lachlan lanzó a Alix lejos, haciéndolo golpear el asfalto de forma contundente. Aquel Alfa tenía más resistencia de la que recordaba, ya que se levantó y se preparó para seguir con la pelea. No obstante, no importaba las veces que lo intentase porque estaba dispuesto a colgar su cabeza de una pared el resto de su vida.

Todo a su alrededor era un caos. Aurah, Luke, Ryan y Olivia peleaban duramente contra los espectros que no paraban de llegar.

Aquello estaba siendo una ratonera y, nuevamente, la superioridad numérica era algo que tenían en contra.

Alix miraba en cada momento que podía a Aurah, era su máximo objetivo y misión en la vida. Aclamaba a su compañera y estaba dispuesto a someterla a su voluntad. Ese era el objetivo de su pelea.

Sin embargo, los espectros parecían moverse con otro objetivo. Al inicio de la batalla se habían dispersado por toda la ciudad, ahora estaban allí, mirando un punto fijo: Olivia.

El corazón se le encogió cuando descubrió que ella era el objetivo. No podía permitir que el dios se llevase su tesoro más preciado.

"¡Huye!". Gritó en su cabeza.

"No pienso dejarte". Recibió como respuesta.

Lachlan mordió a Alix en las patas lo suficiente como para hacerlo rodar y quedar sobre él. Pero el otro Alfa también era fuerte y lo mordió en el pecho provocándole un gemido de dolor.

Se apartó ligeramente antes de volver a lanzarse sobre su cuerpo.

Nada ni nadie podía hacer que ese día acabara con Alix muerto.

"Eres su objetivo. Vete de aquí, lo dijiste". Le recordó.

Ella tenía que huir lejos de allí.

"Nosotros te cubriremos. Vamos, Olivia".

La voz de Ryan sonó en sus cabezas. Al parecer, tenían nuevo integrante en la manada, uno jovencito y nada peludo.

Necesitaban ganar tiempo y una distracción, así que Lachlan se tornó a su forma humana y dio el espectáculo que se esperaba de alguien como él.

—Vamos, Alix, ¿esto no te cansa?

El lobo se detuvo en seco y se tornó en su forma humana.

—¿Ya no puedes más? —preguntó glorioso.

Lachlan tuvo que hacer acopio de todas sus fuerzas para mentir. Se tragó el orgullo a cambio de la vida de Olivia, ese era el mejor trato que podía darle.

—Apenas puedo mantenerme en pie, mucho menos transformarme en lobo.

Fingió tambalearse y caer sobre el bordillo de la calle. Se sentó y jadeó en busca de un aire que no necesitaba.

Pero Alix disfrutaba de aquello como si fuera real, ya que al fin podía vencer a su enemigo. La arrogancia era un mal sentimiento que podía nublar el juicio. En ese caso no podía estar más equivocado, pero no era el momento de desvelarlo.

Sus compañeros fingieron también estar más heridos y cansados de la cuenta, dejándose rodear por los espectros.

"A mi señal". Ordenó en la mente de todos los suyos.

—¿Tienes algo más que decir antes de morir?

—Depílate las cejas. Me despistas y no puedo pensar en cómo voy a destriparte.

Ese fue el pistoletazo de salida.

Olivia arrancó a correr al mismo tiempo que el resto contenía a los espectros. Eso dejó en shock a Alix, el cual miró la escena sin ser capaz de comprender lo que estaba ocurriendo.

Al parecer, era más tonto de lo que había creído toda su vida. No sintió pena por él, solo por los padres que habían criado a semejante monstruo.

Con un gruñido gutural y revelador, Lachlan tomó forma lobuna y se lanzó sobre su enemigo dispuesto a acabar la faena.

Él era solo una pieza de un rompecabezas muy grande. No iba a significar mucho para Seth, pero sí para el lobo.

Con su muerte vengaba la de sus padres, lo mucho que Aurah había sufrido y todo lo que había provocado.

Él se transformó y plantó cara, pero ya no tenía fuerzas suficientes como para hacerle frente. Luchó dignamente, sin embargo Lachlan se sentía animado por los recuerdos pasados. Ese era su momento y no pensaba fallar.

Tomó su cuello y lo mordió duramente. No logró asesinarlo, pero sí hacerle sangrar. No era suficiente como para sentirse satisfecho.

Él había golpeado a su familia y seguía deseando llevarse a Aurah. Llevaba años con ese plan, pero él había jurado sobre el cadáver de su madre que no se la iba a entregar. Pensaba cumplir su juramento.

Con todo el odio que destilaban sus venas volvió a lanzarse contra Alix. Chocaron duramente y mordió sus patas delanteras para hacerlo rodar. No se lo pensó, solo actuó instintivamente. Sin darle tiempo para poder pensar, tomó nuevamente el cuello de su enemigo y se aseguró que esta vez sí acababa con su vida.

Sentirlo jadear en busca de aire solo lo animó a apretar más fuerte. Por sus padres, por Aurah y por él mismo.

Allí acababa y sellaba el dolor que una vez había sentido.

Cuando todo acabó soltó el cuerpo y lo contempló unos segundos. Había vencido. Había logrado acabar con el lobo que los había traicionado.

Y se sintió inmensamente feliz.

Ahora Aurah era libre.

—¡Corre a buscarla! ¡Nosotros contendremos a todos lo que podamos! —gritó Ryan recordándole la persecución que se había iniciado sobre su mujer.

Aulló haciendo que todos sus lobos se lanzasen a matar sobre los espectros. Ya no atacaban la ciudad, solo trataban de alcanzar a Olivia. Y su manada contestó ferozmente, no solo los habían tratado de asesinar, sino que estaban persiguiendo a su hembra Beta.

No podían permitir que la mujer de su Alfa muriera y su manada respondió con contundencia.

***

Estaban cerca. Olivia podía sentirlos persiguiéndola como locos. Era una presa y ellos los cazadores hambrientos.

Parecían no cansarse yendo en su busca. Como si ellos tuvieran una fuente de alimentación continua pegada a sus traseros.

Su corazón bombeaba tan fuerte que sintió como estaba a punto de salírsele del pecho a causa del miedo.

¿Qué quería Seth de ella? ¿Qué podía interesarle de una simple híbrida?

No tenía sentido, pero nada lo tenía cuando se trataba de ese hombre.

Saltó un par de árboles caídos provocando que muchos espectros chocaran. Al menos había descubierto que eran torpes. Eso podía ser una ventaja.

Corrió sorteando mil obstáculos, pero eso no les detuvo. Había cientos de ellos y para dos que hacía caer diez más se unían a la batalla. Resultaba descorazonador, pero no pensaba rendirse por ese motivo.

Sintió como los lobos de la manada alcanzaron a los espectros. Ellos empezaron a darles caza y acabar con ellos.

Las voces de muchos sonaron en su cabeza. Decían que iban a proteger a muerte a su Beta y la instaban a correr más rápido.

Sin embargo, tomó una decisión diferente. No podía huir eternamente y tratándose de esos seres sabía bien que la carrera podía durar eternamente. Ellos no se cansaban, así pues, solo se podía pelear.

Erizó los cabellos de su lomo, se preparó para atacar y se lanzó contra los espectros. Hizo todo lo que le había enseñado la vida, pelear para sobrevivir.

"¡Te dije que huyeras!". Recriminó Lachlan llegando hasta ella y mordiendo a sus enemigos.

"¿Hasta cuándo? No se puede huir toda la vida".

Él no estuvo de acuerdo con esa afirmación y soltó mentalmente una variedad de tacos pasmosa.

Cuando todo acabase pensaba lavarle la boca con jabón.

Las filas de espectros se redujeron considerablemente. Ellos estaban siendo vencidos por una manada que se sentía poderosa junto a sus dos líderes. La habían aceptado como pareja de su Alfa y eso sobrecogió su corazón.

El poder de la unión era fascinante. Todos los corazones latiendo a la vez y luchando codo con codo.

Eran una gran familia.

Olivia vio de soslayo a un espectro armado con un puñal. Uno que Lachlan no vio a su espalda.

Lo avisó mentalmente, pero no la escuchó. Había muchas voces gritando que apenas podían escucharse los unos a los otros.

Finalmente hizo lo único que podía hacer. Se lanzó entremedio de su amor y el espectro. El cuchillo entró en su tórax tan veloz que apenas fue capaz de sentir dolor alguno.

El aullido gutural de Lachlan cortó el cielo.

El espectro la tomó entre sus brazos y canturreó satisfecho:

—Te tengo.

Ambos desaparecieron en el acto, desvaneciéndose sin dejar rastro. El resto imitaron al que había tomado a Olivia y se fueron. Olvidando a los lobos y la manada, dejándolos rotos, con la sensación de pérdida en sus corazones.

Lachlan aulló de pura rabia y miedo.

Tenían a la persona más importante de su vida e iban a pagarlo caro.

CAPÍTULO 52

—¿No es cierto que quieres a mi hermano? —preguntó Aimee. Seth asintió.

—Por supuesto que sí, pero ese detalle solo es una parte de mi plan. En realidad, no tengo ni idea de dénde está su corazón. Y la foto que viste de Alma era un cebo. Debía hacer que te quedaras entre ellos para mantenerla a salvo de mí. Sabía que cuando supieras que la chica de la foto era una humana protegida por los Devoradores te quedarías con ellos guardando el secreto.

Se sintió estúpida por caer en la trampa.

—No pienso llamarle —sentenció lentamente.

—Lo sé. Sé la pura lealtad que profesas a tu hermano. Por ahora no insistiré.

El sonido de muchos espectros en las murallas de la base se hizo presente. Habían acudido a la llamada del amo y este pensaba organizar una carnicería.

Todos pudieron comprobar cómo no se movieron ni un ápice, se limitaron a rodearlos y esperar.

—¿Piensas hacer la purga hoy?

Seth asintió.

—Pero no pienso mancharme las manos con ello. Los pocos que sobrevivan hoy serán los idóneos para formar parte de mi ejército.

Ella trataba de ver qué es lo que tenía preparado para aquella gente y no era capaz de verlo.

—¿Y si le pegan una paliza a tus preciosos espectros?

Seth caminaba en círculos, regodeándose y disfrutando del

momento a partes iguales. Disfrutaba con la idea que solo el supiera lo que estaba ocurriendo.

—No importa, tengo algo mejor.

Materializó una daga en sus manos y la señaló con ella.

Aimee perdió el color de su rostro sabiendo que su corazón acababa de detenerse. El plan de Seth se formó en su mente y se sintió estúpida de no verlo venir. Él la había metido en la base con un único propósito.

Por ese motivo no la había asesinado aquel día. La respuesta llegaba demasiado tarde para responder.

—Creo que no ha pasado el tiempo suficiente como para que hayan crecido tus alas, ¿me equivoco?

Ella no contestó, lo que corroboró su afirmación. Aún no estaba al cien por cien de su fuerza y ese era el detalle clave.

Él había sido muy astuto y Aimee sintió que la humillación quemaba por dentro.

Con auténtica desesperación miró a su alrededor en busca de alguna forma de escape, al no encontrarla supo que el final estaba cerca. Jadeó cuando el miedo se hizo tan latente que sintió que temblaba como una hoja.

—¿Ves lo mismo que yo? —preguntó totalmente fascinado con su obra.

Sí, ahora lo veía. Demasiado tarde.

—¿Y si lo explicamos un poco? Solo para que nuestros amigos sepan lo que está ocurriendo. Casi puedo ver sus cabecitas elucubrar miles de teorías, pero debo adelantar que ninguna se ajusta a la realidad.

Señaló a la diosa como si de un trofeo se tratase, triunfante, como si el mundo entero estuviera en sus manos.

—Solo existen dos diosas en la Tierra condenadas a vagar entre mortales toda la eternidad —comenzó a explicar—. ¿Por qué la elegí a ella? No solo por la conexión especial que tiene con el dios de la Creación sino por un detalle que marca la diferencia.

Y los detalles en una guerra siempre eran importantes. Giraban la balanza en un lado u otro en función de sus cartas.

Seth tenía póker de ases.

Llevaba minutos caminando como un buitre alrededor de su presa hasta que se detuvo ante Chase y Nick, los cuales lo miraban confusos por lo que estaba ocurriendo. Habían tratado de derribar, sin éxito, la barrera y comenzaban a prepararse para el ataque inminente de los espectros.

Dos grandes espectros se materializaron ante Aimee. Ella invocó sus espadas, no pensaba dejarse vencer.

Había caído en sus juegos, pero eso no significaba que se lo fuera a poner fácil.

Luchó contra sus espectros hasta conseguir cortarlos por la mitad y vencerlos. Acto seguido aparecieron dos más. Él tenía lacayos para perder y tiempo suficiente para esperar que se cansase.

Un plan perfecto y sin fisuras.

Peleó duramente durante tanto tiempo que fue incapaz de no sentir el agotamiento llamar a su puerta. Podía vencer a cientos de espectros que siempre aparecían más y más.

Los Devoradores estaban tratando de ayudarla, habían comenzado a atacar a los espectros que los habían rodeado, pero no había nada que pudieran hacer para alcanzarla.

El miedo le apretó el corazón hasta rompérselo en pedazos. Era una diosa estúpida y había pecado de arrogancia. Se había olvidado de lo mezquino que podía llegar a ser Seth, un dios que había matado a sus propios hijos de sangre.

Sus espadas desaparecieron a causa del agotamiento, no podía permanecer consciente mucho más y lo aprovecharon para tomarla de los brazos e inmovilizarla ante su amo y señor.

Aimee luchó por abrir los ojos, sentía su sangre entre sus labios y sabía bien que apenas quedaban fuerzas en su dolorido cuerpo.

—Por favor, Seth... No lo hagas —suplicó desesperada.

—¿Hacer qué? Solo quiero mostrar al mundo quién eres en realidad.

Ella negó con la cabeza totalmente desesperada. Forcejeó con sus captores y no consiguió que la soltaran.

Entonces miró a Chase y comenzó a llorar.

—Vete —le pidió.

—¡Oh! ¡Qué bonito está siendo este momento! Pasará a ser uno de mis recuerdos favoritos.

Balanceó el puñal que llevaba en sus manos, mostrándolo a todo el mundo. Ese iba a ser su arma elegida, una pequeña, pero efectiva.

Aimee hizo acopio de todas sus fuerzas tratando de orbitar, sin embargo aquella barrera se lo impidió. Era demasiado poderoso como para escapar de sus garras y no quería morir allí por no haber sido capaz de verlo a tiempo.

—Por favor... —Lloró al mismo tiempo que temblaba de puro terror.

Miró una última vez a Nick y Chase y gritó con todo el aire de sus pulmones:

—¡Idos! ¡Huid de aquí!

Ellos no se movieron de donde estaban y no cejaron en su empeño de lograr alcanzar al dios.

La joven gimió maldiciendo al mundo lo que estaba a punto de pasar. Sollozó y negó con la cabeza mientras trataba de soltarse.

—¡Chase, por favor! —gritó desesperada.

Quería que la salvaran, que no la dejaran morir allí mismo y al mismo tiempo que huyeran. Si se quedaban ahí iban a ser los siguientes.

—Siempre me ha gustado un buen drama y tú estás montando la perfecta escena. Eres brillante, mi pequeña, Aimee.

Se acercó a ella y se detuvo a escasos centímetros de su cara luciendo una sonrisa perfecta.

—Y este cuento llega a su final, pero antes os explicaré lo estúpidos que habéis sido.

Seth levantó su mano libre tratando de llamar su atención y lo consiguió.

—Ella es mi caballo de Troya. Aprovechando vuestra debilidad coloqué a una pobre e indefensa mujercita para que la cuidarais.

Aimee luchó y forcejeó entre gritos, se revolvió todo lo que pudo y solo consiguió hacerse daño.

—Esta dulce diosa esconde un secreto maravilloso. Y es que no puede morir. —Al pronunciar esas palabras la apuñaló directamente en el corazón.

Aimee jadeó al sentir el frío atravesarla y gimió sintiendo como la vida se le escapaba de entre los dedos. Todo fue demasiado deprisa, sin poder mirar a Chase por última vez y sin gritar nuevamente que huyeran todo lo lejos que les fuera posible.

Los espectros la soltaron y cayó al suelo sin vida.

Seth se lamió los labios.

—Que nadie se preocupe por ella. Está perfectamente. —Ladeó la cabeza—. Bueno, lo estará muy pronto.

Miró con auténtica satisfacción lo que acababa de conseguir.

—Esta preciosa diosa no vio venir lo clave que era para mis

planes. Como he dicho anteriormente, no puede morir, pero sufre una pequeña particularidad.

Se abrió de brazos obligando con sus poderes a que todos los Devoradores lo mirasen.

—Resurgir requiere demasiado poder y, al hacerlo, su lado oscuro toma el control de su cuerpo. Cuando vuelva a abrir los ojos no será la Aimee que hayáis podido conocer algún día. Será una nueva y mejorada versión de sí misma. Fuerte, invencible, con un poder inimaginable.

Se alejó unos pasos del cuerpo sin vida.

—Y hambre, tendrá mucha hambre. Llegados a ese punto no es capaz de reconocer el bien del mal y siente un deseo ferviente de matar, destruir y alimentarse de todo lo que se cruce por delante.

Ella iba a ser la purga de su raza. Por ese motivo no iba a mancharse las manos.

Aimee despertaría con la sed de sangre característica de su maldición y arrasaría con aquel estúpido lugar. Solo los fuertes tendrían alguna remota oportunidad de sobrevivir; si eso ocurría significaría que serían dignos de su ejército.

—Me gustaría quedarme, pero no es mi ilusión enfrentarme a un dios puro. No sabéis lo peligrosos que pueden llegar a ser y más uno desatado como lo hará ella. Espero que os divirtáis jugando.

***

Doc no daba crédito a lo ocurrido. Su padre acababa de soltar una bomba nuclear sobre sus cabezas.

No obstante, tenía una oportunidad de seguirlo y llegar hasta Leah, si es que seguía con vida. Por mucho que quisiera a sus compañeros supo que necesitaba irse. Mucho se temía que su padre acababa de reunir la última pieza de un rompecabezas que se había esforzado por mantener oculto.

Haciendo acopio de sus poderes, rastreó el reguero de magia que había dejado su padre y supo encontrar su base.

Sorprendentemente estaba muy próxima a la manada de Lachlan.

No tenía tiempo que perder, corrió a casa del lobo y se encontró con una ciudad vacía. Había un reguero de cuerpos por el camino.

Materializando una daga y gravó en el porche del Alfa la dirección del escondite de Seth.

Acto seguido tuvo que hacer acopio de todas sus fuerzas para orbitar de nuevo. Era un poder que todos los dioses tenían, pero que había oxidado por llevar demasiados siglos sin usarlo.

Blasfemó cuando apareció a medio camino y volvió a intentarlo.

Esta vez cayó en una especie de sótano plagado de jaulas.

Leah gritó su nombre.

Doc corrió hasta ella, pero escasos pasos antes se detuvo en seco. Había un espectro custodiándola.

Pensaba matarlo para liberarla. Llegados a este punto nadie podía detenerlo y conseguir salir de allí con la humana era un gran regalo que agradecería al destino.

—¡No lo hagas! —bramó Leah adivinando sus intenciones.

Doc frunció el ceño.

—¿Proteges a uno de esos seres? —escupió con ira.

Puede que su leve cautiverio la hubiera enloquecido, pero no llegaba a comprender cómo podía ponerse del lado de un espectro.

—¡Es Dominick! —gritó con desesperación.

Doc dejó que sus poderes se desvanecieran en el aire. No podía creer que algo así fuera posible. Él no podía ser el líder que creían muerto.

Caminó lentamente hacia él; el espectro alzó el mentón tratando de mostrar su rostro en la penumbra de aquella sala.

Reconoció algunos rasgos faciales propios del que había sido su amigo durante muchos años. Su corazón se encogió de dolor. Su padre, al fin, había conseguido que Dominick formara parte de su ejército.

—¿Y qué ganamos protegiéndolo si está bajo las órdenes de Seth?

Leah negó con la cabeza.

—No, no tiene su control absoluto. Por eso me tiene aquí encerrada.

Doc tragó saliva y suspiró con pesar. Había llegado el momento más temido de toda su vida desde que había visto a Leah por primera vez. Ser sincero con una persona que amaba más que su propia vida y que perdería, aunque consiguieran salir con vida de aquel lugar. Se armó de valor como pudo, esperando que el tiempo fuera benevolente con él.

—No solo te tiene aquí por eso —susurró.

—¿Qué quieres decir con eso?

Estaba ante el momento más duro de su vida. Uno que haría que su momento de paz se esfumase para siempre.

—Hace tiempo te dije que cuando todo esto acabase tú también acabarías odiándome, ¿lo recuerdas?

Ella asintió recordando la conversación que habían tenido sobre su secreto. El que fuera hijo de Seth.

—He guardado un secreto más que no he sido capaz de decir en voz alta.

Leah estaba tan confusa que fue incapaz de hablar.

—Fue una sorpresa para mí verte en el club "Diosas Salvajes" y me causaste tal impresión que tuve que acercarme. Hacía siglos que la vida no me sorprendía tanto.

Las piernas de Doc temblaron a causa de lo que trataba de decir.

—Dilo de una vez. ¿Eres el enemigo?

Esa acusación le dolió, pero no se lo reprochó. Dado todo lo que había ocurrido no era de esperar una teoría así.

—No lo soy, aunque dudo que sigas confiando en mí después de esto. Y lo peor de esto es que creo que Seth lo sabe, algo que me resulta aterrador.

—¡Dilo de una vez!

Leah lloraba como si fuera a vivir el peor momento de su vida y no estaba demasiado lejos de la realidad.

—Eres la reencarnación de mi madre y creo que por eso no te asesinó cuando se llevó a Dominick. Se dio cuenta de quién eres.

Vio como la humana quedaba visiblemente afectada, como si la acabaran de disparar en el mismísimo estómago y se encorvó en busca de aire. Doc creyó morir en ese momento, jamás en la vida hubiera hecho daño así a su Leah.

—¿Por eso te abriste conmigo? —preguntó completamente dolida.

Negó con la cabeza fervientemente.

Dominick les miró a ambos intermitentemente como si no lograra comprender nada de lo que estaba ocurriendo. Se estaba enterando de que había tenido en casa a su enemigo. Él era hijo de Seth y eso lo convertía en un traidor, un paria al que destruir.

—Es cierto que seguí viéndote al reconocer la esencia de mi madre, pero traté de ocultarla para que nadie más la viera. Después conocí a la humana que había en ti y descubrí que no eres ella. Puede que lleves su marca, pero no tienes nada que ver con mi madre. Eres fuerte, divertida y alguien increíble que ha hecho que vuelva a amar después de tantos siglos.

Doc sintió tal desesperación que tuvo que respirar fuertemente.

—No me abrí a ti por lo que sabía sino por la persona que conocí. Salvo su esencia no tienes nada que me recuerde a mi madre. Su carácter era muy diferente, hasta su físico. Es solo que en otra vida lo fuiste.

Leah se sentó en el suelo a llorar. Sabía que había roto su confianza y su corazón. Acababa de perder a la persona que más amaba en el mundo.

—Debo reconocer que ha sido toda una sorpresa, hijo mío.

La voz de Seth a su espalda hizo que sus piernas temblasen a causa de la impresión. Jamás en sus siglos de huida se hubiera imaginado confesando ese secreto en voz alta.

Las luces del lugar se encendieron y no tuvo más remedio que enfrentarle.

—Reconocí a tu madre al tenerla cerca, pero a ti no te he visto venir —reconoció sorprendido.

El rostro del Dios viajó por miles de estados, la ira y la sorpresa fueron unos cuantos. Después de tantos siglos volverlo a ver con vida resultaba increíble.

Los poderes de Doc lo blindaron, endureciendo su piel esperando cualquier ataque.

—Jamás en mis siglos por este mundo hubiera creído que seguías con vida. ¿Cómo lo hiciste? Te enterré con mis propias manos.

El recuerdo los sacudió a ambos por distintos motivos. Uno había disfrutado de su matanza y el otro acababa de ser traicionado por su propio padre.

Seth apenas era capaz de parpadear contemplándolo como si fuera a desaparecer.

—La próxima vez toma el pulso al cadáver que abandones en medio del desierto —escupió Doc con ira.

Olivia apareció en la jaula de al lado. Uno de los espectros la había traído y soltado como si de un pedazo de carne se tratase.

—Este va a ser un día glorioso y más ahora que sé que mi

mejor hijo sigue con vida.

Seth había golpeado duro y esta vez había traído sus mejores cartas. El tiempo peleando contra su raza lo había hecho más astuto. Ese era el padre al que tanto temía, el que ejecutó uno a uno a sus hijos hasta exterminar su estirpe.

Ese era el Dios Egipcio que una vez los humanos veneraron.

CAPÍTULO 53

Chase no podía dar crédito a las palabras de Seth. Llevaba minutos contemplando el cuerpo sin vida de Aimee y no había rastro alguno de resurrección.

Nadie se había acercado a ella por miedo y tampoco habían huido porque los espectros seguían rodeando la base. Estaban allí esperando algo o más bien a alguien. Solo su presencia daba credibilidad a la locura de Seth.

—Si es verdad lo que ha dicho, tenemos que evacuar la base.

Nick asintió estando de acuerdo con sus palabras.

—Yo me quedo aquí. Ha tomado mi sangre y tal vez pueda distraerla con eso.

Eso era un suicidio y ambos lo sabían.

Quiso decirle que era una locura, que debían huir todos de ese lugar antes de que ella volviera a la vida, pero no pudo.

Perdió el equilibrio cuando el suelo comenzó a temblar como si de un terremoto se tratase. Todos miraron la razón de ese temblor y fue el cuerpo de la diosa.

De pronto, ella se evaporó en el aire convirtiéndose en pompas de jabón que se elevaron al cielo. Eso hizo que los espectros arrancaran a gritar, los vítores se hicieron tan presentes que Chase supo que no había Devorador en la base que no temió lo que estaba por venir.

Una diminuta bola negra apareció suspendida en el aire, justo sobre el lugar donde había yacido Aimee.

Eso no era buena señal y, aunque estaba débil, levantó una barrera para proteger a todos sus compañeros.

La bola fue aumentando de tamaño lentamente hasta tomar el tamaño de un adulto. Fue una especie de puerta que se abrió dejando pasar a Aimee.

Seth tenía razón, aquella mujer no era la misma que minutos atrás. Puede que tuviera parte del físico similar, sin embargo había ligeras diferencias que marcaban lo peligrosa que se acababa de poner la situación.

Sus ojos habían perdido la parte blanca para ser totalmente negros como la noche y su cuerpo lucía una especie de tribales que marcaban todo su cuerpo. Eran dibujos similares a los que un rayo dejaba al atravesar el cielo, de un negro intenso y grabados en su piel mostrando del mundo oscuro al que pertenecía.

Puede que Aimee fuera una diosa hija de Luz y Oscuridad, pero aquella mujer ahora mismo era únicamente su parte más negra y primitiva.

Miró a los presentes y sonrió ampliamente.

—Aimee, ¿puedes reconocerme?

Nick atrajo su atención.

Ella ladeó la cabeza sin mediar palabra, parecía que les escuchaba, pero la mujer que conocían estaba muy escondida bajo esa fachada terrible.

—Sangre —susurró estirando las letras antes de que los espectros cayeran sobre los Devoradores.

No solo fue suficiente eso, ella cerró los ojos y para cuando los abrió un choque de energía hirió a los más cercanos a su cuerpo.

Tenía un poder inimaginable, mucho más que lo que había mostrado.

La barrera de Chase estalló en mil pedazos cuando ella chasqueó los dedos, provocando que él cayera al suelo y se retorciera de dolor. Su interior quemaba como si la sangre de sus venas se hubiera convertido en ácido.

Ella pensaba acabar con la base.

Las manos de Aimee se iluminaron y dos grandes espadas se materializaron. Estaba preparada para la batalla.

—Vamos, diosa, ven a buscarme.

No cayó en la provocación de Nick, entró en batalla con los Devoradores ignorando que una vez habían sido sus amigos o sus protectores. No había recuerdo que la hiciera volver y cayó sobre ellos como la peor de las calamidades.

—¡Sácalos de aquí! —Ordenó Nick al ver la velocidad en la que

Aimee lograba acabar con sus enemigos.

No había muerte que la detuviera y no se detenía a mirar el reguero de cadáveres que dejaba tras ella. No tenía alma ni conciencia que pudiera hacerla volver. Era un monstruo que buscaba sangre y desolación con cada paso.

Nick trató de entretenerla con una alucinación y ella sonrió.

Desapareció en el aire para volver a aparecer ante el líder de los Devoradores. Este trató de defenderse, pero fue demasiado tarde. Ella lo tomó del cuello y bloqueó sus extremidades al mismo tiempo que lo levantaba unos centímetros del suelo.

Otros compañeros trataron de obligarla a soltarlo, pero explotaron en el aire cuando ella hizo un ligero movimiento de manos.

Todos estaban siendo masacrados sin poder oponer resistencia.

—Tú crees que puedes detenerme con una alucinación y no comprendes lo delicada que es tu situación.

Nick luchó por respirar, trató por todos los medios liberarse de su ira y solo pudo agonizar en sus manos.

Lo lanzó al suelo como si fuera basura cuando murió. Chase gritó con toda su rabia cuando vio el cuerpo sin vida de su líder. Había acabado con su vida como si jamás le hubiera importado. Él que la había estado alimentando todo ese tiempo.

Aimee se había convertido en un monstruo sin control.

Una idea cruzó su mente y la puso en práctica, no tenía nada que perder si funcionaba.

Con el arma de un compañero caído se hizo un corte en la muñeca y esperó a que el olor a sangre funcionase.

Efectivamente, tras unos segundos ella alzó la vista y lo buscó entre la multitud. Sonrió al verlo en la lejanía mostrando su herida.

Caminó abriéndose paso en la guerra que estaba aconteciendo a su alrededor. Devoradores y espectros morían peleando los unos contra los otros donde no había un claro ganador. El peligro más grande era ella y debía tratar de alejarla todo lo que pudiera.

Chase la vio venir hacia él, caminando tranquilamente; como si se recreara a cada paso. Pero todo cambió cuando el Devorador decidió correr.

Apareció ante él y lo detuvo en seco.

Oteó el aire tal y como le había visto hacer a los lobos. Sus colmillos se alargaron más de lo que nunca antes había visto.

El Devorador dio un último vistazo a sus compañeros y suspiró. Valía la pena si eso hacía que ella volviera en sí. En aquel tiempo había desarrollado cierto interés o cariño por ella y le quedaba la esperanza que, bajo tanta maldad, quedase algo de Aimee.

Le tendió la muñeca y asintió instándola a tomar.

—¿Eso es lo que quieres o debes recrearte en el dolor de los demás?

No vio muestra alguna de sentimientos en su rostro.

Simplemente bajó la boca hacia la herida y clavó profundamente sus colmillos en ella. Chase jadeó dolorosamente y tuvo que hacer acopio de todas sus fuerzas para mantenerse en pie.

CAPÍTULO 54

Cuando Aimee volvió en sí todo estaba muy diferente al último recuerdo que le quedaba en la mente.

Parpadeó y fue consciente de que tenía el brazo de alguien en la boca, alimentándola. Sacó los colmillos y miró al suelo, su corazón se detuvo en seco al ver a Chase casi inconsciente. Jadeó llegando hasta su rostro y lo acunó haciendo que lo mirase.

—¿Chase?

Respiró profundamente y nunca hubiera estado preparada para lo que sus ojos contemplaron al mirar a su alrededor. Toda una guerra había estallado y cientos de Devoradores habían muerto a causa de lo ocurrido.

Entonces recordó a Seth.

Ese había sido su plan. Había hecho que ella fuese la destructora de aquella raza. La había asesinado para acabar con ellos cuando regresara a la vida. Sus intenciones se habían cumplido a la perfección dejando un reguero de sangre y destrucción a su paso.

Se levantó lentamente con un dolor fuerte instaurando en el centro de su pecho. Acababa de asesinar a decenas de hombres y mujeres que la habían protegido y cuidado durante meses. Había acabado con ellos como si no valieran nada.

Lloró con auténtico pesar en su alma y dejó que la rabia explotara saliendo por cada poro de su piel hasta convertirse en un choque de energía que hizo desaparecer a todos los espectros.

Eso era lo que era ella, una destructora. No servía para nada más que para acabar con la vida de sus enemigos y poco importaba que alguien dijera lo contrario. Había sido una bomba de relojería en manos equivocadas.

Caminó entre las decenas de cadáveres del lugar, llorando y jadeando de pura agonía. Deseó mil veces poder morir y dejar de existir. Esa gente no se merecía algo semejante.

Se dejó caer al suelo de rodillas.

Cerrando los ojos dejó que sus alas se desplegasen, cada una de un color; blanca y negra. Las dos personalidades que convergían hasta crearla a ella.

Sus manos descansaron en su regazo mientras las miles de lágrimas caían por su rostro manchándolo todo. La traición que acababa de cometer en aquel lugar había destrozado su corazón.

Los recuerdos de sus muertes llenaron su mente, todos y cada uno eran especiales. El recuerdo más doloroso fue el de Nick. Él había tratado de detenerla, había sido un gran líder y había sufrido el mismo final que todos los demás.

Miró a su alrededor y sollozó.

—Dime el precio que tengo que pagar por todas sus vidas... —susurró cerrando los ojos.

—No tienes poder suficiente para eso.

La voz de Douglas a su espalda hizo que se estremeciera. No se molestó en girarse, no podía contemplarlo sin sentir vergüenza por todo lo que acababa de provocar.

—No he dicho eso. Te he preguntado el precio —inquirió furiosa.

Sabía que su hermano era únicamente un holograma y que, realmente, no estaba pisando la Tierra. Nunca antes lo había hecho.

—Aimee —dijo en señal de advertencia.

—¿Qué?

Su hermano respiró profundamente.

—No podrás revivir a nadie en siglos.

—¿Te he preguntado eso?

Douglas trataba de convencerla que no hiciera eso, pero era una decisión más que tomada. Nadie podía hacerla cejar en su empeño.

—No puedes pagar el precio.

Sí que podía.

Tragó saliva antes de materializar una daga en sus manos. Acto seguido tomó su ala blanca y la cortó. No se permitió llorar o desmayarse, rápidamente hizo lo mismo con la negra y las colocó ante ella.

—¿Suficiente?

—Sabes que sí.

Las alas de un dios puro eran poderosas y contenían gran parte del poder del mismo. Parte de su energía vital vivía en ellas.

—Dáselas y dile que los quiero de vuelta, a todos.

Douglas visitaría a un antiguo amigo en común: La Muerte. Con ellas pagaría el precio de la resurrección.

—De acuerdo —dijo sin más.

—Y no vuelvas a aparecer aquí. Seth te busca.

—Creo que se ha divertido suficiente contigo.

Las alas y su hermano se desvanecieron en el aire. Entonces se permitió sentir el dolor que su cuerpo le exigía. Abrazándose a sí misma se encorvó casi sin aliento y gritó hasta quedar afónica.

No solo era por el dolor físico. Su alma se llevaba una pesada carga.

Miró por última vez a Chase, este estaba cerca de ella. En sus ojos pudo ver miedo y no lo culpó por ello. ¿Cómo no temer a un monstruo?

—Lo siento.

Y se desvaneció en el aire antes de que, sorprendentemente, todos sus compañeros caídos despertaran como si de un sueño se tratase.

CAPÍTULO 55

Leah gritó cuando los poderes de Seth hicieron que Dominick volara por los aires hasta impactar contra una pared. Él estaba visiblemente molesto con todo aquello y no hizo ademán de esconder su ira.

—Creí que podíamos ser un equipo. Estaba dispuesto a darte parte de este mundo que iba a construir. Pero eres demasiado terco y difícil de llevar.

Su atención cayó en Leah.

Doc se colocó ante ella a modo de protección, algo que la sorprendió. Las palabras de aquel hombre la habían dañado, pero seguía amándola.

—Eras el cebo para mi gran premio —dijo señalando a su marido—. Y te convertiste en un premio mucho mayor de lo que hubiera imaginado jamás.

No era capaz de creer las palabras de Doc, pero parecían ciertas dado el comportamiento de ese hombre.

—Hijo. —Abrió los brazos como si quisiera abrazarlo—. ¿Vas a dañar a tu querido padre?

—¿El mismo que me torturó durante días? Que no te quepa duda.

Seth chistó ante su contestación.

—Cierto, casi lo olvidaba. Esta reunión familiar es un tanto extraña, además, me sorprende tu cambio de look. Me has engañado bien, pero esos ojos de colores hacen que sepa que eres mi querido Anubis.

Las manos de Doc se iluminaron preparado para la batalla.

—No, no, no, no —canturreó Seth.

Unas grandes raíces aparecieron bajo los pies del doctor y se enroscaron alrededor de su cuerpo. Lo apretaron tal y como hacían las serpientes a sus presas. Dejándolo escondido en una capa dura y fuerte de corteza.

—Vaya, vaya. Qué decepción. Bloqueaste tus poderes de dios. ¡Qué gran decepción! Pero no te preocupes que cuando tenga a tu madre de vuelta te ayudaré a ser de nuevo quién eres.

Seth caminó hasta la corteza y la golpeó con los nudillos.

—Vamos a tener un futuro prometedor, hijo mío.

Y su atención cayó completamente sobre ella.

—Ahora tienes toda mi atención. Necesito que colabores conmigo.

Ella negó con la cabeza.

—Por mí puedes regresar al infierno de donde saliste —contestó a punto de escupirle en la cara.

—Sé que no estás muy receptiva, querida, pero espero que cuando vuelvas a ser mi dulce Catherina todo sea distinto.

Olivia gruñó fuertemente desde la jaula contigua a la de su hermana. La atención de Seth se proyectó hacia la híbrida. Ella no se permitió sentir miedo y se transformó en loba rápidamente. Pensaba salir de allí peleando como siempre lo había hecho.

No era una princesa esperando a que la rescatasen.

***

Olivia golpeó duramente los barrotes con su cuerpo y logró que el hierro se doblara a causa del golpe.

—¿Qué quieres de nosotras? No necesitas a mi hermana para conseguir a tu mujer. Colaboraré si es lo que quieres, pero tienes que soltarla.

Ella bufó sonoramente oponiéndose al plan suicida de Leah. No podía colaborar con un ser que planeaba acabar con el mundo entero tal y como se conocía hasta la fecha. Gruñó para que la mirase y negó con la cabeza dejando claro el mensaje.

—No me importa si colaboras o no, voy a conseguir lo que quiero. Pero si aceptas una recomendación debo decir que hagas caso a tu hermanita, eso lo hará mucho más divertido. Me resulta excitante una buena pelea.

Volvió a lanzarse contra la puerta de su jaula, no iba a cejar en su empeño de liberarse. Pensaba llevarse a su hermana tan lejos de ese ser como fuera posible.

Si era cierto que Leah era la reencarnación de la mujer de Seth debía decirle al mundo que se fuera a la mierda por ser tan cruel. Nunca habían tenido opción alguna a ser felices y eso era desgarrador.

—Mírala, tiene un espíritu inquebrantable —comentó señalando hacia la loba—. Casi voy a sentir lástima de ejecutarla ante ti.

—¡No puedes hacer eso! —bramó Leah.

Asintió.

—Puedo hacer lo que me plazca, por si no te has dado cuenta soy yo el que tiene la sartén por el mango y no tú.

Olivia pensaba darle con la sartén en la cabeza hasta matarlo. No pensaba darle el gusto de dejarse morir sin pelear.

—¿Y por qué quieres asesinarla? ¿No tienes suficiente conmigo?

Seth hizo aparecer dos mesas blancas en medio de ese sótano tan lúgubre. Ambas tenían unas correas en cada extremo que fácilmente se podía adivinar que eran para atar piernas y brazos.

La primera en salir de la jaula fue Leah.

Él abrió la puerta y entró directo a por ella. Poco importaron los gruñidos de la loba, ella aulló duramente y lanzó dentelladas al aire que no pudieron alcanzarlo. Leah, también se defendió, pateó aquel dios duramente, aunque no consiguió dañarlo.

—¡Suéltame! —gritaba una y otra vez mientas la tumbaba y ataba a la mesa.

El dios le dedicó una perversa sonrisa a Olivia antes de apretar las correas de su hermana duramente.

—Tienes un espíritu increíble y no me extraña que el destino te destinara ser su hermana.

Acabó de apretar el último agarre sobre su pierna y se deleitó mirando el cuerpo de Leah con hambre.

—Nunca imaginé tener la oportunidad de volver a tenerte a mi lado. Han pasado tantos siglos que vas a tardar un poco en acostumbrarte, sin embargo voy a tener paciencia para mostrarte mi versión del mundo perfecto.

Olivia llegó a la conclusión de que aquel hombre había perdido el juicio y sumado a que era un dios hacía un resultado terrible. ¿No había nadie que pudiera controlarlo? ¿Los dioses tenían carta blanca para todo lo que deseasen hacer?

—Eres muy afortunada, Olivia.

"Uy, sí. He tenido una vida llena de triunfos". Pensó ella.

—Tu sacrificio va a servir para que la mujer de mi vida vuelva a la vida. El destino te creó con un propósito: protegerla hasta que yo pudiera encontrarla. Te ha mantenido en su vida a pesar de los baches y la has cuidado tanto como ella a ti. Es todo un honor haber servido para tan preciado fin.

La loba no le encontraba la gracia a sus palabras. No estaba de acuerdo con todo lo que decía y no se creía que el destino la hubiera puesto en el mundo solo para cuidar de Leah.

—Por eso sobrevivías batalla tras batalla, siendo invencible y más fuerte que cualquier hembra híbrida de tu especie. Me resulta hermoso pensar en eso.

Aquel ser estaba tan loco que necesitaba atención psiquiátrica inmediatamente. No podía estar más tiempo sin su tratamiento.

—¿Por qué la quieres muerta? —preguntó Leah aguantando las lágrimas en las comisuras de sus ojos.

—Si supiera de alguna forma o truco para conservarla me la quedaría para mi ejército. Alguien tan poderoso merece un puesto de honor. Pero para que todo no sea tan trágico trazaré leyendas en tu honor; las próximas generaciones te recordarán y hablarán de ti como la mujer que dio vida a su reina. Vas a ser famosa, querida.

Ella respondió gruñendo mostrando sus fauces.

—Sé que es difícil de comprender, pero es un fin glorioso para un saco de pulgas como tú. Tu final será mucho mejor que el del resto de tu raza.

"Que suerte la mía". Pensó para sí misma.

—Como agradecimiento a haber cuidado de Leah todos estos años te concederé una muerte rápida e indolora. Creo que soy muy generoso.

Seth acarició el rostro de Leah a pesar de que ella luchó por alejarse.

—No estás aquí y ya me vuelves mejor persona, Catherina... Hasta que el cielo se caiga. Esa solía ser nuestra promesa de amor eterno y el cielo sigue sobre nuestras cabezas.

Aquel ser estaba en su propio mundo y no era capaz de salir de él, pero Olivia pensaba darle un golpe contundente cuando abriera su jaula para ver si así salía de esa alucinación tan nefasta.

—No creas que no puedo escuchar tu mente aquí arriba —

susurró Seth señalando su cabeza.

Eso la sorprendió.

—Tengo muchos poderes que no os podéis llegar a imaginar. Me resulta divertido escucharte, resultas refrescante, más de lo que creí al verte por primera vez siendo la perra ganadora de Sam. Voy a sentir algo de lástima al perderte, vas a perderte un mundo maravilloso.

La corteza que atrapaba a Doc comenzó a resquebrajarse. Seth besó la frente de Leah y acarició su mano.

—Discúlpame un momento, querida. Tengo que ocuparme de nuestro hijo.

Se acercó a él y reforzó el hechizo. Suspiró y tocó aquel recipiente que contenía el último de su estirpe con vida.

—Fue un gran hijo, algo terco, pero logró grandes cosas. Sentí dolor al acabar con él, no obstante, sin Catherina ya nada tenía sentido.

Volvió a paso ligero hasta la humana y le sonrió.

—Seguro que estarás muy contenta al verlo.

Definitivamente aquel ser estaba en un mundo paralelo y lejano, tanto que no sabía si podía volver.

Él se aseguró de que las correas que iban a contener a la loba estuvieran reforzadas. Olivia cerró los ojos tratando de idear un plan para poder liberarse.

—¿No existe otra forma de hacer resurgir a tu mujer? Haré lo que me pidas, pero. por favor, no mates a Olivia.

Las súplicas de su hermana le encogieron el corazón, estaba tratando de convencer a un psicópata que no acabara con su vida. Sorprendentemente él dudó y se tomó muy en serio la petición de su amada.

Ya no la veía como Leah, sino como la supuesta Catherina que creía que era.

—No conozco otra forma, querida. Sé que tenerla a tu lado te haría feliz, no obstante, pienso traerte tantos lobos como quieras para que te quedes con el que más te guste.

Claro que sí, la solución era traer más para que pudiera tomar al más bonito, como si aquello fuera un concurso. Cada vez se sentía más enferma con la actitud de aquel hombre.

—Sé que solamente de un sentimiento fuerte puede hacer resurgir tu vida anterior. No funcionó al ver morir a Dominick así que he tomado a la persona que lleva más tiempo en tu vida.

Y, por consiguiente, le acababa de tocar la lotería del maníaco. Aunque agradeció que no hubiera tomado a Camile para hacer la prueba.

—¿Y si no resurge tu mujer cuando Olivia muera?

Seth se encogió de hombros antes de contestar:

—Iremos descartando, nos queda Dominick, Doc, Hannah, Brie... ¡Ah, casi olvido a la pequeña Camile!

Leah se tensó al sentir el nombre de su preciada hija.

—No quiero meter presión, pero vamos a hacer un trato. Si tú te concentras en hacer que mi esposa vuelva, nosotros criaremos a tu pequeña como si fuera nuestra— le ofreció a la humana, provocando que esta arrancase a llorar.

Olivia negó con la cabeza y volvió a lanzarse sobre los barrotes. Las bisagras estaban a punto de saltar e iba a lanzarse sobre la yugular de aquel hombre.

—Sé que tu pequeña está sana y salva en brazos de tus queridas amigas. Supe que escapaban de la base antes de desatar a Aimee; se lo permití porque no quería disgustarte antes de lo necesario. Sabía que esa pequeña mocosa iba a ser un buen aliciente.

Olivia sintió arcadas cuando las manos de aquel dios acariciaron las piernas de su hermana mientras ella comenzaba a llorar.

—Eres una buena madre como lo fue mi esposa. Cuidó de todos de una forma ejemplar, hasta del desagradecido que acabó con su vida.

Debía existir algún sitio para dioses locos. Un grupo de terapia o algo para que alguien como ese ser recibiera la atención médica que necesitaba, aunque Olivia era más partidaria de separar la cabeza del resto del cuerpo.

Esa sería la solución definitiva.

—Vamos allá —sonrió Seth colocándose ante la puerta de Olivia.

Esta aprovechó para golpear una última vez con todas sus fuerzas. Al fin su esfuerzo dio resultados y las bisagras cayeron haciendo que la puerta cediera. La empujó y cayó en tromba sobre él.

Tenía una oportunidad y pensaba no desaprovecharla.

Rodó hasta poder meter el morro bajo la puerta metálica y le mordió el hombro derecho con todas sus fuerzas. Sentirlo gritar fue lo más maravilloso que le había pasado desde la declaración de amor de Lachlan.

Antes de ser consciente de lo que estaba ocurriendo, el mundo a su alrededor desapareció y volvió a surgir ante sus ojos con una nueva forma o perspectiva. Se había vuelto humana y estaba en la mesa que Seth había preparado cuidadosamente.

Tiró de sus extremidades, pero los agarrares eran demasiado fuertes.

Seth apareció sobre su cara luciendo una estúpida sonrisa que soñó con borrársela a mordiscos.

—Ya has tenido tu momento de gloria. Ahora toca morir.

—¡Por favor, no!

Los gritos de dolor de Leah parecieron conmover al que pensaba que no tenía rastro de corazón alguno. Se acercó a ella y sintió como le secaba las lágrimas, ya no podía verla, pero sabía que no iba a dañarla puesto que era la protagonista de la fantasía que estaba sufriendo el dios.

—Siento hacerte pasar por esto, querida. Debo confesar que esto va a ir a peor, pero solo un momento, luego me lo agradecerás.

Esa frase debían enmarcarla en un libro para psicópatas porque le había quedado de lujo.

La mesa de Leah se incorporó hasta quedar en posición totalmente vertical y enfocada hacia la loba, para que no se perdiera el espectáculo.

—Olivia... —lloró su hermana sin consuelo alguno.

Ya no había nada que hacer, aquel ser iba a acabar con su vida. Llegados a este punto hizo una retrospección de su vida y se alegró de algunos momentos. El mundo le había arrebatado muchas cosas, pero le había dado otras igual de importantes.

Se alegró de crecer con Leah, ambas habían sido muy importantes la una para la otra y se habían cuidado siempre. También agradeció la presencia de Cody en su vida, él cambió su forma de ver la vida, la hizo fuerte cuando no se vio capaz y la enseñó a enfrentarse al mundo sin miedos.

Pero su mayor logro fue recordar a Lachlan. El lobo al que había odiado con todo su corazón. Él solo había tratado de ayudarla, fue paciente y muy divertido, haciendo que poco a poco se metiera bajo su piel hasta llenarlo todo.

Su corazón le pertenecía y lo único que lamentó era no poder darle un último adiós. Deseó, rogó y suplicó al cielo que cuidaran de su amado Alfa. La persona más fuerte e importante que había en su vida.

"Te amo". Dijo mentalmente esperando que él pudiera escucharla.

Seth trajo una daga consigo, una blanca e impoluta como si acabara de iniciar el sacrificio de una virgen.

Mala suerte, ella no lo era y no iba a funcionarle su plan.

Ignoró las súplicas y los gritos de su hermana, la cual estaba desesperada por soltarse e ir a ayudarla. Sus correas dañaron su piel y la rasgaron de tal forma que empezó a sangrar.

Olivia oteó el aire al oler su sangre.

—No te preocupes, todo está bien, Leah. Te quiero.

Se despidió con todo el amor de su corazón, si ese era el fin esperaba que alguien, algún día lograse acabar con Seth. Ella se iba de ese mundo en paz, sabiendo lo que era el amor por muchos frentes.

Deseó poder abrazar a Leah antes de morir y que la reconfortara antes de abandonar ese mundo, pero se resignó. No peleó y tampoco gruñó, solo cerró los ojos y esperó.

De pronto un golpe seco llamó su atención y pudo escuchar:

—Has jodido al lobo equivocado machote.

Su rostro se iluminó con esperanza. Lachlan estaba allí.

CAPÍTULO 56

Lachlan había logrado llegar junto a toda su manada para ir a rescatar a Olivia. Agradeció al que había dejado el mensaje en su porche y cerciorar que el mensaje había sido correcto.

Lo que no esperaba era tanta gente allí y que interrumpiese algún tipo de ritual.

Su manada se estaba enfrentando a los pocos espectros que había en aquel lugar, algo vital que le había dotado de tiempo suficiente para llegar justo a tiempo.

Miró a su derecha y se encontró con un tipo que recobraba vagamente el conocimiento. Era un espectro recién transformado y, sorprendentemente, se parecía a Dominick. No podía ser una coincidencia; no supo si alegrarse o no.

—¡Oh, chico! Estás un poco desmejorado —dijo tocándose la cara—. ¿Te has hecho cirugía estética? Cambia de cirujano que te ha hecho una chapuza.

Centró toda su atención en Seth.

—¿Sabes que eres un poco cansino? No te lo tomes a mal, pero todo este rollo de voy a controlar el mundo, sois escoria, bla, bla, bla está ya muy trillado.

Señaló a las dos hermanas.

—Y por lo que parece me he perdido el último episodio. Lástima porque estaba enganchadísimo.

Seth acarició de forma cariñosa el rostro de Leah y Lachlan frunció el ceño, no logró comprender lo que estaba ocurriendo, pero no le importó. Tenía un objetivo marcado y no pensaba irse sin Olivia.

El lobo corrió hacia el dios tratando de alcanzarlo y solo consiguió que él lo dejara suspendido en el aire.

—Esto... No soy una lámpara —se quejó.

—Ya que eres tan graciosillo vas a ver en primera fila la muerte de tu mujer.

Lachlan gruñó, pero en la posición en la que estaba no afectó a Seth.

Miró al espectro y le chistó, al ver que se movía algo confuso perdió los nervios.

—¿Qué tal si me echas una manita, colega?

Vio con horror como el puñal de Seth caía y gritó con todas sus fuerzas. Sorprendentemente el puñal desapareció, provocando que aullara victorioso.

—¡Soy genial! Ahora va a resultar que tengo poderes de tanto juntarme con Devoradores.

La corteza que contenía a Doc explotó en mil pedazos, provocando que las astillas se quedaran clavadas en la pared como si fueran chinchetas.

—Vaya... y yo que pensaba que era un cacahuete gigante.

—¡Por favor, Lachlan! ¡Cállate! —suplicó Olivia totalmente desesperada por su humor.

Doc era él, pero a su vez no. Tenía parte de su físico cambiado y se sorprendió del cambio. Sus cabellos era el cambio más significativo, atrás quedaba su corte de pelo, luciendo ahora una larguísima melena negra. Su piel era algo más morena que días atrás.

Era más corpulento y mucho más alto, no es que la versión anterior de aquel hombre fuera escaso de centímetros.

—¿Qué os pasa con la cirugía? ¿Os han hecho un bono?

Olivia profesó unos improperios demasiado fuertes para una señora como ella.

La versión mejorada del doctor mostraba una mirada oscura y poderosa. Lanzó un choque de energía contra su padre provocando que perdiera el equilibro y cayera al suelo. Acto seguido, Lachlan cayó al suelo contundentemente.

Aprovechó la ventaja para correr a las chicas. La primera fue Olivia, la cual soltó a toda velocidad.

—Huye de aquí lo más lejos que puedas —le ordenó.

—No pienso huir más veces de ti.

Se sintió orgulloso de su Beta, la cual corrió hacia Leah. La soltó y se fundieron en un abrazo desesperado.

—Tú sí que tienes que huir. Toma a Dominick y corred todo lo que podáis.

Leah no se lo pensó, corrió hacia su marido y le ayudó a levantarse. El pobre apenas podía moverse por la magia que ejercía sobre él. Luchó por moverlo y lloró al poder tocarlo. Estaba tan contenta de volverlo a ver que acunó su rostro y lo besó.

Lachlan profesó una arcada.

—¡Oh, qué bonito! —exclamó a la par que comenzaba a susurrar—. Y qué asco, porque hay que echarle ganas. Que bonito no es ahora mismo.

Olivia gruñó.

Se centraron en la batalla que Seth y Doc estaban teniendo. Era una oportunidad única para acabar con aquel ser que había tratado de acabar con sus vidas. Miró a Olivia y sonrió, con ella a su lado todo era posible.

Ambos se tornaron lobos y se lanzaron sobre Seth. Cada uno clavó sus dientes en sus pantorrillas tratando de inmovilizarlo para que Doc hiciera el resto. Justo antes de poder lograrlo, una descarga eléctrica les obligó a soltarlo.

Leah arrastró a Dominick todo lo lejos que pudo de la batalla. Justo antes de que comenzara a brillar.

Su cuerpo cambio, deshaciendo el cambio sufrido y formando un vínculo mucho más fuerte que el que habían tenido inicialmente. Ambos pudieron notar ese nexo de unión que compartían fortalecerse hasta hacerse invencible.

Solo cuando todo acabó, ella pudo ver el rostro normal del que era el amor de su vida.

—Has vuelto —dijo totalmente sorprendida y agradecida.

Él asintió y dio un dulce beso sobre sus labios.

No tenían tiempo que perder y vieron que un par de lobos habían logrado llegar hasta allí. Él se recompuso como pudo.

—Por favor, llevadla fuera de aquí. Nosotros nos encargamos de Seth.

Leah se aferró a su cintura.

—No pienso dejaros aquí.

—No vas a volver a perderme, ni a ninguno de ellos. Confía en mí.

Dada la petición no pudo negarse. Dominick la tomó en brazos y la sentó sobre uno de los lobos. Ella se agarró al pelaje con fuerza. El cambiaformas le dedicó una mirada al Devorador antes de arrancar a correr seguido de su compañero como escolta.

Dominick se unió a la batalla. Eran cuatro contra uno y les estaba costando ganar.

En un momento dado, Seth logró alcanzar a Olivia, dejando su cuerpo desmayado en el suelo. Eso solo enfureció al Alfa, el cual, tras aullar al cielo en señal de peligrosidad, se lanzó sobre el dios alcanzándole justo en el cuello.

Apretó fuertemente a la vez que Doc lo contenía con sus poderes.

Era su momento y entre los tres podían conseguirlo. Él estaba debilitado, pero no lo suficiente como para no entrar en su mente. Cuando hizo contacto con el interior del dios tuvo que hacer acopio de todas sus fuerzas para no caer.

Comenzó a retorcer cada órgano de su interior provocando unos gritos desgarradores llenos de dolor. Ninguno de los tres soltó a su presa.

La fuerza del lobo era admirable, ya que era el que más peso estaba ejerciendo para mantener al dios contra el suelo.

La magia de Dominick logró dañar interiormente a Seth y jugar con su mente.

Estaban a un paso de acabar con aquel malnacido.

—Tú y yo vamos a volver a vernos —logró decir a pesar de que un lobo mordía su cuello y parte del hombro.

Era una promesa solemne que hizo a su hijo Anubis.

Perder a su presa fue difícil de asimilar, desapareció de entre sus manos aprovechando un momento de debilidad de ambos. El cansancio y la falta de energía no les habían permitido estar al cien por cien en la batalla.

Lachlan no perdió el tiempo, corrió hacia Olivia y la tomó entre sus brazos.

—Abre los ojos para mí, o me van a tener que hospitalizar. Y no me fío mucho de este nuevo doctor.

Se alegró enormemente cuando la vio reaccionar a su toque. Aleteó con las pestañas un par de veces antes de poder fijar la vista directa sobre el Alfa.

—Creo que no he servido de gran ayuda.

La besó sin importar la presencia de los demás. No podía estar más contento de conseguir que regresara a su lado con vida.

—¿Y Alix? —preguntó recordando el ataque a la manada.

—Murió, ahora mi hermana es libre.

Como también lo eran los Devoradores de Seth, al menos durante un tiempo. Con la gran cantidad de heridas que le habían causado esperaba que tardase en regresar un buen tiempo, aunque podía no volver a aparecer nunca más.

Ese sería un buen final, morir en alguna esquina a causa de una infección.

CAPÍTULO 57

Un mes después.

Olivia despertó a causa de los ronquidos de Lachlan, miró a su compañero y bufó. Vivir en pareja no resultaba ser tan bonito como había imaginado inicialmente. Reprimió el impulso de ahogarlo con una almohada y salió de la cama.

Bajó las escaleras en busca de café, era lo necesario para conseguir que su cerebro funcionara.

Cuando lo tuvo hecho salió al porche de su casa y se sentó en él. A lo lejos vio la casa de Lachlan. Debían pensar en trasladarse a vivir juntos en vez de hacerlo separados y dormir cada día en un lugar distinto.

Habían reconstruido la ciudad y, aunque aún faltaba mucho para acabar las obras ya volvía a parecer la preciosa urbanización que había conocido. Todo tenía un color y olor diferente y ya no se sentía atrapada entre cuatro paredes.

El celo había quedado muy atrás y todo lo ocurrido.

Los Devoradores también habían avanzado. Su base había quedado prácticamente destruida por el ataque de Aimee, así pues, estaban construyendo otra mucho más grande y fuerte.

En su última visita, Leah le había explicado que habían planeado traer más Devoradores a reforzar esa zona. Unos fuertes y peligrosos que destacaban en las bases lejanas. Ellos también habían recibido ataques, pero Seth parecía haberse centrado en Australia como su foco de atención.

¿Qué decir del dios? No habían vuelto a saber nada de él ni de ninguno de sus espectros. Nuevamente volvía a estar escondido.

Era como una hidra, pronto resurgiría con una nueva cabeza que cortar.

Un coche blanco aparcó en la puerta, de allí bajaron Aurah y Kara. Se alegró tanto de verlas que dejó el café en el suelo y corrió hacia ellas.

—Hola, Olivia. ¿Todo bien en la ciudad del amor? —preguntó Kara.

Ella miró hacia atrás y movió una mano rápidamente.

—Sí, lástima que el príncipe azul ronque tanto.

Ambas mujeres rieron.

—¿Quién ronca?

La voz de Lachlan tras ellas las pilló de improvisto a las tres, las cuales profesaron un grito antes de reír.

El lobo iba tapado únicamente con unos calzoncillos, no es que la desnudez allí fuera un problema.

Caminó hasta Olivia y la tomó por la cintura hasta apretarla contra su pecho. Aspiró su aroma oliéndole el pelo, algo que encendió el cuerpo de la loba.

Aurah y Kara se miraron con timidez, estaba claro que sobraban en aquel momento tan íntimo con los tortolitos. Sonrieron y se despidieron antes de entrar en el coche. La hermana del Alfa pisó fuertemente el acelerador.

—No tenías porqué echarlas.

—No lo he hecho. Solo quería un poco de atención de mi querida mujer.

Las manos de Lachlan se metieron rápidamente dentro de su pantalón y su ropa interior.

Pero no tuvieron mucha suerte, ya que un segundo coche lo obligó a cejar en su empeño. Aquella mañana no era la idónea para pasar un rato de pasión desenfrenada.

Del Jeep bajaron Ryan y Luke, los cuales se tomaron de la mano y fueron a saludarlos. Eran una pareja demasiado tierna, como comer dulces delante de la chimenea en invierno. Olivia sintió el impulso de abrazarlos.

—Bienvenidos, parejita feliz —sonrió Lachlan—. Ya era hora de que dierais el paso. Cuando vi que erais compañeros reales casi me da algo.

Luke parpadeó perplejo. Los dos hombres se miraron con el ceño fruncido y volvieron a poner su atención en el Alfa.

—¿Qué somos qué?

—Compañeros. Pensé que se lo habías dicho —dijo señalando a Ryan.

Su Sargento negó con la cabeza sin comprender lo que estaba diciendo. Algo raro ocurría allí y no podía saberlo.

Olivia se encogió de hombros cuando la pareja los miró. No estaba comprendiendo nada de lo que estaba ocurriendo allí.

—¿Cómo podía decirle algo así si ni yo mismo lo sabía?

—Ups, lo siento. Debí decirlo con algo más de tacto o de una forma especial. De todas formas al hablar con él con la mente pensé que habías caído en ese detalle. Tú sabes que para formar parte de una manada hay que o ser aceptado por ceremonia o siendo compañero de uno de los lobos.

Luke abrió los brazos y agitó la cabeza.

—Pero soy un lobo postizo. Me adoptasteis en vuestra manada, creí que eso conmigo no funcionaba y podía hablar con todos.

Era tan tierno que Olivia pensaba adoptarlo. ¿Cómo podían ser una pareja tan perfecta?

—Pues no. Al aceptarte eres de pleno derecho y ese Devorador tan majo es tu compañero.

Ryan miró a Luke totalmente sorprendido. Ambos comprendieron que habían sido el uno para el otro sin darse cuenta. El destino había querido que se encontraran, amándose el resto de sus días.

Y se lo iban a agradecer a Leah por nombrarle mensajero. Gracias a esos viajes había tenido la oportunidad de conocerle.

De pronto un gran lobo blanco cruzó la calle. Los cuatro se lo quedaron mirando y Lachlan le dio los buenos días. Este contestó con un gran y sonoro "miau" que les provocó una sonrisa.

—Quizás vaya siendo hora de hacer que no se siga creyendo un gato... —comentó Luke.

—Con lo tierno que es —rio Ryan.

Lo habían adoptado en la ciudad después del primer ataque de Alix y vivía en casa de una pareja que había decidido tenerlo como mascota. Era mejor así que el ser terrible e implacable que había sido en otra vida. Debían reconocer que le sobraba tamaño, pero era un animalito simpático.

—¿Y no puedes hacerlo más pequeño? —preguntó Lachlan.

—Lo mío es el control mental, no el encoger.

Eso le dio una idea al Alfa que alzó el dedo índice.

—Pues usa tus poderes para que coja a mi querida Olivia en

brazos y me la lleve a la cama, de donde no tiene que salir en las próximas horas o días.

Ryan cerró los ojos fingiendo usar sus poderes y él corrió a toda prisa para hacer todo lo que había expuesto anteriormente. Olivia no tuvo más remedio que despedirse colgada como un saco de patatas de los hombros de Lachlan y dejarse llevar.

No había lugar malo donde él quisiera llevarla.

CAPÍTULO 58

Dominick salió de la reunión mucho más tarde de lo que le había prometido a Leah. Corrió todo lo veloz que fue capaz para regresar a casa.

Hannah y Brie estaban a punto de entrar a la casa contigua, la que ambas compartían.

—¿Está enfadada? —les preguntó.

Mamá oso negó con la cabeza.

—Algo molesta, pero se le pasará.

A su vuelta les había agradecido todo lo que habían hecho por Leah y Camile el tiempo que había estado cautivo. Un infierno que se había grabado en su piel para el resto de su vida; algo incapaz de borrar.

Brie abrió la puerta de su casa y cientos de globos salieron flotando en dirección al cielo. Ambas quedaron pasmadas por la sorpresa y lo miraron. Él se encogió de hombros y señaló su casa.

—Ha sido idea suya, yo solo lo puse en práctica.

—Ya os hemos dicho que no hace falta que agradezcáis más todo lo ocurrido. Olvidadlo de una vez y dejarnos vivir sin decorar nuestra casa.

Mamá osa tenía razón, pero se negó a prometer algo ya que sabía bien que si Leah se lo pedía iba a hacerlo sin pensárselo dos veces.

Entró en su casa después de despedirse de las Devoradoras. Una vez en el interior los gritos de su hija le alegraron el corazón, ella ya sabía decir Papi entre otras muchísimas palabras.

Corrió al comedor y la encontró jugando con unos coches que

hacía levitar por todo el salón. Al verle sus ojos dulces se iluminaron.

Dejó caer los juguetes al suelo con fuerza y se levantó para ir a abrazar a su padre. Ya caminaba mucho mejor y apenas se tambaleaba.

Dominick la tomó entre sus brazos y la besó en la coronilla como tantas veces hacía al día. Era su ojito derecho y la pequeña lo sabía.

Leah apareció procedente de la cocina cargada con ropa limpia y muy elegante.

—¿Vamos a una fiesta? —preguntó Dominick, el cual se acercó a ella y depositó sobre sus labios un pasional beso.

Camile lo imitó y se lanzó a su barbilla para probar a besarle, dejando un reguero de babas que bajaron por su cuello.

Leah rio y fue el sonido más maravilloso del mundo. Día tras día agradecía al destino que volvieran a estar los tres juntos como una familia.

Los últimos acontecimientos habían revelado que Leah era la reencarnación de la mujer que había amado Seth y eso significaba que tarde o temprano él regresaría. Ya sabía quién era y conociéndole no iba a cejar en su empeño. Lo había tenido cerca de siete meses en su cabeza y ya sabía la forma de pensar del dios.

—¿Todo bien? —preguntó Leah.

—Sí, hemos estado tratando el traslado de los nuevos Devoradores. Llegarán la próxima semana.

Ella asintió algo acongojada, sabía bien que los nuevos integrantes de la base eran unos de los más poderosos de su raza. Esa era la señal inequívoca de que seguían en peligro. La paz era algo que iban a tener que ganarse con uñas y dientes. Hasta entonces soñarían con un futuro mejor.

Algún día serían lo suficientemente poderosos como para acabar con él.

—Me ha llegado la carta de renuncia de Doc del hospital.

Leah se dejó caer sobre el sofá pesadamente.

Saber que Doc era en realidad un semidiós, hijo de Seth y nada más y nada menos que Anubis le había sorprendido y dolido. Le hubiera confiado su propia vida a su compañero y él les había mentido descaradamente. Una mentira que paradójicamente no habían sido capaces de detectar.

A veces hasta a los mismísimos Devoradores de pecados se les escapaban mentiras.

—La ha adjuntado con una petición de traslado.

Supo por los ojos de Leah que no quería dejarlo marchar. La relación entre ambos se habría enfriado, pero seguía teniéndole un gran cariño.

—La he denegado, por ahora.

Dominick y Lachlan habían tenido una reunión días después de volver a casa y habían acordado guardar el secreto de Doc y Leah por ahora. Hasta que vieran la forma de decirlo sin que conmocionase demasiado a su gente.

Bastante habían sufrido ya con el ataque de Aimee.

—Gracias.

No iba a prohibirle que lo viera o que cortase todo contacto con él, pero la idea de que estuviera cerca de su mujer no le gustaba. Iba a doblar la vigilancia con lo que a Doc se refería.

—¿De qué trabajará? —preguntó Leah.

—Ya le buscaremos algo, no te preocupes.

Camile atrajo toda la atención con un chillido de alegría, trató de volver a besar a su padre y no cejó en el empeño hasta que hizo un fuerte sonido de ventosa.

¡Cielos! Acababa de descubrir un juego nuevo.

Leah tomó a la pequeña entre sus brazos y la abrazó.

Su familia estaba reunida de nuevo y pensaba luchar por ellos como siempre había hecho. Todo lo ocurrido les había vuelto más fuertes. Iban a estar preparados para el siguiente asalto con Seth.

CAPÍTULO 59

La puerta del despacho de Nick se abrió dejando pasar a Chase. Eso le sorprendió, ya que no esperaba tener reunión alguna con nadie.

—Veo que ya te has mudado a tu antiguo despacho —comentó su compañero.

Asintió. Con la vuelta de Dominick había tenido que mudarse y lo había hecho gustosamente. Resultaba extraño liderar a los Devoradores y esperaba hacerlo conjuntamente muchos años.

—¿A qué debo esta visita? —preguntó.

No obstante, ambos sabían bien los motivos por los cuales estaba allí: Aimee.

La diosa había desaparecido después de revivir a todos los Devoradores de pecados que habían perdido la vida durante el ataque.

Durante días había estado en boca de todos y, aunque el final hubiera sido feliz no estaban seguros de volver a verla.

Debían reconocer que Seth se la había jugado bien tanto a la diosa como a su raza. Les había metido en la base una cabeza nuclear a punto de explotar. Y vaya si lo había hecho.

—¿Has vuelto a saber de ella? ¿Se ha puesto en contacto contigo?

Chase mantenía la esperanza de volver a verla. Tras el gran sacrificio que había hecho por sus vidas lo menos que podían hacer era agradecérselo.

Nick negó.

Nadie sabía que juntos habían iniciado una búsqueda por el

ancho mundo. No podía haber ido demasiado lejos dado el alcance de sus heridas, pero tampoco tenían clara la forma en la que poder rastrearla.

—Se la ha tragado la tierra —sentenció Nick.

Y él comenzaba a pensar que era verdad lo que decía.

—Seguiré buscándola —comentó apagando el ordenador que tenía sobre su mesa.

Necesitaba un descanso, los últimos días había trabajado casi doce horas diarias y ya no podía aguantar los ojos abiertos. Estaba convencido que era capaz de dormirse de pie si le dejaban de hablar unos minutos.

Volver a reconstruir la base estaba resultando agotador, la logística era de locos y él se había quedado casi todo el trabajo para permitirle a Dominick un descanso. Se lo merecía después del secuestro al que había sido sometido.

Tenía que disfrutar de su familia ahora que se habían reencontrado. No eran unas vacaciones, pero sí que trabajaba a jornada reducida.

—¿Le has explicado a Leah lo de la búsqueda?

La curiosidad de Nick lo sorprendió. Por norma él no solía meterse en temas personales.

—No.

Tampoco es que tuvieran mucho que decir. Explicarle que iban en busca de una diosa escurridiza solo añadiría preocupación innecesaria a una mujer que merecía un respiro.

Ahora podía volver a ser feliz y eso era lo único importante.

Tarde o temprano alguien iba a darse cuenta de la búsqueda que habían iniciado, pero por el momento iba a ser un secreto entre ambos.

—¿Volvió en sí cuando la alimentaste? —preguntó Nick.

Chase asintió.

No había esperado que volviera a la normalidad tras tomar su sangre. Había sido toda una sorpresa. La desolación había llegado justo después, cuando se dio cuenta de lo que acababa de hacer.

Estaba arrepentida y con el corazón hecho pedazos. No era de extrañar que no quisiera salir de donde estuviera escondida.

Chase había revivido mil veces los gritos de auxilio antes de que Seth la ejecutara públicamente. Sabía lo que estaba a punto de ocurrir y había tratado de advertirles. Sus gritos pidiendo que huyeran habían caído en saco roto.

Estúpidos. Parte de la culpa del ataque la tenían ellos, ya que habían ignorado sus peticiones.

Muchos de los Devoradores de pecados de la base seguían hablando del tema. Por desgracia había división de opiniones. Mientras unos creían que debía volver ya que les había resucitado, los que habían muerto en sus manos preferían tenerla lo más lejos posible.

¿A quién quería engañar?

No les culpaba por querer salir huyendo. Aquella mujer había demostrado tener una fuerza increíble y difícil de detener.

Pero a su vez había hecho el mayor acto de amor hacia aquella raza.

Supo que todos los que quedaban vivos cuando Aimee volvió en sí, se habían quedado estupefactos cuando ella misma se había cortado las alas a modo de precio. Desconocían quién era el comprador, pero sí el mensajero.

Douglas había hecho acto de presencia aconsejando a su hermana seguir adelante. Al no convencerla, había aceptado lo que ella pensaba hacer, siendo el que transportaba el paquete para saber a qué dios proveer de la magia de ella.

Miró a Nick y lo estudió detenidamente. Una parte de su carácter había cambiado tras volver a la vida.

Morir en manos de Aimee lo había trastocado duramente. Imaginaba que revivía constantemente esa experiencia y no podía ser capaz de imaginar lo que significaba morir en manos de alguien semejante.

—¿Tienes pesadillas?

—¿Ahora eres terapeuta? —preguntó esquivando el tema.

Eso solo tenía una contestación posible: sí.

—Si necesitas hablar...

—¿De qué? ¿De cómo permití que se acercase a mí? ¿Cómo yo mismo me vendí como un juguete al placer de la sangre?

Nick estaba dolido y eso lo convertía en alguien peligroso. Aimee había conseguido remover algunos sentimientos que habían quedado en el pasado.

—¿Quieres saber cómo es morir? Luché con todas mis fuerzas para liberarme, traté de encerrarla en una alucinación en bucle donde matase a todos los que quisiera para saciarse y así retornarla a la realidad. —Tomó una bocanada de aire visiblemente afectado—. Nada funcionó y acabó con mi vida mirándome a los ojos sin reconocerme.

Aimee había abierto la caja de Pandora de Nick, liberando a todos sus demonios que corrían libres por la base. Él seguía conmocionado por su muerte, por la forma fría en que lo hizo y porque ella pareció demostrarle que no era importante.

La rabia, desolación y la culpa eran sentimientos negativos muy poderosos. Capaz de cambiar a alguien que no es lo suficientemente fuerte.

Chase se preocupó por el bienestar mental de Nick.

—¿Y para qué quieres encontrarla?

—Para mandarle una tarjeta de felicitación Navideña.

Chase bufó. Aquella conversación se estaba tornando demasiado tediosa.

—Tenemos un objetivo común: encontrarla. Tú quieres cerciorarte de que no está herida y que se recupera. Yo quiero mantener una conversación más adulta con ella.

Quiso discutirle sus palabras, pero supo que no era el momento adecuado.

—Además, sabemos que no ha vuelto a morir o el mundo hubiera sufrido una calamidad y las noticias humanas parecen dentro de lo común.

En eso no había pensado y lo tranquilizó.

Fuera donde fuera que se había ocultado estaba con vida. Pasados tantos días tenía que haberse recuperado ya de sus heridas. Eso solo dejaba una opción sobre la mesa: se mantenía alejada de los Devoradores por propia voluntad.

Chase y Nick cambiaron el tercio de la conversación. Obsesionarse con Aimee tampoco era un gran plan. Iban a seguir buscándola con la esperanza de que volvieran a reencontrarse algún día.

Tenían una conversación pendiente.

CAPÍTULO 60

Olivia gimió cuando Lachlan besó la parte interna de sus muslos. Se podría acostumbrar a despertar así el resto de su vida.

Abrió las piernas dejándole el espacio necesario como para colocarse en medio y así comenzar a desnudarla. El sueño aún le tenía la cabeza algo paralizada, pero no iba a tardar en acabar de despertar completamente.

—Parece que nos hemos levantado animados —rio suavemente mientras sintió deslizarse su ropa rodillas abajo.

—Yo siempre me levanto animado si es contigo —dijo con la boca totalmente llena por su sexo.

Solo él podía ser divertido y caliente a la vez.

La saboreó a conciencia, lamiendo cada rincón de su húmedo sexo provocándole un millón de sensaciones. Su cuerpo reaccionaba a su toque como si llevaran juntos toda la vida y esa era la magia del amor.

Ahora eran una pareja y, al fin, podían ser felices.

Perdió el hilo de sus pensamientos cuando el orgasmo la asaltó sin piedad. El Alfa se aferró a ella tomándola de las caderas y apretándola duramente contra su boca. Olivia no tuvo más opciones que gritar con una sonrisa dibujada en el rostro.

Sí, él era alguien increíble.

Bajó directa a buscar su boca y lo besó, metiendo la lengua en su boca, buscando el contacto. Ambos se mordieron sin llegar al dolor, pero lo hicieron como si de algún modo buscasen marcar al otro.

Estaban perdidos en el placer visceral que sentían el uno con el otro.

Se acariciaron, se abrazaron y quedaron en contacto piel con piel. De un modo íntimo y suave.

Pero Olivia no pensaba en ser dulce aquella mañana. Tumbó a Lachlan boca arriba y le pidió que la esperase allí.

Salió de la habitación a toda prisa y fue a buscar la compra que había hecho recientemente. Regresó cargada con una bolsa negra con unas letras doradas que el lobo no tuvo opción a leer.

Luciendo una mirada perversa, ella sacó unas tiras de terciopelo rojo. Eso hizo que él dudara y frunciera el ceño. Estaba confuso y no acababa de comprender lo que iba a hacerle.

Antes de comenzar, Olivia se sentó sobre su regazo. Con lentitud comenzó a balancearse sobre su gran miembro y el contacto entre ambos les provocó placer.

—¿Y si te la metes? —preguntó Lachlan enarcando una ceja.

—Aún no —respondió ella.

No tuvo prisa, se regodeó en el contacto sabiendo bien que él estaba a punto de explotar sin embargo, lo soportó como un campeón.

Olivia tomó la primera cinta de terciopelo y tomó una de las muñecas del lobo. Lo guio hasta colocarla hacia atrás, en dirección al cabecero, justo donde la sujetó. Con la siguiente repitió la misma operación.

—Nos hemos despertado juguetones esta mañana —rio Lachlan.

Confiaba tanto en ella que no había mostrado signo de miedo alguno.

Ella bajó de la cama y se dirigió a sus piernas. Las cintas lo sujetaron de pies y manos quedando a su merced sobre la cama, totalmente extendido y duro. Todo de ella, para hacer con su cuerpo lo que quisiera.

Sonrió al ver una imagen tan gloriosa.

—¿Te gusta lo que ves? —le preguntó.

Asintió antes de ir a la bolsa nuevamente y sacar esta vez un vibrador color morado.

La sorpresa más absoluta se reflejó en el rostro del lobo.

—Ey, ¿y eso? ¿Es que lo necesitas teniéndome a mí?

"Por supuesto que sí". Contestó mentalmente.

Pensaba torturarlo un poco antes de dar paso a lo siguiente. Se sentó entre sus piernas, pero lejos de su incipiente erección. Y se abrió de piernas, proporcionándole unas buenas vistas desde su posición.

Olivia se acarició suavemente los pechos al mismo tiempo que encendía el vibrador.

Un gruñido de advertencia se escapó de entre los labios de Lachlan. Prefirió ignorarlo y comenzar a acariciarse suavemente con el nuevo juguete.

Un segundo gruñido, esta vez más intenso, le provocó una sonrisa. Él estaba advirtiéndola, pero iba a empujarlo un poquito más al límite.

Se penetró suavemente con su juguete al mismo tiempo que el Alfa tiró de los agarres para soltarse. La cama crujió quejándose y cejó en el empeño no sin antes morderse los labios.

Él no la perdía de vista, casi creía que no era capaz de pestañear por lo que estaba contemplando.

—Solo diré que vas a matarme si sigues así.

Y continuó dejando entrar hasta el final el vibrador y gimiendo sonoramente. La cama volvió a crujir por un nuevo tirón. Lo ignoró mientras comenzó a penetrarse.

Lo miró fijamente a los ojos mientras lo hacía, para que él pudiera contemplar lo que estaba haciendo. Sonrió cuando vio la pura desesperación de Lachlan. Estaba a punto de enloquecer pidiéndole sin palabras que lo dejase ir.

El orgasmo llegó y supo que ya no podía retenerlo más. Un fuerte sonido le corroboró su teoría, Lachlan había roto sus ataduras y ya se había abalanzado sobre ella.

La tomó de los tobillos y la deslizó sobre la cama hasta tumbarla. Una vez en esa posición, la giró hasta quedar boca abajo. Lo siguiente que hizo fue arrebatarle el juguete de las manos y tirarlo lejos.

—¿Qué haces? Lo estaba pasando muy bien.

—Me gusta ese rollo de moderna con el vibrador, ya lo introduciremos en nuestros juegos sexuales otro día. Hoy te necesito a ti, no ver como una polla de plástico te folla.

Olivia hizo un mohín.

—Era placentera.

La mano del lobo cayó sobre su nalga derecha propinándole un fuerte cachete. Olivia gritó a causa de la sorpresa, no se lo había visto venir. Un segundo golpe, esta vez en la nalga contigua, provocó que riera.

—Parece que alguien está ligeramente enfadado —canturreó.

Lachlan se apoyó con ambas manos a cada costado de su cuerpo. Ella pudo sentirlo en su oído izquierdo, su aliento golpeándola tan provocativamente que no fue capaz de contenerse levantando el trasero buscándolo.

—El día que esté enfadado lo sabrás. Lo que estoy es muy jodidamente cachondo.

Olivia rio y él respondió con un nuevo cachete. El sonido fue tan fuerte que pareció que le había dado mucho más fuerte de lo que había sido en realidad.

Lachlan se quedó congelado.

—Me he pasado.

—Un poco —mintió—, pero si me dejas darte unos cuantos azotes se me pasará el enfado.

La sonrisa perversa del lobo vaticinó que sus juegos iban a ser divertidos y tenían toda la vida para experimentar qué era lo que más les gustaba hacer en el dormitorio.

Lachlan la retuvo contra el colchón y negó con la cabeza.

—Hoy no.

Abrió sus piernas con suma suavidad y se coló entre ellas. Olivia contuvo la respiración por culpa de la excitación cuando notó que la penetraba.

Ambos rugieron como si en vez de lobos fueran tigres cuando estuvo por completo en su interior.

—Eres una híbrida increíble.

—Y tú un Alfa que no está tan mal.

Salió para penetrarla duramente, sin miramientos y haciéndola gemir al borde del orgasmo. Aquel hombre sabía bien como encenderla y llevarla al límite. Comenzó a bombear en su interior salvajemente, como si fuera algo primitivo o animal.

Notó como comenzó a besarle la nuca hasta bajar a su hombro derecho, allí mordió suavemente dejando una leve marca. No dolió, aumentó más el placer provocando que Olivia se moviera para aumentar el ritmo de las embestidas.

—¿Crees que nadie sabe que estamos juntos que tienes que marcarme?

Lachlan jadeó e hizo un par de respiraciones profundas antes de poder contestar a la pregunta.

—No, pero me moría de ganas por morderte. Soy lobo, es nuestra naturaleza.

—¿Y si yo quisiera morderte también?

Él casi aulló mirando al techo al hacerle esa pregunta.

—Soy todo tuyo, muérdeme, úsame, tómame como te plazca, pienso dejarme.

El orgasmo comenzó a llegar y Olivia suplicó que aumentara el ritmo. Casi esperó que él se detuviera en seco para enfadarla levemente, pero no fue así. Cumplió su deseo hasta exponerla al mayor de los placeres.

Olivia supo en ese momento que era capaz de morir allí mismo.

—Creo que voy a desmayarme.

—De eso nada, jovencita. No puedes dejarme a la mitad —se quejó.

No lo hizo. Le obligó a girarse y lo besó mientras se sentaba a horcajadas sobre su entrepierna. Él estaba sentado y la abrazó suavemente, acariciando su espalda y dejando un reguero de besos por todo su cuello.

Ella comenzó a moverse rápidamente, Lachlan dejó de hablar, se limitó a gemir y gruñir sin parar.

Cuando el placer lo asaltó aulló fuertemente, un sonido tan alto que, seguramente, sus vecinos habían escuchado. A este paso los iban a invitar a mudarse al bosque para no tener que soportar sus momentos de pasión.

Olivia sonrió satisfecha.

CAPÍTULO 61

Estar allí no fue fácil. Una parte de su corazón seguía sintiendo la pérdida de Cody y estar ante su tumba hacía que su mente se llenara de los recuerdos que habían vivido juntos.

—¿Qué harías si fueras libre? ¿Volverías con Alma? —preguntó Olivia acercándose a la jaula de Cody.

Este estaba tendido en el suelo, pero no estaba dormido.

Nadie podía dormir en un momento como ese. Uno de los luchadores había fallecido en el ring y todos estaban visiblemente afectados. A eso se enfrentaban cada día, a morir a golpes.

Él negó con la cabeza.

—Hablaría con ella. No podemos seguir casados después de todo lo ocurrido entre nosotros. Deberá comprenderlo y le deseo que sea inmensamente feliz. Solo quiero que encuentre un hombre que la cuide como se merece.

El corazón de Olivia se encogió un poco dolorosamente. Por su culpa una mujer iba a sufrir, si es que alguna vez salía de allí.

—¿Y tú? ¿Qué harás cuando seas libre?

—Lo primero será ver a mi hermana. Lo segundo será bañarme, pienso estar todo un día metida en la bañera.

Cody quedó un momento pensativo antes de comentar:

—Si haces eso se enfriará el agua y cogerás frío.

Un detalle en el que no había pensado.

—Pues iré cambiando el agua.

Ambos rieron suavemente. Soñar era gratis, ya que jamás iban a salir de allí con vida.

Olivia regresó a la realidad. Ella había conseguido sobrevivir al infierno al que habían sido sometidos. Tal vez su relación hubiera estado condenada al fracaso tras ser liberados, pero eso no significaba que hubiera tenido que morir.

Depositó el ramo de flores que le había traído sobre la lápida.

—Solo quiero que sepas que siempre te estaré agradecida por lo que hiciste por mí.

Se emocionó y tuvo que parar de hablar unos segundos.

—De no ser por ti me hubiera dejado morir. Tú me ayudaste a ser fuerte y te agradezco que hoy sea muy diferente a la mujer que conociste.

Se secó las lágrimas incapaz de parar de llorar.

—Ojalá hubieras podido tener tu oportunidad de una vida mejor. De verdad que te lo merecías. Eras un gran hombre.

Se besó las puntas de los dedos de la mano y acto seguido tocó la lápida como si de algún modo lo estuviera besando.

—Sin ti hoy no estaría aquí. Gracias.

Y se despidió de un hombre que había sido un gran amor para ella. Aquel hombre la había cuidado cuando Olivia había deseado la muerte. Solo gracias a su terquedad había logrado sobrevivir.

Siempre tendría un lugar especial en su corazón. No se esfumaría de sus recuerdos jamás.

—Te quise tanto que creí morir el día que me faltaste. Gracias por ser como fuiste conmigo, por no rendirte nunca y por mostrarme que el amor podía surgir en los peores momentos.

Se secó las lágrimas y tomó aire. Se había despedido al fin de Cody. Él quedaba atrás, pero iba a atesorar su recuerdo toda la vida. Nadie podía borrar su recuerdo y mucho menos lo que habían vivido juntos.

Él había sido necesario para que ese día estuviera allí, fuerte y con una vida mejor. Una que durante el cautiverio no había visto.

—Descansa en paz.

Lachlan esperaba en el coche pacientemente. La observaba en la distancia como se despedía de uno de los amores de su vida. Sabía y respetaba lo importante que había sido aquel hombre para ella.

Olivia caminó hacia él, el Alfa salió del coche y la abrazó sin mediar palabras. No hacía falta, la apoyaba y cuidaba en todo lo que ella necesitara hacer.

—Eres muy fuerte, mi lobita.

—Tú también, mi Caperucita sexy.

Lachlan pellizcó su trasero suavemente y le dijo muy pegado a su oído:

—No es el lugar para jugar a estas cosas. Así que si no quieres sexo aquí no me tientes.

No pudo evitar reír con su comentario.

Lo cierto es que no era un lugar donde mantener relaciones sexuales, pero su humor siempre lograba sacarle una sonrisa.

—Te quiero —dijo mirándolo a los ojos.

—Uy, muy cariñosa te veo...

Lachlan le abrió la puerta del coche muy caballerosamente y ella entró. Había aprendido a conducir y le gustaba mucho su automóvil nuevo. Aunque, sorprendentemente, a Lachlan no. El pobre iba agarrado a la abrazadera del coche todo el trayecto, la acusaba de correr demasiado.

¡Ella, que era una conductora ejemplar!

—Casi prefiero venir andando la próxima vez, venir en forma de lobo es más cómodo.

Olivia asintió, sí, soltar a su loba interior resultaba estimulante. Ya controlaba a la perfección la transformación y apenas sentía dolor en el cambio.

Ser libre, correr sobre cuatro patas, recorrer el bosque y aullar a la luna se había convertido en algo vital. Nunca antes lo hubiera imaginado, con el gran odio que había sentido hacia su otro yo.

Así era ella, una híbrida entre humana y cambiaformas y no lo cambiaba por nada.

Arrancó el coche y vio por el rabillo del ojo como el Alfa se santiguaba.

—No seas tan dramático, si ni siquiera eres creyente.

—¿Qué no? He visto tantos dioses en los últimos meses que solo pido no cruzarme con uno.

Cierto, no los necesitaban en sus vidas y mucho menos a Seth.

A medio camino sintió un ruido extraño y rezó porque no fuera el motor muriéndose. Miró hacia Lachlan para preguntarle si sabía qué era lo que estaba ocurriendo y se lo encontró con la boca abierta totalmente dormido.

Él era lo que estaba pasando, sus ronquidos.

—Vas a dormir en el porche el resto de tu vida —susurró.

CAPÍTULO 62

Lachlan no estaba nervioso, estaba muerto de miedo.

Lo había preparado todo a conciencia. No se le había escapado detalle alguno, lo había estado preparando durante semanas y al fin había llegado el gran día.

Se miró al espejo por última vez y respiró profundamente.

—Sé valiente, Caperucita sexy, que hoy es tu día —se animó a sí mismo.

Ellin estaba tardando demasiado, le había pedido que se llevase a Olivia bajo algún pretexto y se había puesto manos a la obra. Debía reconocer que no había estado más nervioso en toda su vida.

Miró por la ventana y no vio a nadie. Iba a matar a su hermana. Le había pedido que la distrajera no que la tuviera todo el día en la calle.

Al fin las risas de sus sobrinos le indicaron que estaban regresando. Lachlan dio un par de saltitos a causa de los nervios y trató por todos los medios controlarse. No podía desmayarse en un momento tan importante.

Ellin le hizo una llamada perdida al móvil para avisarle que estaban allí. Sí, estaba saliendo todo a pedir de boca. Solo faltaba que Olivia entrase en su hogar.

¿Por qué había elegido la casa de ella en vez de la suya? Porque su casa había sido invadida desde hacía meses por su hermana, al ser más grande se había instalado y no tenía intenciones de marcharse.

Tampoco es que pudiera quejarse porque en la de su pareja

estaban viviendo muy cómodamente.

Bien, había llegado el momento y no había marcha atrás.

Olivia entró en la casa y pudo sentir como se quedaba sin aliento al ver lo que le había preparado.

La casa estaba repleta de pétalos de rosas rojas que se extendían por el suelo formando un camino que seguir.

Ella dudó un poco y miró a su cuñada antes de iniciar el viaje.

Caminó con paso temblorosa hasta el primer mensaje que estaba pegado sobre el televisor y lo leyó en voz alta:

—La primera imagen que vi de ti fue en una jaula, totalmente demacrada y golpeada. Supe que eras diferente, pero no cuánto cambiarías mi vida.

Siguió hasta su segunda parada, esta vez sobre el sofá.

—Tus inicios aquí no fueron fáciles y me hicieron falta un par de redecoraciones de tu habitación para darme cuenta de lo equivocado que estaba.

Ella ya estaba emocionada y leía con voz temblorosa.

Caminó hasta el siguiente mensaje, esta vez los pétalos la guiaron hasta la base de la escalera.

—Te quería solo para mí y no era capaz de darme cuenta.

Subió después de tropezarse con un peldaño. Lachlan podía sentirla desde el piso superior y tuvo que reprimir el impulso de salir corriendo a por ella.

Tomó el último mensaje en la puerta de la habitación que compartían.

—He pensado mucho últimamente en qué sería de mí si no estuvieras en mi vida y he llegado a la conclusión de que desaparecería. Lo eres todo para mí, tú, la única en el mundo que puede entender mi gran humor.

Rio levemente.

Abrió la puerta y Lachlan se armó de valor para hacer lo que llevaba días ensayando frente al espejo.

Toda la habitación estaba repleta de flores y velas. Le había llenado el suelo, la cama y hasta las había colgado de las cortinas. Además, había encargado un traje a medida totalmente rojo que le quedaba como un guante.

La camisa era blanca y la corbata granate, haciendo una combinación única que Olivia supo entender.

Llegó hasta él con las lágrimas de emoción manchándole el rostro. Ellin y su familia la seguían; la pobre de su hermana tenía la cara negra de tanto llorar, el maquillaje se extendía por todo su rostro.

Lachlan tomó una respiración y comenzó:

—Hola, lobita. Hace un tiempo dejemos claro que yo no era tú príncipe así que he decidido vestir mis mejores galas como Caperucita. Como sabía que iba a estar mi hermana me he guardado la ropa de encaje sexy para un momento más íntimo.

Olivia sonrió tratando de dejar de llorar.

Había llegado el momento y el corazón le iba a explotar.

El gran Alfa puso una rodilla en el suelo y la miró a los ojos. Olivia jadeó en busca de aire y negó con la cabeza.

—No pretendo ser el príncipe que te mereces, pero quiero ser la mejor versión de mí mismo para cuidarte el resto de mis días. Sabes que no soy dado a los discursos y no pretendo darte uno.

Tembló buscando en el interior de su chaqueta hasta sacar una pequeña cajita.

—Solo sé que me amas con todos los defectos que puedo llegar a tener, que soportas mi humor y mis ronquidos por las noches. No creo que se pueda pedir más en la vida, solo que te quedes conmigo todo el tiempo que puedas, a poder ser hasta que seamos viejos, decrépitos y muramos de la mano.

—¿Tanto quieres que te ame?

Lachlan asintió.

—Hasta cuando mi polla no me funcione y tengas que sujetármela para mear.

Ellin tapó los oídos a su hijo Remi y el Alfa se tapó la boca con una mano. Eran los nervios que no le dejaban pensar.

Miró nuevamente a Olivia, ella temblaba como una hoja y lloraba sin parar. Él solo deseó que fuera de alegría o iba a sufrir un infarto.

—Olivia, ¿quieres casarte conmigo?

Abrió la cajita mostrándole algo que la dejó perpleja unos segundos. No era el anillo típico que todos estaban esperando; era un colgante en forma de cestita. Lo miró sin palabras y se quedó paralizada.

—Para que siempre sepas que Caperucita vino a visitarte y a traerte pastitas.

Olivia no pudo contener más la emoción, se tiró al suelo de rodillas y lo abrazó al mismo tiempo que lloraba y reía. Algo extraño de escuchar, pero que encendió su corazón.

Lachlan le devolvió el abrazo y la sostuvo entre los suyos hasta que Olivia se separó unos centímetros.

—Bueno, pues no es que quiera meter prisa, pero yo aquí sigo con la rodilla hincada y sin respuesta. Quiero pensar que lloras de emoción y no de pena, pero me gustaría que me dieras una respuesta.

Olivia asintió antes de gritar mil veces:

—Sí, quiero.

La emoción se extendió por toda la casa y los vítores fueron tan fuertes que supo que había muchos lobos de su manada dentro y fuera atentos a lo que estaba ocurriendo.

—No me puedo creer que se lo hayas contado a la gente —le reprochó a Ellin.

—Fue sin querer, sabes que cuando me pongo nerviosa me cuesta mucho mantener los secretos —se excusó ella.

Toda la manada sabía ahora que Olivia iba a ser su mujer. Sí, ella, su compañera de vida.

—Pues siento decirte que has dicho que sí y eso significa que me vas a tener que soportar toda la vida.

Olivia lo besó y tomó el colgante.

—¿Podrías ponérmelo? —preguntó.

—Por supuesto.

Una vez lo tuvo expuesto en el cuello lo lució con orgullo. Estaban comprometidos e iban a tener una gran boda.

—Por favor, ese día no vayas con el traje rojo —pidió Olivia mofándose.

—¿Por qué? Si a mí todos los colores me quedan bien.

Su loba lo tomó por la cintura y lo besó fuertemente. Sí, ahora estaba comprometido para el resto de sus días.

CAPÍTULO 63

—Vamos, Leah. Tenemos un largo camino y no podemos llegar tarde —dijo Dominick parado en la puerta de casa.

Llevaba a Camile en brazos mientras ella bajaba los escalones a toda prisa. Los últimos los saltó para ir más rápido y fue en dirección a la salida.

—¡Ya estoy! No encontraba el chupete de la niña —se justificó.

Dominick la miró de arriba abajo y sonrió ampliamente, se veía en su cara felicidad y algo de picardía.

—¿Estoy guapa?

Llevaba un vestido largo azul eléctrico que cortaba el aliento. La espalda era descubierta y su generoso escote estaba provocando que su marido se perdiera en las vistas.

Leah cerró la puerta de casa.

—Estás increíble —contestó.

—Tú también estás muy guapo —le dijo ella.

No mentía, el traje le sentaba de lujo y se ajustaba a sus músculos de tal forma que era un manjar para la vista.

—¡Esas babas! ¡Que yo solo he cogido baberos para la niña, no para el padre! —gritó Hannah desde la casa de al lado.

Leah no pudo evitar reír. Miró a sus amigas y se quedó boquiabierta, las dos llevaban unos vestidos largos preciosos. Hannah había optado por un color verde oscuro y Brie por el morado.

—Estáis increíbles, chicas. Guapísimas.

Mamá oso abrazó a su humana y después fue directa a Dominick para arrebatarle a Camile de sus brazos.

—Y mi niña pequeña que va a ser la más bonita de toda la boda.

Sí, al fin había llegado el gran día. La boda de Lachlan y Olivia había llegado y estaba tan nerviosa que apenas podía respirar.

Un Jeep fue hacia ellos y se detuvo a pocos metros de la casa del líder de los Devoradores de pecados.

Leah sonrió cuando vio bajar a unos guapísimos Ryan y Luke vestidos de traje. El del novato era un negro clásico, pero el del lobo pelirrojo tenía un tono azul precioso.

—¡Estáis tan guapos! —exclamó la humana antes de emocionarse.

Hannah y Dominick empezaron a reír.

—Pues sí que empiezas pronto a emocionarte —se mofó Ryan.

Las Devoradoras se despidieron y fueron hacia su coche, tenían un largo camino y no podían permitirse llegar más tarde que la novia o el lobo iba a volverse loco. En lo que llevaban de mañana ya les había llamado cientos de veces.

Dominick se llevó a Camile para irla sentando en la sillita.

—Leah, sé que no es el momento, pero tenemos que decirte algo —comenzó a decir Luke.

La seriedad de ambos hizo que se temiera lo peor. Asintió y esperó sin poder mediar palabra alguna.

—Hemos estado hablando mucho sobre nuestra relación y no queremos seguir viviendo separados. Hemos pensado que voy a mudarme a la manada si os parece bien.

El corazón de Leah dolió, pero trató por todos los medios no demostrarlo. Él merecía ser feliz y no podía negarse a una petición semejante.

—Por supuesto —contestó secándose una lágrima traicionera—. No me hagas caso que estoy sensible. Me alegro mucho por vosotros, de verdad.

Abrazó a Ryan y lo apretó todo lo que pudo, como si su aroma fuera a quedarse en su piel para tenerlo cerca.

—Pienso ir a verte todas las semanas así que buscaros una casa con habitación de invitados.

Estaba muy contenta porque Ryan había encontrado a su compañero. Realmente hacían una muy bonita pareja y ambos eran guapísimos. Se merecía toda la felicidad del mundo y esperaba que fueran felices toda la vida.

Leah se negó a soltarlo y lloró en su hombro.

—No sé qué me pasa, que tonta estoy. De verdad que lloro de alegría.

Pero no era del todo cierto y el Devorador pegó un leve tirón llevándose la mentira.

—Vale, me alegro, pero me da pena al mismo tiempo. No sé tenerte lejos.

No obstante, iba a aprender.

Para cuando soltó al novato tuvo que abrir su bolso para buscar un clínex con que secarse la cara. No podía seguir llorando o iba a arruinar su maquillaje.

—Siento de corazón no haber estado a tu lado cuando me necesitaste. Tú estabas confuso contigo mismo y yo no te escuché, estaba tan perdida en mi dolor... Me arrepiento mucho porque eres muy importante para mí. Espero que algún día puedas perdonarme.

Ryan negó con la cabeza visiblemente emocionado.

—No tengo nada que disculpar porque nunca te he culpado. Estabas viviendo un infierno y no quiero imaginarme qué sería de mí sin Luke.

Acto seguido se sonrojó mirando a su lobo.

Eran tan dulces que su corazón se sobrecogió. Leah no pudo soportarlo y se abrazó al lobo pelirrojo.

—Cuídamelo mucho o pienso hacerme una alfombra contigo.

Luke le dio un pequeño codazo en las costillas a Ryan y Leah los miró a ambos intermitentemente.

—¿Hay algo más? Que sea rápido que va a darme algo.

Leah sintió que estaba a punto de desmayarse y ellos lo tuvieron que ver porque Ryan la tomó por los brazos.

—Te estás poniendo blanca.

Luke tomó el bolso de la humana y comenzó a abanicarla con él totalmente asustado. Dominick también se acercó preocupado y la tomó de la cintura.

—Te dije que no le gastases esa broma que estaba muy sensible.

—¿A mí? Si fue idea tuya —se quejó Ryan.

Leah había perdido el mundo de vista y se sentía mareada. Trató de respirar, pero fue como si sus pulmones hubieran olvidado la habilidad de respirar.

—Ay, perdóname. Vale, fue idea conjunta. Solo queríamos hacerte una broma. Que nos queremos quedar en la base, Luke se queda conmigo aquí si os parece bien. Así hará de intermediario entre la manada y nosotros.

Sentaron a Leah en el asiento delantero y Dominick corrió a encender el motor y enfocar el aire acondicionado a su rostro.

—¿Y tú que has notado la mentira que soltaban estos dos por qué no me has dicho nada? —le reprochó a su marido.

Este la miró perplejo y contestó:

—Pues porque he creído que querían gastarte una broma, sin embargo no esperaba que te sentara tan mal.

—Leah, por favor, perdónanos —suplicó Ryan.

Ella le dedicó una mirada furibunda a ambos y ellos contestaron bajando la mirada.

—¿De verdad que queréis quedaros?

Asintieron a la vez. ¿Se podría ser más dulce que ellos dos?

Leah sonrió ampliamente, realmente estaba muy contenta y agradecida por que ellos quisieran aquedarse allí; a su lado. Pensaba no soltarlos jamás en la vida y lo primero que iba a hacer es buscarles una casa cercana a la suya.

Salió del coche y logró abrazarlos a los dos a la vez al mismo tiempo que volvió a llorar.

—¡Claro que podéis quedaros! Con la pena que me daba pensar que te fueras. Bienvenido a casa, Luke.

—Gracias —dijo el susodicho.

Hannah pitó desde su coche.

—¡Que llegamos tarde!

Cierto.

Tenían una boda a la que acudir.

CAPÍTULO 64

Leah entró en tromba en su habitación, estaba jadeado por haber subido las escaleras muy rápido. Olivia la miró y se alegró de que al fin estuviera allí, ya casi estaba al borde del infarto.

—¡Ya estoy aquí! —exclamó dejándose caer sobre el colchón.

—¿Estás bien?

Su hermana asintió. Se sentó y empezó a desabrocharse los zapatos para tirarlos al suelo después.

—Media ciudad corriendo con tacones hasta que le he dado pena a un lobo y me ha dicho donde vivías.

Olivia sonrió. El sentido de orientación de su hermana era nulo.

—Tendrías que haberme hecho caso cuando te dije que te enviaba la ubicación por Whatsapp.

Asintió dándole la razón.

—Pienso hacerte caso de ahora en adelante, prometido.

Olivia sintió como Dominick jugaba con Camile en el piso de abajo. La pequeña ya tenía unos poderes increíbles y rezó porque no le destrozara el comedor.

El vestido estaba colgado en la puerta del armario. Leah fue hacia allí y al verlo se emocionó, bufó sonoramente y miró al techo tratando de detener las lágrimas.

—Que día llevo, no paro de llorar.

—Si la boda aún no ha empezado —inquirió Olivia.

Su hermana rio antes de sonarse con un pañuelo.

—Eso es lo peor, que llevo llorando horas. Ryan y Luke me dijeron que se quedaban en la manada y por poco me da un ataque al corazón.

Olivia la abrazó.

Estaba muy contenta, ya que sabía lo mucho que quería a su novato. Leah hubiera respetado la decisión que la pareja hubiese tomado, pero se alegraba que ir con ellos fuera la elegida.

—He sido una hermana terrible... —sollozó sin consuelo alguno.

La pobre loba miró al cielo, su hermana estaba tan emocionada que todos los sentimientos que llevaba guardados durante meses afloraron a la superficie. Supo que lo estaba intentando, pero no era capaz de dejar de llorar.

—No lo eres —le contestó.

Ya habían hablado de ese tema y debía olvidar el pasado.

—Te expulsé de mi vida como si no valieras nada y tú viniste a animarme mil veces.

Si Leah seguía llorando se iba a deshidratar. La guio hasta la cama y la ayudó a sentarse, deseaba que pudiera ser capaz de olvidar todo lo ocurrido. Debía perdonarse para ser capaz de avanzar.

—Cariño, hiciste algo lógico. Sabes que yo ya he olvidado todo aquello. Te lo he dicho mil veces.

Su hermana asintió sorbiendo por la nariz.

—Casi te matan por mi culpa.

No era cierto. No era su culpa ser la reencarnación del amor de un dios psicópata. Se negaba en redondo a creer que Leah tuviera culpa alguna porque no era cierto.

La besó sin mediar palabra, ya lo tenían todo dicho y comprendió la emoción que estaba sintiendo su hermana.

—Ayúdame a vestirme o el novio va a volverse loco si llego tarde —pidió.

Eso consiguió hacerla reaccionar, se secó las lágrimas con el dorso de la mano y fue directa al vestido. Lo tomó entre sus manos luciendo una enorme sonrisa; eso calmó un poco a Olivia. Al fin su hermana parecía feliz y se alegraba por ello.

***

Todos los invitados estaban esperando, pero nadie estaba tan nervioso como el novio. Lachlan apenas podía estar quieto esperando en el altar a que llegase la novia.

El traje le picaba, se rascó como pudo y volvió a mirar hacia donde tenía que llegar Olivia. Al no ver el coche, se tiró de las mangas de la camisa y se frotó la piel.

Nick se levantó y fue hacia él para evitar que todos vieran lo histérico que estaba. Fingió colocarle la corbata.

—Te veo sudando, lobo.

—Jode a otro, por favor.

El Devorador le quitó un par de hilos que habían quedado pegados en la tela y le recolocó la flor blanca que llevaba en la solapa.

—No va a venir —dijo el Alfa aterrorizado.

—Claro, porque es muy lógico preparar una boda y no presentarse. Creo que en Europa es una moda.

Lachlan bufó.

¿No podía haber venido otro a controlar sus nervios? El segundo líder de los Devoradores de pecados no era el más indicado.

—Puedo ofrecerte...

—¿Una copa? —preguntó él cortándole en seco—. Sí, por favor. Doble.

Nick lució una gran sonrisa perlada.

—No hay alcohol aquí a mano, pero te ofrecía la ayuda de Mamá oso. Podría calmarte con sus poderes.

El lobo la miró y esta se dio por aludida; saludó con la mano y se encogió de hombros.

—Casi prefiero el alcohol —contestó—. No te ofendas, sois muy majos, pero no quiero que se le vaya la mano calmándome demasiado. Hoy tengo que cumplir.

Nick le dio un par de golpecitos en la espalda.

—Como un machote, sí, señor.

Nick quedó a su lado a modo de apoyo moral y lo agradeció enormemente.

—Si vemos que en media hora no está aquí, montamos una partida de búsqueda —se mofó en su oído.

Sí, iba a matar a aquel Devorador antes de que acabara la boda.

Respiró profundamente y trató de calmarse mirando a su alrededor. La verdad es que sus hermanas habían hecho un gran trabajo. Toda la manada estaba invitada a la boda y para que todos pudieran caber habían organizado todo al aire libre.

Estaban en un claro del bosque, con cintas blancas adornando los árboles. Habían hecho un pequeño altar con una mesa de madera y colocado encima un buen ramo de lirios.

Los invitados estaban sentados en unas sillas que habían adornado con unos lazos blancos.

El lugar había quedado de ensueño. Y estaba seguro de que a Olivia iba a gustarle mucho.

Un chillido a lo lejos provocó que Lachlan saltara desesperado, se transformó en lobo y corrió a toda prisa. Sabía bien que era la voz de Olivia y esperaba que estuviera bien; la imagen de Seth llenó su mente. Aulló dando el aviso a todos los lobos. Si algo le había pasado a su futura mujer iba a correr la sangre.

CAPÍTULO 65

Leah ayudó a Olivia cuando bajando del coche se precipitó contra el suelo. Había sido una caída tonta y por suerte el vestido no se había manchado. Ambas hermanas rieron a carcajada llena.

De pronto, un gran lobo surgió de entre los árboles aullando como si el mundo fuera a acabarse.

Casi se desmayó al ver que se trataba de Lachlan. Al parecer, ambos pensaron lo mismo, porque al fijar su mirada en ella negó con la cabeza tornándose humano.

—Estás preciosa, eres la mujer más bonita del mundo.

Leah giró la cabeza para ignorar la desnudez de su cuñado.

—Dime que antes de transformarte te quitaste el traje.

Negó con la cabeza. ¡Oh, sí! Acababa de destrozar la ropa del día de su boda. Se golpeó la frente con las manos.

—Lo siento muchísimo, cariño. Pensé que Seth había vuelto y no lo pensé.

Olivia le restó importancia.

—Tranquilo, seguro que alguien puede prestarnos algo.

Aquella boda acababa de mejorar por momentos.

Olivia miró a Leah. Ninguna de las dos podía culpar al lobo de lo que acababa de suceder. Seth se había quedado grabado en sus vidas para siempre. El último golpe había sido el más contundente y había sido una suerte salir con vida.

Dominick abrió el maletero y sacó una bolsa de deporte.

—No tengo ropa de tu talla, soy bastante más alto que tú, pero algo de lo que llevo de repuesto puede servir. Aunque siempre puedes ponerte mi traje.

Lachlan sonrió.

—No hace falta, soy más feliz al natural.

Olivia y Leah negaron con la cabeza a la vez. No podía casarse como su madre lo había traído al mundo, pero él era feliz. Con eso bastaba.

Lachlan revolvió en la bolsa y sacó unos calzoncillos que se puso para tapar su intimidad. Con ellos puestos se abrió de brazos como si se acabase de poner el traje más caro del mundo y se despidió para ir corriendo al altar a esperar a su mujer.

Leah también se fue, guiando a la pequeña Camile por el pasillo nupcial dejando caer pétalos y confeti al suelo. Todo el mundo aplaudió a la pequeña, la cual se animó más de lo necesario y usó los poderes para hacer que el confeti que le quedaba en la cesta cayera sobre todos los invitados.

Su madre la tomó en brazos y se la llevó corriendo a su silla. Por suerte todos estaban felices y un poco de confeti no hacía daño a nadie.

Y llegó el gran momento para Olivia.

Dominick sonrió orgulloso al ser el elegido para llevar al altar a la novia, un honor muy grande que le había causado algo de emoción cuando se lo habían pedido.

Y ahí estaba el gran Devorador, dejando que Olivia lo tomara de su brazo y caminaran hacia Lachlan.

La música sonó y lo agradeció porque de no ser así todos hubieran podido sentir los latidos desbocados de dos personas a punto de casarse.

Cuando llegó ante el lobo, Dominick dejó ir a Olivia no sin antes besarla en la frente.

Nick se alejó del lado del Alfa para susurrarle a la novia mientras iba a su asiento.

—Si en algún momento quieres huir, silba y salimos corriendo de aquí. Solo tienes que silbar.

Olivia le dio un leve golpe en el hombro al Devorador riéndose.

Y ahí estaban al fin, a punto de dar el paso más importante y bonito de toda su vida. Rodeados de amigos y seres queridos. No podía ser mejor.

Chase carraspeó tras la mesa de ceremonias, llamando la atención de todos los presentes. No solo estaba contento con presidir el gran momento sino que había estado días ensayando en casa de Leah. Los había vuelto locos a todos.

Todo fue hermoso.

Se juraron amor eterno y poco importó que Lachlan estuviera casi desnudo. Aquel momento fue perfecto y nada lo hubiera mejorado.

Olivia tomó la mano de él y dijo sus votos nupciales:

—Yo te tomo a ti, mi querido Lachlan, en matrimonio. Gracias por mostrarme que había vida cuando yo solo quería muerte. No sé qué hubiera sido de mí sin alguien como tú. Y ahora que nos veo rodeados de nuestros amigos solo puedo decirte que te amo. Quiero que todos lo sepan.

Todos aplaudieron mientras su hermana lloraba como si fuera a ahogarse con sus propias lágrimas.

—Y quiero añadir algo más. —Miró a los ojos a Lachlan—. Estoy segura que estabas guapísimo con el traje.

Cuando tocó el turno de Lachlan él estaba visiblemente nervioso y sudando.

—Y yo te tomo a ti, Olivia, como mi esposa. No soy el príncipe que mereces, pero prometo esforzarme para ser el hombre que quieres a tu lado. Puedo prometerte risas, aventuras y mucho amor. Que mis días serán solo para ti y que no dejaré que nunca jamás puedas pensar que estás sola en el mundo. Te quiero.

—Puedes besar a la novia —anunció Chase con orgullo.

Y vaya si lo hizo. La tomó de la cintura y se lanzó sobre su boca tan feroz que olvidó que todo el mundo los estaba mirando. Ella abrió la boca y dejó entrar su lengua, el beso fue tan profundo que ambos gimieron.

Nick miró al cielo y sus manos se iluminaron. Utilizó sus poderes para crear grandes y hermosos fuegos artificiales.

Para cuando se separaron Lachlan estaba más serio que de costumbre y miraba a los invitados como si fuera a anunciar algo importante.

Se giró hacia Chase y se bajó los calzoncillos.

—Que sabía que os moríais de ganas.

Sí, ese era su marido.

Alguien fuerte, mágico y divertido. ¿Quién podía aburrirse a su lado?

Sabía que la vida no iba a ser un camino de rosas, pero después de todo lo que habían pasado solo quedaba mejorar.

La vida se abría ante sus ojos y solo les quedaba tomar impulso y vivirla. Nadie podía detenerles, juntos eran invencibles.

Esa noche comieron, bailaron y celebraron el amor. En todas sus infinitas formas, desde el fraternal hasta el de pareja. Todos debían conocer en algún momento de sus vidas algún tipo de amor.

Olivia deseó que todos los presentes pudieran encontrar la felicidad igual que lo había hecho ella.

Nada era imposible porque ella había sido un caso muy difícil y había salido victoriosa.

—Vámonos a casa que tengo ganas de contarte un cuento —susurró Lachlan mirando a los invitados bailar.

Ya tenían uno propio.

—No serás el príncipe azul de brillante armadura, pero eres el hombre lobo más increíble del mundo.

—No sé lo que soy. Lo único que puedo decir con auténtica certeza es que fui tuyo en el momento en que clavaste tus ojos en mí. Ninguno de los dos lo supo, pero estábamos destinados a encontrarnos. —Tomó una ligera bocanada de aire—. Lo único que lamento es el sufrimiento por el que tuviste que pasar antes.

Ambos sellaron su amor con un beso. Uno que encendió una llama que no se apagaría jamás.

Un fuerte "plaf" sonó. Olivia le había golpeado la mano por tratar de colarse bajo su vestido.

Él solo contestó con una pícara sonrisa.

—Tenía que intentarlo.

EPÍLOGO

—¿Has mirado bien? —le preguntó Lachlan a Dane.

El doctor asintió y corroboró su dictamen para cerciorarse de que estaba en lo cierto. Amplió la imagen para que pudiera verlo y creérselo.

—No hay error, yo veo dos fetos.

Olivia no podía hablar.

Quedarse embarazada a la primera de intentarlo había sido mucha suerte, pero que vinieran dos era una broma del destino.

Leah contuvo el aliento unos segundos antes de reír como una loca. Abrazó a los futuros padres y se acercó a mirar la pantalla de la ecografía donde podían verse sus futuros sobrinos.

—Oiga, enfermera. No es usted muy imparcial, ¿eh? —le reprochó un Lachlan blanco como la pared.

Pero a la humana poco le importó lo que el lobo tuviese que decir. Fue saltando por la consulta como si aquello fuera una fiesta.

Olivia no podía escuchar a nadie, de hecho no estaba siendo consciente de que hubiera alguien más en esa habitación que ella y sus pequeños.

Se había quedado mirando la pantalla sin poder apenas respirar. Allí había dos manchas que eran sus hijos, los dos en su barriga. Eran la vida que habían creado Lachlan y ella, su regalo después de tanto sufrimiento.

Se pasó las manos sobre la barriga y no le importó mancharse las manos con el gel que usaban para las ecografías.

Sonrió satisfecha.

Ella había crecido en un orfanato junto a Leah. No eran hermanas de sangre, pero eso no había importado jamás. Lo eran en el corazón que es donde verdaderamente importaba.

Esos pequeños no iban a tener esa vida jamás. Iba a encargarse de que tuvieran una gran vida. Una en la que se sintieran queridos, donde sus padres y sus muchos tíos iban a protegerlos con garras y dientes.

Les iba a entregar el mundo en bandeja de plata para que pudieran hacer con él lo que quisieran.

—Mis bebés... —susurró acariciándose sin parar la barriga.

No era lo que había esperado, puesto que con un hijo hubieran estado contentos, pero dos era el doble de alegría. Iban a necesitar ayuda para hacerlo, pero sabía que no estaban solos.

Tenían toda una manada dispuesta a ayudarles y a una base plagada de Devoradores. ¿Qué podía salir mal?

Dane limpió su barriga y le susurró.

—Enhorabuena, Olivia.

—Gracias.

El doctor estaba contento por ellos y lo agradeció. La familia iba a aumentar en unos meses, tenían mucho que preparar antes de que llegasen los pequeños.

Se acomodó la ropa y se tocó, nuevamente, la barriga. Ahí había dos pequeñas semillas que se iban a transformar en dos grandes lobos. Suyos. Bueno, de Lachlan también porque había participado plenamente en su creación.

Lo miró, el pobre estaba hablando con Leah o, más bien, repetía las palabras que su cuñada le decía.

—Pañales, chupetes, ropita y mucha por si cambian a lobo. Cochecito, baberitos, mantas...

Estaba claro: su tía estaba emocionada y enamorada sin conocerlos de sus dos sobrinos o sobrinas.

—Hay que pensar el nombre —dijo yendo a por una libreta para tomar nota de todo lo que hacía falta.

—Leah, quizás sea un poco pronto. ¿Podrías dejar que los padres tengan tiempo para poder asimilar la que se les viene encima?

Pero su hermana había desconectado del mundo y saltaba por la consulta como si le acabara de tocar la lotería.

Lachlan, el pobre había dejado de pensar.

Se había sentado en la camilla de al lado y estaba probando de tomarse la tensión él solo. Dane corrió a quitarle la máquina de las manos.

—Necesitas descanso, nada más —le prescribió.

El Alfa negó con la cabeza.

—¿Dormir? Los próximos seis meses porque cuando nazcan los pequeños no voy a ser capaz de hacerlo.

Lachlan salió de la consulta olvidándose a su esposa. Olivia le dio un beso en la mejilla a su hermana y otro a Dane antes de salir en su busca. Por suerte no lo encontró demasiado lejos, estaba sentado en medio del pasillo mirando el techo.

—Cariño, sé que es mucha impresión que vengan dos hijos de golpe, pero estás empezando a asustarme.

El lobo susurraba palabras inconexas que no fue capaz de comprender. Hablaba consigo mismo y su mente estaba lejos de la base donde se encontraba.

Olivia caminó hasta quedar a su lado y se sentó. La espalda tocó la pared y cerró los ojos. Los miedos afligieron el corazón. ¿Y si Lachlan no estaba preparado? ¿Y si se arrepentía de haberse casado con ella?

—Lo siento... —susurró.

Su marido seguía muy lejos así que ella le tomó su mano y la apretó entre las suyas.

—Sabíamos que era un riesgo grande y más cuando Seth sigue con vida, pero sé que somos capaces de protegerlos. Podemos darles una buena vida. Tus hermanas estoy segura de que pueden ayudarnos y que esto no sea tan difícil.

Lachlan reaccionó entonces girando la cabeza y centrando su mirada en ella. Sorprendentemente sus ojos estaban anegados de lágrimas y no era capaz de contener lo que ella deseó que fuera emoción y no pena.

—Por favor, dime que es alegría y no pena. Porque si ahora quieres divorciarte de mí voy a morirme.

Lachlan asintió.

Logró incorporarse hasta arrodillarse ante ella. Sus manos temblorosas buscaron su barriga y la acarició con sumo cariño. El gesto estaba lleno de dulzura, como si pensase que pudiera romperse con el roce de sus dedos.

—Vas a tener que empezar a hablar o voy a pedirle a Dane que te haga un chequeo completo.

—¿Cómo has podido?

A Olivia se le detuvo el corazón. Su mente pensó mil posibilidades para que su marido pudiera pronunciar una pregunta así. Y no lo hizo una sola vez, la repitió tantas veces que casi sintió los puñales clavándose en pecho.

—Sé que no es lo que esperábamos, pero jamás pensé que pudieras reaccionar así —dijo al borde de las lágrimas.

Se sintió en el borde del precipicio, como quien se asoma a mirar y después siente miedo de la caída. Así se sentía, temiendo volver a los días oscuros en los que había estado sola.

—¿Cómo has podido hacerme el hombre más feliz del mundo? —preguntó Lachlan reformulando la pregunta.

Olivia no daba crédito. Se encogió de hombros incapaz de saber qué era lo que debía contestar y el lobo enloqueció. Comenzó a reír como si le hubieran explicado el mejor chiste del mundo.

—Creo que sí que voy a pedirle a Dane ese chequeo.

Lachlan negó con la cabeza tratando de contenerse. Le resultó difícil y lo pudo ver por cómo le temblaban las manos mientras se tapaba la boca.

—Creía que cuando viéramos a nuestro hijo iba a ver una pequeña mota con la que poder soltar algún chiste e irnos a casa contentos.

Su voz era temblorosa, aunque logró contenerse.

—Pero cuando he visto dos manchas he sabido que el mundo me estaba devolviendo el chiste y creo que aún no me he reído lo suficiente.

Mostró sus perlados dientes y volvió a tomarla de la barriga. Ahí fue cuando la miró como si pudiera ver a través de la piel de Olivia y pronunció:

—Voy a ser el padre más cansado y el más feliz del mundo.

Se abrazó a su cuerpo de tal forma que su oreja derecha cayó sobre los pequeños como si tratase de escuchar sus diminutos corazones.

Ahora tenía una familia a la que cuidar y no había nada más peligroso que un lobo cuidando de los suyos.

Alzó la mirada hasta chocar con los ojos de Olivia.

—Gracias —susurró.

Al fin Olivia pudo llorar de felicidad.

***

—¡¿EPISIOTOMÍA?! —bramó Lachlan al borde del desmayo.

—Tranquilo, es un pequeño corte que ayudará a que las niñas puedan salir mejor. Se hace para evitar que la madre se desgarre vaginalmente.

Lachlan sentenció que ya había escuchado suficiente. Se levantó y apagó el monitor con el que su hermana Ellin le estaba tratando de enseñar.

—Nadie va a cortarle el coño a mi mujer o lo voy a matar.

Olivia no se molestó en decir nada. Llevaba todo el embarazo loco de nervios por el tema del alumbramiento y mucho se temía que el pobre doctor que la atendiera aquel día iba a tener que tener muchísima paciencia.

—Pues si te hablo de la cesárea puede que colapses aquí mismo —comentó Ellin rodando los ojos.

Sí, eran cosas que no deseaba ver hasta que llegase el momento y faltaban cuatro meses para el gran día, quizás un poco menos por ser dos.

Su sobrina Iris se acercó a ella y colocó su oído en la barriga. La suerte de ser lobos era su gran oído, ya podían sentir el latido de las pequeñas si se acercaban lo suficiente. Una pareció notar a su prima, ya que se movió lo suficiente como para dejar la marca de su pie en su barriga.

Era tan pequeñito que ambas sonrieron.

—Dice mamá que una vez fui así.

Olivia asintió.

—Yo no te conocí, pero me lo creo.

Lachlan se fue de allí gritando que ningún bárbaro iba a hacerle daño a su mujer o iba a comérselo.

—¿Quieres que te dé el mejor de los consejos? —preguntó una Ellin sonriendo divertida ante las reacciones de su hermano.

Asintió.

—Aquel día pide la epidural y un calmante para el padre. Fue lo que hice con Howard en el último y estuvo tan suave que repetiría la experiencia.

El susodicho palideció, estaba claro que la idea de ser padre nuevamente no le entusiasmaba demasiado. Provocó la risa de casi todos los presentes. El Alfa estaba demasiado ocupado en sufrir que en escuchar lo que sucedía a su alrededor.

—¿Ya habéis pensado nombres? —preguntó Aurah.

Lachlan pareció resurgir de su locura y contestó:

—Sí, Margarita y Pasiflora.

Su hermana se quedó perpleja incapaz de decir algo bonito.

—Es muy... original.

Olivia agradeció la educación de Ellin, pero no pudo contenerse más y arrancó a reír.

—Es broma. Hemos pensado en Riley y Hollie.

Lachlan hizo un pequeño mohín.

—Con lo bonitos que eran los nombres de plantas.

—Son unos nombres preciosos —comentó Aurah.

Lo eran y sus pequeñas iban a ser los ojitos derecho de mamá, de papá y de muchos de los de la manada. Aunque, para ser justos, también iban a serlo de algunos pertenecientes de la base de Devoradores.

—Vuestras tías van a volverme loco —comentó Lachlan hablándole a la barriga.

Sí y tenía donde escoger.

Su mundo iba a cambiar, pero era para mejor. La locura era el sello de la casa y sabía bien que su padre iba a cuidarlas mejor que nadie en el mundo.

—Ya verás cuando los lobos empiecen a preguntar por ellas.

—¡Eso sí que no! Nadie se acercará a mis pequeñas.

Lachlan se cruzó de brazos a modo de negativa. Estaba claro que no pensaba permitir que nadie respirara encima de sus pequeñas y pobre de los que fueran a ser sus parejas. A pesar de eso les deseó que tuvieran la misma suerte que habían tenido sus padres y lograran encontrar a sus compañeros de vida.

—Tendrás que dejar que vayan a divertirse, conozcan a gente, el sexo... Todo —rio Ellin.

—¿Sexo? ¿Qué es eso? He estado leyendo un libro muy bueno que dice que la virginidad alarga la vida. Con esos valores las voy a criar.

Olivia entornó los ojos. Sabía que no lo decía de verdad, pero iba a ser difícil para quien tratase de enamorar a las pequeñas.

No solo era su padre, era el Alfa de la manada. ¿Quién tendría valor de enfrentarse a él?

FIN

Relato extra a continuación.

RELATO EXTRA:

CAPÍTULO 1

Leah despertó con el llanto de Camile. Saltó de la cama a tanta velocidad que tropezó y cayó al suelo estrepitosamente. Blasfemó al mismo tiempo que se frotaba la rodilla golpeada.

La pequeña apareció entrando por la puerta arrastrando su tan preciado oso de peluche. El pobre ya había sido cosido en un par de ocasiones y no sabían si iba a poder ser capaz de superar una nueva excursión a la lavadora.

—¿Qué ocurrió, cariño? —preguntó sentada en el suelo abriendo los brazos para abrazarla.

Ambas suspiraron cuando entraron en contacto. La pobre niña hipaba del disgusto.

—¿Camile?

—No regalos...

Leah rio. La pobre niña estaba esperando con muchas ganas la llegada de Santa Claus. Todavía quedaban cinco días y no sabía si iba a ser capaz de soportar ese llanto mañanero que se había convertido en costumbre.

—Cielo, quedan cinco días. Hoy vamos a ver a la tita Olivia —explicó mostrando los dedos de la mano intentando que la entendiera.

Su hija miró los dedos con atención y pareció contarlos. Al comprenderlo hizo un pequeño mohín antes de volver a abrazarse a su madre.

La puerta principal sonó ruidosamente al cerrarse y supo que se trataba de Dominick.

—¿Cómo están mis chicas? —preguntó antes de verlas en el suelo.

La comprensión pasó por su rostro y no pudo más que sonreír dulcemente antes de tomar a Camile en brazos.

—¿Todavía no vino?

La pequeña negó con la cabeza abrazándose a su padre con toda la pena de su corazón.

—Cuando vengan Papá lo castigará.

Camile gritó de forma estridente y rio contenta. Aquella niña iba a ser el terror de la base si seguían mimándola así, pero ninguno podía resistirse.

Dominick, frunció el ceño antes de besarla en la frente.

—Vuelve a tener fiebre.

Leah se levantó para cerciorarse de que lo que decía era verdad. En efecto, volvía a estar caliente y eso la preocupó de sobremanera.

—No puede ser, le he dado la medicación hace menos de dos horas.

Lo que había empezado como un catarro había sido una gripe con mucha fiebre y no remitía. Dane y ella le habían hecho todas las pruebas posibles sin éxito. Nada parecía darles una explicación lógica a la dolencia de la pequeña.

—Papi, duele... —susurró haciendo un leve puchero.

Ese era otro síntoma al que tampoco encontraba explicación. El dolor cada vez estaba en un lado distinto del cuerpo, aquella vez era el estómago, pero había viajado desde la garganta, hasta el pecho o las piernas.

—La verdad es que no comprendo qué tiene.

—Tal vez quiera llamar la atención —comentó Dominick.

Desde que su padre había vuelto no se habían separado intentando disfrutar minuto a minuto de la vida. Camile no podía quejarse porque en todo ese tiempo había estado pegada a sus padres sin posibilidad de separarse.

—No creo...

Una idea llevaba flotando en su mente desde hacía tiempo, pero no se atrevía a decirlo en voz alta. Después de todo, tratar ese tema era algo delicado y su relación no había pasado un gran momento al estar separados.

—Leah... —canturreó Dominick.

Ella se encogió de hombros como si quisiera restar importancia.

—Antes de ir a casa de Olivia la llevaré a consulta para echarle un vistazo. Tal vez Dane haya encontrado la solución.

Ambos sabían bien que no lo había hecho o, de lo contrario, la hubiera notificado.

—Tal vez sea buen momento para ir a ver a Doc... —Dominick soltó la bomba midiendo bien la reacción de su mujer.

Ella se encogió como si doliera. Los recuerdos asaltaron su mente, unos que no la habían dejado dormir durante semanas. Debía reconocer que había pensado en él, pero todo era tan complicado que no pensaba que fuera capaz de dar el paso.

—Vamos, Leah. Sé bien que también has pensado en llevársela y puede que él sepa la respuesta.

Negó con la cabeza.

—Es una gripe, nada más. La niña es pequeña y le está costando curar, solo eso.

Zanjó el tema al momento.

Tomó a la pequeña en brazos y fue hacia su habitación para vestirla. No quería llegar tarde a ver a su hermana, la cual, estaba a punto de dar a luz. Esas niñas iban a llegar al mundo para arrasarlo y esperaba que tuvieran el humor fantástico de su padre.

Dominick dejó el tema y ella lo agradeció. Hablar de Doc solo empeoraba las cosas y ya habían sufrido bastante.

Todos se arreglaron poniéndose sus mejores galas. El Australia el verano se iniciaba el uno de Diciembre y el calor que estaban sintiendo era insoportable. Estaba sindo mucho más caluroso que los últimos años.

Vistió a Camile con un vestido blanco con flores azules dibujadas, era su favorito y no había parado de pedirlo desde que se lo había comprado. La niña parecía una muñeca de lo bonita que estaba.

Gracias al cielo volvían a estar todos juntos.

***

—Siéntate aquí —ordenó Lachlan ferozmente.

Olivia lo ignoró completamente y siguió tratando de cocinar los platos que sabía bien que eran los favoritos de su hermana Leah.

—O te sientas voluntariamente o lo hago yo y te amarro con el cinturón.

—¿Ahora nos va el juego duro? —murmuró Olivia mostrando

una sonrisa picante.

Lachlan casi cayó en su juego, pero negó con la cabeza tratando de expulsar de su mente los pensamientos tórridos y siguió tratando de mantener a salvo a su mujer y sus pequeñas. Ella parecía no comprender que necesitaba descanso.

—Vamos, mis niñas tienen que descansar.

—Llevo todo el embarazo haciéndolo, deja que cocine.

Pero el Alfa no pensaba dejarlo estar. La tomó de las muñecas y la atrajo hasta su pecho donde trató de abrazarla. Rieron cuando su barriga los separó levemente. Sí, estar embarazada de dos niñas provocaba ese gran tamaño.

—Estás a escasos días de dar a luz, no quiero que se adelanten porque has hecho demasiados esfuerzos.

Ese era un golpe bajo y lo sabía. Nadie podía amar más a esas niñas que Olivia, no obstante, si el chantaje emocional funcionaba pensaba usarlo hasta el final.

Vio como su mujer cedía y se sentaba en la silla, allí suspiró de alivio y comprendió las palabras de su marido. Estaba cansada todo el día y tenía tanto sueño que podía pasarse todo el invierno hibernando como un oso.

—Tu hermana estará contenta con cualquier cosa. Además, estoy preparando la barbacoa para comer al aire libre.

Leah venía a verlos tan seguido que casi parecía una más viviendo en aquella casa, sin embargo había sentido la necesidad de cocinarle su plato favorito: pastel de carne.

Un sonido procedente del móvil de Lachlan les hizo tomar el dispositivo y ver quién se dirigía a ellos.

—Es Ryan —dijo suavemente—, dice que Camile vuelve a estar en consulta por fiebre y dolor en la barriga.

Olivia se acarició el vientre al mismo tiempo que cerraba los ojos. Se masajeó en círculos como solía hacer al mismo tiempo que sus pequeñas se divertían propinándole patadas que deformaban su abultada barriga.

—Lleva muchos días enferma —suspiró apenada.

No quería imaginarse cómo iban a reaccionar cuando sus hijas enfermasen. Esperaba tener al médico cerca de casa y disponible todo el día. No les podía faltar nada y él iba a proporcionarles todo lo necesario.

—Ha tenido una salud muy delicada desde que nació —comentó Lachlan.

Eso era cierto, Leah apenas la había podido visitar al principio por las veces que había enfermado.

—Solo espero que puedan venir, me gustaría mucho verlas —dijo Olivia apenada.

Lachlan suspiró antes de sonreír.

—¿Te has vuelto loco? —preguntó Olivia confusa.

—Claro que sí. Nunca he estado cuerdo y es lo que más te ha gustado de mí —contestó rápidamente—. Eso y mi culo prieto, no vamos a engañarnos.

La risa provocó que casi se le escapase la orina, así pues, salió corriendo al baño. Tener a dos niñas apretando su vejiga traía esas consecuencias consigo. Algo pasajero que no le importaba lo más mínimo.

—¿Se puede saber qué haces? —preguntó al regresar y ver a su marido bajar con una gran maleta.

—Vamos a la base. Así la pequeña no tendrá que moverse y tú podrás verlas.

Olivia se cruzó de brazos y señaló el montón de bolsos que estaba dejando en el suelo.

—¿Y el equipaje? ¿Tienes pensado quedarte unos días allí?

Lachlan negó la cabeza al mismo tiempo que le hacía un gesto de sorpresa. Era como si fuera increíble que no entendiese todo lo que había decidido llevarse.

—Es solo lo imprescindible, cuatro cosas que puedes llegar a necesitar y los bolsos de las niñas por si deciden adelantarse.

¡Oh, sí! Ahí estaba el padre hipocondríaco en el que se había convertido Lachlan. Allá donde fuesen iban cargados de las dos mochilas que llevaban las cosas de sus futuras hijas. Unas maletas que habían sido estudiadas a conciencia.

—No voy a ponerme de parto.

—Eso no lo sabes y no pienso permitir que lleguen a este mundo sin sus cositas pertinentes.

Olivia entornó los ojos.

—¿Sabes que en la base han nacido bebés? Camile entre ellos.

El lobo asintió.

—Y mi sobrina es encantadora, pero mis niñas tienen que tener todo lo necesario.

A la loba se le enterneció el corazón de puro amor. Camile había pasado a ser sobrina del lobo y él la había aceptado como si hubiese sido de sangre. La familia crecía y él estaba feliz por ello.

Amaba a todos sus sobrinos fueran de sus hermanas o de la de Olivia.

Y el amor era mutuo porque Camile no podía dejar de decir "tito lobo" al verlo llegar.

—Está bien —canturreó Olivia dándose por vencida.

La verdad era que no podía ganar una batalla de ese calibre con Lachlan, él no pensaba renunciar a todas aquellas maletas y, por suerte, el coche que tenían era grande.

—Tenemos que llevarnos el pastel de carne —recordó ella señalando hacia la cocina.

El lobo asintió.

—Tú siéntate aquí hasta que puedas subir al coche —le ordenó nuevamente señalando la silla de la cocina.

¿Qué podía hacer? ¿Negarse? De hacerlo la lucha iba a ser eterna y no tenía fuerzas para algo semejante. Suspiró y obedeció, dejando que su cuerpo descansara. Lachlan corrió a traerle un taburete para poner los pies en alto, cosa que agradeció enormemente.

—Gracias, tengo tobillos de elefante.

—Puede, pero eres mi elefanta favorita.

Nadie podía arrebatarle ese humor tan particular y eso lo hacía especial.

CAPÍTULO 2

—Lachlan dice que vienen ellos —anunció Ryan.

Leah dejó de mirar a Camile sobre la camilla y centró su atención en el joven. Frunció el ceño hasta llegar a una conclusión clara.

—¿Por qué le has dicho que estábamos en consulta con la niña?

Ryan se encogió de hombros.

—Porque es verdad.

Leah se pellizcó el puente de la nariz y respiró. Decidió centrarse en Dane y el chequeo que le estaba haciendo a la pequeña.

—No entiendo qué hice mal —susurró el novato.

—Que Olivia está a punto de dar a luz y Leah no quería hacerla viajar.

La voz de la sabiduría de Luke le hizo suspirar. Siempre era agradable tenerlo allí y desde que formaba parte de la base todos habían visto un cambio positivo en el novato. Ya no solo se centraba en el trabajo, tenía una vida de verdad fuera de él.

—Lo siento, Leah.

Ella le restó importancia agitando una mano.

—No te preocupes. De todas formas no puede viajar si sigue subiéndole la fiebre.

Eso era un hecho y lo peor es que desconocían los motivos.

—Aparentemente la niña está perfecta. Le haremos una

analítica de sangre para descartar —explicó Dane.

Esa no era una buena noticia. Ya le habían hecho tres analíticas y todas habían salido dentro de los parámetros normales. La niña parecía sana, pero algo no iba bien si seguía con aquellas temperaturas tan altas.

La idea de ir a Doc cruzó su mente, nuevamente. Él llevaba en el mundo mucho más que cualquiera de ellos y, tal vez, podía tener idea de lo que le estaba ocurriendo a Camile. No obstante, descartó el pensamiento antes de poder decirlo en voz alta.

Luke y Ryan se miraban a los ojos sin mediar palabra, cosa que significaba que hablaban con pensamientos ya que esa era una particularidad de los lobos.

—Doc presentó su marcha voluntariamente y no porque alguien se lo pidiese. Le he pedido regresar infinidad de veces, pero se niega —contestó Dane a unas palabras que nadie había expresado en voz alta.

El Devorador y el lobo lo miraron.

—Os recuerdo que puedo leer las mentes —sonrió Dane.

—No importan los motivos de su renuncia. Él ya no está.

De hecho seguía en la base, pero apenas salía de la casa que había pedido. No deseaba estar con el resto de sus compañeros, aunque estos no sabían los motivos. El secreto de ser un semidios hijo de Seth seguía oculto para la mayoría y Leah trataba de no pensar en ello en presencia de Dane para que él no pudiera leerla.

—Él estaba mucho antes que tú ¿verdad? —preguntó Luke.

Dane asintió.

—Tal vez se haya encontrado con algo así alguna vez. No perdemos nada en preguntar.

Luke le dio un leve codazo en las costillas a su compañero en señal de que sus palabras comenzaban a sobrar.

No sabían los motivos de la renuncia, pero no hacía falta ser superdotado para comprender que tenía que ver con Leah ya que habían roto relación alguna.

—Mami... —lloriqueó la pequeña.

Leah fue hacia ella y la abrazó mientras Dane le sacaba sangre. Fue algo rápido y casi indoloro, para después tomarla en brazos y besarla.

—Momo... —siguió diciendo.

—¿Qué es un momo? —preguntó Ryan sorprendido.

Y ese era la gran incógnita de la base. La niña llevaba semanas llamando a esa cosa o muñeco que no sabían qué era. Habían buscado y le habían preguntado mostrándole todos sus juguetes, pero nada. No habían conseguido nada.

—Si algún día lo descubrimos lo diré por megafonía. No tenemos ni idea —respondió Leah.

—Mami, Momo...

—Sí, cariño, sí.

La meció dulcemente haciendo que se calmase y comenzara a sentir sueño. La niña se abrazó a su madre y comenzó a bostezar cansada.

—He tratao de leerle la mente, pero no consigo saber qué es un Momo.

—Algún juguete que habrá visto en televisión —comentó Luke.

Pronto empezaba a pedir juguetes y seguro que toda la base iba a estar deseando cumplir sus deseos. Iba a tener que vigilar a todos muy de cerca.

Ojalá pronto pudiera recuperarse y volver a ser la niña feliz que siempre había sido.

NO HUYAS DEL ALPHA

CAPÍTULO 3

Los Devoradores eran unos exajerados. Habían montado una enorme barbacoa esperando su llegada. Olivia apenas podía creérselo, allí había carne para alimentar a toda la manada un mes entero.

—¿Esperáis más visita? —preguntó bajando del coche tomándose la pesada barriga.

Dominick sonrió.

—Sé que las lobas embarazadas comen mucho y no quisiera que te faltase comida.

Olivia se sonrojó.

—No como tanto.

—Mejor que sobre. Somos muchos aquí y no se va a tirar, no te preocupes.

La voz de su cuñado la calmó. Lejos había quedado esa primera impresión terrorífica que tuvo de él. Bajo esa capa sombría había conocido a un hombre dulce y agradable que amaba a su mujer, su hija y los suyos por encima de su propia vida.

Le agradecía al mundo entero que hubiera podido volver de entre los espectros.

La ayudaron a sentarse presidiendo la enorme mesa que habían colocado en medio del patio y, tras unos segundos de vergüenza, se sintió especial. Era un sitio de honor para ella y lo agradecía enormemente.

Leah llegó corriendo con la pequeña Camile entre sus brazos, la cual entregó a su padre y se lanzó sobre su hermana abrazándola hasta cortarle la respiración.

—¡Esa barriga! ¡Estás enorme! ¡Y guapísima! —exclamaba sin parar de pura emoción.

Y comenzó a llorar.

Su hermana llevaba tiempo que lloraba por cualquier cosa, hasta el punto de ser preocupante. No se quejaba de las lágrimas, pero sí la veía más inestable emocionalmente que nunca. Solo esperaba que no tuviera problemas.

—Cariño, ¿va todo bien? —preguntó preocupada.

—Sí, todo perfecto. Ya sabes como está tu sobrina, pero todo bien.

No, no lo estaba y lo supo cuando Leah se movió ligeramente notando el tirón que Dominick hacía sobre su mentira.

Le dedicó una mirada recriminatoria y esta no pudo más que sonrojarse.

—Vale, con esto de Camile estoy algo sensible, se me pasará. Y pronto podrás entenderme cuando veas a tus pequeñas resfriadas.

Eso era cierto y lo peor iba a ser el padre loco que les había tocado.

—Oye, Dominick, ¿tenéis médicos disponibles? Que he estado a punto de traerme al mío, pero Olivia no me ha dejado. Es por si las pequeñas nos dan un susto que estemos bien preparados.

—Tú tranquilo, si eso pasa, cosa que dudo, estará en las mejores manos. Además, Leah es una gran enfermera.

Olivia negó con la cabeza, se negaba a dar a luz con su hermana en el paritorio. Ella solo podía volverla loca en un momento tan intenso como ese. Se la imaginaba entre sus piernas con un sonajero llamando a sus sobrinas.

—Mami, Momo...

Y ahí estaba la pregunta que llevaba haciendo la niña todo ese tiempo. Nadie sabía lo que era y decidieron darle su querido oso para ver si así dejaba de preguntar por esa cosa extraña.

Comieron, bebieron y rieron durante horas. La visita era muy esperada y disfrutaron de su compañía por si era la última vez que podían estar así. Con un poco de suerte, el siguiente reencuentro iba a ser cuando las pequeñas llegaran al mundo.

—¿Cómo fue tu parto, Leah? —preguntó Olivia revañando el

plato de pastel de chocolate que le habían servido.

—Precioso y doloroso. El tuyo también, pero verás la cara de las peques y la de loco de tu marido y se te olvidará todo.

Lachlan soltó sus cubiertos y se levantó fingiendo estar ofendido.

—¿Y por qué mi cara le puede ayudar a olvidar el dolor? Si a mí ya me está doliendo.

Dominick asintió.

—Claro, porque estás teniendo un embarazo muy difícil —comentó.

El Alfa se dejó caer en la silla y se tomó la barriga como lo hacía su mujer.

—Como lo sabes, estoy teniendo un embarazo terrible. Tengo náuseas, he cogido peso y tengo los tobillos inflamados como si quisieran explotar. Me está costando mucho.

—Es capaz de tener contracciones el gran día —rio Olivia.

Todos lo miraron.

—O de morder al médico por cualquier ínfimo motivo —susurró Dominick.

Cierto y agradecieron que fuera en la manada donde diese a luz. El médico iba a pasar un rato muy divertido con ellos.

De pronto, Lachlan vio como la pequeña Camile robaba un trozo de pan de la mesa y comenzaba a caminar lejos revisando que no la vigilasen. El lobo silbó a los padres y los instó a la calma, era mejor saber qué era lo que estaba ocurriendo que reñir a la niña.

Por suerte aquella base estaba tan fortificada que no podía escaparse.

La siguieron cuando Camise se sintió lo suficientemente segura de que nadie la veía y caminaron muy lejos de la barbacoa. Llegaron hasta casa de Leah y Dominick, la rodearon y siguieron caminando unos metros más.

De pronto los poderes de Camile hicieron que un montón de ramas y palos se levantara del suelo mostrando una pequeña cueva en una leve colina.

Leah estuvo a punto de decir algo, pero Lachlan logró contenerla.

La niña se sentó en el suelo y comenzó a trocear el pan pacientemente. Canturreaba una canción infantil y sonreía al mismo tiempo que esparcía los pequeños trozos cerca del agujero.

No pasaron muchos minutos antes de que un diminuto ser saliera en su busca. Primero vieron una lengua y después un largo hocico peludo.

Su madre no pudo soportarlo más y salió a por su hija gritándole que se apartara de lo que fuera que estuviese alimentando.

La niña al verse sorprendida comenzó a llorar desconsoladamente y se negó a separarse del agujero. No obstante, Leah la tomó en brazos y eso hizo que los poderes de Camile explotasen fuertemente.

Se vio obligada a soltarla cuando una descarga eléctrica la recorrió, no fue fuerte, pero lo suficiente como para llevarla al suelo para dejar a la niña.

—¡Te he dicho cien veces que no se electrocuta a Mamá! —exclamó apuntándola con un dedo.

De pronto, del agujero salió un pequeño reno tambaleante que corrió a los brazos de Camile como si fuera su protección.

Todos los presentes se quedaron perplejos mirando al animal.

—Momo... —dijo la niña riendo cuando le chupó las manos.

Leah miró a todos tratando de entender lo que estaban contemplando, como si se hubiera quedado sin ideas, se dejó caer en el suelo de rodillas y siguió allí, mirando a aquella extraña pareja como si de una película se tratase.

—Parece que Papá Noel se dejó un reno —comentó Lachlan.

Fue en ese momento en que Dominick cayó en la cuenta. Por eso Camile estaba tan nerviosa con su llegada. Estaba cuidando a aquel pequeño animal con la esperanza de que los renos de aquel ser mágico lo reconocieran como suyo y se lo llevaran.

Dominick caminó lentamente hasta ellos y se agachó a su altura. El reno se volvió a esconder en el agujero y Camile metió la cabeza en él.

—No susto, Papá —le dijo.

Al parecer, aquel animal había quedado huérfano y Camile se había dedicado a cuidarlo cuando jugaba en el jardín. Seguramente el animal habría encontrado aquel refugio y había ido en busca de la pequeña por algo de comida.

—¿Y ahora que hacemos? —preguntó Leah.

—Podemos engordarlo y para la próxima barbacoa.

Olivia le propinó un codazo en las costillas a su marido tan sonora que atrajo la atención de todo el mundo.

—A ti te voy a meter en una barbacoa si sigues haciendo bromitas —le advirtió.

El lobo sonrió a Camile.

—No he dicho nada, quédate con el bicho.

Pero ese era un problema.

—No podemos quedárnoslo como si fuera un perrito —susurró Leah.

Dominick extendió la mano y logró tocar el pelo del reno. El animal era tan pequeño que le parecía asombroso que hubiera podido resistir con la ayuda de la niña. Parecía haber quedado huérfano y en busca de los suyos había acabado allí.

—¿Y por qué no? Podemos cuidar de él hasta que sea lo suficientemente mayor como para regresar al bosque con los suyos. Quizás podemos contactar con alguna asociación que cuide de ellos y explicarles el caso.

¿Qué podían decir al respecto? Quitarle el animal a la niña no era una opción.

Olivia rio cuando vio a su hermana suspirar y aceptar.

—De acuerdo, vamos a infomarnos de qué come.

Camile abrazó a su pequeño Momo y se alegró tanto que hizo que todos los presentes sonrieran. Era el mejor regalo navideño que podían hacerle a ambos. Porque ese animal no podía sobrevivir mucho más a base de pan.

—Os recomiendo vigilar más a vuestra hija de aquí en adelante. Ya mismo se hace amiga de un cocodrilo.

Leah le apuntó con un dedo al lobo.

—Tú vas a sufrir mucho muy pronto, ya verás.

Lachlan tragó saliva. Sí, la paternidad no iba a ser fácil.

NO HUYAS DEL ALPHA

CAPÍTULO 4

—Lachlan, ya lo llevamos todo.

Pero el lobo había dejado de escucharla cuando sintió la primera contracción hacía horas.

Tal y como la comadrona había dicho, debían esperar en casa hasta que las contracciones fueran constantes y seguidas. Ya lo eran, provocando que su marido se volviera completamente loco.

—Que no, nos olvidamos algo seguro.

Y allí estaba Olivia, apoyada en el marco de la puerta esperando a que Lachlan decidiera salir hacia el hospital. Ella había cogido tres mochilas, una por cada niña y la suya. No había nada más que coger salvo a un padre histérico.

Suspiró agarrándose la barriga y una nueva contracción le provocó que gimiera dolorosamente.

—¡Lachlan, por favor! —gritó Ellin llegando a casa como si fuera el mismísimo diablo.

Olivia miró al cielo, no era momento para una reunión familiar. Ella solo quería ir al hospital y dar a luz a las pequeñas.

Llegó un coche a toda prisa y frenó en seco en la puerta.

Genial, acababa de llegar Aurah, su otra cuñada.

—Vamos, te llevo yo.

—Gracias, es que no puedo más. Quiero la epidural ya.

Su cuñada la ayudó a bajar las escaleras del porche y, cuando le dio las llaves de su coche, subieron ambas a él. Arrancó el motor y miró a la pobre parturienta mirando por la ventana.

—Por favor, convence a tu hermano —suplicó.

Aurah suspiró y asintió.

Tras unos minutos discutiendo a pleno pulmón, ya que Lachlan parecía no escuchar, lo sacaron en volandas entre las dos lobas. Lo tomaron cada una de un brazo y lo llevaron al coche donde lo sentaron y le pusieron el cinturón.

—¿Seguro que está todo en el maletero? —preguntó mirándola.

Olivia no pudo evitar reír antes de que una nueva contracción le provocara dolor.

—Caperucito, relájate, por favor. Va a ir todo bien.

No le culpaba por estar tan asustado. Lo había estado todo el embarazo y no era para menos. El pobre sufría por las tres, llevaba así desde que había sabido que eran dos y nadie podía sacarlo de ahí.

Lachlan la abrazó desde el asiento de atrás y le besó la nuca.

—Discúlpame, creo que estoy algo nervioso.

Esa no era la definición exacta del estado de su marido, pero quiso restarle importancia.

***

—¡¿Dónde está?! ¡¿Dónde?! —los gritos de Leah procedentes del pasillo hicieron que Olivia y Lachlan se mirasen.

—Le pedí a Ellin que la avisara, pero no pensé que se pondría así —explicó el lobo.

Su hermana pensaba quemar el hospital si no le decían dónde estaba su hermana. Por suerte, una de las enfermeras le indicaron que estaba en el paritorio número uno. Y lo mejor vino después, ya que ella pidió un uniforme para ponerse y entrar a verla.

Escucharon como el servicio médico se negó inicialmente, pero no pudieron hacerlo mucho más tiempo ya que ella no pensaba aceptar un "no" por respuesta.

—Ve a por ella antes de que se cargue a alguien —pidió Olivia.

Lachlan salió en su busca.

—Ey, cuñada. Te veo nerviosa.

Leah lo miró y sonrió.

—No más que tú, ya me han dicho que te han tenido que meter a la fuerza en el coche.

Las noticias volaban mucho más de lo que le hubiera gustado.

La llevó con Olivia y ambas hermanas se abrazaron.

—¿Cómo te encuentras? —preguntó Leah.

—Aquí dilatando, ya estoy de seis centímetros —contestó orgullosa.

Eso significaba que les quedaban unas horas hasta que llegase la hora del alumbramiento.

—Doy fe, que he visto como le metían la mano.

Leah negó con la cabeza ante las palabras de Lachlan. Aquel hombre no tenía remedio y no iba a cambiar por muchos años que pasasen.

—Pues cuando veas como salen las niñas no vas a volver a ver ese lugar igual —se mofó Leah provocando que su cuñado palideciera.

Miró a su mujer y fue rápidamente a abrazarla al mismo tiempo que le tapaba los oídos.

—No escuches a la bruja de tu hermana, que solo quiere asustarte.

—Pero, ¿por dónde creías que iban a salir?

Lachlan negó con la cabeza.

—No voy a pensarlo hasta que llegue el momento.

Y el momento llegó unas pocas horas después. Leah salió afuera del paritorio a regañadientes a esperar con sus cuñadas y Dominick.

Olivia estuvo tentada a pedir que se llevaran también a Lachlan, pero, en realidad, también lo quería a su lado. A pesar de las bromas que llevaban haciendo las últimas horas estaba muy asustada.

Solo deseaba que todo fuera lo más rápido posible y poder descansar un poco.

—Rajadla o algo, pero que salgan ya. Si sigue sufriendo así me voy a volver loco —dijo Lachlan entre gruñidos.

Sí, sabía que Dane había tenido razón recomendándole que aquel día le pusieran un calmante a Lachlan.

—Tranquilo, señor. Está en buenas manos.

Lachlan se pasó las manos por la cara preso de la desesperación.

—No lo dudo, pero quisiera algo para acelerar el momento.

Nada pudieron hacer más que seguir que todo el proceso siguiera su curso. A pesar del miedo, los nervios, las risas y todo lo ocurrido en el trascurso del día, su Alfa pudo calmarse y colocarse a su lado.

Le masajeó los hombros con mucho cariño y le besó la frente.

—Eres increíblemente fuerte. Gracias, Olivia, por haber podido sobrellevar el peso de toda esta loca situación. Te amo.

—Yo también te quiero.

¿Qué podía hacer? El pobre solo había estado nervioso por la salud de todas las mujeres de su vida y no podía culparle.

La primera en llegar fue Riley, su llanto estridente provocó que Lachlan sonriera. Casi se quedó paralizado cuando vio como la comadrona la tomaba entre sus brazos y se la enseñaba. Era una hermosa niña sonrosadita, con unos pocos cabellos rubios y unos hermosos ojos azules.

Hollie fue distinta, silenciosa, más pequeña y con un pelo tan moreno que los dejó sorprendidos. La pequeña, con sus grandes ojos abiertos, parecía mirar a todo su alrededor con cautela.

Olivia las tomó cada una en cada brazo y el calor de sus pequeñas le hizo olvidar el dolor. Ahora si vida iba a ser muy distinta a todo lo que habían conocido. Aquellas niñas eran suyas, esas vidas tan pequeñas iban a ser todo su mundo.

Ante el silencio de su marido, no pudo evitar echarle un vistazo. Él estaba absorto mirando a sus pequeñas, envueltas en unas mantas dulces, como si fueran obras de arte.

—Son perfectas, como tú —dijo totalmente convencido de sus palabras.

—Nuestras niñas.

De pronto, Lachlan gruñó dirigiéndose al equipo médico.

—Decidles a vuestros hijos que no se acerquen a mis niñas con intenciones sexuales o los pienso castigar el resto de sus vidas.

Todos asintieron.

—Cariño, aún son muy pequeñas para pensar en novios —rio Olivia.

—Es solo para que vayan sabiendo lo que se les viene encima. Nunca está de más avisar.

Ella prefirió no tomarle en cuenta sus palabras. Iba a ser un padre peligroso y esperaba que los pobres niños que quisieran ser los amigos de sus hijas tuvieran mucha paciencia. Todos iban a tener que tenerla con el padre que les había tocado.

Miró a sus niñas, eran muy diferentes una de otra, pero eran preciosas. Ahora eran una gran familia, una que lucharía por ellas con garras y dientes. Su corazón se encogió pensando en los miles de peligros que había en el mundo.

—Vais a volver locos a toda la manada —les susurró suavemente.

—¡¿Cómo va el parto?!

La voz de Leah le provocó una gran sonrisa.

—¡Son iguales a mí! —gritó Lachlan en respuesta.

—¡No me digas eso! ¡Pobres niñas! —contestó su hermana tras la puerta.

Olivia miró al cielo.

Necesitaba unas horas de descanso para poder enfrentarse a su loca familia. Miró a sus pequeñas y suspiró, ellas se estaban comenzando a dormir cansadas por la gran aventura que acababan de vivir viniendo al mundo.

—Descansad un poco, que ya mismo os toca ver a la loca de vuestra tía.

—Y está peor que yo, que eso ya es decir —añadió Lachlan.

Sus niñas ya estaban allí y se iban a asegurar de que fueran inmensamente felices.

NO HUYAS DEL ALPHA

CAPÍTULO 5

Un año después

Los gruñidos y gritos procedentes del salón hicieron que Leah fuera corriendo. Casi se había convertido en una costumbre eso de ir a toda prisa por la casa.

Cuando llegó se encontró a su hija Camile batallando con sus dos primas, en forma lobezna, por una muñeca. Cada una tiraba de un extremo y mucho se tenía que podían romper el juguete; haciendo acabar la batalla con miles de lágrimas.

Las apartó a todas suavemente y las regañó.

—No se pelea.

Miró a Camile.

—A tus primas se le dejan los juguetes. —Miró a Hollie y Riley—. Y vosotras sabéis que no debéis transformaros en lobo para ganarla.

Olivia entró en casa cargada de bolsas.

—¿Otra vez peleando? —preguntó enfadada.

Las niñas volvieron a su forma humana y se quedaron sentadas con las manos extendidas esperando que las tomaran en brazos.

Leah rió antes de salir al jardín para darle la comida a Momo. Sí, ahí seguía el reno, se había hecho uno más de la base y no sabían qué iba a pasar cuando tuvieran que entregarlo a la asociación que habían encontrado.

El reno corrió hacia ella y lo abrazó antes de servirle el

desayuno.

—Acaba de comer y entra en casa o voy a tener que ponerte crema solar que hace mucho sol.

Sí, para el resto del mundo la Navidad era blanca por la nieve y con unas temperaturas frías que les obligaban a abrigarse, en cambio, para ellos era un caluroso verano que costaba de soportar.

—Leah, ¿puedes venir?

Entró en casa y vio que su hermana tenía sujeta a Camile con cara de preocupación. Antes de poder acercarse, el reno corrió al lado de su preciada niña y la olfateó en busca de algo.

—Está ardiendo, otra vez.

Sí, el estado de salud de su hija fluctuaba demasiado.

En el último año había pasado épocas mejores y peores. No habían encontrado nada malo en ella y seguramente se tratase de su sistema inmune. Habían comenzado a darle vitaminas para tratar de paliar las recaídas que tenía.

—Vamos a por la medicina, chiquitina —dijo yendo hacia la nevera.

La preocupación se afianzó en su corazón hasta sentir auténtico dolor. Su instinto de madre le decía que algo estaba ocurriendo muy a pesar de que las pruebas dijeran lo contrario.

Muchas veces había pensado en hablar con Doc, pero él había logrado su objetivo y, tras mucho insistir, se había alejado de ellos. Se había marchado a la base que tenían en España bajo estricta vigilancia ordenada por Dominick.

¿Y eso qué les decía?

Que no quería saber nada de ellos.

Le dio la medicación a su hija y la abrazó.

—¿Todo bien? —preguntó Olivia.

Asintió, pero nada estaba bien.

***

Lachlan tenía a Hollie colgada de su hombro mientras que Riley se aferraba a su pantorrilla con sus pequeñitas manos.

—Así no puedo caminar, niñas, vais a tirar a papá.

Esa era la idea, lo que trataban de hacer día a día. Una vez en el suelo se lo comían a besos mientras él les hacía cosquillas.

—Chicas, soltad a papá antes de que os haga tantas cosquillas que os hagáis pipí.

Esa también era una opción y no era la primera vez que pasaba.

Llamaron al timbre y Olivia se apresuró a abrir. Al fin Dominick había llegado.

Lo invitó a entrar, guiándolo hasta el comedor le indicó que se sentara en el sofá y disfrutara viendo a Lachlan haciéndole pedorretas a las pequeñas.

—A Leah no le ha gustado que la haya dejado en la base, espero que sea importante—comentó el Devorador de pecados.

La seriedad se dibujó en el semblante de Lachlan y en el de Olivia.

—Lo es —contestó Lachlan antes de mirar a Olivia.

Ella tomó una respiración, era el momento de decir lo que llevaba días callando y esperaba una buena reacción de su cuñado.

—Queremos llamar a Doc.

Y su rostro se endureció hasta el punto en el que la loba temió una reacción desmesurada por parte de él. Doc se había convertido en un tema tabú y mucho más desde que había abandonado la base.

—¿Para qué? —preguntó casi masticando las palabras.

—Para que revise a Camile. Lleva mucho tiempo con una salud inestable y él también es híbrido, tal vez pueda ayudar más que cualquier otro.

Dominick negó con la cabeza fervientemente, no lo quería de vuelta, no después de todo lo ocurrido.

—La niña está bien —contestó fríamente.

Riley y Hollie comenzaron a jugar en forma lobezna, persiguiéndose por todo el salón, lo que ayudó a que los adultos pudieran seguir con su conversación.

—No lo está y tal vez él pueda darnos otra perspectiva —insistió Olivia.

Pero Dominick no quería hablar del tema.

—Mira —comenzó a decir Lachlan—, sé que dolió saber que es hijo de nuestro enemigo y que sabía que Leah era la reencarnación de su madre, pero, en realidad, él no nos hizo nada malo. Nos ha ayudado y defendido siempre, no es su padre.

Tal vez fuera cierto, pero eso no cambiaba nada.

—Además, Leah no ha vuelto a ser la misma —explicó Olivia

tratando de que su cuñado entrara en razón.

Ambos se tomaron un par de segundos de descanso antes de proseguir.

—De una forma u otra, él la complementaba. Sin Doc, tu mujer no ha vuelto a ser la misma, obvio que es feliz, pero no del todo.

Dominick siguió serio, escuchando todo lo que querían decirle, no obstante, no daba indicios de querer hacer esa llamada.

—Todos lo que estuvimos ese día con Seth sabemos su secreto y no hemos dicho nada. Podemos seguir guardándolo sin problemas, pero tienes que hacerlo volver. En el fondo no ha hecho nada malo —explicó Olivia.

Su cuñado les miró de forma intermitente antes de suspirar.

—Sé que la complementa y en todo este tiempo he estado tentado a descolgar el teléfono y hacer esa dichosa llamada. No obstante, no puedo creer que ambos guardasen ese gran secreto a mis espaldas.

Y ahí estaba lo más importarnte, de un modo u otro aquel secreto había hecho daño a Dominick.

—Ella no te ha amado menos por guardar ese secreto y lo sabes —le recriminó Lachlan.

Él asintió.

—El tiempo que no estuviste, que fuiste un espectro, Leah se cerró en banda al mundo. Ni yo misma podía acercarme a ella, pero Doc fue su apoyo. Él siempre ha estado en su vida desde que lo conoció. La cuidó todo ese tiempo y hubiera dado su vida a cambio de la suya.

Dominick cabeceó un poco antes de decir:

—¿Y cómo se lo digo a Leah? Ya sufrió bastante cuando se enteró que se trasladaba a España. Estuvo casi tres días sin comer.

—Échame la culpa a mí, dile que yo lo llame. Puedo soportar que me odie si vuelve a ser feliz —se ofreció Olivia desinteresadamente.

Lachlan no pudo más que abrazar a su mujer, mostrándole su apoyo. Se habían convertido en una gran pareja.

—No, es algo mío. No importa, enfrentaré lo que ocurra.

Riley y Hollie saltaron sobre el regazo de su tío y este las tomó a ambas entre sus brazos.

—Yo me quejaba de Camile, pero sois terribles.

—¿Las quieres? Te las presto unos días —se ofreció Lachlan.

Dominick rió y negó con la cabeza.

—Están mejor con sus papis, pero pueden venir de visita siempre que quieran.

Olivia asintió.

—Niñas, soltad a vuestro tío que os toca baño.

Una palabra que provocó que ambas alzaran las orejas y, tras mirarse unos segundos, salieron corriendo despavoridas hacia el jardín.

La transformación de Lachlan fue sin avisar, lanzándose a por sus niñas rugiendo como si fuera el Lobo Feroz.

—Siempre igual —suspiró Olivia.

—Sois una familia divertida.

CAPITULO 6

Leah entró en el hospital sin muchas ganas. Aquel día tenía tanto sueño que solo quería que pasaran muy rápido las horas y pudiera caer rendida en su cama durante muchísimas horas.

De soslayo pudo ver como el despacho de Doc estaba abierto, su corazón sufrió un vuelco porque desde su marcha nadie había entrado allí.

—¿Dane, Ryan? —preguntó suavemente.

Dane sacó la cabeza desde su despacho con el ceño fruncido.

—¿Sí?

Leah señaló hacia la otra habitación.

—Está abierta la puerta.

El Devorador de pecados se encogió de hombros como si le restara importancia a algo que para ella era un mundo.

—Ciérrala —contestó antes de que él mismo volviera al trabajo.

Leah tomó aire. Le resultaba patético ponerse nerviosa por una puerta abierta. Estaba claro que no era por la estancia sino por la simbología que transmitía.

En todo ese tiempo se había obligado a no pensar en Doc, pero no lo había conseguido.

Al saber su secreto inicial se había sentido especial, pero ver que le había escondido otro le había dolido mucho. Su amistad se había desdibujado hasta verle abandonar la base. Ese había sido un día muy duro.

Una parte de ella lo seguía queriendo y esperaba que fuera

feliz en su nueva vida y ubicación.

Leah siempre se había preguntado si el amor que él había sentido había sido real o solo porque veía en ella a su madre.

Cuando la mano tocó el picaporte se quedó congelada. Solo con ver su alta figura y sus largos cabellos lo reconoció al instante, nadie podía engañarla cuando se trataba de él.

—¿Doc?

El susodicho giró sobre sus talones con un montón de carpetas en las manos.

Lo vio dejarlas todas sobre la mesa, en silencio o quizás eran sus oídos que habían dejado de funcionar. El mundo parecía haberse detenido en seco solo con su presencia y no lograba entender qué hacía allí.

—¿Qué haces aquí?

—Recibí una llamada y me trasladé inmediatamente.

Leah frunció el ceño. ¿Quién podía haberlo llamado?

—¿Por qué?

Doc se apoyó en la mesa, como haciendo que esa separación lo protegiese de cualquier reacción que pudiera tener.

—Me explicaron lo de Camile y quise venir a ayudar.

La cabeza de Leah iba a mil por hora.

—¿Has dejado todo atrás por la niña?

Doc asintió.

Había pasado un año sin saber de él, doce meses en los que no había podido olvidar a ese hombre y ahora lo tenía ante sí. Casi podía ser un sueño y no pudo evitar pellizcarse en dorso de la mano.

Al sentir dolor supo que ese hombre estaba allí realmente.

—¿Alguna vez me quisiste por mí o solo por ser la reencarnación de tu madre?

Doc hizo una media sonrisa.

—Te lo dije y lo repetiré las veces que haga falta. Cuando supe quien eras me acerqué por la esencia que emanabas de ella. Al conocerte vi que eras especial y te quise por eso.

"Yo ya dejé atrás a mi madre hace mucho. Lloré su pérdida y acepté que jamás va a regresar. No sois la misma persona y siento que puedas creer que todo lo hice por ser su reencarnación".

Ambos se quedaron mirando en silencio, como si fuera doloroso seguir hablando.

—Gracias a ti volví a sentir después de siglos y, aunque he sentido mucho dolor este tiempo, yo me lo busqué. No obstante, no me arrepiento de haber estado a tu lado todo este tiempo. De hecho, os extrañé a todos.

Leah había estado equivocada creyendo que él jamás había mirado atrás.

Doc tomó un informe y lo abrió.

—He visto que Camile tiene fiebre al menos una vez al mes, llegando a tener picos bastante altos. Las analíticas están bien y las exploraciones visuales también.

Asintió casi perpleja por el salto de conversación.

—¿Has probado a alimentarla más?

—Le doy de comer las veces que necesita y se come los platos bien grandes. No creo que sea un problema de hambre.

La sonrisa de Doc hizo que le temblasen las piernas.

—Leah, es híbrida. Necesita pecados y en más cantidad que cualquier otro, de ahí que enferme.

Ella lo fulminó con la mirada.

—Resulta difícil mentir a una pequeña. La confudes si haces eso, así que le digo pequeñas cosillas que no pueda entender —se quejó ella poniendo los brazos en jarras.

Doc se pasó la mano por la cara.

—Prueba a hacerlo dormida, no te escuchará, pero recibirá todo lo que necesite.

La cara de Leah fue un poema, pasó por miles de estados hasta la desolación más absoluta.

—¿No he alimentado bien a mi pequeña?

—Tal vez yo tenga parte de culpa también.

La enfermera esperó a que Doc hablase para poder dar su opinión.

—Yo la alimentaba casi cada día cuando estaba con vosotras y al ser semidiós la dota de más poder. No creí que mi falta se viera reflejada en su salud, de hablerlo sabido jamás me hubiera alejado de vosotras.

Leah no pudo soportarlo más. Avanzó hacia él y lo abrazó sin previo aviso. Necesitaba sentirlo, su corazón había sufrido su pérdida y no quería volverlo a tener lejos de ella. Ya no importaban los motivos por los cuales las quería, pero lo hacía de corazón.

Él era parte importante de su vida y lo necesitaba casi como respirar. A su vez, para Camile también era necesario.

—Dime que vas a quedarte, te he extrañado tanto —pidió Leah.

Doc asintió.

—Siempre que no sea un inconveniente.

—Bueno, todos vieron tu cambio de look y Dominick lo atribuyó a un hechizo de Seth, si te preguntan sígueles el rollo.

El doctor sonrió al mismo tiempo que acariciaba el dorso de las manos de la humana.

—He sido un estúpido por irme.

—Yo lo he sido por dejarte marchar, amigo mío.

Dominick entró en el despacho luciendo una cálida sonrisa.

—Vaya, ha sido decir que Leah te necesitaba y has llegado rapidísimo. ¿Había vuelos a la hora en la que te llamé?

Ahora lo comprendía todo. Dominick había dado el paso para hacerla feliz trayendo de vuelta a su mejor amigo.

—Fue difícil, pero conseguí uno.

Leah sonrió mirando a ambos hombres.

—Gracias por llamarle —agradeció.

—No solo fue idea mía, tu hermana y Lachlan han tenido algo que ver.

La sorpresa y la alegría la asaltó. Todos cuidaban de ella y eso la emocionó. Para evitar que vieran sus lágrimas se abrazó a su marido y lo besó.

—Te amo.

—Y yo a ti, siempre.

Doc volvió a su faena diciendo.

—Y lo dice de verdad, es el primer espectro que regresa al mundo de los vivos.

FIN

Tu opinión marca la diferencia

Espero que hayas disfrutado de la lectura y la novela.

¿Te ha gustado la novela? Por favor deja un comentario o reseña donde la hayas adquirido. Para mí es muy importante, ayuda a mejorar y hace más fácil este trabajo.

También muchos lectores podrán hacerse una idea de la novela que encontrarán gracias a vuestras palabras. Cinco minutos de tu tiempo que marcarán la diferencia.

Y si deseas hablar conmigo estaré encantada de atenderte en mis redes sociales.

Gracias.

Búscame por redes sociales si deseas hablar conmigo y darme tu impresión.

Búscame

Facebook: https://www.facebook.com/Tania.Lighling

Fan Page: https://www.facebook.com/LighlingTucker/

Canal
Youtube https://www.youtube.com/channel/UC2B18Qvl9-Lp5rezM2tduDA

Twitter: @TaniaLighling

Google +: https://plus.google.com/+LighlingTucker

Wattpad: https://www.wattpad.com/user/Tania-LighlingTucker

Blog: http://lighlingtucker.blogspot.com.es

OTROS TÍTULOS

Títulos anteriores de la saga:

—No te enamores del Devorador.

—No te apiades del Devorador.

Más títulos como **Lighling Tucker**:

—Navidad y lo que surja.

—Se busca duende a tiempo parcial.

—Todo ocurrió por culpa de Halloween.

—Cierra los ojos y pide un deseo.

—Alentadora Traición.

Como **Tania Castaño**:

—Redención.

—Renacer.

—Recordar.